CYSGOD Y CRYMAN

NOFEL

gan

ISLWYN FFOWC ELIS

Gomer
1990

Argraffiad Cyntaf—Rhagfyr 1953
Ail Argraffiad—Ionawr 1954
Trydydd Argraffiad—Mawrth 1954
Pedwerydd Argraffiad—Mai 1954
Pumed Argraffiad—Mawrth 1956
Chweched Argraffiad—Mai 1964
Seithfed Argraffiad—Mai 1967
Wythfed Argraffiad—Mehefin 1971
Nawfed Argraffiad—Medi 1981
Degfed Argraffiad—Ebrill 1985
Argraffiad Newydd—1990
Argraffiad Newydd—1991
Argraffiad Newydd—1993

ⓗ Islwyn Ffowc Elis ©

ISBN 0 86383 710 7

Dychmygol ydyw'r holl gymeriadau yn y nofel hon

Dymuna'r cyhoeddwyr gydnabod cymorth a chyfarwyddyd Adrannau'r Cyngor Llyfrau Cymraeg a noddir gan Gyngor Celfyddydau Cymru.

Argraffwyd gan J. D. Lewis a'i Feibion Cyf.,
Gwasg Gomer, Llandysul

Er cof am fy modryb
MARY ELLEN DAVIES
fy nghwmni cyntaf
yng ngwlad Lleifior

RHAGAIR I'R ARGRAFFIAD NEWYDD

Fe adargraffwyd y nofel hon droeon, ond fe deimlodd Gwasg Gomer ei bod yn bryd cael argraffiad newydd ohoni hi a'i holynydd, *Yn Ôl i Leifior*. Rhoddodd hynny gyfle i mi gywiro nifer o'r gwallau iaith yn yr argraffiadau gwreiddiol.

Temtiwyd fi i dorri *Cysgod y Cryman* i dri chwarter ei hyd, a'i thynhau. Ond wedi pendroni tipyn mi benderfynais nad oes gan awdur sy bellach wedi mynd heibio i'w ganol oed hawl i ymyrryd gormod â gwaith a gweledigaeth awdur ifanc. Bodlonais, felly, ar gywiro lle'r oedd angen, a hepgor neu newid ambell frawddeg sydd ers blynyddoedd wedi peri imi wingo.

Rhaid imi gael diolch i Mrs. Glenys Howells am gywiro proflenni *Cysgod y Cryman* ac *Yn Ôl i Leifior* mor drylwyr fanwl, gan gywiro'r gwallau orgraff a safoni'r ffurfiau dialog. Diolch i'r Cyngor Llyfrau Cymraeg am roi cymorth ariannol at lunio a chyhoeddi'r argraffiadau newydd, ac i staff y Cyngor am bob help ynghanol eu prysurdeb mawr, yn arbennig am y gwaith dylunio. A diolch eto i'r Dr. Dyfed Elis-Gruffydd o Wasg Gomer, ac i gyfarwyddwyr a chrefftwyr y Wasg, am eu diddordeb a'u hamynedd gydag awdur oediog yn ogystal ag am eu gwaith cywrain.

Yn olaf, ond nid yn lleiaf, diolch i Gymry Cymraeg darllengar am eu derbyniad caredig i 'nofelau Lleifior' a'u cefnogaeth gynnes am yn agos i 40 mlynedd.

Islwyn Ffowc Elis
Ebrill 1990

I

Yr oedd yr haf yn doreithiog yn Nyffryn Aerwen y flwyddyn honno. Yr oedd barrug Ionawr wedi brathu'r pridd ac eira Chwefror a Mawrth wedi'i garthu a llifogydd Ebrill wedi golchi'i wenwyn i'r môr. Ac yn ei phuredigaeth yr oedd yr hen ddaear wedi atgyfodi'n wallgof wyrdd. Ni welodd y tadau Fehefîn tebyg er dyddiau'u llencyndod, ac nid oedd y mamau'n cofio nosau mor dyner er eu nosau caru hwy.

Wedi'r puro hir yr oedd y cynhaeaf yn ddiweddar. Yr oedd y gweiriau fel sidan ac yn drwchus yn eu bôn. Y meibion yn iro'r peiriannau ac yn hogi'r cyllyll ac yn ysu am eu gollwng i'r cnwd; y tadau'n oedi ac yn aros, yn bodio'r meillion ac yn darllen y machlud ac yn sbïo'n slei y naill ar gaeau'r llall. A'r cwbwl yn disgwyl wrth Edward Vaughan.

Mewn llawer ardal, am y cyntaf i dorri yw hi. A'r ail y llynedd yw'r cyntaf eleni, a'r mwyaf ffŵl os daw i lawio. Ond yn Nyffryn Aerwen, y cyntaf i dorri bob blwyddyn oedd Edward Vaughan. Yr oedd ganddo ef hawl i fod yn gyntaf, yr un hawl ag oedd gan ei dad a'i daid. Unwaith o fewn cof yr heriwyd ei hawl, pan aeth Tom y Garnedd, yn groes i 'wyllys ei dad, â'i beiriant i'w wair o'i flaen. Drannoeth, fe ddaeth yn genllif o law, a safodd y cynhaeaf ddeng niwrnod. Y flwyddyn ddilynol, fe ddisgwyliodd Tom fel y lleill wrth Edward Vaughan.

Yr oedd Edward Vaughan fel barcud i weld gweiryn aeddfed a machlud cadarn. Rhyw synnwyr uwchnaturiol bron yn sibrwd wrtho pa hyd i oedi, pa bryd i ddechrau. Ar y gwlypaf a'r duaf o gynaeafau, eithriad oedd i gowlasau Lleifior beidio â bod yn llawn.

Heddiw, yr oedd Edward Vaughan wedi lladd ei wair. Yr oedd chwech o dri chan cyfer Lleifior yn gorwedd yn ystod ar ystod las dan y machlud, a'r hwyr yn cludo'u haroglau newydd i'w ffroenau ac yntau'n pwyso ar y llidiart o dan y coed. Yr oedd y gwybed hwyrol yn mwmian o gylch ei ben gwyn bonheddig fel y safai yno. Ond yr oedd hyd yn oed y gwybed yn cadw pellter parch rhyngddynt ac Edward Vaughan.

Trawodd ei het am ei ben a throi'i gefn ar y chwe chyfer persawrus. Fe fyddai ar ei draed yn hwyr heno ac fe fyddai codi bore drannoeth. Yr oedd y gorllewin yn goch ac fe fyddai'r haul wedi crasu'r cnwd meillionog cyn y gwelai bedair awr ar hugain arall. Cerddodd yn dalsyth tua'r tŷ, yn cario'i bum mlwydd a thrigain yn ysgafn iawn.

Yr oedd y gegin yn hyfryd oer wedi'r gwres y tu allan. Ond nid oedd neb ynddi. Aeth ar hyd y neuadd ac i mewn i'r parlwr mawr. Ym mhen pellaf y stafell hir honno, mewn cadair freichiau o flaen tân coed rhuadwy, eisteddai'i briod.

'Wel, wel, Margaret, tân nos o Dachwedd ar nos o Fehefin. Amhriodol, a dweud y lleia'.'

Canlynodd ei briod ar ei gweu heb godi'i phen.

'Fe fydd yn debycach i nos o Dachwedd, Edward, pan ddaw dau o'r gloch y bore, a Henri a chithe'n sgwrsio fan yma heb osgo mynd i'ch gwlâu.'

'Dim o'r fath beth,' meddai Edward Vaughan, gan glosio at y tân melyn llydan er ei waethaf. 'Rhaid inni fod yn y cae gyda chodi'r gwlith bore fory. A chodi cynnar, gwely cynnar.'

'Mi glywais i'r stori yna o'r blaen. Ganwaith. Bob diwedd tymor pan ddaw Henri adre, 'rydech chi'n bygwth troi i mewn cyn deg. A byth yn troi i mewn cyn dau.'

Trodd Edward Vaughan lygad cellweirus arni.

'Dim ond 'mod i'n fwy onest na chi, Margaret. Yr ydech chi cyn falched â finne o'i weld o, ond eich bod chi'n gallu cuddio. Mynd yn gyfrwys i'ch gwely, ac yn ysu am aros ar eich traed. 'Rydech chi'r merched yr un o'r crud i'r bedd. Cuddio'ch diddordeb yn eich plant fel yr oeddech chi'n cuddio'ch diddordeb yn eich cariad cyn priodi. Er mwyn gweld faint y maen *nhw*'n eich caru *chi*.'

'Dim o'ch seicoloji chi, Edward,' meddai Margaret Vaughan, gan weu'n gyflymach, a thewi.

Trodd ei gŵr, a syllu am eiliad ar arfbais y Vaughaniaid uwch y silff-ben-tân. Arwydd a oedd yn aros o'r hen fawredd a fu, pan oedd uchelwyr yn uchelwyr. Yna, croesodd y carped eang at yr agosaf o'r ddwy ffenest dal.

'Faint sydd er pan aeth Greta?'

'Dros awr,' meddai Mrs. Vaughan.

'Fe ddyle fod yn ôl erbyn hyn, os nad ydi'r trên yn hwyr.'

'Mae'r trên bob amser yn hwyr wrth ddisgwyl.'

'Dyna seicoleg yn wir,' meddai Edward Vaughan.

II

Ond yr oedd y trên yn hwyr fel y taranai trwy ddyffrynnoedd coediog Powys, a Harri Vaughan yn eistedd ynddo, wedi rhoi'i lyfr ar ei lin ac yn syllu drwy'r ffenest ar ogoniant ar ôl gogoniant gwyrdd yn hedfan heibio. Yr oedd y mannau hyn yn perthyn iddo ef, yn rhan ohono, fel mêr yn ei esgyrn. Coed y Mers ar lan y gamlas, afon Aidd, yn goch ac yn llonydd dan y machlud, Mynydd Cribwch mewn amlen las o gaddug wrth y gorwel, a thoau hen dre farchnad Henberth yn dod yn gyflym i gwrdd ag ef.

Yr oedd y trên yn arafu, ei gloncian rhythmig yn ymbwyllo ac weithiau'n cloffi wrth roi cam gwag ar raniad y rheiliau. Estynnodd Harri'i fagiau i lawr a rhoi'i lyfr yn un ohonynt. Rhoddodd ei ben drwy'r ffenest fel y troellai'r sarff ddur i'r orsaf. Oedd, yr oedd Greta'n ei ddisgwyl, a'i phen golau cyrliog yn destun llygadrythu i'r ddau borter llipa wrth y llidiart. Llamodd Harri i'r platfform a llusgo'i fagiau ar ei ôl a thaflu'i freichiau amdani.

'A sut mae fy chwaer fach i? Wel, diawc, 'rwyt ti 'mron cymaint â fi!' Ac yr oedd hi'n wir ymron cyn daled ag yntau, yn aeddfed ei chorff â gwrid gwlad ar bob grudd, ond â gwrid siop ar ei gwefusau cusanadwy.

'Ty'd, Harri,' meddai, 'mae gen i syrpreis iti y tu allan.'

Ac wedi taro'u tocynnau yn llaw'r gorsaf-feistr fel rhai cynefin â gweision, aeth y ddau drwodd i sgwâr hynafol Henberth. Safodd Harri yng ngolwg y car hir du a chrafu'i ben yn glownaidd.

'Car newydd, ar fy llw! Ffarmio'n talu'n well nag erioed. Soniaist ti'r un gair yn dy lythyre.'

'Fel y dwedais i—syrpreis,' meddai Greta, a'i llygaid gleision yn tywynnu.

'O wel, fe rown ni ddigon o waith iddo.' Ac agorodd Harri'r gist yng nghefn y modur a thaflu'i fagiau iddo.

'Wyt ti am yrru?' gofynnodd Greta.

'Mi allwn i feddwl 'y mod i.'

Fe'i plannodd Harri'i hun wrth yr olwyn fawr felen, ac wedi'i danio, suodd y cerbyd yn fawreddog drwy heol fawr Henberth, a llygaid ambell un tlotach na phlant Lleifior yn syllu'n eiddigus ar ei ôl.

III

Yr oedd llygaid Harri'n chwilio'n ddiamynedd am Leifior ymhell cyn ei gyrraedd. A phan ddaeth i'r golwg ar y fron werdd uwch Coed Argain, arafodd y cerbyd i'w weld yn well ac i'w weld yn hwy.

Yr oedd Lleifior bob amser yn olygus o'r ffordd, ond byth mor olygus i Harri â phan oedd wedi bod ddeuddeng wythnos o'i olwg ym Mangor. Am yr olwg hon arno y byddai'n meddwl uwchben ei bapurau arholiad, ac nid oedd hi byth yn ei siomi. A heno, yr oedd y plasty bach hynafol yn dangnefedd i gyd, a choch y gorllewin yn ei res ffenestri Sioraidd. Y mwg o simdde'r parlwr mawr yn codi'n edau las yn union i'r nen, a'r portico gwyn yn llachar gan baent newydd.

Y tu ôl iddo, dros y gefnen, fel powlen borffor â'i phen i lawr, yr oedd Moel yr Afr, a gallai Harri weld rhes o smotiau gwynion hyd fin y porffor uwchlaw'r blanhigfa sbriws: cychod gwenyn Lleifior wedi'u symud yno i'r gwenyn fela yn y grug. O gwmpas troed y Foel gorweddai Dyffryn Aerwen, y ffermdai gwynion ar ei lechweddau ac Aerwen ei hun yn llinyn gloyw ar ei waelod, yn diflannu yma mewn llwyn, acw dan graig, ac yn diflannu'n derfynol rownd Brynyfed i ymuno ag afon Aidd yng Nghefnfaes.

Tynnodd Harri ffroenaid o awyr y Foel i'w ysgyfaint. Nid

oedd arni flas mwg na blas heli, dim ond blas awyr. Nid oedd hi i'w chael yn unman ond gartref. Llywiodd y cerbyd mawr drwy'r lidiardau gwynion ac i fyny'r dreif at y tŷ. Cododd y tŷ ei furiau llwydion i'r glas uwchben, yn dirmygu'r crandrwydd olwynog a oedd wedi sefyll wrth ei ddrws. Fe fyddai ef yma pan fyddai'r crandrwydd yn rhydu ar domen sgrap.

Agorodd y drws, a safai Edward Vaughan yn y portico gwyn. Aeth Harri i gefn y car a thynnu'i fagiau allan, i ohirio'r ysgwyd llaw. Byddai bob amser ychydig yn anghysurus wrth ysgwyd llaw â'i dad, a byddai'n meddwl bod ei dad yn anghysurus hefyd, ond bod ei urddas yn cuddio hynny. Dynion oeddent ill dau, cnawd o'r un cnawd, a'r cnawd hwnnw'n mynd yn swil wrth gyffwrdd ag ef ei hun. Fe allai Greta, er hynny, wasgu'i thad a'i gusanu a dweud popeth wrtho fel wrth gyfeilles o'r un oed â hi. Ond merch oedd Greta. Dyn oedd Harri, darn o ddyndod ei dad.

Ysgwyd llaw oedd raid.

'Sut wyt ti, Henri, 'machgen i?'

'Sut ydech chi, 'Nhad? Ble mae Mam?'

Heb ddisgwyl am ateb, aeth Harri drwy'r neuadd i'r stafell ginio. Yno'r oedd ei fam, yn gosod rhosynnau melyn yng nghanol coch y tomato a gwyrdd y letys a'r berw dŵr ar liain sgwarau gwyrdd y bwrdd mawr. Yr oedd hi'n cymryd arni nad oedd wedi'i weld, a chwaraeodd Harri'r gêm a dod ar flaenau'i draed i chwythu pigyn o gusan ar ei gwar. Heb air, yr oeddent ym mreichiau'i gilydd, fel y buasai Greta a'i thad.

'Cer i fyny'r staer rŵan i olchi dy ddwylo ar ôl trafeilio,' ebe Mrs. Vaughan, gan gychwyn i'r gegin i lenwi'r tebot rhimyn aur.

'Ond, Mam,' meddai Harri, yn ffugio monni, 'dyna oeddech chi'n ddweud wrtha'i pan oeddwn i'n gòg bach. 'Rydw i'n ddyn rŵan.'

''Dyw dy ddwylo di ddim glanach o hynny.'

'Mor wir, mor wir,' ebe Harri dan ei anadl. 'Whiw!'

I fyny'r grisiau derw llydan, digarped, yn gweld ei lun ynddynt wrth fynd. Sefyll i syllu ar lun arall o arfbais y Fychaniaid yn y ffenest wydr lliw yn y tro, ac yna i fyny tua'r ymolchfa. Yno, yr oedd y baddon a'r cafn ymolchi o borslen gwyrdd, a drych uwchben pob un, a'r muriau'n wyrdd fel hwythau. Ymolchodd Harri yn y dŵr meddal a ddôi o'r gronfa yn y mynydd, ac wedi ymolchi, yfed ohono. Nid oedd dŵr yn y byd fel hwn.

Wedi'i dwtio'i hun, a dod i edrych yn debycach i etifedd Lleifior nag i stiwdant o Fangor, edrychodd Harri drwy'r ffenest agored ar ei wlad. Yng nghefn y tŷ yr oedd ychydig erwau o barcdir yn codi'n raddol i'r bryn, ac ar y parcdir goed derw preiffion â'u dail yn drymion drostynt. Yn y gwyll o dan y derw yr oedd gwybed yn canu, a gwenoliaid yn gwichian yn uchel yn yr hwyrddydd. Yn y berllan draw i'r dde yr oedd mwyalchen yn annog yr adar i'w gwelyau. A thros y gefnen yr oedd cromen borffor Moel yr Afr yn cyflym doddi i'r gwyll.

Daeth Harri i lawr, ddau ris ar y tro, ond ni chyfrifodd mo'r polish arnynt. Llithrodd yn swnllyd a glanio ar ei gefn yn y gwaelod. Goleuodd ei dad y trydan a'i weld yno, yn swp diffrwyth gan ei godwm a chan chwerthin. Ni ddywedodd Edward Vaughan air, ond fe wyddai Harri nad oedd yr ystum hwn wrth ei fodd. Nid ar ei gefn ar lawr oedd lle etifedd Lleifior.

Mygodd Harri'r chwerthin yn ei berfedd a thynnu'r wên oddi ar ei wyneb, a chododd. Aeth ar ôl ei dad i'r stafell ginio.

IV

Yr un oedd patrwm y sgwrs bob tro y dôi Harri adref. Uwchben swper, cyfnewid newyddion; wrth dân y parlwr mawr, trafod problemau. Ond heno, fe fu agos iddi fynd yn drafod problemau uwchben swper hefyd.

Wedi gorffen y cig oen a'r llysiau yr oedd Edward Vaughan wedi rhoi'i benelinoedd ar y bwrdd, gan anwybyddu'r gwg a ffurfiai moesau amrwd bob amser ar wyneb Greta. Ac yn yr ystum hwnnw yr oedd wedi gollwng y cwestiwn a fu'n gwingo ynddo er pan welodd Harri gyntaf yn y drws, ond na fuasai wiw iddo'i ofyn cyn swper.

'Wel, Henri, sut y gwnest ti yn yr arholiad?'

'Symol,' ebe Harri, gyda winc lechwraidd ar Greta, 'symol iawn. Cha'i mo 'ngradd eleni.'

Sythodd ei dad a rhythu arno.

'Sut felly?'

''Roeddwn i'n canolbwyntio y tymor yma ar fywyd cymdeithasol.'

'Bywyd cymdeithasol?'

'Ie. Nofio, a chware tenis, a dringo Eryri—'

'Gwarchod pawb! Wyt ti'n meddwl mai i hynny y telais i arian mawr i'th gadw di ym Mangor?'

'Welsoch chi mo'u colli nhw, 'Nhad, 'rwy'n siŵr,' meddai Harri, yn llygadu'i dad trwy'i fysedd.

'Nid dyna'r pwynt.' Anesmwythodd ei dad ar ei gadair a chrafu'i wddw. 'Y pwynt yw ein bod ni dair blynedd yn ôl wedi taro bargen. 'Doeddet ti ddim am aros gartre i ffarmio. 'Roedd hynny'n gryn ergyd i mi, gan nad oes gen i'r un mab arall i ffarmio Lleifior ar f'ôl i. Eto i gyd, mi fodlonais iti fynd, ar yr amod dy fod ti'n dwyn clod i dy deulu mewn rhyw faes arall. Yrŵan. Os wyt ti'n dianrhydeddu dy ben di i'r fargen—'

'Edward!' meddai Margaret Vaughan. ''Rydech chi'n siarad fel geiriadur. Ac am a wyddoch chi, yn siarad llawer o nonsens. Arhoswch nes daw risylt yr arholiad, da chi. Hwyrach y bydd y bachgen wedi gwneud yn well nag y mae'n feddwl.'

'Gwyn y gwêl y frân . . .' meddai Edward Vaughan yn swrth, ac ymosod ar y darten afalau. Rhoddodd Harri'r winc nesaf ar ei fam.

Fodd bynnag, caniataodd Edward Vaughan i'r swper fynd rhagddo a mynd heibio heb ddweud gair ymhellach am gyfrifoldeb academaidd Harri. Yr oedd ei hen bregeth am urddas Lleifior ac enw da'r Vaughaniaid yn dragywydd barod ganddo at iws, ond ymataliodd rhag ei thraddodi heno, a'i chadw erbyn y byddai mwy o alw amdani. Ciliodd Harri ac yntau i'r parlwr mawr ac aeth y merched i olchi'r llestri.

Rywbryd tua hanner nos aeth Greta a'i mam i'r gwely. Agorodd Harri un o'r ffenestri'n llydan a gollwng i'r ystafell lwyth o arogleuon nos o Fehefin. Rhosynnau a gwair a gwyddfid. Safodd yn hir yn syllu i'r tywyllwch melfed, a golau'r ddwy ffenest yn gorwedd yn sgwarau hirion ar y llain glas o flaen y tŷ.

'Ers pa hyd yr yden ni'r Vaughaniaid yma, 'Nhad?' gofynnodd o'r diwedd.

Daeth ei dad ato i'r ffenest, ac edrychodd yntau allan i'r tywyllwch. Wedi synfyfyrio am funud neu ddau, dywedodd,

'Mi glywais 'y nhad yn dweud bod dros ddau gant o flynydd-oedd er pan brynwyd Lleifior gan un o'r Vaughaniaid. Hwnnw gododd y tŷ'r yden ni'n sefyll ynddo rŵan. Mae'n rhaid ei fod o'n ddyn go gefnog yn ei oes.'

'Ac mae'r Vaughaniaid wedi dod yn fwy cefnog gyda phob Vaughan newydd ddaeth i'r byd,' ebe Harri, rhwng bodlon ac anfodlon.

'Rhyw gymaint yn fwy, mae'n siŵr. Pam?'

'Dim ond meddwl. Faint mwy o Vaughaniaid gaiff fyw yma, tybed?'

Trodd Edward Vaughan o'r ffenest.

'Mae hynny'n dibynnu arnat ti, Henri. Ti ydi'r olaf o'r teulu bellach i gario'r enw.'

'Ydech chi'n meddwl bod enw'n bwysig, 'Nhad?'

'Mae wedi bod yn bwysig hyd yma.'

'Mae arna'i ofn fod pethe'n newid.'

'Newid?'

Trodd Harri yntau o'r ffenest a gweld ei dad yn syllu arno.

'Methu peidio â theimlo'r ydw i, ym mêr fy esgyrn yn rhywle, nad ydi'r pethe fu'n cyfri—enw, safle, cyfoeth—nad yden nhw ddim yn mynd i gyfri llawer byth eto. Maen nhw wedi peidio â chyfri dros ran helaeth o'r wlad yma. Maen nhw'n dal i lochesu yma, yn y rhan yma o Bowys. Ond 'rwy'n ofni rywfodd na fyddan nhw ddim yn cyfri yma chwaith yn hir.'

'Chlywais i 'rioed monot ti'n siarad fel hyn o'r blaen, Henri,' ebe'i dad.

'A 'does gen i'r un rheswm dros siarad fel hyn rŵan,' ebe Harri, 'dim ond rhyw—rhyw arswyd marw, mud.'

Eisteddodd ei dad yn araf mewn cadair freichiau a thaflu coedyn arall ar y tân.

''Dwyt ti ddim yn siarad synnwyr heno, Henri,' meddai. 'Mae lleoedd fel Lleifior yn anninistriol. Maen nhw'n rhoi

16

rhyw ddiogelwch i'r bobol sy'n byw o'u cwmpas nhw. Beth bynnag ddywedir amdanon ni gan ryw benboethiaid o bell, mewn cyfarfod politics, mewn papur newydd, mae'r bobol yn disgwyl inni bara, yn credu y byddwn ni'n para. Ac fe wnawn, os ydi'r un metel yn y meibion ag oedd yn y tadau.'

Methodd Harri ag edrych yn llygad ei dad. Trodd i gau'r ffenest ar y nos aroglus, ac yna daeth yntau i eistedd wrth y tân. Fe fu'n hir yn ceisio rhoi rheswm am yr anobaith a oedd ynddo; fe fu'i dad cyhyd â hynny'n ceisio'i danio â'i obaith ei hun. Ond diferu'n sych a wnaeth y sgwrs heb i'r naill allu dweud ei fod wedi ennill modfedd oddi ar y llall.

Pan gytunodd y cloc bach ar y silff-ben-tân â'r cloc mawr yn y neuadd ei bod hi'n ddau o'r gloch y bore, cododd y ddau a mynd yn ddistaw i fyny'r grisiau derw oesol i'w gwelyau.

2

I

O'r afon i fin y Foel, dros y gweirgloddiau gwastad ac i fyny'r llethrau, yr oedd tir Lleifior yn wyn gan wlith. Ym mhen isa'r dyffryn, tua Henberth, yr oedd niwlen wen, a honno'n drifftio i fyny'r llechweddau coediog, yn fysedd ac yn fodiau i gyd. A thrwy'r niwlen saethodd dwy, tair, pedair, pump o freichiau haul, yn noeth ac yn dallu. Pan fwriodd yr haul ei darth oddi amdano, byr fu oes y gwlith.

Ni welodd Harri mo'r broses hon. Pan ddeffrodd, yr oedd yr haul yn uchel, yn ddim ond llygad ffyrnig uwchben Dyffryn Aerwen, na allai edrych arno ond trwy wydrau duon. A thrwy'r ffenest agored dôi'r chwa brinnaf â sawr gwair newydd ei dorri. Taflodd yr unig gynfas oddi ar ei wely a llamu i'r llofft ac i'r ffenest. Eisteddodd ar lintal y ffenest.

Oddi tano yr oedd Dyffryn Aerwen yn wyrdd ac yn llydan, a'i gysgodion yn byrhau o funud i funud. Ym mhobman yr oedd clebar peiriannau lladd gwair. Cerddodd llygad Harri o ffarm i ffarm ar hyd y dyffryn, a'u henwi un ac un. Castell Aram, Y Trawscoed, Y Garnedd, Lluest y Wennol, Hendre'r Abad, Hafod Encid, a'r tri Chefn—yr Isaf, y Canol a'r Uchaf. A Lleifior. A'r mwyaf o'r rhai hyn oedd Lleifior.

Yn y Weirglodd Wen yr oedd tri yn trin y gwair, un ohonynt ar dractor yn tynnu tröwr. Ar hanner isa'r cae yr oedd dau arall, un ar dractor a'r llall o'i ôl ar beiriant lladd gwair. Yr oedd gan Edward Vaughan ddigon o ffydd yn yr haul i gael rhagor o'r cnwd i lawr.

Gwthiodd Harri'i ddwylo drwy'i wallt. Fflam! Yr oedd yntau wedi ymdynghedu i fod yn y maes ar fore cynta'i wyliau gyda chodi'r gwlith. Ni châi'i dad na'i weision ddweud bod myfyriwr yn ddiog. Mae'n amlwg fod ei fam wedi rhoi gorchymyn, fel arfer, nad oedd neb i'w ddeffro. Yn yr ymolchfa werdd ymolchodd yn nŵr y mynydd. Nid eilliodd. Yr oedd am

18

edrych yn wladaidd. Clywodd droed ar y grisiau a brathodd ei ben heibio i'r drws. Yr oedd Greta'n dod i fyny gyda hambwrdd.

'Cer yn ôl i'r gwely,' ebe Greta. 'Dyma dy frecwast di.'

'Cer ag o i lawr ar unwaith,' meddai Harri'n chwyrn. 'Brecwast yn ei wely i larp fel fi ar fore o haf!'

Syllodd Greta arno a'i mynwes yn llenwi'i blows felen fel y daliai'i hanadl. Gollyngodd ei hanadl. Weithiau, byddai ganddi berswâd ar ei brawd. Ond nid heddiw.

I lawr yn y gegin llyncodd Harri'r cig moch a'r ddau wy a'r marmalêd a'r coffi fel petai ar ddal trên. Cododd a rhedeg drwy'r drws.

'Henri!'

Yr oedd ei fam yn cerdded yn urddasol drwy'r gegin.

'Aros am funud, ac fe gei fynd â chwpaned i'r dynion yn y cae.'

Aeth y gwynt o hwyliau Harri. Eisteddodd ar y setl dderw a thanio sigarét. Cydiodd yn *Y Cymro*.

'Pa bryd wyt ti'n cyfarfod Lisabeth?' gofynnodd Greta.

'Lisabeth? O . . . heno, mae'n debyg.'

''Dwyt ti ddim yn dangos llawer o frwdfrydedd.'

'Pam? Ddylwn i?'

'Harri! A thithe'n priodi mewn blwyddyn.'

'Pwy ddwedodd 'mod i'n priodi mewn blwyddyn?'

'Ond 'rwyt ti'n *engaged*. 'Dydi merch ddim yn hoffi cadw'r fodrwy gynta'n hir.'

Hoeliodd Harri'i ddau lygad tywyll ar ei chwaer a'i chwestiynau.

'Mae arnat ti eisie imi briodi Lisabeth, on'd oes?'

'Wrth gwrs. Allwn i ddim meddwl am neisiach chwaer-yng-nghyfraith.'

'Ho!' A bwriodd Harri'i ben drachefn i'w bapur. Merched!

Ymhen deng munud yr oedd yn camu dros y caeau ac yn chwibanu, basged ar un fraich a thun llawn o de chwilboeth yn y llall, a'r awyr las, lydan uwch ei ben.

II

Cyn gynted ag y gwelodd ei dad ef yn dod drwy'r llidiart, amneidiodd yn eang ar y lleill a mynd tua'r gwrych lle'r oedd y cysgod hwyaf; eistedd, a thynnu'i het wellt dros ei lygaid. Safodd y ddau dractor fel wrth reddf, a disgynnodd y dynion yn chwim gan danio bob un ei sigarét wrth bowlio dros yr ystodion tua'r fasged.

Y cyntaf i gyrraedd oedd Wil James. Dim ond chwe mis y bu ef yn was yn Lleifior, ond yr oedd yn uwch ei gloch na'r un.

'Wel, Harri,' meddai, gan wyro'n ôl ac agor ei geg, a'i sigarét yn glynu wrth ei wefus isaf. 'Holides eto? 'Rydech chi'r stiwdents yn cael byd reit ulw braf.'

'Mae gwaith pen yn gofyn mwy o orffwys na gwaith cefn, William,' meddai llais Edward Vaughan o'r cysgod dan yr het wellt. Syllodd Harri'n chwilfrydig ar yr het o glywed yr amddiffyn annisgwyl hwn. Cododd Wil ei sgwyddau'n anghred-adun, a'i blygu'i hun yn sypyn sychedig ym môn y clawdd.

Yn nesaf, daeth Terence, mab Siôn Mari, Cefn Canol. Yr oedd ef yn was yn Lleifior ers dwy flynedd, ond yn styried ei foesau'n well na Wil. Yr oedd hefyd flynyddoedd yn iau, a llawer o ired ar ei wallt melyn fflat.

'Sut ydech chi, Terence?'

'Sdechi, Mr. Vaughan?'

Yr oedd athroniaeth Wil a Terence beth yn wahanol. Yr oedd Wil yn argoeddedig fod dyddiau'r 'meistried' drosodd, a bod eisiau dangos hynny iddynt ym mhob dull a modd. Ni fuasai ef yn gweithio i'r un ohonynt petai ganddo ddigon o 'gapitol', chwedl yntau, i ffarmio'i hun. Yr oedd Terence yn cytuno bod dyddiau'r meistri drosodd yn gyffredinol, ond fod lle o hyd i ychydig fonedd fel Edward Vaughan. Yr oedd felly'n eitha' bodlon dangos parch tuag atynt, ac un dull ganddo o wneud hynny oedd galw Harri, fel ei dad, yn 'Misdyr Vaughan'.

Y trydydd i gyrraedd oedd Ifan Roberts. Hen ŵr addfwyn dros ei ddeg a thrigain, y byddai Edward Vaughan yn ei ddisgrifio yn ei lyfrau fel *casual labour*. Fe fu Ifan yn was yn Lleifior yn ei breim, dan Edward Vaughan a'i dad o'i flaen. A chan fod dyddiau duon wedi disgyn ar ffermydd fel Lleifior yn

20

ffurf prinder gweision, a chan fod arian i'w gael i gyfnerthu pensiwn, yr oedd Ifan yn ymlwybro eto tua Lleifior pan oedd hi'n ddiwrnod braf, a phan nad oedd ei gryd cymalau'n cnoi.

'Wel, Henri bach,' meddai llais uchel, meddal Ifan Roberts. 'Sut ydech chi, 'machgen i?'

Yn rhinwedd ei henaint yr oedd yr hawl ganddo i alw Harri'n Henri, ond nid i'w dydïo. 'Chi' yr oedd wedi'i ddweud wrth blant Lleifior erioed.

'Yn dda iawn, Ifan Roberts, diolch,' meddai Harri, 'ac yn falch o'ch gweld chi. Sut mae'r hen elynion heddiw?' gan gyfeirio at y cryd cymalau.

'Yn eitha' byth, ar ddiwrnod cynhaea'.' A chyda chwerthin bach meddal a dygn ymdrech gwyrodd Ifan Roberts tua'r adlodd, a chydag un ochenaid fuddugoliaethus, cwympo'r ychydig fodfeddi olaf yn blwmp i'r llawr.

Yr oedd un arall o'r dynion heb gyrraedd. Yr oedd yn dod, yn dal ac yn osgeiddig, dros y cae, a'i wallt melyn fel gwenith yn yr haul. Yn araf y dôi, yn hanner anfodlon gadael ei waith. Iddo ef, yr oedd cywain y cnwd yn llawer pwysicach nag yfed te. Pan ddaeth yn ddigon agos, sythodd Harri ac edrych i'w wyneb golau a'i lygaid glas.

'*Guten Morgen*, Herr Weissmann.'

'*Guten Morgen*, Herr Vaughan.'

Nid na allai Karl Weissmann siarad Saesneg. Fe allai'n dda, a Chymraeg, hefyd, erbyn hyn. Ond mewn Almaeneg y byddai Harri'n ei gyfarch bob amser. Credai fod hynny'n help i'r Almaenwr unig deimlo'n fwy cartrefol. Yr oedd hefyd yn gyfle i loywi'r ychydig Almaeneg yr oedd wedi'i ddysgu gan Karl.

Fe ddaethai Karl i weithio yn Lleifior pan oedd yn garcharor rhyfel. Bu yno am ddwy flynedd, a dod cystal ag un o'r teulu. Yr oedd deigryn yn ei lygad pan ddaeth yn amser iddo fynd adref i Dortmund. Ond pan aeth i Dortmund, nid oedd ei gartref ar gael. Yr oedd yn garnedd, a'i dad a'i fam a'i frawd bach Jurgen wedi'u lladd gan fomiau'r R.A.F. Nid oedd gan Karl ond un lle yn y byd i fynd. Daeth yn ôl i Leifior.

'Croeso adref,' meddai wrth Harri yn Gymraeg. Yr oedd Cymraeg Karl wedi peidio â bod yn hynodrwydd bellach yn Nyffryn Aerwen. Nid oedd pawb yn siarad Cymraeg ag ef.

Tybiai rhai mai Saesneg oedd yr iaith i'w siarad ag Almaenwr. Ond yr oedd y rhai a siaradai Gymraeg ag ef wedi hen gynefino â'r cytseiniaid gyddfol a'r llafariaid cwta a'r ffurfiau mwy gramadegol. Gyda thrylwyredd ei genedl, yr oedd Karl yn dysgu iaith yn iawn os ei dysgu o gwbwl.

'Diolch, Karl,' meddai Harri, wrth dywallt y te melyn o'r tun i'r cwpanau di-glust, a thangnefedd bod gartref yng nghymdeithas gwŷr y pridd yn iro'i nerfau dolurus.

'I chi, Karl,' meddai, gan estyn y gwpan fwyaf dianaf i'r Almaenwr. Diolchodd Karl gan foesgrymu'n gynnil.

'Don't drink it too quick, Jerry,' ebe Wil James, yn bodio'i berfedd yng ngwres bôn y clawdd. 'There might be poison in it.' Yr oedd Wil James yn un o'r rhai a siaradai Saesneg â Karl. Nid oedd ganddo mo'r crebwyll i wybod bod Karl yn fwy o feistr ar unrhyw iaith nag ydoedd ef.

Gwenodd Terence wên gam. Ond pan welodd nad oedd Harri na'i dad yn gwerthfawrogi clyfreb Wil penderfynodd ei bod hi'n un sâl, a diflannodd ei wên mor sydyn ag y daeth. Nid oedd ef yn agored wrthwynebus i'r Almaenwr fel yr oedd Wil. Yn wir, nid oedd ef yn cael yn yr Almaenwr ddim bai. Ond fe fyddai'n ei chael yn anodd deall parch y Vaughaniaid at estron o'i fath.

Am ychydig, yfodd pob un ei de a bwyta'i frechdan heb siarad. Nid oedd sŵn ond mwmian y gwybed plagus dan y gwrych a pheiriannau'r Trawscoed a'r Garnedd ar y llechwedd pell a Wil a Terence yn llyncu ac yn cnoi. Karl yn unig oedd ar ei draed. Ni fyddai ef byth yn eistedd heb ei wahodd. Hyd yn oed ar gae gwair. Wedi cadw'r cwpanau, fodd bynnag, ac wedi i'r gweision ailgynnau'u stympiau sigarét, llaciodd y tafodau. Cynigiodd Harri sigarét i Karl.

'Dim diolch. Yr wyf o hyd yn ddiysmygwr.'

Ystumiodd Wil James ei wyneb. Cymraeg llyfr y dyn! Yr oedd Edward Vaughan yn syllu, o dan yr het wellt, ar gaeau'i gymdogion. Fe fuasai gwacach dyn wedi gwneud sylwadau ar y rheini, ond yr unig sylw a wnaeth ef oedd:

'Mae hi'n gynhaea' rhagorol, fechgyn.'

'Fel y bydde hi 'stalwm,' meddai Ifan Roberts.

'Cynhaea' cythgam o boeth,' meddai Wil James.

'Tywydd iawn i nofio,' meddai Harri.

'Rhagorol, Mr. Vaughan,' meddai Karl.

Terence yn unig a fethodd gael gair.

Aeth eiliadau heibio wedyn heb siarad. Pawb yn llonydd yn ei led-orwedd ond Karl. Edward Vaughan yn dal i led-orwedd, yn gwybod yn union pa nifer yn rhagor o funudau oedd i fynd heibio cyn y funud honno y byddai'n codi ac yn mynd at ei gribin. Harri'n lled-orwedd, yn yfed y profiad o fod gartref, o syllu ar y llechweddau cyfarwydd a oedd wedi dieithrio'n felys ers deuddeng wythnos. Wil yn lled-orwedd gan obeithio y câi Edward Vaughan gramp yn ei aelodau i'w rwystro rhag codi. Ifan Roberts a Terence yn lled-orwedd, meddwl y naill yn treiglo'n ôl i'r cynhaeaf 'stalwm, meddwl y llall yn prysuro 'mlaen at naw o'r gloch y noson honno, pan fyddai'n cwrdd â Sheila ar bont Llanaerwen.

'O'r gore, fechgyn,' meddai Edward Vaughan. A gwyddai pawb ddyfod yr eiliad i godi. Karl oedd y cyntaf at ei waith. Wil James oedd yr olaf.

III

Fe allasai'r machlud y noson honno fod wedi'i beintio gan Turner. Suddai'r haul fel oren fawr i'w darth porffor ei hun, yn is ac yn is i'r cyfrwy rhwng y ddau fynydd. Ar hyd y ffordd fynydd gul, aroglus gan dar newydd, rhwng y ddwy blanhigfa sbriws, yr oedd Harri'n gyrru car newydd Lleifior. Ar draws y ffordd gorweddai cysgodion hirion y sbriws. Llithrai'r car drwyddynt a'u cymryd bob un ar ei gorff gloywddu'i hun wrth basio.

Mewn bwlch yn y blanhigfa uchaf yr oedd camfa, wedi'i chreosotio'n ddu i ddal y tywydd, a'r gweddillion haul yn goch rhwng ei ffyn. Wrth y gamfa stopiodd Harri'r car. Yr oedd merch yn sefyll yno, yn dal ac yn dywyll mewn ffrog las, a chardigan angora ar ei braich, fel cwningen wen yn ei mynwes. Gwthiodd Harri'i ben drwy ffenest agored y car.

'Hylô, Lisabeth.'

'Hylô, Harri. 'Rwyt ti'n hwyr.'

23

'Y cynhaea', wyddost. 'Roedd yn rhaid imi siafio ar ôl gorffen.'

'H'm, h'm.'

'Ty'd i mewn.'

Daeth Lisabeth i du aswy'r car, lle'r oedd llaw Harri'n dal y drws yn agored iddi. Llithrodd drwy'r drws a suddo i'r sedd yn ei ymyl.

'Fe fuase gŵr bonheddig yn dod allan i ddal y drws imi,' meddai.

'Mae dyn wedi bod yn y gwair drwy'r dydd wedi blino gormod i fod yn ŵr bonheddig.'

'Mae gen ti ateb i bopeth. Wyt ti ddim am roi cusan imi?'

Estynnodd Harri'i fraich am yr ysgwyddau lluniaidd a thynnu'r ferch ato. Cusanodd hi, ond rywfodd, nid mor angerddol ag y buasai'n dymuno. Yr oedd yn meddwl ei bod hi wedi sylwi hefyd, ond os sylwodd ni ddywedodd ddim.

'Sgrifennaist ti ddim ata'i ers tair wythnos.'

'Oes cymaint â hynny?' ebe Harri. 'O, wel, rhaid iti gofio bod yr arholiadau—'

''Roedd yr arholiadau y flwyddyn gynta'r est ti i Fangor, a'r ail, ond 'roeddet ti'n gwneud amser i sgrifennu'r adeg honno.'

'Arholiadau *Inter*. oedd y rheini, Lisabeth. Arholiadau gradd oedd y rhain. Pe bawn i rywfaint haws ag egluro.'

'Os oeddet ti'n 'y ngharu i, fe ddyl'set wneud amser i sgrifennu, pa arholiadau bynnag oedden nhw.'

'Ac os oeddet *ti*'n 'y ngharu *i*, fe ddyl'set tithe garu fy lles i ddigon i beidio â disgwyl—'

'Ydi'n rhaid inni ffraeo, Harri? Y noson gynta wedi iti ddod adre?'

Gollyngodd Harri anadl hir. Yr oedd merched yn gallu ffraeo pan fynnent a pheidio pan fynnent, ac ar y dyn, bob amser, yr oedd y bai.

'Nac ydi, Lisabeth.'

Trodd yr allwedd o'i flaen, pwysodd y botwm, a dechreuodd y peiriant esmwyth ganu grwndi fel cath.

'B'le'r awn ni, Harri?'

'B'le caret ti fynd?'

'I ymyl Llyn Dwsen, lle buon ni gynta 'rioed efo'n gilydd.'

'Llyn Dwsen amdani, 'te.'

A symudodd y car drachefn drwy'r cysgodion, a oedd yn hwy ac yn dduach erbyn hyn, a'r haul ar ddiflannu yn dallu'r ffenestri wrth basio'r bylchau yn y coed. Rhedodd Harri ras â'r haul. Yr oedd am ei ddal wrth Lyn y Dywysen cyn iddo fynd o'r golwg am y nos.

Ond pan safodd y car wrth y llyn yr oedd yr haul wedi mynd, ac wedi gadael ei waed ar yr awyr o'i ôl. Ac fel y bydd wedi machlud haul, yr oedd gwynt bach gwyllt wedi codi ac yn ysgwyd yr hesg o gylch y llyn yn filain nes bod eu pennau'n clecian yn erbyn ei gilydd.

'Awn ni allan?'

'Nac awn, Harri. Mae'n rhy oer rŵan.' A thynnodd Lisabeth ei chôt weu angora amdani.

'Fe fydd y glaswellt yn sych ac yn feddal. Glaswellt mynydd. Fe fydd yn gynnes, hefyd, newydd ei adael gan yr haul.'

'Mae'n well gen i aros yn y car.'

Yr oedd Lisabeth yn amlwg am ddogni'i bleser heno, a'i gyfyngu i sgwrsio'n unig. Annibyniaeth. Hunanamddiffyn. Beth bynnag ydoedd, yr oedd Harri'n ddigon blin wrtho.

'Fel y mynnot ti. Wyt ti'n hoffi'r car newydd, Lisabeth?'

'Ydw.'

'Mae gennoch chithe gar newydd yn y Trawscoed hefyd.'

'Oes.'

'Mae 'na dipyn bach o gystadleuaeth rhwng y ffermwyr.'

'Tipyn bach.'

Yna bu saib, nes gofynnodd Lisabeth,

'Beth sy'n bod, Harri?'

'Oes rhywbeth yn bod?'

''Dwyt ti ddim yr un fath ag arfer.'

''Rwy'n teimlo'r un fath ag arfer.'

''Rwyt ti'n fwy distaw.'

'Fe wyddost, Lisabeth, ein bod ni wastad dipyn yn swil o'n gilydd pan ddo'i adre. Mae'n naturiol, wedi inni fod oddi wrth ein gilydd cyhyd.'

'Nid fel hyn y bydde hi o'r blaen.'

Gwingodd Harri yn ei sedd. Yr oedd Lisabeth yn rhoi geiriau i'r peth a oedd yn wir yng ngwaelod ei feddwl. Nid oedd wedi'i gydnabod iddo'i hun. Nid oedd am ei gydnabod yn awr. Gwnaeth ymdrech. Edrychodd arni'n llawn.

Yr oedd hi mor hardd ag erioed. Yr oedd hi'n ddwy ar hugain, flwyddyn yn iau nag ef. Yr oedd ei chorff yn berffaith, ei hwyneb yn berffaith. Y llygaid mawr lliw cnau yn olau dan y blew amrant hirion; y croen glân, tywyll, a'r gwefusau llawn yn cyrlio'r ychydig lleiaf; y gwallt hir yn fodrwyau diog ac yn ymylu ar fod yn ddu. Yr oedd Lisabeth yn addurn ardal, yn wobr ynddi'i hun heb sôn am arian y Trawscoed. Dywedai'r farn gyhoeddus hollwybodol y byddai'i thad, wedi rhoi ffarm bob un i'w brodyr, yn rhoi'r rhan dda iddi hi. Ac at ei harddwch a'i harian yr oedd ei hurddas. Cafodd ysgol yn Nolgellau, ac yr oedd yn ei cherdded yn foneddiges, bob giewyn glân ohoni.

'Rwyt ti'n ffŵl, Harri, meddai Harri wrtho'i hun. Yn ffŵl i feddwl blino ar hon. Yr oedd ganddi bopeth a allai fod i ferch. A chydag ysbail Lleifior a rhan o ysbail y Trawscoed ynghyd, nid oedd dim yn aros Harri ond bod yn ŵr bonheddig weddill ei oes. Ac wrth eistedd yno, yn syllu i'r llygaid lliw cnau, yr oedd yn methu ac yn methu dirnad pam na allai garu hon â holl rym ei reswm. Fe allodd unwaith.

Rhaid imi, meddai. Ac estynnodd ei freichiau a'i thynnu ato fel y gallai yng nghyfyngder y sedd. Rhoddodd hithau'i phen ar ei ysgwydd a hanner cau'i llygaid nes bod blew'r amrannau fel dwy wyntyll ar y bochau brown. Ond teimlodd Harri fodrwyau'i gwallt yn goglais ei wddw, a theimlodd yn flin wrthynt. Rhoddodd y bai ar ei nerfau wedi'r arholiad.

''Rwy'n dy garu di, Lisabeth,' meddai.

Ond yr oedd y geiriau heb ddyfnder, fel hediad carreg fain ar wyneb Llyn y Dywysen. Ac ni ddywedodd Lisabeth mo'r geiriau'n ôl, er bod Harri'n gwybod eu bod yn ei meddwl.

Griddfannodd y gwynt yn yr hesg o gylch y llyn a chwipio drwy ffenest y car nes bod y ddau'n crynu. Caeodd Harri'r ffenest a thanio'r peiriant. Trodd y car yn ôl ym mhen pellaf y llyn a gyrru tuag adref yn gynt nag y daeth.

Safodd y car yng ngwaelod Wtra'r Trawscoed. Aeth Lisabeth allan cyn i Harri gael cyfle i fynd i agor y drws iddi.

'Mi ddo'i dy hebrwng di at y tŷ, Lisabeth.'

''Does dim eisie iti, Harri. Mi alla'i fynd fy hun.'

'Pa bryd y gwela'i di eto?'

''Does dim rhaid iti 'ngweld i eto.'

Ac aeth Lisabeth yn gyflym i fyny'r ffordd fach. Gwyliodd Harri'r gardigan angora wen yn toddi i'r gwyll dan y coed.

3

I

Yr oedd y glaw trwm yn curo ar do'r helm wair fel ffyn ar dabwrdd. Yr oedd wedi glawio drwy'r dydd: llen lwyd yn symud, symud yn araf, ddi-stop i lawr Dyffryn Aerwen rhwng Lleifior a'r tu draw i'r afon. Yr oedd y borfa grin yn dyheu ers dyddiau am y glaw; pob chwydd ym mhob cae wedi llosgi'n ddwrn cochddu, ac aroglau crasu ym mhob man.

Neithiwr, aethai'r awyr yn fwll. Dechreuodd y dyniewaid yn y gweirgloddiau redeg a neidio'n ynfyd â'u cynffonnau'n syth i fyny. Peidiodd yr adar â chanu. Aeth y nefoedd yn blwm. Ac fel y dawnsiai'r llwyth olaf o wair y Weirglodd Wen i'r ydlan, saethodd mellten biws drwy'r cymylau, a chraciodd y daran yn y plwm uwchben. Daeth y diferion cyntaf, yn lympiau swnllyd, araf; ac o'r diwedd ymollwng yn genlli gwastad i'r ddaear fyglyd.

Heddiw, yr oedd y gwaith wedi sefyll yn Lleifior. Ond ni chwynodd neb. Yr oedd holl wair y Weirglodd Wen dan do, ddeuddeg cyfer aroglus ohono, ac nid oedd dim ar lawr i dderbyn y glaw ond ychydig ystodion ar waelod Erw'r Pant. Yr oedd athrylith gynhaeaf Edward Vaughan yn agos i fod yn ddifeth.

Yr oedd Edward Vaughan wedi mynd i'r Cyngor Sir i gynrychioli ffermwyr Dyffryn Aerwen. Wil James a Terence yn y certws yn hogi'r cyllyll ac yn smocio. Ifan Roberts gartref, wedi darganfod pwl o'r cryd cymalau. A Karl a Harri yng nghwmni'r gwair newydd dan do swnllyd yr helm, yn blasu'r sgwrs a oedd wedi'i dannod iddynt gan ddyddiau gwylltion y gwair.

'Y peth sy'n 'y mhoeni i,' meddai Harri, 'ydi fod gwaith wedi mynd allan o esgyrn dynion. Dyna ydi delfryd pawb heddiw: bywyd heb boeni, bwyd heb chwysu, cyflog heb waith.'

Nodiodd Karl ei ben, a gwthio'i draed i sypyn o hen wellt ar lawr yr helm, wedi soddi gan ddiferion mawr o'r bargod.

'Ia,' meddai'n araf. 'Gwareiddiad wedi blino. Mae Ewrop wedi gweithio gormod, gorff a meddwl. Mae'r Gorllewin wedi blino.'

''Rydech chi'n besimist, Karl.'

'Ydw. Chi'n gweld, yr wyf wedi edrych ar olion dynion. Adeiladau mawr—y Reichstag, os mynnwch—wedi'u codi gan addoliad dyn iddo'i hunan, ac wedi'u chwalu. Tyrau Babel. Dyn yn ceisio cyrraedd y nefoedd cyn bod yn ffit i'r nefoedd. Y mae'n gwareiddiad ni wedi cyrraedd mor bell ag y gall. Rhaid iddo fynd yn ôl—mwyach. Nid oes dim mwy o gynnydd yn bosibl tan y gwareiddiad nesaf. Mae athrylith y Gorllewin wedi'i digoni. Wedi blino.'

Taniodd Harri sigarét. Dyma waith meddwl. Yr oedd yn dysgu mwy gyda'r Almaenwr hwn na chyda'i lyfrau.

'Felly,' meddai, a'i ddwy ael dywyll wedi'u plethu'n un, 'mae'n rhaid i bawb fyw'n baraseit.'

'Rhaid. Ar y bobl dduon, a melynion, a chochion. Ar y cyfoeth sydd eto heb ei ddinistrio. Ar y gorffennol.'

Edrychodd Harri arno.

'Ond yr ydech *chi*'n gweithio, Karl. 'Does dim owns o ddiogi ynoch chi. Edrychwch ar Wil James a Terence. Weithian nhw ddim ond dan lygad 'y nhad. Weithith 'y nhad ddim ond i'r gradde sy raid. Weithia' inne ddim ond y gwaith sydd at fy nant i. Ond amdanoch chi . . .'

'Ydw. Yr wyf yn gweithio. I anghofio. Nid oes i mi ddim arall. Pan wyf yn sefyll, i feddwl, i gofio, y mae fy nhad, a Mam, a Jurgen, yn dod i sefyll gyda fi—i siarad â fi ac i ddweud wrthyf i nad ydyn nhw ddim yn bod. Ddim yn bod mwyach, ond lle'r wyf i yn bod, a thra wyf i yn bod. Yr wyf i yn gweithio i anghofio.'

Fe wyddai Harri nad adeg i siarad oedd hon. Yr oedd wyneb glandeg Karl yn rhychau ar ei hyd ac ar ei draws, ac yn ei lygaid yr oedd poen. Nid poen creadur mewn magl, ond poen organydd mawr wedi colli'i ddwylo. I lawr, yn y buarth, yr oedd Greta'n chwythu'r chwiban de. Peidiodd sŵn hogi'r cyllyll yn y certws. Cododd Harri ar ei draed ac estyn ei freichiau'n ddioglyd. Yr oedd Karl yn dal i syllu ar adfeilion y Reichstag yn y sypyn gwellt gwlyb wrth ei draed.

'Dod am de, Karl?'

Daeth Karl yn ôl i Leifior. Cododd yn araf a dechrau pigo'r gwellt o'i wallt melyn. Cribodd ei wallt, a daeth yn felynach wrth ei gribo. Meddalodd y rhychau yn yr wyneb golau, a gwenodd y llygaid gleision yn sydyn ar Harri. Un wên fuan, fer, fel llygad haul rhwng dwy gawod yn Ebrill. Taflodd y ddau sachau dros eu pennau a rhedeg drwy'r cenllif glaw at ddrws y tŷ.

Pan ddaethant i'r gegin yr oedd Wil James a Terence eisoes wrth y bwrdd. Y ddau'n bwyta fel petaent heb fwyta briwsionyn ers amser brecwast. Eisteddodd Karl a Harri gyferbyn â hwy a rhoddodd Karl ei ben i lawr i ofyn bendith ddistaw ar ei fwyd, yn ôl ei arfer. Edrychodd Wil James yn ddirmygus arno am un eiliad, yna aeth ei enau ymlaen â'u cnoi.

''I weles Lisabeth y Trawscoed heddiw,' ebe Wil James, wrth roi haen drom o jam eirin ar ei frechdan. Nid atebodd neb mohono. Nid oedd yn disgwyl ateb. ''Roedd hi'n edrych yn ddigalon gythgam.' A gwthiodd y frechdan i'w geg.

Gwenodd Terence wên prentis wrth hollti'i frechdan yntau ar ei blât. Yr oedd Wil James yn chware cath a llygoden â'r mistar ifanc. Er mwyn i rywun ddweud rhywbeth, fe ddywedodd Greta, a oedd yn torri bara-menyn ym mhen y bwrdd,

'Pam yr oedd hi'n ddigalon, meddech chi, Wil?'

'Wn i ddim, nen duwc. Os nad oes rhywun wedi'i jiltio hi.'

Aeth gwên Terence yn lletach. Torrodd cyllell Greta'n arafach. Yr oedd hi wedi bod yn disgwyl y newydd hwn. Ni fu Lisabeth yn Lleifior er pan ddaethai Harri adref. Yr oedd hynny'n beth dieithr, ac felly'n beth drwg. Yr oedd Lisabeth a hithau'n ffrindiau. Ond 'doedd dim diben iddi holi Harri, mwy na'r dorth yn ei llaw.

Yn y distawrwydd a ddilynodd sylwodd Harri ar ddau beth. Yr oedd Wil James, wrth gnoi, yn syllu'n slei ar Greta. Nid ar ei hwyneb, ond ar ei mynwes. Am eiliad, ffieiddiodd Harri ef. Yr oedd Wil James yn briod, a chanddo blant. Onid oedd priodi'n dallu gŵr weddill ei oes i bob harddwch ond harddwch ei

30

wraig ei hun? Gwir, nid oedd Sali, gwraig Wil, yn hardd mwyach. Y peth arall y sylwodd arno oedd Greta'n estyn y plât teisennau i Karl. Yr oedd wedi troi'r plât nes bod y deisen ddelaf, flasusaf, yn nesaf ato ef. Tosturi at estron amddifad, hwyrach.

Pan gododd y dynion oddi wrth de yr oedd y glaw wedi peidio. Yr oedd y trwch cymylau'n symud yn wastad i'r gorllewin, a'r glas uwchben yn lledu, lledu, nes dod o'r diwedd ar warthaf yr haul yn ei guddfan. Saethodd hwnnw allan o gwd o gwmwl a boddi'r wlad mewn melyn mawr. Yr oedd y coed wedi'u golchi, a'r caeau, a ffresni peraidd yn codi oddi arnynt. Canodd aderyn, ac un arall, ac un arall, ac arllwysodd pob creadur a chanddo lais ei foliant, yn gân ac yn gyfarth ac yn fref.

Pan aeth Harri i'r buarth yr oedd Wil James yn codi'i lais wrth Karl.

'So you're going to do the milking, Jerry, so that Terence and I can go home? Very nice. And you'll have overtime for it, I s'pose. And you'll go up the boss's sleeve. Very comfortable.'

Nid oedd yr Almaenwr yn dweud dim. Yr oedd yn syllu ar y Cymro, yn methu deall. Dyma gynnig cymwynas, a chael ei thaflu'n ôl yn eich wyneb. Fe'i gwnaeth Harri'i hun mor dal ag y medrai a hwylio i mewn i'r helynt.

'Helô, Wil, beth sy'n bod?'

Edrychodd Wil arno, cystal â dweud 'Pwy wyt ti'n feddwl wyt ti, bòs bach?' Ond dywedodd,

'Dim, Harri, dim byd. Rhyw gamddealltwriaeth rhwng Jerri a finne, dyna'r cwbwl.'

A phowliodd i fyny'r buarth â'i ddwylo'n ddwfn yn ei bocedi. Aeth Terence ac yntau adref wedi'r cwbwl, heb ddweud gair wrth neb. Byddent yn ôl drannoeth. Aeth Karl i'r afael â'r peiriant godro a'i daclau gloywon, a godrodd ddeugain o wartheg.

II

Wrth fynd i lawr drwy Goed Argain i Lanaerwen, ni welodd Wil James ddagrau'r haul ar y deri a'r ynn. Ni welodd mo'r

31

wiwer yn fellten goch rhwng y brigau. Ni chlywodd mo'r fwyalchen uwch ei ben. Ni chlywodd ac ni welodd ddim ond llygaid gleision Karl Weissmann a mynwes Greta Vaughan a chyfeiriau o wair mewn glaw. Nid oedd ystyr na phwrpas i'r un ohonynt. Dim ond darlun, a chynhyrfiad pŵl yn ei ganlyn. Darlun arall; cynhyrfiad arall. Dim mwy.

Croesodd y gamfa i'r ffordd dyrpeg. Yr oedd aroglau tar newydd arni, a'r tar fel triagl ar ymylon y cerrig mân a oedd wedi'u sathru at ochrau'i gilydd. Nid nepell i ffwrdd yr oedd stêmrolar ger y gwrych, yn codi'i gorn i'r awyr ac yn sïo'n fodlon wrtho'i hunan wedi gwaith y dydd. Safodd Wil James am eiliad i edrych ar yr wyneb newydd a gawsai'r ffordd y diwrnod hwnnw.

'Hy!' meddai. 'Mi fuaswn wedi gwneud mwy fy hunan. Dynion ffordd!'

Ac aeth yn ei flaen dan regi.

Yr oedd yn byw yn un o'r ddau dŷ ar fin y ffordd a godwyd i weithwyr amaethyddol. Am ei fod yn weithiwr amaethyddol, a chanddo ddau o blant, ac wedi byw er pan briododd mewn bwthyn condemniedig yn y Llan, ac am ei fod yn arfer chware darts yn y Crown gydag un o gynrychiolwyr Llanaerwen ar y Cyngor Dosbarth, fe gafodd y tŷ. Ac er mai tŷ digon tenau ydoedd, wedi'i godi mewn brys, yr oedd yn blasty wedi'r hofel yn y pentref. Agorodd Wil y wiced ysgafn ac aeth i fyny'r grisiau concrid i'w dŷ.

Yn cwrdd ag ef yn y drws yr oedd cymylau o stêm a bref baban wythmis o bram urddasol wrth y tân.

'Diawl!' meddai Wil James.

Daeth Sali'i wraig o'r gegin a mynd at y pram a rhoi dymi yng ngheg y baban.

'Ei ddannedd o sy'n poeni,' meddai hi.

'Mi'u tynna'i nhw bob un os gweiddith y llymbar lawer rhagor,' ebe Wil, gan daflu'i gôt law ar gadair.

'Wil!' ebe'i wraig. 'Rhag dy gwilydd di! Ddost ti ag wye?'

'Naddo.'

'Llaeth?'

'Naddo.'

''Dwyt ti ddim yn trio. A thithe'n gweithio ar ffarm. Mi wyddost mor ddrud ydi'r pethe i'w prynu.'

Trodd Wil ati â'i wefusau'n glasu.

'Gwrando'r slwt! Os wyt ti'n meddwl 'mod i'n mynd i fegio llaeth ac wye i arbed i ti fynd i'r Llan i'w prynu nhw, 'rwyt ti'n gwneud mistêc go ffein. Ac os wyt ti'n meddwl eu bod nhw'n hawdd eu begio, mae dy fistêc di'n fwy. Mae dyrne'r ffarmwrs 'ma heddiw fel feis. Waeth iti drio cael gwaed o faen llifo na thrio cael wy o ffarmwr heb dalu. A rŵan, cau dy geg. Mae gen i waith i'w wneud.'

Llyncodd Sali'r lwmp yn ei gwddw a throi i lapio'r dillad yn dynnach am y babi yn y pram. Aeth Wil at y seidbord a thynnu amlen o'r drôr. Agorodd hi, a thaenu'r pŵls pêl-droed ar y bwrdd. Taniodd Wdbein a tharo pin yn yr inc a gwyrodd dros ei 'waith'. Parhaodd y distawrwydd am ddeng munud cyfan. Rhoddodd Wil groes yma, un arall acw, ymgynghorodd â dau neu dri o bapurau wrth ei benelin, a chrafu rhagor o groesau ar y papur bach sgwarog. Ac yna, daeth alanas.

I lawr y grisiau o'r llofft daeth John, yr hynaf o'r ddau blentyn. Prin deirblwydd oed, a'i fochau'n gymysgedd amryliw o laid a jam. Yn ei ddwylo yr oedd llestr blodau gorau'r tŷ, a arferai sefyll ar lintal y ffenest yn y llofft ffrynt. Yr oedd John yn cludo'r llestr blodau'n fuddugoliaethus i ryw bwrpas dirgel yng nghefn y tŷ. Ond trodd ei fam a'i weld.

'John!' gwaeddodd. 'Beth wyt ti'n wneud â hwnna? Rho fo i mi mewn munud.'

Wrth weld wyneb ei fam, aeth y llawenydd o lygaid John. Daeth lliprwydd sydyn i'w fysedd, a chyn i'w fam ei gyrraedd yr oedd y llestr blodau'n ddeg darn ar y llawr. Gwyrodd John yntau i'r llawr, yn swp o ubain torcalonnus. Safodd ei fam uwch ei ben yn dwrdio. Rywsut, yn y styrbans, cwympodd y dymi o geg y babi ac ymunodd hwnnw yn y cyngerdd.

Taflodd Wil ei bin sgrifennu ar y bwrdd a chodi.

'Uffern gynddaredd!' taranodd. 'Ac mae cartref yn nefoedd, ydi o? Dyma fi'n trio sgwennu tipyn o farddoniaeth ar y bwrdd 'ma ar ôl diwrnod caled yn y c'naea', ac yr ydech chi mor sbeitlyd ohono'i chaiff 'y meddwl i ddim gweithio am bum munud mewn heddwch!'

'Taw, Wil,' meddai Sali.

'Tewi! Wyt *ti*'n dweud wrtha'i am dewi, a thithe mor swnllyd â'r plant bob tamed?'

'Os oes arnat ti eisie gwybod, mae'r plant 'ma mor anfoddog am nad oes ganddyn nhw ddigon o fwyd yn eu bolie. A chân nhw byth, tra byddi di'n gwario pres eu bwyd bach nhw ar dy sigaréts a dy bapure ffwtbol. Ac mae'n debyg yr ei di i'r Crown rŵan a gwario chweugien yn fan'no cyn y doi di adre.'

Syllodd Wil ar wyneb ifanc rhychiog ei wraig a'i gwddw crwm—wyneb a oedd unwaith yn fochgoch a gwddw a oedd unwaith yn feinsyth wyn, pan fu gorfod arno ef ei phriodi am ei dwyn i drwbwl. Pe cawsai'r dyddiau hynny'n ôl, fe adawsai lonydd iddi, bob blewyn ohoni.

'Diolch iti am roi'r syniad yn 'y mhen i,' meddai wrthi. 'I'r Crown yr a'i, a chweugien waria'i, cyn y cei di glywed fy ogle i eto.'

Ac wedi gwthio'r papurau'n frysiog i'r amlen, a gwthio'r amlen yn frysiog i'r drôr, trawodd ei gap parch ar ochr ei ben ac aeth allan i'r Crown, a'r tŷ'n crynu dan glep y drws o'i ôl. Am eu bod yn synhwyro'r trydan yn y stafell, yr oedd y plant wedi tewi tra bu'u rhieni'n pledu'i gilydd â geiriau, ond pan ddaeth y glep gyfarwydd ar ddrws y ffrynt, torrodd yr argae drachefn. Eisteddodd Sali i lawr i wylo gyda'i phlant.

III

Edrychodd Terence ar ei wats-arddwrn. Yr oedd Sheila'n hwyr. Nid oedd hynny ynddo'i hun yn ei boeni. Y peth oedd yn ei boeni oedd fod twr o lanciau dan fargod siop Wilff ar groes Llanaerwen yn edrych arno. Llanciau oedd yn rhy ifanc i gael cariadon, llanciau oedd wedi ffraeo â'u cariadon, a llanciau na chaent gariadon byth. Fe fyddai'r rhain wrth eu bodd pe na ddôi Sheila. Fe fyddai Terence yn yr un cwch â hwy.

Ond fe ddaeth Sheila. Fe ddaeth i fyny'r ffordd o gyfeiriad y tai cownsil, mewn côt law wen, gwta, a'i gwregys yn dynn amdani, a'i gwallt gwelw mewn crafat o reion sgarlad. Yr oedd minlliw'n dew ar ei gwefusau a choch grudd ar ei bochau a gormod o fascara ar flew gwelwon ei llygaid. Ond i Terence yr oedd hi'n dlws. Cwympodd y wên ar wynebau'r llanciau dan fargod siop Wilff.

'Haia, baby!' meddai Terence.

'Haia, kid!' meddai Sheila.

Rhoddodd Terence ei fraich drwy'i braich hi ac aethant dros y bont a chanlyn y ffordd nes dod at geg y llwybyr i'r Nant. Yng ngheg y llwybyr safodd Terence i danio sigarét. Syllodd Sheila arno'n tanio, yn edmygu'i fedr, yn eiddigeddu wrth y sigarét. Mewn tafarn datws yn hwyr y nos fe fyddai Terence yn cynnig sigarét iddi. Ond nid ar y stryd. Nid oedd Terence yn credu mewn merched yn smocio ar y stryd. Yr oedd Sheila'n ei edmygu am gredu hynny. Yr oedd yn gred wrol, wrywaidd.

Cerddodd y ddau'n araf, am yr ugeinfed tro, i fyny'r llwybyr tua'r Nant, gam wrth gam, troed de gyda throed chwith, troed chwith gyda throed de. Yr oedd cydgerdded perffaith yn symbol. Wedi taflu'i sigarét estynnodd Terence ei fraich am ei chanol, a chyflymodd ei galon fymryn. Soniodd Sheila am y siop. Soniodd Terence am y ffarm. Ac wedi'r sôn, distawrwydd.

Yr oedd y coed yn dewach, drymach, wrth nesu at y Nant. Yr oedd rhyw olau cyfrin yn eu gwyrdd gwlyb, trwchus. Yr oedd y Nant yn tabyrddu yn y ceunant fel yr oedd eu calonnau'n tabyrddu yn eu cyrff. Er bod y glaswellt yn llaith, gorweddodd y ddau arno.

Yr oedd eu caru ar y cyntaf yn rhamantus. Cyffelybodd Terence hi i Patricia Roc. Cyffelybodd Sheila ef i John Mills. Trwy lygaid serch, diau eu bod felly. Yr oedd eu caru ar y cyntaf yn rhamantus. Ond yr oedd y persawr rhad yn ei gwallt hi a'r aroglau baco ar ei anadl ef yn feddwol. Gwasgodd ef hi ato ac aeth eu cusanau'n lleithach. Â'i law rydd agorodd ei chôt a byseddu'i ffrog denau, dynn.

Yr oedd yn tywyllu pan gerddodd y ddau i lawr o'r Nant. Yr oedd ef yn amau a oedd yn ei charu hi gymaint ag ydoedd ddwy awr yn ôl. Yr oedd sigarét rhwng ei wefusau ac yr oedd yn falch ohoni. Yr oedd awel fain yn dod i fyny o'r pentref ac ar yr awel aroglau tships o siop Leusa. Cyflymodd y ddau eu cerddediad.

4

I

Yr oedd disgwyl canlyniadau'r arholiad yn dechrau dweud ar Harri. Nid bod gwneud marc academaidd yn obsesiwn ganddo. Ond wedi rhoi oriau gorau'i fywyd i'w bwnc, fe fyddai methu'n cau drws ar y dyfodol. Ac yn ystod dyddiau'r disgwyl yr oedd Harri wedi methu ganwaith. Yr oedd wedi methu yn ei gwsg, wedi methu uwchben nofel, wedi methu wrth wrando pregeth yn y capel. Fe fyddai'n deffro'n sydyn am dri o'r gloch y bore a'r nos yn dechrau gwelwi rhwng llenni'r ffenest, wedi gweld telegram melyn ac arno'r un gair tyngedfennol—*Failed*. Gorweddai'n ôl ar y gobennydd, ond nid i gysgu.

Fe wyddai'i fam. Yr oedd ei llygaid hi'n gynefin â phob ystum ynddo. Nid oedd y glas dan ei lygaid na'r gwyn ar ei ruddiau'n dianc rhagddi hi. Fe fyddai'n curo wy mewn llaeth iddo bob bore, ac yn rhoi yn hwnnw—wedi cael cefn dirwestol Edward Vaughan—joch o win tonig. Ond yr oedd y glas yn dal dan ei lygaid, a'r gwyn ar ei ruddiau. Ni allai dim amrywio'r ddeuliw hynny ond newydd da.

Ac i Edward Vaughan yr oedd yn rhaid cael y newydd da. Nid oedd ef erioed wedi methu yn ei waith. Nid oedd methu yng ngeiriadur Vaughaniaid Lleifior. Ond i Margaret Vaughan yr oedd unpeth mwy na llwyddo. Iechyd oedd hwnnw. Fe gâi Harri fethu pob arholiad o'i rhan hi, dim ond i'r golau aros yn ei lygaid a'r gwrid ar ei foch.

Aeth Harri allan yn gynnar i'r gwair un bore. Yr oedd yn fore llachar. Yr awyr ymhell uwchlaw'r ddaear ac esgus neu ddau o gwmwl yn ymddatod ac yn toddi i'r glas. Ar hyd y gorwel yr oedd rhimyn o awyr gopor. Bore i dynnu undyn o'i wely. Ond yn ei wely y buasai Harri oni bai am ei anesmwythyd. Yr hunllef a'i tynnodd allan, nid yr haul. Ac un peth arall.

Y diwrnod hwnnw yr oedd Dr. Rushmere yn dod i Leifior. Fe allai Harri gyd-dynnu'n o lew â phawb. Ond nid â Dr.

Rushmere. A'r peth a'i gyrrai i ffraeo ag ef ei hun oedd na allai daro bys ar ddim o'i le yn y meddyg ifanc. Yr oedd ei foesau'n ddilychwin. Yr oedd ei ddiwylliant yn grwn. Ei wyneb yn bictiwr. Ei lais fel hufen. Nid oedd dim yn y dyn y gallai'n onest ddweud na ddylai fod ynddo. Ac eto, yng nghwmni Dr. Rushmere fe fyddai'n teimlo fel sach yn ymyl lliain main. Nid am ei fod yn ifanc yn ymyl hen ŵr. Nid oedd ond prin ddeng mlynedd yn iau na'r meddyg. Ond fe lwyddai'r meddyg i'w berswadio nad oedd yn ddim amgen na gwladwr bras, anaeddfed. Nad oedd wedi gweld dim ar y byd. Nad oedd yn deall dim ar fywyd.

Gwaeth na'r cyfan, yr oedd Dr. Rushmere yn bwriadu priodi Greta. Fe allai Harri faddau llawer iddo oni bai am hynny. Yr oedd meddwl am fod yn frawd-yng-nghyfraith hyd ei fedd i'r dyn sidanaidd hwn yn golyn yr andros iddo. Beth oedd bwriad Greta tuag at y doctor ni wyddai Harri. Yr oedd bod dyn felly mewn cariad amlwg â hi yn porthi'i balchder, a hithau'n ddim ond ugain oed. Yr oedd bod yn wraig i ddyn a oedd ar fin ymsefydlu yn Rodney Street yn freuddwyd i oglais unrhyw ferch gwlad. Ac yr oedd Greta'n ddigon penysgafn yn nhyb Harri i droi'r breuddwyd yn wir.

Ar ei dad yr oedd y bai. Yr oedd meddygon yn hobi gan Edward Vaughan. Bob hydref fe fyddai tri neu bedwar ohonynt yn Lleifior yn saethu. Yr oedd ffarmwr a allai ddenu gwŷr y lansed i gerdded ei dir yn ffarmwr gwell na'r cyffredin. Rhaid bod ganddo arian, a phersonoliaeth, a dylanwad. A phan ddaethai Dr. Maldwyn Edwards o Lerpwl i Leifior yn ôl ei arfer yr hydref cynt fe ddaethai â Dr. Rushmere gydag ef. Ac er nad aeth Dr. Rushmere â'r un ffesant o Leifior i'w ganlyn, fe aeth â darlun o Greta.

A heddiw, ar y diwrnod crasboeth hwn, yr oedd Dr. Rushmere yn dod i Leifior. Nid ar wib, i ddychwelyd drachefn gyda'r nos, ond i aros am wythnos. Am wythnos hir fe fyddai parlwr mawr Lleifior yn syfrdan gan wyrthiau meddygaeth, yn glustiau i gyd i Saesneg fel y dylid siarad Saesneg, ac yn las gan fwg sigâr. Cydiodd Harri'n sorllyd mewn picfforch a'i thynnu o'r ddaear galed.

I fyny'r adlodd rhwng y cocynnau melyn yr oedd y tractor mawr yn tuthio, a phob tro y byddai'n sefyll i Terence ac Ifan Roberts godi gwair ar y gert y tu ôl, fe fyddai pelenni bychain o fwg gwyn yn saethu o'i gorn i'r awyr. Ar ben y llwyth, a oedd erbyn hyn yn sylweddol, yr oedd Edward Vaughan. O bell, nid oedd dim i'w weld ohono, gan danbeitied yr haul, ond crys gwyn a het wellt. Ac o hir ymarfer yr oedd y gŵr pum mlwydd a thrigain yn troi ac yn trosi'r sypiau trymion a deflid ato fel plu, ac yn eu gosod sypyn ar sypyn yn eu lle rhagosodedig ar y llwyth. Nid oedd neb yn Nyffryn Aerwen yn cofio i lwyth droi erioed a lwythwyd gan Edward Vaughan.

Rhyw ganllath neu well y tu ôl i'r tractor mawr a'i lwyth yr oedd y tractor bach, yn fwy heini, yn fwy modurol ei sŵn, a'i olgert yn llai. Yr oedd darn llwyth ar hwnnw hefyd, a Wil James arno, a Karl islaw yn codi. Gwelodd Harri mai gyda hwnnw yr oedd ei le ef. Croesodd ato.

Wrth basio'r llwyth cyntaf clywodd siarad mân a meddal. Ifan Roberts oedd wrthi, fel gwenynen mewn grug. Yr oedd Terence, rhwng codi gwair a neidio ar y tractor i'w symud a neidio oddi arno drachefn, yn rhy brysur i siarad. Dôi ambell ebwch yn awr ac eilwaith o'r het wellt ar ben y llwyth. Ond nid oedd Edward Vaughan yn credu mewn gweithio a siarad yr un pryd. Wrth nesu at yr ail lwyth sylwodd Harri fod yno fudandod. Nid oedd Karl yn siarad am na fyddai Karl byth yn siarad wrth ei waith. Nid oedd Wil James yn siarad am nad oedd ganddo neb gwerth siarad ag ef. Nid oedd erioed wedi cael sgwrs adeiladol â'r Almaenwr. Nid oedd y dwylath penfelyn hwnnw'n cael dim diddanwch mewn arian pêl-droed nac yng nghymeriadau od Llanaerwen nac yn gallu chwerthin am ben stori fudr. Yr oedd Wil James wedi rhoi'r gorau i geisio'i ddiwyllio ers tro. Pan welodd Harri'n dod, goleuodd wyneb Wil James ryw fymryn. Yr oedd yma rywun y gallai'i bryfocio, o leiaf.

'Smai, Harri? Wedi codi'n o fore heddiw.'

'Mor fore â'r gwlith,' ebe Harri.

Crychodd Wil James ei drwyn. Barddoniaeth, mae'n debyg. Agorodd lwybr arall.

''I weles ferch y Trawscoed eto ddoe.'

'Do?'

'Golwg merch am wneud diwedd arni'i hun arni. Ond mi'i clywes hi'n dweud wrth rywun: "Pw! 'D a'i ddim i ddisgwyl wrth fab Lleifior. Digon o bysgod yn y môr." Hen biti, Harri, yntê.'

Temtiwyd Harri'n gryf i roi'i bicfforch yn yr wyneb uwchben. Brathodd Karl ei ben heibio i gornel y llwyth.

'Ewch chi ar y tractor, Harri. Mi godaf i'r gwair.'

Cwynfannodd llais Wil James,

'You leave the young boss do what he likes, Jerry.'

'Fe awn ar y tractor bob yn ail,' meddai Harri. Ac felly y bu.

Pan gododd Harri gocyn cyfan ar un fforchaid, meddai Wil James,

'Paid ti â chodi gormod o bwyse, Harri. 'Rydech chi'n mynd yn feddal tua'r coleg 'na. Mi fuase'n biti gythgam iti dorri asgwrn dy gefn.'

Yr oedd Harri wedi cael digon. Yr oedd y gwair wedi'i glirio yn ei renc ef hyd ben draw'r cae. Cafodd esgus i ddod i godi ar ochor Karl.

'Prun oedd y dramaydd gore, Karl?' meddai. 'Schiller neu Lessing?'

'Nid oes fawr i'w ddewis rhwng y ddau,' meddai Karl. 'Melodramataidd oedd y ddau. Gwladgarol, wrth gwrs. A yw gwladgarwch yn rhinwedd mewn dramawr, ynteu yn ei wneud yn rhy gyfyng i apelio at fyd cyfan?'

Plethodd aeliau Wil James. Am be' gynllwyn yr oedd y rhain yn sôn? 'Doedd bosib fod y ddau'n deall eu sgwrs eu hunain. Ceisio gwneud arddangosfa o'u gwybodaeth o'i flaen ef, na chafodd erioed fanteision ysgol sir a choleg. Gwrandawodd eto. Yr oedd y ddau'n siarad Almaeneg. Pwy oedden nhw'n meddwl oedd ef? Cyntri lymp? Fe gaen nhw weld!

'Why don't you look what you're doing, Jerry? You nearly stuck your old fork in my face.'

'I'm very sorry, William. I'll take more care next time.'

'Very sorry, William, e? I should think so.'

Meddyliodd Harri dywallt olew ar y briw. Yr oedd Karl yn amlwg wedi'i frifo.

'Welais i neb erioed yn handlo fforch yn well na Karl,' meddai.

Diolchodd Karl â'i lygaid. Ond tywyllodd llygaid Wil James.

'Fedri di ddim barnu fforchwr ond o ben llwyth,' meddai. 'Mae Jerri'n rhy gyfarwydd â beionet i fod yn saff efo picwarch.'

Yr oedd mwy o chwys yn dod o dalcen Harri nag y gallai'r haul fod yn gyfrifol amdano. Y callaf dawo oedd hi yng nghwmni Wil James. Nid oedd ganddo mo'r chwaeth i wybod pa mor isel y gallai gair daro heb fod yn drosedd yn erbyn dynoliaeth. Ac yr oedd Wil, a barnu wrth y cryndod ar wefus Karl, wedi taro'n rhy isel. Ciledrychodd Harri, wrth godi fforchaid, i weld a oedd rhywfaint o edifeirwch ar wyneb lledr Wil James. Nid oedd dim. Yn hytrach, yr oedd y gwefusau main yn camu'n grechwen am fod y slap lawchwith wedi mynd adref. Ond fe ddigwyddodd rhywbeth i dorri'r tyndra.

'Be' sy ar Wili bach y Post eisie yma?' ebe Wil James, gan bwyso ar ei fforch a'r llwyth yn symud. Trodd Harri'i ben. Yr oedd bachgen bach melyngoes yn croesi'r cae gan neidio dros y rhenciau, a'i bwt cysgod yn ei ddilyn. Safodd y tractor a llithrodd Karl oddi arno a chodi cocyn ar ei fforch. Ond nid oedd Wil James yn cymryd sylw ohono. Yr oedd yn syllu ar Wili bach y Post, a chwilfrydedd gwladwr wedi'i lyncu'n llwyr. Cododd Harri yntau fforchaid.

'Dwy fforchaid, Wil,' meddai'n gwta.

'O.'

Llusgodd Wil flaen ei fforch o'r llwyth a derbyn y ddwy fforchaid, gan gadw un llygad o hyd ar Wili bach y Post. Fe allai fod yn cario siec iddo ef o Swyddfa Littlewood. Ond at Harri y daeth y bachgen.

'I chi, Mr. Vaughan.'

Trodd Harri, ac yn llaw Wili bach yr oedd telegram melyn. Daeth cryndod arno. Yr oedd yr hunllef wedi dod yn wir.

'I chi, Mr. Vaughan,' meddai'r bachgen eto.

Cymerodd Harri'r telegram o'i law.

'Diolch, Wili. Dyma iti swllt. Cer at y tŷ a dwed wrth Mam pam y daethost ti yma. Fe gei lasied o laeth ganddi.'

'Diolch yn fawr, Mr. Vaughan.'

Rhwygodd Harri'r amlen.

'A . . . Wili.'

'Ie, Mr. Vaughan?'

'Dwed wrthi 'mod i—wedi pasio.'

I ffwrdd â'r bychan dros y rhenciau, a'i gysgod y tro hwn o'i flaen. Gan anghofio'i gwrteisi cymerodd Karl y telegram o fysedd Harri a'i ddarllen. *Honours First Class Congratulations.* Cymerodd ddwy law Harri yn ei ddwy law ei hun, ac yr oedd ei lygaid yn gwbwl loyw.

Ni longyfarchodd Wil James mo Harri. Y cyfan a ddywedodd o ben y llwyth oedd,

'Come on, Jerry, don't stand there fiddling. Let's finish this load.'

A chydag ysgytiad, symudodd y llwyth yn ei flaen.

II

Trodd Paul Rushmere drwyn hir ei fodur i'r briffordd o Amwythig i Henberth. Yr oedd cwfl y car wedi'i agor ac yn gorffwys yn sypyn ar y tu ôl. Yr oedd gwallt y gyrrwr yn gwmwl cringoch yn y gwynt—nid gwynt yn perthyn i'r dydd; dydd crasboeth diawel ydoedd; ond gwynt a gorddid gan wib y *Gloria.* Yr oedd wyneb y gyrrwr yn araf dywyllu yn yr haul.

Ar hyd y ffordd lychlyd o Lerpwl bu Paul Rushmere yn tynnu'i feddwl o fyrdd o boteli ac oddi ar daclau cromiwm y theatr feddygol ac oddi rhwng rhesi o welyau gwynion ac o goridoriau. Teimlai'r awel yn blingo'r arogleuon ysbyty oddi ar ei wallt a'i ddillad. Yn lle rhengoedd o nyrsus yn cerdded hyd loriau'i ymennydd yr oedd coed a physt telegraff a gwartheg yn pori'n ddu ac yn wyn yn yr hafddydd. Yr oedd aroglau angau'n treio o'i ffroenau ac yn ei le yr oedd aroglau bywyd.

Yr oedd y *Gloria*'n isel ar y ffordd ac yr oedd ef yn ddyn newydd. Er mwyn tynnu'r llwch oddi ar y ffenest flaen pwysodd ar fotwm bychan, ac o chwistrell fach gromiwm ym môn y ffenest saethodd dwy ffrwd fain o ddŵr dros y gwydr a'i olchi. Tynnu botwm arall, a gwibiodd dau sychwr hir dros y

41

ffenest a'i sychu'n lân. Pwysodd Paul Rushmere ei droed ar y sbardun a llithrodd bys y cloc milltir drosodd i saith deg.

Yfodd y cerbyd y ffordd laslwyd i'w grombil. Dirwynodd y llinell wen, weithiau'n fylchog, weithiau'n ddi-dor, fel rhuban rhwng yr olwynion. Yr oedd y coed yn bendrwm a'r gwrychoedd yn dew gan lesni. Draw, yn y tro nesaf yn y ffordd, ymddangosodd smotyn gwyn llachar yn y gwrych. Daeth y smotyn gwyn i gwrdd â'r *Gloria*, saith deg milltir yr awr, a thyfu wrth ddod. Nid arafodd y *Gloria* wrth ei basio, ond yr oedd Paul Rushmere yn ddigon cyflym i ddarllen arno'r ddeuair freision:

CYMRU
WALES

Ac yr ydym yn dod i Gymru, meddai wrtho'i hun. Pwy oedd am wybod? Sylwodd wrth basio fod y bwrdd wedi gogwyddo tua'r gwrych, fel petai rhywun wedi rhoi hergwd sbeitlyd iddo. Eitha' peth ag ef hefyd. Onid oedd Cymru'n ddigon gwahanol ym mhob ffordd heb ei hysbysebu ar ei ffiniau? Yr oedd ei bryniau gleision yn wahanol i strydoedd blinion Lerpwl, ond yr oedd hynny'n dda. Nid cystal oedd bod ei phobol yn wahanol i'r bobol yr oedd ef yn ennill ei damaid yn eu mysg. Pobol od oedd y Cymry, anodd eu deall ac anos eu caru. Pobol ffals, ddi-ddal, yn mesur pawb wrth eu llinyn eu hunain. Pobol esgud am arian, a swydd, a safle; pobol a chanddynt ddawn i drysori geriach. Yr oedd ganddynt eu hiaith eu hunain. Gwnaethant ffetish ohoni, a sibrydent bethau coegion ynddi y naill wrth y llall rhag i'r estron ddeall. Yr oedd ganddynt ddiwylliant: nid diwylliant wedi'i feithrin fel ei ddiwylliant ef a'i frodyr, ond cwlt gwerin wedi'i ailfragu a'i gostrelu i feddwi arno fel ar win. A sôn am win, yr oedd eu hagwedd at hwnnw'n gwbwl annirnad. Ni allech fod yn Gymro parchus heb lwyrymwrthod ag ef. Gwgid arnoch os yfech ef ar y Sadwrn, ond cosbid chwi os yfech ef ar y Sul. A'r effaith? Miloedd yn methu dal, yn torri'r tabŵ, ac yn meddwi'n chwil ulw gorn. Yr oedd llyfrau'r Cymry'n llawn o feddwi, a thwyllo, a phlant siawns.

42

Ond ailystyriodd Paul Rushmere ei feddyliau. Yr oedd yn sicir ei fod yn iawn, ond nid oedd mor sicir fod pob un o'r Cymry cynddrwg. Wedi'r cyfan, yr oedd ar ei ffordd i weld Cymraes. Yr oedd hon wedi gwneud peth iddo y methodd pob Saesnes ei wneud. Yr oedd, am y tro cyntaf yn ei fywyd, mewn cariad. Fe fu droeon yn ceisio ysgwyd y syniad o'i groen; ceisio'i ddarbwyllo'i hun mai wedi'i lygad-dynnu'r oedd gan ei harddwch hi; ei galon wedi'i chyflymu sbel gan ryw hud Celtaidd o'i chwmpas. Yr oedd grym mewn dieithrwch, wedi'r cyfan. Yr oedd yn hoff o Sister Cheyney a weinai arno wrth fwrdd y theatr ddwywaith yr wythnos. Ond yr oedd yn rhy gynefin â Sister Cheyney; yr oedd hi'n rhy debyg iddo mewn iaith a chefndir a diddordebau, yn rhan o'r bywyd yr oedd yn ffoi oddi wrtho saith deg milltir yr awr y funud hon. Yr oedd y Gymraes yn newydd, yn rhan o'r byd gwyrthiol anghynefin y tu faes i'r ysbyty. Ac yr oedd ei newydd-deb wedi'i lygad-dynnu ac wedi cyflymu'i galon.

Ond a allai newydd-deb yn unig wneud hynny? Nid hon oedd yr unig ferch estron y bu'n ymwneud â hi. Dyna'r wythnos feddwol a dreuliodd ar y Norfolk Broads gyda Jeanne-Louise o Avignon. A phrin y gallai Jeanne-Louise siarad Saesneg. Yr oedd pob dim o'i chwmpas mor felys estron ag y gallai fod. Ond yr oedd wedi anghofio Jeanne-Louise mewn wythnos. A dyna'i garu syber â Rose McKinnon pan oedd yn fyfyrydd meddygol yn yr Alban. Deunaw mis y bu'n canlyn Rose McKinnon, ac yntau yn yr oed pan yw cariad yn utganu yn y gwaed, ond fe wyddai nad cariad mohono. A dyna'r noson a dreuliodd ger adfeilion Monte Cassino, y sêr yn bigau copor yn y melfed piws uwchben a gynnau'r wythfed fyddin yn murmur yn y pellter, a Margherita yn ei freichiau. Y noson honno fe aethai ar ei lw, ac fe ddywedodd hynny wrth y Fargherita benddu lygatddu, nad anghofiai mohoni byth. Ond ei hanghofio a wnaeth, a hynny cyn gwawrio'r ail wawr ar adfeilion Monte Cassino.

Ond yr oedd wyth mis wedi mynd er pan syllodd gyntaf ar Greta Vaughan. Y tro cyntaf fe aeth â'i llun gydag ef yn ôl i Lerpwl. Mewn ffydd, a dyna i gyd. Credai mai darfod a wnâi'r hud y tro hwn fel pob tro arall. Ond ni ddarfu. Yn hytrach, yn yr absenoldeb fe aeddfedodd, a mynd yn braff. Amlhaodd y llythyrau. Wedi nos, yn lle suddo yn ei flinder i drwmgwsg yn ôl ei arfer, fe ddechreuodd freuddwydio. A'r breuddwyd oedd Greta Vaughan. Pan ddaeth y Nadolig, fe wnaeth esgus i fynd i'w chartref i'w gweld. Ofnodd i'r ailgyfarfod dorri'r edau, ond nis torrodd. Aeth yn ôl i'r ysbyty a'i hiraeth yn fwy. Daliodd i lythyru. Daliodd i freuddwydio.

Pan soniodd am Greta wrth ei dad, saethodd aeliau hwnnw i fyny bron i'w wallt. 'A *Welsh* girl? Good heavens, what's come over you, my boy?' Clywodd yn y fan a'r lle fel y bu i Gymro unwaith dwyllo'i dad o rai ugeiniau o bunnau. Yr oedd hynny'n ddigon i ddamnio'r genedl gyfan am byth. Daeth cwestiwn arall o enau'r hen ŵr, a oedd yn swyddog iechyd yn un o siroedd y Canoldir Seisnig: 'Has she any medical experience?' Nacaol oedd yr ateb. Damniwyd y genedl yn ddwbwl. Fodd bynnag, pan ddywedodd Paul fod ei theulu'n graig o arian, fe ddaeth aeliau'i dad yn ôl i'w priod le. Ac yr oedd yn credu, pe cawsai'i dad gwrdd â Greta unwaith, y diflannai gweddillion ei ragfarn. Yr oedd yn credu y byddai i'w dad ei gweld trwy'i lygaid ef.

Nid oedd popeth yn ddelfrydol o ochor Greta chwaith. Dôi rhyw fân amheuon weithiau a fyddai Greta mor berffaith fel gwraig arbenigwr yn Rodney Street ag ydoedd fel merch ffarm fawr yng Nghymru. Yr oedd Paul yn credu y byddai. Wedi cael ysgol yn Nolgellau yr oedd ei moesau a'i Saesneg yn ddigon da. Yr oedd yn gwisgo'n chwaethus, yn cerdded yn fonheddig. Fe wnâi Lerpwl y gweddill. At ei rhinweddau hi ei hun yr oedd ei harian. 'Doedd bosib na châi gan ei thad swm digon anrhydeddus wrth briodi i ddod ag incwm cysurus bob blwyddyn tra byddai hi byw. Ac yn y byd ansicir oedd ohoni, nid arian oedd y peth olaf i'w ystyried.

Am ei theulu nid oedd Paul mor siŵr. Yr oedd Edward a Margaret Vaughan yn hen foneddigion urddasol. Yn wahanol i doreth eu cydgenedl, nid oeddent yn dangos dim israddoldeb yn ei gwmni ef fel meddyg o Sais. Yr oedd eu hach yn hen o'r ddeutu, ac yr oedd Lleifior yn fansiwn na fuasai Sais o waed yn troi trwyn arno. Eto i gyd, buasai Lleifior yn ogoneddusach ar wastatir boliog Lloegr nag mewn cwm braidd yn ddiarffordd

yng Nghymru. Nid oedd y lawntiau'n ddigon melfedaidd, na'r
gro ar y dreif yn ddigon glân oddi wrth gudynnau powld o
laswellt. Ac wedi mynd i mewn i'r tŷ, yr oedd yn amau ar dro
fod rhywbeth tebyg i aroglau llwydni yn y parlyrau, ac ambell
sawr rhy amaethyddol yn treiddio o'r ceginau yn y cefn. Yr
oedd chwaeth Mrs. Vaughan mewn dodrefn a llenni hefyd
wedi sefyll ddeugain mlynedd yn ôl. Petai'n cael achos i fynd
â'i rieni rywbryd i Leifior, ac yr oedd yn siŵr y câi, fe fuasai'n
caru i bopeth yno fod wedi symud yn llwyrach gyda'r oes.

Yr oedd Mrs. Vaughan hithau yn ei hamser wedi cael ysgol
breifat. Ond yr oedd ei Saesneg, er ei fod yn dal yn rhwydd,
wedi casglu mwy nag ychydig o rwd yn ystod y blynyddoedd,
a'r acen Gymreig yn tynnu mwy o sylw nag y gwnaethai mewn
merch ifanc. Felly Edward Vaughan. Nid oedd ef yn trafferthu
i wneud i'w Saesneg swnio fel Saesneg, er gwaethaf gorfod
siarad llawer arni yn y Cyngor Sir ac ar lu o bwyllgorau. Am y
dôi'r geiriau allan, fe wnâi'r tro.

Yna, yr oedd Henri. Ni wyddai Paul yn iawn beth i'w wneud
o Henri. Yr oedd yn olygus, yn foesgar, ac yn amlwg yn llawn o
allu. Yr oedd ei deulu, i bob golwg, yn disgwyl pethau mawr
oddi wrtho. Yn wir, yr oedd yn cael tipyn gormod o sylw gan
Greta a'i fam. Gallai siarad ar lawer pwnc, ond pan gyffyrddai
Paul ag arlunio, neu gerddoriaeth fawr, neu lenyddiaethau'r
Cyfandir, fe welai, er cryn foddhad iddo, fod Henri allan o'i
ddyfnder. Dyna, meddai Paul wrtho'i hun, fesur diwylliant y
Cymry; dyna addysg colegau'r Cymry. Gwybodaeth bwnc o'r
llwyraf; cynefindra â'r cwlt gwerin Cymreig mewn canu
gyda'r delyn a rhyw farddoniaeth Geltaidd anghyfiaith; ond
am y gwybodau a'r medrau Ewropeaidd: dim. Ar ben hyn, yr
oedd diffyg arall yn Henri. Yr oedd Paul yn gobeithio na ddôi
hwnnw byth i glustiau'i dad. Fe fu'n ddigon o ddiflastod iddo
ef pan glywodd, ac os bu i rywbeth siglo'i serch at Greta, y
diffyg hwn yn ei brawd oedd hwnnw. Fe fu Henri'n wrthwyn-
ebydd cydwybodol adeg y rhyfel. Dyna beth arall yn y Cymry
na allai Paul mo'i blymio. Y cyfartaledd uchel o basiffistiaid
penbluog na ellid mo'u symud o'u hagen. Beth a ddigwyddai i
Loegr petai pawb fel hwy? Ond nid oedd Lloegr, hyd yn oed, yn

golygu dim iddynt. O bob problem o ddiagnosis a wynebodd Paul Rushmere erioed, hon oedd y ddyrysaf.

Nid oedd eu bod yn cadw Almaenwr yn was yn Lleifior yn tawelu dim ar ei feddwl. Am y gweision eraill, talpiau o wladeiddiwch Cymreig oeddent hwy, bodau yr oedd dyn yn disgwyl eu gweld ar ben tomen yng Nghymru. Ond am yr Almaenwr, a hwnnw'n gyn-swyddog ym myddin Rommel, y fyddin a wynebodd ef, Paul, am fisoedd eirias ar dywod Affrica —nid oedd ei fod yn Lleifior, a'i fod fel un o'r teulu, yn beth i orlawenhau o'i herwydd.

Fodd bynnag, yr oedd Paul heddiw, ar ddydd a oedd yn gymaint o Fehefin, a'r *Gloria* isel yn hollti'r tes o'i flaen, yn barod i faddau llawer i Leifior am ei fod yn gartref i Greta. Ac wrth adael Henberth gysglyd o'i ôl ac anelu trwyn hir y modur tua chromen borffor Moel yr Afr, fe aeth amheuon a phryderon Paul Rushmere yn bethau bychain iawn.

5

I

Yr oedd yn bnawn Iau a'r siopau wedi cau yn Henberth. Disgynnodd Sheila o'r bws ger tai cyngor Llanaerwen a mynd yn ysgafn tua'r tŷ. Wrth fynd drwy'r wiced sylwodd fod Marged, drws nesaf, yn rhoi dillad ar y lein i sychu.

'Golchi ar ddydd Iau, Marged?'

Edrychodd Marged dros ei hysgwydd. Yr oedd hi'n hŷn na Sheila, ac yn aeddfetach ym mhob ffordd.

'Wel,' ebe Marged yn hamddenol, gan droi i blannu peg ar grys nos. 'Mi wyddost fel mae hi. 'Nhad yn sâl ac wedi chwysu chwartie yn ei wely. Mi wnes iddo newid ei ddillad neithiwr ac mi'u golches nhw bore 'ma.'

'Ydi o'n well?'

'Pwy, 'Nhad? Mewn ffordd y mae o. Ac eto, 'dydw i'n hoffi mo'i olwg o. Mi ddwedodd y doctor na châi o ddim gweithio am fis.'

''Dydi hynna ddim yn swnio'n dda.'

'Nac ydi. Dyma'r trydydd twtsh iddo o fewn blwyddyn.'

''Rwyt ti'n poeni.'

'Braidd.'

'O wel,' meddai Sheila, yn anfodlon oedi ar bwnc diflas. 'Mi ddaw'n well. Elli di mo'i adael o?'

Syllodd Marged arni.

'Ei adael o? Pam?'

'Wel—meddwl yr oeddwn i. Mae nyrsio wedi bod yn straen arnat ti, ac 'roeddwn i'n rhyw feddwl y liciet ti ddod i'r dre y pnawn 'ma am sgawt. Mi fuase'n newid iti.'

Ysgydwodd Marged ei phen.

'Na. Fedra'i mo'i adael o.'

Distawrwydd am funud, a Sheila'n syllu ar gorff llawn Marged yn ymestyn at y lein.

''Roedden ni'n cael lot o hwyl erstalwm, yn jolihoetian tua'r dre. Wyt ti'n cofio'r bechgyn hynny—?'

''Dwyt ti 'rioed yn sôn am jolihoetian rŵan?' meddai Marged, heb droi'i phen, 'a thithe'n seriws efo Terence?'

Cnodd Sheila flaen un o'i hewinedd pinc. 'Wn i ddim pa mor seriws ydw i.'

Plannodd Marged y peg olaf ar y lein, cododd y fasged wag a daeth at y gwrych prifet ifanc.

'Wrth gwrs dy fod ti'n seriws,' meddai. 'Chlywais i monot ti'n siarad lol fel hyn erstalwm.'

''Rwyt ti wedi mynd yn hen ferch, Marged,' meddai Sheila, 'wrth aros gartre fel hyn i dendio dy dad. Mi ddyl'set tithe fod wedi cael lle mewn siop yr un fath â fi. Mi fuase hynny wedi agor dy lygaid di.'

Ysgydwodd Marged ei phen yn araf a dweud, ''Does dim eisie gweithio mewn siop i weld pethe, Sheila fach. Mae'r pethe sy'n digwydd yn Llanaerwen y dyddie yma'n ddigon o addysg i neb. 'Does dim gwahaniaeth rhwng tre a phentre erbyn hyn.'

'Y peth ydw i'n ei feddwl,' ebe Sheila, 'ydi hyn: 'rwyt ti'n cyfarfod cymaint o bobol mewn tre, ac mewn siop tre. 'Rwyt ti'n cyfarfod cymaint o fechgyn. Mi ddaeth 'na fachgen i mewn y bore 'ma. Rêl smashar, os buodd un erioed. Mi edrychodd arna'i am funud, ac mi winciodd, ac mi ddwedodd, ''I don't care what I buy, miss, as long as it's you that sells it.'' 'Rwy'n siŵr 'mod i wedi syrthio mewn cariad efo fo.'

'A beth am Terence?'

Gwthiodd Sheila'i dwylo i bocedi'i chôt a rhoi'i phen ar un ochor.

'Wn i ddim,' meddai'n bwyllog. ''Rydw i wedi bod yn meddwl. Mae eisie i ferch wneud yn well iddi'i hun y dyddie yma os gall hi. Wedi'r cwbwl, 'dydi priodi gwas ffarm—'

'Sheila, 'dwyt ti 'rioed yn mynd yn snob?'

Ymsythodd Sheila.

'Pam na cha'i fod yn snob? Diwedd, elli di ddim byw am oes â dy drwyn yn y gwter. Petai manijar mewn siop Woolworth yn gofyn imi'i briodi, fuaset ti'n disgwyl imi wrthod?'

'Mm . . . na fuaswn, mae'n debyg. Ac eto . . .'

'Pwy fuaset *ti*'n licio'i briodi?'

Deffrodd Marged.

'Y fi? 'Does gen i neb—'

'Nac oes, fel 'rwyt ti wiriona'. Ond pe caet ti gynnig, oddi wrth bwy y liciet ti iddo ddod?'

Chwarddodd Marged chwerthiniad cwta.

'Rhywun fel . . . Harri Vaughan, Lleifior.'

Ffrwydrodd bochau Sheila.

'Dyna ti. Yn fwy o snob na fi mewn munud. Harri Vaughan, Lleifior, gebyst! A thithe'n byw mewn tŷ cownsil, a dy dad yn gweithio ar y ffordd. Mi wyddost nad edryche Harri Vaughan ddim arnat ti ddwywaith, hyd yn oed petai o ddim yn canlyn Lisabeth y Trawscoed.'

'Gwn yn iawn, y gwirion!' ebe Marged. 'Ti ofynnodd, dyna'r cwbwl. Rown i mo 'meddwl arno am funud. Mi fydd yn rhaid imi chwilio am rywun yn 'y nghlas fy hun. Ac mi fydd yn rhaid i tithe, waeth iti un gair na mwy.'

'Sheila!'

'Mae Mam yn galw,' meddai Sheila. 'Mae 'nghinio i'n barod.'

Cododd Marged y fasged ddillad drachefn.

''Rwyt ti'n lwcus fod gen ti fam i wneud dy ginio iti,' meddai'n ddwys.

'O wel,' meddai Sheila, gan hanner dawnsio i fyny'r llwybyr at y drws, 'gan na ddoi di ddim i'r dre, mi fydd yn rhaid i Terence Siôn Mari Cefn Canol wneud y tro am dipyn eto. Twdlŵ!'

Gwyliodd Marged ei chyfeilles yn mynd drwy'r drws paent gwyrdd. Yr oedd yn dda fod Sheila'n anghofus, ac yr anghofiai sgwrs heddiw cyn gwawr yfory. Bychan a wyddai hi am freuddwyd mor gyson ac anobeithiol â breuddwyd beunosol am Harri Vaughan.

II

Yr oedd Harri'n gwrando'n astud. Mewn dwy gadair freichiau isel ym mhen pellaf y parlwr mawr, a bwrdd bach crwn rhyngddynt, eisteddai Karl a Dr. Rushmere yn chware gwyddbwyll. Fel y treiai golau'r dydd o'r ystafell, âi golau'r lamp ddarllen dal yn eu hymyl yn felynach, felynach, gan euro gwallt y naill a chochi gwallt y llall.

Ni allai Harri chware gwyddbwyll. Yr oedd Karl wedi ceisio'i ddysgu droeon, ond yn ofer. Ac yr oedd Karl yn bencampwr. Yn nesaf at ei ofid o golli'i deulu yn Dortmund, ei ofid pennaf oedd fod ei set wyddbwyll wedi mynd yn y blits. Set ifori hardd oedd hi, wedi'i hestyn i lawr o genhedlaeth i genhedlaeth yn y teulu Weissmann, a phob Weissmann wedi bod yn ddyfal i ddysgu'i feibion i chware heb golli, ond os colli, colli'n fonheddig. Pan roddodd Harri set ifori newydd iddo ar ben ei flwydd, mor gostus ac mor debyg i'r set flitsiedig ag y gallai'i dychmygu, fe dybiodd fod Karl am ei fwyta gan lawenydd. Yr oedd un ddolen wedi'i chyfannu, o leiaf, â'r bywyd coll.

Yr oedd Dr. Rushmere hefyd yn gallu chware gwyddbwyll. Fe ddywedodd, pan ofynnodd Karl iddo, ei fod yn chwaraewr pur dda. Ond cyn i'r chware gerdded deg cam yr oedd yn edifar ganddo. Yr oedd yn amlwg fod yr Almaenwr yn fwy o feistr nag oedd ef. Ac yr oedd colli i gyn-elyn, ac yn enwedig i gyn-garcharor rhyfel, gryn dipyn islaw ei urddas. Ond fel y nesâi'r gêm at ei therfyn, a phethau'n mynd yn o gyfyng ar frenin y doctor, fe ddaeth dau beth i gadw'r chware rhag troi'n chwerw. Un oedd ysbryd golau Karl. Yr oedd Saesneg Karl mor llyfn ac mor llithrig, a'i lygaid gleision mor ddifalais, nes i'r meddyg orfod ystwytho mwy nag yr oedd wedi'i fwriadu. Y peth arall oedd y sgwrs. Fe allasai fod yn sgwrs ddamniol, ond fel arall yn union y bu.

Wrth drafod rhyw symud a wnaethai Karl ar y clawr, fe ddywedodd Paul na allasai Rommel wneud dim yn well. Gwenodd Karl, a chyn pen dau funud yr oeddent yn cymharu Rommel a Montgomery fel cadfridogion. Aethant yn ôl, ill dau, i Ogledd Affrica 1941. Yr oedd sŵn yr un gynnau yn eu clustiau, eu gwarrau'n ysu gan bigo'r un moscito, eu cnawd yn crynu gan yr un malaria. Yr oeddent unwaith eto'n wynebu'i gilydd ar draws yr un tywod, eu crwyn yn crasu yn yr un haul. Aeth y ddau yn un yn y profiad. Nid oedd ond hwy'u dau yn y stafell wedi bod yn yr un lle, wedi dioddef yr un dioddefaint. Aeth y darnau gwyddbwyll yn angof ar y bwrdd. Yr oedd y ddau'n syllu ym myw llygaid ei gilydd, ac yn y llygaid yn gweld palmwydd a thanciau'n ymdaflu dros war y wadi a gynnau'n cymysgu'u mwg â'r cymylau tywod . . .

Tawodd Paul ar ganol gair, ac edrych o'i gwmpas. Yr oedd Harri a Greta ac Edward a Margaret Vaughan yn gwrando arnynt yn sgwrsio, wedi bod yn gwrando ers meitin. Yr oeddent wedi clywed y cwbwl, wedi clywed yr ymgolli dwl. Yr oeddent yn dystion o'r gymrodoriaeth sydyn a oedd wedi troi meddyg uchel o Sais a gwas ffarm o Almaenwr yn ddim ond dau filwr yn yr un uffern. Cododd Dr. Rushmere. Cerddodd at y tân. Torrodd sigâr â'i siswrn, a chyneuodd hi. Yr oedd wedi'i ollwng ei hun i'r un gwastad â'r Almaenwr, ac yr oedd arno gywilydd. Ac er na allai byth eto deimlo dirmyg at Karl, ni allai faddau'n iawn iddo chwaith.

I Harri, yr oedd yr hud wedi'i dorri. Yr oedd wedi bod yn eu gwylio, y ddau dan y lamp, a'r lamp wedi troi'n haul y dwyrain. Urddas dwy genedl fawr, falch, imperialaidd yn cynnal cymundeb. Dynion heb israddoldeb, heb daeogrwydd Cymro wedi'i lwytho i'w gwaed, yn syllu lygad-yn-llygad heb chwer-wedd, heb ofn. Am y tro cyntaf, teimlodd Harri benyd bod yn wrthwynebwr cydwybodol. Bryniau Powys a chribau Eryri fu'i orwelion ef. Ni welodd mo'r tywod gelyniaethus na'r mosg na'r miras; ni allai wybod beth oedd cwmni dynion heb yfory iddynt, na pha fath beth oedd syllu i faril angau. Fe gostiodd ei heddychiaeth yn ddrud iddo; fe gostiodd iddo brofiad.

Yr oedd rhywun yn curo ar y drws, allan. Cododd Greta, ac aeth i'w ateb. Tynhau awyrgylch y mae curo ar ddrws fel arfer. Ei lacio a wnaeth y curo hwn. Adnabu Harri'r lleisiau yn y neuadd. Aeth rhyw gryndod drosto. Nid oedd yn disgwyl hyn. Daeth Greta drwy'r drws a'r ymwelwyr wrth ei chwt. Cyhoeddodd fel bwtler:

'Mrs. Pugh y Trawscoed a Lisabeth.'

Hwyliodd Mrs. Pugh i'r ystafell yn ddisglair mewn taffeta glas.

'Wel, sut ydech chi i gyd? 'Rwy'n siŵr nad oeddech chi ddim yn disgwyl inni alw fel hyn? Ond fedren ni ddim peidio heno, a —Oh, Dr. Rushmere! I didn't recognise you. I'm sorry I've been speaking Welsh.'

51

Moesymgrymodd y meddyg, yn gwerthfawrogi'r ymddiheurad. Aeth yn howdidŵ o'r naill i'r llall, a'r dynion yn gwneud arddangosfa o gynnig cadeiriau i'r merched. Eisteddodd y merched ar yr un foment yn y cadeiriau esmwyth. Eisteddodd y dynion ar y cadeiriau cefnau caled.

Yr oedd Lisabeth wedi'i gwisgo'n dawelach na'i mam. Ffrog lwyd a chlwstwr o ddail arian ar ei bron, ac un rhes o berlau'n unig am ei gwddw. Yr oedd hi'n gwrido ychydig, yn llygadu Harri ac yn ceisio'i gorau beidio. Yr oedd hi'n hardd.

Mrs. Pugh oedd wedi clywed y diwrnod hwnnw am lwyddiant Harri. *First Class Honours*! Nid oedd wedi clywed am y fath beth er pan enillodd ei chefnder John yr un anrhydedd yn Aberystwyth flynyddoedd yn ôl. Wrth gwrs, yr oedd ef yn ddarlithydd yn Llundain bellach. Fe fyddai Harri'n ddarlithydd hefyd ryw ddydd, yr oedd hi'n siŵr, oedd pawb ddim yn meddwl? Gwnaeth Mrs. Vaughan ystumiau tewch-â-sôn ar ran Harri a gwenodd Edward Vaughan ar gadwyn aur ei wasgod, ond yr oedd Mrs. Pugh yn bendant. Yr oedd dyfodol disglair i Harri, a pheidied ei deulu â bod â chywilydd ohono. Fe wnâi o farc, ac yr oedd yn bryd i'w ardal gymryd sylw.

Yr oedd Lisabeth eisoes yn cymryd sylw. Ei phenbleth hi oedd gadael i Harri wybod hynny heb feddwl ei bod hi'n rhedeg ar ei ôl. Bai ei mam oedd eu bod wedi dod i Leifior heno. Fe fuasai Lisabeth wedi caru llongyfarch Harri mewn ffordd dipyn mwy cynnil. Rhyw lythyr bach, hwyrach, heb ddim anwylo ynddo, dim ond digon o ffrindioldeb i ailennyn ei ddiddordeb. Yr oeddent yn ddiarth ill dau ers pythefnos. Y pythefnos hwyaf a aethai dros ei phen hi erioed. Yr oedd hi'n dyheu am Harri, ond yr oedd hi'n rhy falch ac yn rhy gall i roi ar wybod iddo. Ar ôl y noson fflat ger Llyn y Dywysen, pan ddychrynodd o'i weld mor ddi-hid ohoni, fe benderfynodd na wnâi hi'r un oed ag ef, na ddôi hi ddim i'w olwg, na sgrifennai hi'r un gair ato. Fe rôi hynny fin ar ei flys, fe fyddai'n edifar ganddo oeri, fe ddôi i chwilio amdani. Ond ni ddaeth, ac yr oedd yn bryd rhoi prawf ar dacteg arall. Nid tacteg ei mam ychwaith.

'Now.' Yr oedd gan Mrs. Pugh dwang gwneud wrth siarad Saesneg a oedd yn gyrru nodwyddau drwy nerfau Harri.

'Now, I want you three to come to Trawscoed to dinner tomorrow night.' Dinner! ebe Harri wrtho'i hun. Ffarwél, hen swper Cymru! 'Dr. Rushmere and Miss Greta and Henry. You'll be sure to come?'

Diolchodd Dr. Rushmere gyda'r mesur priodol o frwd-frydedd, a chrymu dwy fodfedd ar ei ben. Diolchodd Greta â mwy o frwdfrydedd. Yr oedd hi'n ffrind i Lisabeth, a dyma gyfle i ailddechrau'n ffrindiau wedi pa gawl bynnag a wnaethai Harri i'w cadw ar wahân. Ni wnaeth Harri unrhyw osgo at ddiolch mewn gair nac ystum nes iddo weld ei fam yn gwgu arno. Diolchodd yntau, yn afrwydd.

Yr oedd Edward Vaughan yn dal i wenu'n dadol, fel a weddai i dad. Wedi'r cwbwl, yr oedd ei ddau blentyn wedi gwneud matsh ddoeth bob un iddo'i hun, a gweddus oedd iddo ddangos ei gymeradwyaeth yn giwt o gynnil. Yr unig un yr oedd y sefyllfa'n ddolur iddo yn hytrach na diflastod oedd Karl. Edrychodd ef yn hir ar Greta, ac er ei waethaf yr oedd ei chlywed yn derbyn y gwahoddiad i'r Trawscoed mor frwd yn ei frifo. Yr oedd hi'n mynd yno'n agored fel cariad Dr. Rushmere. Gwnaeth ymgais wrol i'w berswadio'i hun ei fod yn ffŵl, a thynnodd ei lygaid oddi ar Greta a'u hoelio ar flodyn mawr ym mhatrwm y carped. Nid oedd neb ddim callach o'i feddyliau, na Greta na neb arall.

Gwrthododd Mrs. Pugh aros i swper. Yr oedd aros i fwyd heb ei gwahodd yn ei thyb hi yn beth diurddas, er nad oedd dim fuasai'n ei siwtio'n well. Cododd, gydag amnaid ar Lisabeth, ac i gyfeiliant y taffeta glas hwyliodd drwy'r drws a thrwy'r neuadd ac allan at y car mawr lliw hufen a'u disgwyliai ar y dreif.

6

I

Wrth nesu at y Trawscoed nos drannoeth fe sylwodd Harri fod y lle wedi newid er pan welodd ef ddiwethaf. Yn lle'r talcennau du a gwyn hynafol a godai unwaith o'r coed rhododendron yr oedd dau dalcen modern pinc. Yr oedd rhywun wedi plastro dros y coedwaith Tuduraidd hardd, ac wedi ceisio dod â swbwrbia i Ddyffryn Aerwen. Twt, meddai wrtho'i hun, petai dogn o chwaeth yn y Pughiaid fe fyddent wedi gwybod bod y Trawscoed fel yr oedd yn harddach o ddim rheswm na dim a oedd gan yr ugeinfed ganrif i'w gynnig. Os dôi ef byth i ffarmio'r Trawscoed, fe grafai'r pinc cyfoglyd i gyd oddi ar y muriau, a dod â'r trawstiau derw'n ôl i wyneb haul ac i lygad goleuni . . .

Ymbwyllodd. Dod i ffarmio'r Trawscoed? Beth a wnaeth iddo feddwl am hynny? A oedd yn bosibl fod gruddiau gwridog Lisabeth wedi'i ailrwydo neithiwr? Wrth gwrs, pe dôi i'r Trawscoed ni fyddai'n rhaid iddo ffarmio. Dim ond fel y buasai gŵr bonheddig yn ffarmio. Er nad oedd y Trawscoed yn gymaint ffarm â Lleifior, ac er nad oedd ei dir cystal, yr oedd yn ddigon mawr ac yn ddigon da i dalu'n urddasol heddiw. Ac eto —ai byw fel gŵr bonheddig oedd byw mewn gwirionedd? Nid oedd Harri mor siŵr ag y bu. Fe fyddai'n meddwl bod Ifan Roberts â'i ddwylo corniog mor hapus bob tipyn ag Edward Vaughan ei dad. Wedyn, dyna Karl. Yn ei waith yr oedd ei fywyd. Nid oedd ystyr i'w einioes ef bellach ar wahân i'r fforch a'r rhaw, er ei addysg a'i holl ddiwylliant. Ac yn ddisymwth, gwelodd Harri fyrddiynau gweithwyr y ddaear yn symud rhyngddo a thalcennau pinc y Trawscoed, a gwên ar wyneb pob un, gwên y rhai a ŵyr nad aeth tamaid erioed i'w genau nad oeddent wedi'i ennill.

Safodd y car rhwng y rhododendron a'r tŷ. Trodd Harri ac

edrych ar Paul a Greta yn isel yn y sedd ôl yn pwyso'n ddioglyd ar ei gilydd.

'We're there,' meddai.

Ymystwyriodd Paul a throi dau lygad amheus ar y ffermdy pinc, yn gofyn iddo'i hun a fyddai'r cadeiriau Cymreig oddi mewn mor gyfforddus â'r ysgwydd Gymreig y bu'n pwyso arni mor drwm ar hyd y ffordd. Ni chafodd gyfle i fyfyrio'n hir, gan fod Mrs. Pugh yn dod drwy'r drws at y car, a'i gŵr ar ei hôl.

Yr oedd Robert Pugh cyn daled ag Edward Vaughan ac yn llawer mwy corffol, ond heb ddim o urddas gŵr Lleifior. Yr oedd ei wyneb yn goch ac yn arw, a dau lygad bychan fel llygaid mochyn yn marw-losgi o boptu botwm o drwyn. Yr oedd cnawd ei fol hefyd yn gorwedd yn blygion meddal, a'r plygion yn ysgwyd yn anhyfryd pan fyddai'n chwerthin. Byddai'n chwerthin yn amal, ond yn ei wddf ac yn ddihiwmor. Y meibion oedd yn debyg iddo ef. Harddwch ei mam a gafodd Lisabeth.

Boddodd Mrs. Pugh y tri yn y car â chroeso. Byddai wedi'u cario bob un i'r tŷ petai'n gallu. Yr oedd mor egnïol i'w gwneud yn gartrefol nes iddi fethu. Yr oedd Paul mor stiff â choedyn. Harri bron yn surbwch. Greta'n unig oedd yn ymroi i ddangos llawenydd, a hynny o hanner cywilydd dros ei brawd a'i ddarpar. Nid oedd Mrs. Pugh yn ddigon sensitif i synhwyro anfodd y dynion ifanc. Os ydoedd, nid oedd yn cymryd arni. Yr oedd Robert Pugh yn gweld mwy ac yn dweud llai.

Yn nhu mewn y tŷ hefyd fe welodd Harri newid. Yr oedd yno lawer o ddodrefn newydd, a'r rheini'n methu cytuno â'r stafelloedd cedyrn, sgwâr, wedi'u haeddfedu gan ganrifoedd. Yr oedd yr hen leoedd tân wedi'u tynnu, ac yn eu lle yr oedd gratiau teils melyn newydd sbon. Gwgodd Harri. Yr oedd yn gred gan rai na ellid gwella heb foderneiddio, a moderneiddio'n ddiamcan. Anffawd mwya'r byd da a ddaeth ar amaethu oedd rhoi arian yn nwylo teuluoedd fel hwn. Ac eto, pe dôi'r arian hwnnw i'w ddwylo ef, fe fyddai'n gwybod beth i'w wneud ag o.

Aeth swper, neu'n hytrach y *dinner*, heibio heb ormod galanas. Gadawodd Mrs. Pugh i Lisabeth arllwys te ar ben y bwrdd. Yr oedd hynny'n amlwg yn bolisi, gan ei bod wedi gosod Harri i eistedd yn y pen arall gyferbyn â hi, fel na allai'n hawdd beidio â syllu arni. Ac ar ei lw, yr oedd hi'n harddach nag ydoedd hyd yn oed neithiwr. Yr oedd Mrs. Pugh yn cymryd diddordeb cwbwl abnormal mewn ysbytai ac afiechydon. Anelai gwestiwn ar ôl cwestiwn at y doctor, a gollwng allan ambell erthyl o air fel 'trombônsis' a 'scidnoffrensi', nes bod Lisabeth yn chwysu. Daeth eisiau chwerthin annioddefol ar Harri, cymaint nes i lwnc o de a gymerodd ffrwydro drwy'i ffroenau a glawio ar y lliain. Anodd dweud beth oedd yn peri i Dr. Rushmere bletio'i wefusau mewn diflastod, pa un ai anniwylliant difrifol Mrs. Pugh ynte mochyndra Henri.

Yr oedd Robert Pugh bob amser yn sgut am bryfocio. Yr un math ar bryfôc bob amser ar bawb. Fe wnâi'r un math ar dynnu coes i was ffarm yn torri croen dafad wrth gneifio ag i ferch hynod o neis y noson cyn ei phriodas. Yn annoeth iawn trodd ei bryfocio ar Greta a'r doctor. Yr oedd wedi rhoi cynnig arni droeon, heb lwyddo i dynnu dim mwy na gwên ddyfrllyd o wyneb y meddyg. Yr oedd yn benderfynol o wneud i'r ddau chwerthin ac i Greta gochi, a pharatôdd ei *magnum opus*.

Dywedodd iddo glywed bod y meddyg yn bartïol iawn i sigârs. Dywedodd Dr. Rushmere yn gwrtais iawn fod hynny'n wir. Dechreuodd plygion bol Robert Pugh ysgwyd a'i wddw grafu gan chwerthin a oedd yn addo jôc dda iawn i ddod. Ie, meddai, peidied Greta â synnu'n ormodol pe genid ei chyntaf-anedig yn sugno sigâr—

Taflodd Mrs. Pugh ei dwylo i'r awyr ac agorodd ei dau lygad fel soseri a llefodd,

'Husband!'

Yr oedd hyn yn ormod i Harri. Ymaflodd peswch dirdynnol ynddo a gorfu arno wthio'i hances poced i'w geg. Gwelodd Mrs. Pugh gyfle rhagluniaethol i droi sylw'r cwmni oddi wrth gwrsedd ei gŵr, a dechreuodd gydymdeimlo'n ymroddgar â pheswch Harri.

'I shouldn't worry too much about it, Mrs. Pugh,' ebe Dr. Rushmere. 'It's an ailment which can be cured by a dose of laissez-faire.'

Gofynnodd Mrs. Pugh beth oedd pris potelaid o'r cyffur diarth, a diolchodd Harri fod cyn lleied yn y stafell yn deall Ffrangeg. Fodd bynnag, aeth y *dinner* heibio, a chytunodd y pedwar ifanc rhyngddynt a hwy'u hunain mai'r dweud callaf a ddaethai o ben Mrs. Pugh y noson honno oedd dweud ei bod yn braf iawn iddynt fynd allan am dro.

II

Y tu allan, yr oedd yn hwyro'n dawel. Gorweddai llafnau o gymylau llwydion ar draws y gorllewin, a'u hymyl isaf yn dal i losgi gan yr haul a oedd yn rhywle dan y mynyddoedd. Yr oedd yr awyr yn feddwol gan arogleuon Gorffennaf, y rhododendron a'r rhosynnau, y gweiriau olaf newydd eu torri ar gaeau'r Trawscoed, dail trymion y coed. Mewn onnen dal uwch cornel y tŷ yr oedd mwyalchen yn agor ei chalon i'r hwyr, fel ffliwt gontralto.

Ymwahanodd y ddau gwpwl. Sleifiodd Paul a Greta fel dau gysgod rhwng y rhododendron i wyll y masarn yng ngwaelod yr ardd. Aeth Harri a Lisabeth, yn fwy gwerinol, drwy'r llidiart gefn i'r buarth.

Cymerodd y meddyg arddwrn Greta rhwng ei fys a'i fawd a rhythu ar ei wats-arddwrn yn y gwyll.

'What on earth are you doing, Paul?'

'Feeling your pulse, my dear. You'll be pleased to know that you're quite normal, unlike those crazy people in there.' A thaflodd ei ben i gyfeiriad y tŷ.

Brochodd Greta.

'They're not crazy. They're my friends.'

'A thousand pities. You were born into the wrong society.'

Dyma'r arwydd i Greta bwdu, fel y bydd merched. A phwdodd.

Tasg nesaf ei chariad oedd ei chael allan o'i phŵd. O hir brofiad, aeth at y gwaith yn ddeheuig a heb amau'i lwyddiant am funud.

'You're cross with me now.'

Dim ateb.

'I like you when you're cross. It gives your face the most adorable tan.'

Dim bw.

'In fact, when you frown you're quite ugly.'

Dim. Methodd calon Paul un curiad. Yr oedd llygaid Greta'n ddisglair yn y gwyll, ac yr oedd hynny'n beth dieithr. Yr oedd ef bob amser wedi gallu meistroli merch. Yr oedd merched yn hoffi meistr. Ac yr oedd wedi dangos meistr i Greta, ond nid oedd dim wedi tycio. Hwyrach fod eisiau techneg wahanol gyda merched Cymru. Fe glywsai droeon y dylid denu cread-uriaid y mynyddoedd, nid eu gyrru.

'Darling.'

Cyffyrddodd â'i llaw, ond tynnodd hi'i llaw i ffwrdd. Daeth dwy ael Paul at ei gilydd mewn penbleth. Pan oeddech yn siŵr o'ch benyw, pan oedd hi'n eich caru, fe allech gerdded i ffwrdd a'i gadael yn ei soriant a gwybod y dôi hi ar eich ôl dan grio. Ond nid oedd yn siŵr o Greta. Nid oedd yn siŵr.

'Gret darling, I'm sorry I said what I did just now.'

Ciliodd y gwyn yn y llygaid a garai gymaint, a llanwyd hwy â'u canhwyllau glas. Yr oedd hi'n toddi, ond gresyn ei fod wedi gorfod ildio.

'You . . . you know what I meant, don't you?' gofynnodd iddi.

'I do not.'

'Then I'll explain. I really meant no disparagement to your friends—'

'I should hope not.'

'I . . . I only meant that you were born for something better. Life on a Welsh farm is all very well for . . . well, for those who have neither the beauty nor the intelligence for a higher station in life. But you, you're mysteriously different. Will you marry me, Gret?'

Syllodd Greta o'i blaen ar furiau'r Trawscoed yn araf dywyllu, ac meddai, gyda mwy o gythreuldeb nac o amheuaeth,

'I don't know.'

Baglodd geiriau dros wefusau Paul, y gwefusau slic na fyddent byth yn methu.

'Look, this is the second time I've asked you and this is the second time you've said you don't know. When will you know?'

'Perhaps . . . never.'

58

'Oh, for God's sake—!'

Tawodd Paul. Nid fel yna chwaith yr oedd ei darbwyllo. Ac yr oedd yn rhaid ei darbwyllo. Ni fyddai bywyd hebddi ond rhes o ddyddiau deillion, dwl.

Yr oedd hi'n symud ei thraed yn anesmwyth, ac yr oedd gwybed mân yn dechrau pigo Paul ym môn ei wallt. Trawodd ei war â'i law a'i frifo'i hun yn egrach na'i fwriad. Dechreuodd Greta chwerthin. Am eiliad, berwodd Paul gan dymer, ond wrth weld rhes wen ei dannedd yn y gwyll a'i mynwes yn siglo gan y chwerthin, clodd ei ddwy fraich yn dynn amdani. Hi oedd y feistres, ac yr oedd arno gywilydd. Ond am ei bod hi'n feistres yr oedd yn ei charu'n ffyrnicach nag erioed. Cusanodd hi, a chusanodd hi drachefn. Yn gwbwl sicir o'i buddugoliaeth, ildiodd Greta'i gwefusau iddo.

III

Yr oedd Harri a Lisabeth wedi cyrraedd drws y beudy newydd. Yr oedd gwartheg y Trawscoed bellach, fel gwartheg Lleifior, yn wartheg ardyst, ac yr oedd llawr eu beudy'n ddigon glân i undyn fwyta oddi arno. Am fod ei ffenestri'n llydain yr oedd modd gweld y powlenni yfed a'r corau metel er ei bod yn nosi. Cymerodd Harri ddiddordeb mawr ynddynt am na wyddai sut i agor y sgwrs.

Lisabeth a'i hagorodd.

''Rwy'n falch dy fod ti wedi pasio, Harri.'

'Diolch, Lisabeth.'

'Beth wnei di rŵan?'

'Gwaith ymchwil, mae'n debyg.'

'A mynd yn broffesor?'

'Pam?'

'Wnes i ddim ond gofyn. Pam wyt ti'n edrych fel'na?'

'Hwyrach mai dyna wna'i.'

'Beth?'

'Mynd i weithio ar y ffordd.'

'Harri!'

Trodd Harri i rythu arni.

'Fuaset ti'n 'y mhriodi i, Lisabeth, pe bawn i'n gweithio ar y ffordd?'

'Paid â bod yn wirion. 'Does dim rhaid iti—'

'Ateb 'y nghwestiwn i. Fuaset ti?'

'Wn i ddim . . .'

''Roeddwn i'n meddwl. Gwaith ach-y-fi ydi gweithio ar y ffordd. Mae dyn sy'n gweithio ar y ffordd yn fath israddol o ddyn, yn fath o epa. Dim ots faint sy'n ei ben o, dim ots faint mae'n ei ddarllen, ac fe all fod yn darllen mwy o lyfrau mewn blwyddyn nag a ddarllenaist ti drwy dy oes. Ond ta waeth, mae'n cyffwrdd haearn â'i law, ac mae baw ar ei ddillad o, ac mae'n anathema ac yn ffit i briodi neb ond ei sort.'

'Wn i ar wyneb y ddaear, Harri, am beth 'rwyt ti'n sôn.'

'Na wyddost, mi wn. Yr ydw i'n sôn amdanat ti, ac amdana' i, ac am y cariad y mae pobol yn credu sy rhyngon ni. Ond fe wyddost beth ydi cariad, Lisabeth? Y peth hwnnw sy'n gwneud i ddyn roi'i alwedigaeth heibio er mwyn ei wraig, ac yn gwneud i ferch fynd efo'i gŵr i unrhyw le—i Ganada neu i Fryniau Lwshai neu . . . i dŷ cownsil.'

Yr oedd dagrau yn llygaid Lisabeth ac ni wyddai hi pam. Ac er bod Harri'n disgwyl ateb oddi wrthi, ni ddaeth. Yr oedd ei gwddw wedi cau. Edrychodd Harri arni, a sylweddoli ei fod wedi traddodi pregeth a oedd yn golygu llawer iddo ef, a dim iddi hi. Dyna'r pwynt. 'Doedd gan Lisabeth mo'r diwylliant. Yr oedd ei feddwl ef yn fawr ac yn fyw ac yn tueddu i grwydro, ac fe ddylai'i wraig allu'i ddilyn yn ei grwydr. Yr oedd yn rhaid i'w wraig allu'i ddeall pa mor afresymol bynnag ydoedd. Ond 'doedd Lisabeth yn deall dim ond y normal, a'r neis, a'r naïf.

Edrychodd arni eilwaith. A oedd yn rhaid i harddwch fod yn dwp? Yr oedd Lisabeth mewn coch, cragen fach goch ym môn pob clust, minlliw o'r un coch ar y ddwy wefus berffaith. Ac yn y trwch gwallt tywyll yr oedd cylch coch ymron o glust i glust. Yn ei fywyd ni welsai Harri ddim mor ddeniadol. Nid oedd yn cofio i Lisabeth ecsploetio'i harddwch fel hyn erioed o'r blaen. Yr oedd wedi dibynnu hyd yma ar ei hurddas didaro, ei harddwch digelfyddyd, a'i safle fel merch y Trawscoed. Ond fel petai wedi gweld mewn gweledigaeth nad oedd yn y rheini ddim a allai ddal Harri mwyach, yr oedd wedi penderfynu

60

apelio at yr elfen sylfaenol ynddo—ei wrywdod. Fe ddysgodd y wers y mae'n rhaid i bob gwraig ei dysgu, mai'r peth cryfaf ym mhob dyn yw'r dyn.

Yr oedd aroglau rhyw bersawr drud yn ffroenau Harri, yn ei dynnu er ei waethaf at y ferch dal, dywyll mewn coch yn pwyso ar ddôr y beudy. Fel y bydd dyn wedi meddwi'n gallu'i berswadio'i hun fod cwrw'n fendith i bobloedd daear, fe'i perswadiodd Harri'i hun fod gan Lisabeth ddiwylliant wedi'r cwbwl, ond ei fod yn ddiwylliant gwisgo a choluro a phersawru —y diwylliant mwyaf gweddus, wedi'r cyfan, i ferch. Ac wrth ei gwasgu ato'n dynn, fe'i perswadiodd ei hun ei bod yn bosibl, yn ddigon posibl, y byddai cyn bo hir yn ŵr i Lisabeth.

7

I

Marchnad Henberth, a'r hen dref wedi deffro drwyddi. Byddai'n deffro bob dydd Mercher, moduron wedi'u catrodi hyd ddeufîn y ffordd fawr, y palmentydd yn gwegian bron dan bwysau pobol. Saesneg fyddai iaith Henberth drwy'r wythnos, ond ar ddydd Mercher fe ddôi'r wlad Gymraeg i mewn a'i boddi â'r Bowyseg fain. Pob siopwr a fedrai rywfaint o'r hen iaith yn tynnu'r llwch oddi arni bob dydd Mercher, a phob dydd Iau yn ei rhoi'n ôl i gadw. Yn dyrrau bob teirllath ar hyd pob palmant safai'r amaethwyr a'u gwragedd yn trin y tir a'r tywydd a phris yr wyau. Mae'n boeth neu'n oer, mae eisiau glaw neu hin sych, mae'r heffrod yn ddrud neu'n rhad, ac mae rhywun wedi marw neu wedi priodi neu wedi'i chawlio hi'n gythgam. Yr un sgwrs o dwr pobol i dwr pobol, dim ond newid yr enwau.

Yn gwnïo'u ffordd rhwng y tyrrau y mae amaethwyr heglog, porthmyn bolgrwn, trafaelwyr hadyd yn nabod pawb, ac ambell glarc arwerthwr a'i wyneb yn goch a phensil yn ei glust. Ffermwyr meinllais y wlad uchaf yn tynnu coesau'i gilydd mewn llifeiriant o Gymraeg, ffermwyr swrth y wlad isaf yn siarad synnwyr anniddorol mewn Saesneg erchyll. Ar y palmant, yn y *Corner Café*, yn y *Green Lion*, yn y mart, yn siop yr eiarmongar, yr oedd Henberth yn ferw undydd.

Llywiodd Edward Vaughan ei gar i'r agen fain rhwng dau fodur â'u trwynau at y palmant. Nid oedd ond prin wedi dod allan a chloi'r drws pan glywodd lais o'r tu ôl iddo.

'Bore da, Edward Vaughan.'

Yr oedd yn nabod y llais, ac meddai, heb droi,

'Bore da, Robert Pugh.'

''Rydech chi'n cyrraedd yn o hwyr heddiw.'

''Roedd yn rhaid rhoi'r dynion acw ar waith cyn cychwyn. Fe

allan gael y gwair i mewn fory dim ond ei gael o'n barod heddiw. 'Rydech chithe'n o agos at orffen bellach, wranta'.'

'Dim ond y cae dan tŷ. Mi fydd i mewn cyn y gwelwn ni Sul eto.'

'Ie.'

Croesodd y ddau ar y palmant. Tynnodd Robert Pugh ei oriawr o'i wasgod.

'Mae hi bron yn hanner dydd. Mi fyddan yn agor gyda hyn. Dim diben eich gwadd chi am ddrinc, Edward Vaughan?'

'Dal yn ddirwestwr o hyd, Robert Pugh. A dirwestwr fydda'i bellach, coelio, tan ddiwedd f'oes.'

Dechreuodd plygion bol Robert Pugh ysgwyd a chwarddodd yn ei wddw.

'Meddwl cael rhyw sgwrs oeddwn i, Edward Vaughan, ynghylch y bobol ifanc acw.'

'O ie. Beth am y *Corner*? Mi gawn baned o goffi yno os ydi hi'n rhy gynnar gennoch chi am ginio.'

'Fel y mynnoch chi. 'Dydw i ddim yn llwyrymwrthodwr â choffi.'

A hwyliodd y ddau i mewn i'r *Corner Café*. Cawsant fwrdd gwag wrth y ffenest cyn i'r dyrfa ddod. Tywalltodd Edward Vaughan goffi i'r ddau o'r pot arian y byddid bob amser yn ei roi o'i flaen ef yn y bwyty hwnnw. Taniodd Robert Pugh ei getyn.

'Ie,' meddai, gan ddilyn y mwg i'r nenfwd â'i lygaid a chrafu'i wddw. 'Mi gawson noson fach ddifyr efo'r bobol ifanc neithiwr. Dyn neis ydi'r Doctor Rushmere 'na.'

'Bachgen reit ddymunol,' meddai Edward Vaughan.

'Galluog, goelia' i.'

'Galluog reit.'

Distawrwydd eto am sbel, cyn mentro i'r pwnc. Wedi cymryd llwnc o goffi a llyfu'i weflau, a thynnu pwl eto yn ei getyn a chwythu cwmwl eto o fwg, meddai Robert Pugh,

''Rydw i'n meddwl y bydd hi'n fatsh dda, Edward Vaughan.'

'Pa fatsh, Robert Pugh?'

'Harri acw a Lisabeth ni.'

'Os na newidian nhw'u meddwl.'

'Wnân nhw ddim. Mi ofalwch chi a fi am hynny.'

'Wnawn ni?' ebe Edward Vaughan. 'Fy marn i, Robert Pugh, ydi mai'r bobol ifanc ŵyr eu busnes ore.'

Teimlodd Robert Pugh fod yna gerydd. Gallai Edward Vaughan bob amser wneud iddo deimlo fel plentyn wedi'i ddal ar ei ddrwg. A meddwl eu bod wedi chware gyda'i gilydd yn yr ysgol yn blant, wedi dwyn afalau oddi ar yr un goeden, wedi gwlychu'u dillad yn yr un nant, wedi teimlo blas yr un gansen, yr oedd y ddau wedi tyfu'n dra gwahanol. Yr oedd y 'ti' a'r 'tithe' wedi hen ddiflannu, a'r syrnâm wedi tyfu wrth gwt yr enw bedydd wrth gyfarch y naill a'r llall. Fe rôi Robert Pugh y bai ar grefydd. Rhoddodd gynnig arall arni.

'Syniad da fydde ichi roi Tyddyn Argain yn waddol i Harri pan briodith o.'

Gwelodd Edward Vaughan olau coch. Yr oedd Tyddyn Argain yn nyddiau'r tadau yn perthyn i'r Trawscoed. A phan ddaeth dyddiau duon ar yr hen Richard Pugh, tad Robert, fe brynwyd y Tyddyn gan Thomas Vaughan, tad Edward. Daeth y meibion i etifeddiaeth eu tadau, ac wedi i'r ddau ryfel osod Robert Pugh yn solet ar ei draed, fe geisiodd brynu'r Tyddyn yn ôl. Gwrthododd Edward Vaughan. Yr oedd Tyddyn Argain yn llawer rhy werthfawr fel beitac i bori bustych tewion. Ac ar borfa felys Tyddyn Argain y gwnaeth Edward Vaughan amryw o'i filoedd. Yr oedd gwybod hynny'n swmbwl yng nghnawd Robert Pugh. Perthyn i'r Trawscoed yr oedd Tyddyn Argain, ac nid oedd dianc oddi wrth hynny. Gwir fod Edward Vaughan wedi hulio'r tir â gwrtaith ac wedi diweddaru'r tŷ ac wedi rhoi Ifan Roberts a'i wraig ynddo i'w gadw'n glyd. Ond ni wnâi hynny ddim ond porthi'i flys.

Fodd bynnag, fe ddaethai gobaith newydd. Os byddai Lisabeth yn wraig i Harri, fe fyddai ganddo ran yn y Tyddyn, o leiaf. Ac os byddai plant, ac fe ddylai fod, fe fyddai'n fodlon o wybod y byddai'r Tyddyn yn nwylo un o'i wyrion ef. Ond dywedodd Edward Vaughan yn gwta,

'Nid ffarmio y bydd Harri, yn ôl pob golwg.'

Yr oedd Robert Pugh yn barod am hynny.

''Does neb yn dweud. Proffesor fydd Harri, wrth gwrs. Ond iddo fo y bydd y Tyddyn yn perthyn. Fe all rhywun arall ei ffarmio drosto.'

'Un o feibion y Trawscoed, er enghraifft?'

Chwarddodd Robert Pugh braidd yn rhy harti. Gwell chwerthin na chwyrnu, a phethau'n mynd cystal.

'Fel y mynnoch chi, Edward. Chi bia'r lle, ar hyn o bryd. Ond mi garwn ichi gofio bod Tyddyn Argain ar un adeg yn perthyn i ni, ac mi fydd y fatsh yn ddigon i dorri'r ddadl rhyngon ni.'

Dymunodd Edward Vaughan yn ddistaw rhyngddo ac ef ei hun y deuai'r 'fatsh' i ben. Nid oedd Robert Pugh yn angel fel ffrind. Fe fyddai'n gythraul fel gelyn. Ac fe fyddai colli'r Tyddyn am y tro olaf yn ddigon i'w droi'n elyn na fyddai'r Amerig yn rhy bell i fyw oddi wrtho.

Yr oedd y pot coffi'n sych. Yr oedd cetyn Robert Pugh wedi diffodd. Cododd y ddau amaethwr, ac aeth Edward Vaughan, fel y cyfoethocaf cydnabyddedig o'r ddau, i dalu. Hwyliodd y ddau drwy'r drws drachefn, a mynd i foddi'u hamheuon yn sŵn y mart.

II

Ar yr un awr o'r dydd yr oedd Wil James ac Ifan Roberts a Terence wrthi'n rhoi gwair Cae'r Afar yn ei gocyn yn barod at gario. Gwair clofer, yn dew ac yn sïo, wedi'i grasu o boptu gan ddeuddydd o haul.

'I liciwn inne fod yn Henberth heddiw,' ebe Wil James.

'Liciech chi, William?' meddai Ifan Roberts yn fwyn.

Yr oedd mwynder yn mynd dan groen Wil James. Byd lleisiau caled ac atebion chwerw oedd ei fyd ef, a 'doedd gan neb ddim busnes i'w ateb yn gwrtais. Mynnodd godi dadl.

'Be' wnaiff yr hen Vaughan yno heddiw?' meddai'n neidraidd, a'i lygaid yn hanner cau. 'Dim ond sefyllian a sgwrsio efo hwn a'r llall. Busnes, medde fo, ond pwy fusnes? Petai o yma'n handlo picwach, mi fuase'n gymaint â hynny'n llai o slaf i bob un ohonon ni.'

Ni allai Ifan Roberts gytuno, ac yr oedd yn gas ganddo dynnu'n groes, felly fe dawodd. Yr oedd hyn yn gwneud y tro gan Wil James. Dygnodd arni.

'Mae hi'n braf gythgam ar y meistradoedd 'ma. Wedi bod ym mhob oes. Am y gallan nhw dalu i ddynion am slafio yn eu lle

65

nhw, mi gân fynd i'r fan a fynnon. Diwedd mawr, mi all'sech feddwl bod eu blwmin cig a gwaed nhw'n wahanol i gig a gwaed ein bathe ni.'

Cyffrôdd hyn hen deyrngarwch Ifan Roberts. Fe fethodd yntau, hyd yn oed, â thewi. Rhoes flaen ei fforch yn y rhenc a'i dal hyd braich oddi wrtho a sbïodd yn ddifrifddwys ar Wil James.

''Dydi Mistar Vaughan ddim felly, William. Mae o'n gwybod ei hunan beth ydi gwaith. Mi feder lwytho llwyth o wair yn well na neb weles i yn f'oes—'

Hyn yn taro Wil at y gwaed gan i lwyth a lwythodd ef droi ychydig ddyddiau'n gynt.

'—ac mae'n eich trin chi a finne fel petaen ni cystal ag o bob tamed.'

Trawodd Wil ei fforch yntau mewn cocyn a throi i rythu ar ei wrthwynebwr. Yr oedd wedi cael ei ffordd ei hun. Yr oedd wedi cael dadl. Ond nid oedd y ddadl yn cerdded yn hollol fel yr oedd ef wedi bwriadu. Yr oedd yn gofyn am sylw.

'Y trwbwl efo chi, Ifan Roberts,' meddai, 'ydi'ch bod chi wedi'ch geni'n rhy fuan. Mi gawsoch chi'ch magu i dwtsied eich cap a dweud "syr" wrth bob sbrigyn o sgweiar, a'ch dysgu i feddwl bod pob dyn yn mynd yn fwy o ddyn po fwya' o gyfeirie oedd ganddo ar ei dir. Nid felly mae hi'n gweithio, Ifan Roberts. 'Does 'na ddim gwahaniaeth rhyngoch chi ac Edward Vaughan—dim o gwbwl. 'Rydech chi gymaint o ddyn ag ynte bob modfedd, dim ond na chawsoch chi mo'r cownt banc gafodd o i gychwyn.'

Teimlodd Ifan Roberts yn anesmwyth fod Wil James yn dweud cryn swm o wir. Ond yr oedd hi'n rhy hwyr ar ei oes iddo newid ei athroniaeth bellach. P'un bynnag, yr oedd y Vaughaniaid wedi bod yn garedig iawn wrtho ef. Yn od o garedig.

'Nage, William. Yr ydech chi'n rong—'

'Ymh'le'r ydw i'n rong?'

'Wel . . . y . . . *mae* 'na wahaniaeth rhwng dynion. Pe bawn i wedi cael y cownt banc, fel y dwed'soch chi, fedrwn i wneud cystal defnydd ohono â Mistar Vaughan? Sut fìstar ar ddynion fuaswn i? Be' wnaethwn i â lle o faint Lleifior? Cawl, hwyrach, ar y gore.'

'Nonsens. Fedrwch chi ddim dweud, achos mi fuase'ch bywyd chi i gyd yn wahanol. Mi fuase'ch personolieth chi'n wahanol.'

'Mae'n ame gen i, William. Mae'r Bod Mawr wedi creu rhai i fod yn feistradoedd a'r lleill i fod yn weision.'

'O, diawc unwaith.' Tynnodd Wil James ei fforch o'r gwair a gwneud cocyn llawer rhy fawr. 'Os ydech chi'n mynd i sôn am grefydd, 'rydw i'n cau 'ngogor.'

Ac mewn distawrwydd yr aeth y mydylu rhagddo, a Terence, wedi cael seibiant melys yn pwyso ar ei fforch ac yn gwrando, yn gorfod troi ati, a'i feddwl yn fwy cartrefol yng nghwmni Sheila nag yng nghwmni'r pynciau dyrys, dwfn.

Yr oedd Harri'n dod trwy'r adwy uchaf i'r cae ar y tractor bach, yn tynnu'r gribin olwyn a Karl yn eistedd arni. Yr oeddent yn mynd i gribinio'r lleiniau glas rhwng y cocynnau. Ymhen rhai munudau ar eu hôl, daeth Dr. Rushmere a Greta, yn cerdded yn barchus, fel dau newydd nabod ei gilydd.

Wrth i'r ddau basio, aeth bys Ifan Roberts yn ddefosiynol at gantal ei het. Yr oedd yn cyffwrdd ei het lawn cymaint i Dr. Rushmere ag i Greta. Aeth meddwl Wil James drwy bwl o resymu cyflym. Yr oedd boneddwr bob amser yn codi'i gap i ferch, ond nid oedd ef yn foneddwr. Hyd yn oed petai'n foneddwr, ni fuasai'n codi'i gap i Greta, am ei fod yn ei chofio hi'n bwten fach mewn cap-clustiau-tedi-bêr pan oedd ef eisoes yn llanc. Ac ni fuasai'n codi'i gap i ferch un o'r meistradoedd am y buasai drwy hynny'n cydnabod uchafiaeth y meistr ei thad. Er hynny, yr oedd yn ddigon parod i godi'i gap i Dr. Rushmere, am ei fod yn feddyg, hynny yw, un yn gwasanaethu dynoliaeth. Hefyd, am ei fod o'r ochor draw i Glawdd Offa, sef yn fath amheuthun ar ddyn. Fodd bynnag, fe fu'n rhy hir yn penderfynu a cheryddodd Dr. Rushmere ef â'i lygaid. Gwelodd Wil James y cerydd, ymatebodd fel y byddai bob amser yn ymateb i gerydd, a phenderfynodd beidio â chodi'i gap wedi'r cwbwl. Nid oedd meddwl Terence yn atebol i resymeg. Sglefriodd ei lygaid dros y pâr ifanc, cnodd drwy'r gwelltyn yn ei geg, a thaflodd fforchaid daclus ar ben fforchaid nes bod y cocyn crwn yn dawnsio'n ddel yn ei gilydd, gan obeithio bod y doctor yn gallu gwerthfawrogi crefft cocyn da.

Yr oedd cwmwl codog du yn llusgo i fyny'r awyr a'i ymylon yn wynias wrth groesi'r haul. Gan ofni glaw, neidiodd Harri a Karl oddi ar y tractor a'r gribin olwyn a chymryd picffyrch ac ymuno yn y mydylu. Wrth fynd heibio iddynt, crwydrodd llygaid Greta at freichiau melyn Karl, a phwysau'r gwair yn gyrru'u gïau yn donnau ar hyd-ddynt. Am eiliad euog, teimlodd y breichiau cryfion hynny'n cydio ynddi ac yn ei chodi dros fargodion y coed i berfedd yr awyr las. Synhwyrodd Karl ei llygaid arno, a chafodd yntau'i eiliad euog fel y cyfarfu'i lygaid â'i llygaid hi. Gwelodd Dr. Rushmere gyfarfod y llygaid, a theimlodd fel petai rhywun wedi'i daro'n ysgafn yn ei wynt. Daeth y clawr gwyddbwyll yn ôl i'w feddwl, a llygaid gleision Karl, a'r anialwch a'r tanciau ac yntau'n colli'i gydbwysedd ym mharlwr mawr Lleifior . . .

Yr oeddent wedi mynd heibio i'r mydylwyr. Yr oedd Greta'n cerdded yn ei ymyl, gam am gam ag ef, ac yn edrych tua'r gorwel fel pe na bai dim wedi bod yn ei meddwl. Daeth y cwmwl codog eto oddi ar yr haul a dihangodd ei gysgod o'u blaenau dros ymchwydd ar ôl ymchwydd yn y tir nes diflannu o'r diwedd dros ben Moel yr Afr. Gollyngodd Paul y llwyth anadl a oedd wedi cronni ynddo. Hel meddyliau y bu. Hel meddyliau. Ef oedd biau Greta, nid oedd gan yr Almaenwr siawns. Na neb arall. I fod yn siŵr, ymbalfalodd ei law am ei llaw, a chaeodd ei bysedd hi am ei fysedd ef.

8

I

Daeth Awst i'r wlad mewn hugan o niwl. Nid niwl tew Tachwedd, yn wyn ac yn wastad fel gwrthban cawr, ond niwlen denau o law mynydd y gallech weld drwyddo amlinell bryncyn a choeden a thŷ, y cwbwl yn unlliw ac yn anhyfryd laith. Er hynny, ychydig oedd yn tynnu wyneb hir. Yr oedd y gwair i mewn i gyd, ac yn dda, bob gwelltyn ohono. A'r hen bobol yn gwbwl sicir nad oedd y math hwn ar wlybaniaeth yn ddim amgen nag arwydd o dywydd braf.

Ond yr oedd Marged yn ddigalon. Heddiw yr oedd i gychwyn ar ei gwyliau. Wythnos gyda Sheila ar lan y môr. Yr oedd wedi edrych ymlaen ers wythnosau, ac wedi bod yn annwyl wrth bob swllt. Noswaith ar ôl noswaith cyn mynd i gysgu yr oedd wedi mynd yn ei meddwl ôl a blaen hyd bromenâd y Rhyl, heibio i'r pafiliwn, heibio i'r stondin Pwnsh a Jiwdi, wedi eistedd mewn caffi, wedi ymdrochi yn y môr. Ond fe aeth pethau o chwith. Wedi wythnosau o waeledd, ailddechreuodd ei thad ar ei waith. Yn y glaw a'r gwres, daliodd i geisio dilyn y stêmrolar a'r taenwr tar, rhofio'r cerrig mân o'r tomennydd llychlyd ar fin y ffordd, ceibio'r cloddiau i wneud lle i balmentydd newydd. Ond fel cynt, gogleisiodd y llwch ei sgyfaint a deffro'i beswch, ildiodd ei gorff i wres awyr laith Cymru a gwres ffyrnig y tar.

Yr oedd ei wyneb yn wyn ar y gobennydd a'i fynwes yn gweithio'n galed i gael ocsigen o'r awyr glòs. Yr oedd ffenest fawr y llofft ar agor, ond pe tynnid ochor y tŷ i lawr, ni ellid cael digon o awyr i leddfu ysgyfaint dolurus John Morris. Trodd Marged oddi wrtho ac aeth yn ddistaw i lawr y grisiau i'r gegin. Yn y gegin gallai wylio'r modurwyr haf yn mynd heibio, ugeiniau ohonynt yn gyrru drwy Lanaerwen i fyny'r dyffryn tua'r mynyddoedd. I'w gweld yn well taflodd ei mac am ei sgwyddau a mynd i lawr y llwybyr at y llidiart drwy'r glaw mân.

Llwyddodd i gael rhyw gysur o wylio'r modurwyr yn mynd. Dechreuodd ddyfalu o b'le y daethent, i b'le'r aent. Hen sgerbydau drewllyd o foduron yn rhuo fel tractorau, a phebyll a phramiau a phob gêr gwyliau wedi'u clymu ar eu tu ôl; moduron mawr newydd yn suo heibio'n ddiymdrech, a charafán yn dawnsio'n anfodlon wrth gwt ambell un. Y cwbwl yn mynd am eu gwyliau, fel yr oedd Sheila wedi mynd. A hithau'n gorfod aros.

Clywodd sŵn siarad uchel a chwerthin, a throdd ei phen. Gwelodd haid o feicwyr yn olwyno tuag ati, a chylchau'u holwynion yn sïo ar y ffordd wleb, pob un yn cyrcydu dros ei lyw fel mwnci, a'u clogau plastig yn cyhwfan o'u hôl. Wrth ei phasio troesant bob un ei ben, agor eu llygaid yn fawr, a chwibanu'r hen chwiban a fyddai'n gwneud i'w chalon lamu erstalwm: 'Whi-whiw!' Am eiliad, teimlodd Marged yn ddig wrthynt. Ond am eiliad yn unig. Petai hi'n hen ac yn hyll, ni roesent mo'r chwiban honno. Yr oedd y 'Whi-whiw' yn gompliment, wedi'r cyfan, i ferch. Ceisiodd ei gweld ei hunan fel y gwelsai'r beicwyr hi. Merch mewn mantell werdd, ei gwallt gwinau'n gwmwl am ei phen ac yn cyrlio i'w llygaid ac yn sgleinio gan y glaw. Hwyrach ei bod hi'n bictiwr. Yr oedd yn rhaid ei bod yn bictiwr, iddi dynnu cryn ddeuddeg pâr o lygaid gwrywaidd arni heb wneud un ymdrech i'w tynnu.

Yr oedd car arall yn dod i lawr y ffordd. Nid i fyny tua'r bryniau fel toreth y ceir, ond i lawr i gyfeiriad Henberth. Syllodd Marged arno'n dod. Yr oedd hwn yn gyfarwydd iddi, er na chofiai ar y funud pwy a'i piau. Car mawr du, na fu yn yr ardal yn hir. Yn sydyn, fe gofiodd. Car Lleifior. Fel y daeth yn nes, gwelodd Harri Vaughan yn eistedd wrth y llyw, ei ben tywyll i fyny fel y buasai pen boneddwr, a'i lygaid duon yn cribo'r ffordd o'i flaen. A'r car yn mynd heibio mor ddistaw, mor esmwyth, trodd Harri Vaughan ei ben a'i gweld. Cyflymodd pyls Marged a chododd ei llaw, a cheisiodd ei gwefusau wenu. Crymodd Harri Vaughan ei ben i gydnabod y cyfarch, ond dyna i gyd. Fel pe na bai hi'n neb ond un o'r ddwy fil miliwn yn y byd, gyrrodd ymlaen.

Buasai Marged wedi'i chicio'i hun petai hynny o ryw fudd. Ei chicio'i hun am godi'i llaw, am fod mor esgud i wenu. Yr oedd hi'n siŵr iddi godi'i llaw'n beiriannol, yn wirion, a gwenu hen wên hurt. O'r ffŵl iti, Marged! Pwy oedd hi i ddynnu sylw etifedd Lleifior, llanc a gradd wrth ei enw, yn troi ymysg y mawrion, a ffortiwn yn ei ddisgwyl ar farw'i dad? Hithau, fel y dywedodd Sheila, yn byw mewn tŷ cyngor, a'i thad yn labrwr ffordd ac yn nychu gan y darfodedigaeth.

Yna, fe drodd ei llid oddi arni'i hun ar Harri Vaughan. Ni fuasai gwên yn costio dim iddo yntau. 'Doedd bosib nad oedd yn ei nabod hi, a hithau'n byw yn Llanaerwen bron cyhyd ag y bu ef yn Lleifior. Mae'n wir na fuont yn gymdeithion ysgol. Fe gafodd Harri'i ysgol gynradd mewn ysgol breifat yn Henberth, a'i ysgol uwchradd yn Nolgellau. Ond yr oedd wedi'i gweld hi ganwaith ar un stryd Llanaerwen. Pe gwyddai ef pa mor amal y bu yn ei meddwl, pa sawl noson y bu'n breuddwydio amdano . . . Yr oedd wedi rhoi'i chalon iddo er pan welodd ef yn dod adref o Ddolgellau a'i dad yn ei gyfarfod oddi ar y trên, pan oedd y trên bach yn rhedeg o Henberth i Lanaerwen. Peth gwrthun oedd hynny, fe wyddai. Ni ddôi dim byth ohono. Ond yr oedd wedi methu'i gael allan o'i chyfansoddiad, ac yr oedd ei wyneb wedi'i fframio yn ei hymennydd mor eglur â ffotograff ar silff-ben-tân. A hithau yn ei gofîd, heb fam, a'i thad yn edwino, y peth lleiaf y gallasai Harri Vaughan ei wneud fyddai gwenu arni . . .

Aeth y chwerwedd ohoni, ac oedodd ei llygaid ar y car nad oedd erbyn hyn ond chwilen ddu ym mhen draw rhuban y ffordd. I b'le'r oedd Harri Vaughan yn mynd? Yn mynd heb Lisabeth y Trawscoed, heb neb yn y sedd yn ei ymyl, yn mynd heb wenu, o'r golwg rownd y tro yn y ffordd. I un nad oedd yn chwilfrydig wrth natur, aeth y cwestiwn yn fawr iawn yn ei meddwl. I b'le'r oedd Harri'n mynd?

II

Yr oedd Harri'n mynd i'r Eisteddfod Genedlaethol. Dyna'i arfer bob dechrau Awst. Nid am ei fod yn eisteddfodwr blysig. 'Doedd Harri fawr o eisteddfodwr, er iddo yntau yn ei dro gael y chwiw farddoni sy'n dod i gynifer yn ystod eu blynyddoedd coleg. Ond i Harri, fel i lawer eraill, yr oedd yn y Genedlaethol swyn sy'n fwy na swyn eisteddfod. Y swyn sy'n tynnu Saeson ifanc i Lundain a Ffrancod ifanc i Baris, am mai yno y mae calon eu cenedl yn curo gryfaf. Swyn prifddinas.

Yr oedd wedi gofyn i Lisabeth fynd gydag ef. Ddôi hi ddim. 'Doedd ganddi ddim i'w ddweud wrth yr Eisteddfod fawr anghysbell. Yr oedd yn well ganddi hi rali ffermwyr ifanc a sioe amaethyddol ac ymryson cŵn defaid, sefydliad mwy lleol lle'r oedd mwy o'r wynebau'n gyfarwydd a blas gwlad ar yr hiwmor. Yr oedd Harri wedi dweud i'w phryfocio, i geisio'i pherswadio,

'Beth petawn i'n ffeindio cariad newydd yno?'

Fe fu Lisabeth yn fud am sbel. Tybiodd Harri fod y gwynt yn troi. Yna, meddai hi, ac ni all neb byth ddweud pa un ai cyfrwystra ai mawrfrydedd sydd y tu ôl i eiriau felly,

'Os nad wyt ti'n 'y ngharu i, fe wnei. Os wyt ti'n 'y ngharu i, wnei di ddim.'

Yr oedd Harri wedi'i chusanu am ddweud hynny. Ond yr oedd hefyd, er ei waethaf, wedi teimlo rhyw gymaint o ryddhad am nad oedd hi'n dod. Y mae merch, er ichwi'i charu, yn gadwyn am eich gwddw mewn wythnos o fywyd tyrfa.

Gyrrodd Harri drwy Henberth, a llywio'r car i'r llif moduron a oedd yn llenwi'r briffordd tua'r môr. Yr oedd Llun Gŵyl y Banc yn ddiwrnod llethol i foduro. Wrth basio croesffordd gwelodd ddau fodur wedi mynd yn benben i'w gilydd, a thwr bychan o bobol yn sefyll o gylch men ambiwlans a phlismon a sarjant yn gwneud nodiadau. Tynnodd ei gar i'r clawdd, a mynd allan. Deallodd nad oedd neb wedi cael niwed gwaeth na sioc, a bod yr anffodusion eisoes yn yr ambiwlans yn barod i fynd am driniaeth. Gwelodd na allai wneud dim; aeth yn ôl i'r car ac ailgychwyn.

Buasai'n well, wedi'r cyfan, petai wedi mynd ddiwedd yr wythnos gynt, fel y ceisiodd Gwdig ei ddarbwyllo. Fe ddaethai Gwdig John i fyny o sir Benfro i Leifior ddydd Mercher. Er bod Harri'n cydletya ag ef drwy'r flwyddyn ym Mangor, yr oedd bob amser yn falch o'i weld. Yr oedd mor ddoniol, mor eiddgar; stwcyn tew â dwy rudd fel dau domato, bob amser yn gweld ochor olau bywyd, bob amser yn chwerthin. Yr oedd Gwdig wedi dweud,

'Dere gyda fi, Harri, i ysgol haf Plaid Cymru.'

'Pa bryd mae honno?'

'Mae'n dechre ddydd Gwener cyn yr Eisteddfod ac yn para dros y Sul. Wed'ny, ddydd Mawrth, fe awn ni 'mlaen i'r Eisteddfod, dim ond taith hanner awr yn y car.'

'Ond 'dwy ddim yn perthyn i'r Blaid.'

''Sdim gwahaniaeth. Mae croeso i bawb.'

'Ond 'does gen i ddim diddordeb mewn politics.'

'Mae gyda ti ddiddordeb yng Nghymru, on'd oes e?'

'Wel, wrth gwrs—'

'Dyna fe, 'te. Elli di ddim ysgar Cymru oddi wrth yr hyn sy'n lles iddi. Os gwnei di hynny, cyn bo hir fydd dim Cymru i gael.'

'Paid â phregethu wrtha'i, Gwdig. 'Rwyt ti ar dy wylie rŵan. Fe allet adael dy bolitics ar ôl yn sir Benfro.'

'Allwn i ddim gadael Cymru ar ôl. 'Rwy wedi trafaelu Prydain pentigili, ac wy'n mynd â Chymru gyda fi i bobman. Waeth Cymro ydw i. Alla'i ddim gadael darn ohonof fy hunan ar ôl.'

'Fe allet fod wedi gadael dy enw ar ôl, beth bynnag,' meddai Harri. 'Gwdig, myn brain!'

A dechreuodd Gwdig chwerthin, a chwerthin, a chwerthin, nes bod ei ruddiau'n wlybion. Yr oedd yn gas ganddo'i enw unwaith, a cheisiodd ei gyfeillion coleg gael ganddo'i newid. Aethant mor bell â chynnig talu am ei newid iddo. Ond gwelodd Gwdig ynddo destun chwerthin cyhyd â'i oes, a phenderfynodd ei gadw fel yr oedd, am sbort.

'Na, Gwdig, 'dydw i ddim yn Gymro digon aeddfed eto.'

A heb fod dim dicach, aethai Gwdig i'r ysgol haf yn ei gwmni'i hun. Yr oedd Harri'n edifar erbyn hyn. Yr oedd y traffig yn ddi-dor, ac yr oedd ei bum synnwyr ar eu heithaf yn ei gadw rhag damwain fel honno a welsai ar y groesffordd. At hynny, yr oedd y glaw mân yn dallu ffenestri'r car, a rhythm y ddau sychwr ar y ffenest flaen yn dechrau pwnio'i nerfau.

Gyrrodd ymlaen drwy'r glaw, a meysydd Awst o boptu'r ffordd yn soddlyd swrth, a phennau'r bryniau moelion i fyny ar dde ac aswy wedi'u lapio mewn gwlanen lwydwyn fratiog a allai fod naill ai'n niwl neu'n gymylau. Sbonciodd y rhes moduron dros ddarn ffordd a oedd ar hanner ei thrwsio, a

73

cherrig mân yn clecian yn erbyn eu metel. Yn sydyn, wedi gadael y darn ffordd tyllog a chael tarmac llyfn, teimlodd Harri'r car yn mynd o'i afael ac yn crwydro'n ddiamcan i'r chwith ac i'r dde. Rhoddodd y bai i ddechrau ar y ffordd wleb, tybio bod yr olwynion yn llithro lle na fuasent yn llithro ar wyneb sych. Ond pan glywodd y car yn dechrau cloffi yn ogystal â chrwydro, estynnodd ei law drwy'r ffenest ac arwyddo'i fod am sefyll. Tynnodd i'r clawdd, ac aeth y llif moduron heibio.

Daeth allan. Oedd, yr oedd un o'r olwynion blaen mor fflat â chrempog. Mygodd lw yn ei gorn ac aeth i mofyn y jac a'r carn tro o gefn y car. Er dirfawr boen iddo, canfu nad yr un dull oedd i godi'r car hwn â hen gar Lleifior. Dechreuodd felltithio dyfeisiau.

Daeth hen gerbyd bregus ar wib i lawr y ffordd, yn tynnu olgert yn llawn o gelfi gwersyll. Wrth fynd heibio gwthiodd glaslanc ei ben cringoch a'i wyneb-brychni-haul drwy'r gwagle a fwriadwyd i fod yn ffenest, ac wedi gweld yr olwyn grempog, gweiddi,

'Stick it with chewing-gum, mate!'

Chwyrnellodd y bwndel hynafol o'r golwg rownd y tro a brathodd Harri'i dafod. Gofynnodd iddo'i hun a fuasai ef yn pasio modurwr mewn helbul. Hwyrach y buasai. 'Doedd helbulon pobol eraill byth yn helbulon difrifol. Aeth dau, tri, pedwar modur heibio, fel pe na bai ef mewn bod.

Yn sydyn, clywodd gar yn sefyll y tu ôl iddo. Hen Awstin Deg, yn sgleinio gan ofal ac eli penelin er ei amal flynyddoedd. Agorodd ei ddrws a daeth allan ddyn tenau, cymharol ifanc, a thriongl coch ar ei wddw lle'r oedd ei grys agored wedi gadael i'r haul ei losgi. Taflodd y dyn gôt law dros ei sgwyddau a dod at Harri.

'Puncture?' gofynnodd.

'Yes.'

'Cymro ydach chi?'

'Ie.'

'Mynd i'r Eisteddfod?'

'Ydw.'

'Fel finna'. Dowch inni weld beth ydi'r helynt.'

Eglurodd Harri fel yr oedd method codi'r ceir newydd y tu hwnt iddo. Gwenodd y dyn wên gynnil, garedig. Gafaelodd yn y jac a'i wthio trwy dwll crwn y tu mewn i ddrws y modur, a chydag ychydig drofeydd ar y carn cododd ochor y car yn gyfan oddi ar y ffordd. Yna cymerodd y carn tro a thynnu'r olwyn, a chyn pen ychydig funudau yr oedd yr olwyn sbâr yn ei lle. Edrychodd Harri arno fel plentyn yn edrych ar ewythr haelionus, ac meddai,

'Diolch fod yna Samariaid trugarog ar y ffordd o hyd.'

Gwenodd y dyn.

'Amryw wedi mynd o'r tu arall heibio, ai e?'

'Amryw byd. 'Rydech chi'n gyfarwydd â'ch Beibil,' ebe Harri.

'Mi ddylwn fod. Gawn ni ddweud mai'r Samariaid anhrugarog aeth o'r tu arall heibio heddiw, ac mai'r offeiriad arhosodd i gynorthwyo?'

'Offeiriad ydech chi?'

Nodiodd y dyn.

'Er 'mod i'n meddwl mai mecanic y bwriadodd y Brenin Mawr imi fod. Mae'n haws trwsio car nag achub enaid. Mae 'na garej ryw ddwy filltir i lawr y ffordd. Gwell ichi gael trwsio'r olwyn yno na mentro'r holl ffordd heb olwyn sbâr. Pob bendith.'

A diflannodd yr offeiriad medrus yn ôl i'w Awstin. Wrth ei wylio'n mynd heibio fe'i cafodd Harri'i hun yn synio'n uwch am wŷr y goler nag y bu ers amser. Yr oedd yn amlwg y gallent wneud rhywbeth heblaw pregethu, er na fuasai'n deg disgwyl i bob un ohonynt allu newid olwyn. Ond petai pob offeiriad mor barod ei gymwynas ac mor ymarferol ei grefydd â hwn, meddai Harri'n uchel i foddi sŵn y sychwyr, fe fyddai'u haddoldai'n llawnach nag y buont yrhawg. Ac eto, yn llawnach o beth?

Wrth siarad ag ef ei hun daeth i olwg pentref. Pentref llwyd y byddai'n rhaid cael traffig Gŵyl Banc i'w ddeffro, os ei ddeffro hefyd. Yma, mae'n debyg, yr oedd y modurdy y soniodd yr offeiriad amdano. O arafu ac edrych o'i gwmpas, fe'i gwelodd Harri ef. Tri phwmp petrol ar galen o goncrid, a chwt budr a thomen o haearn sgrap yn gefndir. Yr oedd dau gar eisoes wrth y pympiau'n llenwi. Pan arafodd Harri wrth y cwt daeth llanc tua phymtheg oed gyda llygaid gwelwon fel llygaid ffured at un o'r pympiau.

'Petrol?'

'Dau alwyn,' ebe Harri, 'ac mae gen i olwyn fflat eisie'i thrwsio.'

Agorodd y llanc ei geg.

'Olwyn fflat?'

'Ie. Ff-l-a-t.'

Wrth roi trwyn y bibell betrol rhwng gwefusau'r tanc, crochlefodd y bachgen,

''Styr Thomas!'

Daeth cap gwlanen pygddu i'r golwg heibio i ddrws y cwt, ac oddi tano drwyn hir ac wyneb main wedi'i addurno ag ysmotiau ired. Wedi rhythu ar y car a'i weld yn gar urddasol, daeth y dyn cyfan i'r golwg, mewn côt lwyd ddrewllyd, ac yn sychu'i ddwylo â chlwt na allai yn ei fyw ond eu baeddu'n waeth.

'Be' mater?' ebe'r dyn.

'Olwyn fflat, 'Styr Thomas,' crygodd y bachgen.

Rhythodd y dyn ar bedair olwyn y car gan grychu'i drwyn, ac o'r diwedd gofyn,

'Ymh'le?'

'Yn y bŵt,' meddai Harri, gan ei lusgo'i hun allan o'r car. Aeth i gefn y cerbyd ac agor y bŵt, a'r dyn yn llusgo ar ei ôl. Rhythodd y dyn ar yr olwyn fflat.

'Eisie'i thrwsio hi?' meddai o'r diwedd.

'Llawn cystal, fuaswn i'n meddwl,' ebe Harri.

Siglodd y dyn ei ben yn araf.

''Ryden ni'n gythgam o brysur. Banc holide, 'dech chi'n gweld. Mae 'na thri-hyndred-and-ffiffti-tŵ o geir wedi stopio yma am betrol heddiw.'

'Ond yr ydw i'n mynd i'r Eisteddfod,' ebe Harri. 'Mae gen i ddeng milltir ar hugain eto i fynd. Fedra'i ddim mentro cyn belled â hynny heb olwyn sbâr.'

Taniodd y dyn stwmp sigarét ac agor ei geg yn llydan er mwyn i'r mwg fynd i gyd i'w grombil. Croesodd un droed dros y llall a phwyso ar y car gerfydd dau fys. Safodd salŵn mawr

76

glas wrth y pympiau petrol, a'r llanc cryg gyda'r llygaid gwelwon yn dal i rythu ar ei feistr a Harri.

'Petrol, Wili,' meddai'r meistr wrth y llanc. Wedi rhagor o fudandod, meddai wrth Harri,

'Be' 'di o'r gloch rŵan?'

'Chwarter i bedwar,' meddai Harri.

Tynnodd y dyn lond crombil eto o fwg.

''Roeddwn i jest yn cychwyn am 'y nhe rŵan,' meddai. 'Fedra'i mo'i wneud o nes bydda'i wedi cael 'y nhe. Os liciwch chi weitied, mi fydd yn barod ichi erbyn whech.' A throdd ei lygaid ar Harri, gan obeithio'i fod wedi llwyddo i dorri'i galon.

'Chwech?' meddai Harri. Fe fyddai yn nhre'r Eisteddfod erbyn hynny. Ac eto, mentro deng milltir ar hugain heb olwyn sbâr . . . Penderfynodd weitied tan whech.

'Oes yma le i gael te?' gofynnodd.

'Te?' meddai'r dyn, gan sugno'r mwg eithaf o'i stwmp, fel petai'n stwmp olaf y sigarét olaf yn y byd. 'Wn i ddim. Mae 'na ddynes yn y tŷ acw efo'r bleinds i lawr yn gwneud paned weithie os ydi hi mewn hwyl.'

Crynodd ysgwyddau Harri. Tynnodd yr olwyn fflat o'r car a'i gwthio i ddwylo'r dyn. Yna llywiodd y car i gongl y buarth, ac aeth tua'r tŷ â'r bleinds i lawr. Curodd wrth y drws. Dim ateb. Curodd eilwaith. Ymhen hir a hwyr clywodd gamau yn y lobi oddi mewn, ac agorodd cil y drws. Sbïodd wyneb gwraig drwyddo, wyneb gwelw a llygaid hanner-cau.

'Pnawn da,' meddai Harri.

''Da.'

''Rwy'n deall eich bod chi'n gwneud te yma.'

'Ydech chi?' meddai'r wraig yn gwynfannus.

'Oes . . . oes modd i mi gael te yma?'

'Te ydech chi eisie?'

'Ie.'

'O, ie. Te. Jest . . . te?'

Crychodd ael Harri.

'Dyna ofynnais i, wraig dda.'

'O, ie. Te. Gwell ichi ddod i fewn, hwrach.' Ac agorodd y wraig fodfedd neu ddwy'n rhagor ar gil y drws.

Cytunodd Harri y byddai'n fwy clyd iddo gael ei de y tu mewn na'r tu allan gan ei bod yn bwrw glaw. Aeth y wraig yn betrus ar hyd y lobi ac agor cil drws arall.

'Os ydech chi eisie te, gwell ichi fynd i'r fan hyn, hwrach.'

Ymwthiodd Harri drwy gil y drws hwnnw drachefn. Math ar barlwr, gyda bwrdd mawr wrth y ffenest yr oedd ei llenni i lawr, nifer o gadeiriau cefnau sythion yn sefyll fel sowldiwrs ar yr oelcloth, hen biano canhwyllog, ac aroglau llwydni bron yn annioddefol. Cwynfannodd y wraig,

'Beth ydech chi eisie i'ch te?'

'Wel,' ebe Harri, yn gwta iawn erbyn hyn, '*te*, i ddechrau.'

'Mewn tebot?'

'Fe fydde'n hwylusach, yn siŵr, nag mewn gwniadur.'

''Does dim eisie ichi fynd yn gas.'

'Nefi blw, 'dydw i ddim yn gas, wraig dda, ond yr ydw i bron â llwgu!'

Diflannodd y wraig. Safodd Harri â'i gefn at y lle tân gwag a thanio sigarét. Dyma letygarwch Cymru. Yr oedd wedi clywed ei foli ganwaith.

Aeth ei feddwl yn ôl i'r modurdy. Yr oedd gobaith y câi drwsio'i olwyn cyn pen dwyawr. Yr arswyd fawr! Dwyawr i drwsio mymryn o dwll mewn olwyn. Fe fyddai Bob Williams ym modurdy Llanaerwen wedi'i drwsio mewn chwinciad. Ond am hwn ... Fedret *ti* drwsio olwyn mewn dwyawr, Harri? Ie, ond dario unwaith, nid trwsio olwynion ydi 'ngwaith i. Yr ydw i'n onest yn fy ngwaith, ac o ddifri. Ond mae yna ryw bleser yn dy waith di. Am dy fod di'n ffodus i gael dy eni gydag ymennydd da, fe gefaist ti ddewis dy waith, a dewis y mwyaf diddorol. Orfodwyd mohonot ti i werthu petrol a thrwsio ceir. Orfodwyd mo'r dyn yn y garej yna chwaith. Mae yna ddigon o waith i'w debyg o ar ffermydd ac yn y ffatrïoedd ac yn y pyllau glo. 'Rwyt ti'n snob, Harri. Nac ydw i, ddim yn snob. Mae arna'i eisiau gweld pob dyn yn rhoi'i orau yn ei waith, beth bynnag ydyw. Ddylai dyn ddim mynd yn fecanic os nad oes elfen mecanic ynddo, fel Bob Williams. Ddylai dyn ddim mynd yn ffarmwr nac yn was ffarm os nad oes ffarmio yn ei waed. A ddylai dyn ddim mynd yn ysgolhaig os nad ydi o'n caru llyfrau. Tad annwyl, mae yna ddigon o ddewis o waith yn yr oes yma.

A dyma'r wraig yma'n cadw tŷ bwyta. 'Does ganddi ddim busnes i gadw tŷ bwyta gyda'r wep yna. Petai ynddi elfen cadw tŷ bwyta fe fyddai llond yr ystafell hon o ymwelwyr llawen yn claddu caws ar dôst a theisen gri, ar Ŵyl Banc Awst o bob diwrnod . . .

Gorffwysodd llygaid Harri ar y ffenest â'i llenni i lawr. Yr arswyd! Bleinds i lawr. Tybed nad oedd y wraig druan mewn profedigaeth, ac mai dyna oedd yn gwneud ei gwedd mor llwyd? Y bwystfil blêr iti, Harri, na fyddet ti wedi meddwl cyn siarad mor gas . . .! Agorodd y drws ac ymlusgodd y wraig i mewn gyda hambwrdd. Pesychodd Harri'n nerfus.

'Y . . . 'rydech chi wedi cyfarfod â phrofedigaeth.'

Safodd y wraig yn stond.

'Y fi? Profedigaeth?'

'Wel . . . gweld y bleinds i lawr ar y ffenest . . .'

'Mae'r bleinds wastad i lawr gen i. Rhag yr haul.'

Tynnodd Harri wyneb. Taenodd y wraig liain heb fod yn gwbwl lân ar y bwrdd a rhoi'r llestri arno. Chwe darn tenau o fara prin ei fenyn ar blât, diferyn o jam melyn ar soser, dwy deisen siop, tri lwmp o siwgr. Aeth allan, a chau'r drws ar ei hôl. Wrth fwyta, meddyliodd Harri am de Lleifior. Te cryf a hufen, brechdanau'n feddal gan fenyn ffres, torth frith a theisen gradell, a hynny i bawb, boed was, boed feistr.

Aeth yr haf drwy'i feddwl. Y gwair caled yn ffrïo ar ei fforch, Wil James yn cynghori Terence i gadw Sheila o hyd braich, Dr. Rushmere yn cusanu Greta cyn gyrru i ffwrdd yn y *Gloria*, Lisabeth dan gysgod y blanhigfa sbriws yn gweu menig iddo ef, Harri, at y gaeaf, Karl yn darllen ei Feibil yn ei wely y nos a llun ei dad a'i fam yn cwympo o'r dalennau . . . Cododd Harri, a galw am y wraig, i gael talu. Daeth honno ymhen tipyn.

'Tri a chwech, os gwelwch chi'n dda.'

Tri a chwech! Dywedodd Harri wrtho'i hun na ddylai mab Lleifior rwgnach am ddrudaniaeth. Ond yr oedd yn ddigon o fab Lleifior i fynnu gwerth ei bres. Talu a wnaeth, fodd bynnag, a thewi, a gadael y tŷ a'i ffenestri deillion am ei fywyd.

Pan drawodd cloc yr eglwys draw yn y coed chwech o'r gloch, yr oedd y dyn budr yn y modurdy'n dal i blygu uwchben ei olwyn. Honnodd ei fod wedi'i fwlcaneiddio. Suddodd Harri i'w sedd wrth y llyw a chau'r drws yn glep arno'i hun, yn dalp o surni. Cychwynnodd y car â llam nwydwyllt.

Nid cyn iddo gyrraedd tre'r Eisteddfod, a'i baneri ar draws y strydoedd yn diferu gan y glaw, y cododd ysbryd Harri. Wedi'r cwbwl, ni fu'r dydd yn ofer. Yr oedd wedi dysgu mai gwlad ddiog, ddigroeso oedd Cymru, yn ogystal â gwlad fasochistaidd, yn bwrw glaw am ben ei gwyliau cenedlaethol ei hun. Fel yr aeth heibio i bafiliwn yr Eisteddfod, yn swatio ar ei gae fel tri morfil mawr yn cysgu ystlys wrth ystlys, a'r pafiliynau bach a'r pebyll fel pysgod llai o'u cwmpas, clywodd firi bandiau a gwybu fod y cyngerdd wedi dechrau. Yr oedd amryw o bobol yn crwydro'r maes dan lawlenni. 'Doedd yno ddim diddanwch iddo ef. Penderfynodd na thyciai dim i'w ysbryd ond mynd i'w lety a dadlwytho, ac yna mynd i'r dref i chwilio am hwyrbryd cynnes. Efallai y byddai trannoeth yn garedicach.

9

I

Yr oedd trannoeth yn garedicach yn gymaint â bod y glaw wedi peidio. Cododd Harri toc wedi wyth, ac wedi brecwast brysiog, mynd draw tua glan y môr.

Yr oedd y môr yn llwyd ond yn llonydd, gydag awel slei yn crychu'i wyneb yma ac acw ac yn chware â'r tarth ysgafn a oedd wedi hel yn ystod y nos. O dan fur y prom yr oedd tonnau bach yn llepian a gwylain yn nadu o gylch y rhes cychod yn siglo wrth eu rhaffau ger y pier. Tynnodd Harri chwiff o ffresni'r môr i'w ysgyfaint ac ymystwyrian. Yr oedd bywyd yn dda. Pob dydd yn newydd, ac yn wahanol, diolch am hynny, i'r dydd o'i flaen. Beth oedd gan heddiw i'w gynnig? Ei lond o Eisteddfod, wrth reswm. Hwyrach fwy. Beth petai heddiw'n drobwynt yn ei fywyd, rhywbeth yn digwydd i newid Harri Vaughan? Crynodd Harri wrth feddwl am hynny. Yr oedd yn feddwl rhy fawr.

Clywodd sŵn siarad pobol lawer, a throdd ei ben. Draw, ar hyd y stryd a gydredai â'r prom, yr oedd gorymdaith yn mynd heibio. Gorsedd y Beirdd, yn cerdded fel rhes o fwganod diddorol o'u seremoni fore yn y castell, a'u gynau glas a gwyrdd a gwyn yn torri ar lwydni'r dref a llwydni'r tarth uwchben. Wedi i'r olaf fynd o'r golwg heibio i ben y stryd, trodd Harri drachefn ac edrych allan i'r môr. Fe gâi weld y beirdd eto, ddwywaith neu deirgwaith eto.

Yr oedd cwch bychan wedi cychwyn allan oddi wrth y pier a'i hwyl frown yn bolio'n ysbeidiol fel yr âi'r awel ar ei phen iddi. Ond am nad oedd digon o awel mor agos i'r lan yr oedd y ddau gychwr yn rhwyfo, a chlep eu rhwyfau'n atseinio ym mur y prom yn nhawelwch y bore. Eiddigeddodd Harri wrthynt, dau ddyn yn mynd allan i'r môr lle'r oedd mawredd a mudandod a lle i ysbryd lonyddu. Wedi wythnosau rhwng bryniau Powys, yr oedd y môr yn arswydus eang, yn agor ei enaid ac yn ei dynnu fel aderyn o gawell. Ym Mhowys yr oedd dynion yn blwyfol, pob un yn llechu yn arfer ei ardal a dull ei dylwyth, cymdeithas yn haenau a bywyd yn ceulo yn y cymoedd. Yma yr oedd y môr, yn derbyn pawb ar ei wastad ei hun, yn gorfodi trigolion y traeth i edrych allan ymhell, heb ddim ond awel rhyngddynt a thwndra'r Arctig a phalmwydd Môr y De.

Trodd Harri, a mynd draw tua'r Eisteddfod.

II

Pan gyrhaeddodd y maes yr oedd eisoes yn llenwi. Wrth y porth pren yr oedd gŵr a gwraig o Gwm Tawe'n cweryla am fod y gŵr wedi gadael eu tocynnau yn y llety. Enillodd y wraig fuddugoliaeth gynta'r dydd. Gorfu i'r gŵr fynd i'r llety'n ôl.

Un o'r rhai cyntaf a welodd Harri ar y maes oedd Gwdig.

'Bachan, 'rwyt ti wedi cyrraedd.'

'Ydw. Pa newydd?'

'Dim ond glaw, mor belled. 'Rwy'n disgwyl tipyn o haul i gael bolaheulo.'

''Rwyt ti'n lwcus fod gen ti ddigon o fola i'w heulo.'

Cafodd Gwdig ffìt ffyrnig o chwerthin. Mynnodd i Harri fynd gydag ef i babell y *Ddraig Goch*. Yno yr oedd twr o genedlaetholwyr newydd gyrraedd o'u hysgol haf, yn taenu papurau a phamffledi ar y bwrdd gwerthu. Yr oedd eu llygaid yn drymion wedi cynnal sgwrs a noson lawen hyd yr oriau mân, ond yn eu llygaid hefyd yr oedd brwdfrydedd eu cynhadledd flynyddol yn dal i gynnau. Daeth dwy eneth o'r dyrfa a loetran yn betrus wrth y babell, ymuno'n frysiog â Phlaid Cymru, a diflannu i'r dyrfa'n ôl. Disgwyliodd Harri weld y twr cenedlaetholwyr yn mynd yn wyllt gan gyffro, ond prin yr oeddent yn cymryd sylw. Dywedodd un gŵr ifanc prysur a edrychai'n debyg i drefnydd fod degau'n ymuno felly yn ystod wythnos yr Eisteddfod bob blwyddyn. Prynodd Harri gopi o'r *Ddraig Goch* a phamffled neu ddau a drifftio'n ôl i'r dyrfa.

Toc wedi un ar ddeg daeth yr haul, yn rhyw rwyfo'n gwmwl golau drwy'r tarth. Dechreuodd y glaswellt dan draed ddisgleirio, aeth y dyrfa'n uwch ei chloch, dechreuodd amryw wenu. Erbyn canol dydd yr oedd yr haul yn danbaid mewn awyr bron yn gwbwl glir.

Daliwyd Harri gan ddau gyd-fyfyriwr o Fangor. Dau boen yr oedd pawb yn eu hosgoi hyd y gallent. Yr un cwestiynau oedd ganddynt hwy ag sydd gan bob cydnabod-hyd-braich ar gae'r Eisteddfod.

'Pa bryd y doist ti?'

'Faint wyt ti'n aros?'

'Sut wyt ti'n ei mwynhau hi?'

'Sut mae'r gwyliau'n mynd?'

'Sut mae'r Awen?'

Melltithiodd Harri'r Awen dan ei wynt a gwnaeth esgus ei fod wedi addo cwrdd â chyfaill am hanner awr wedi deuddeg. Brasgamodd oddi wrth y ddau boen a brysio tua'r babell fwyd er mwyn llyncu cinio i fod yn ei le yn y pafiliwn erbyn seremoni'r coroni. Gwelodd ferch y bu'n fflyrtio â hi ym Mangor ac anelu cyn belled ag y gallai oddi wrthi rhag ei chyfarfod. Yr oedd am fod yn driw i Lisabeth yr wythnos hon, o leiaf.

III

Dod o'r babell fwyd yr oedd ac yn ei gwneud hi am y pafiliwn, pan glywodd lais wrth ei benelin,

'Esgusodwch fi.'

Yr oedd y llais yn bersain, a rhywfodd yn gyfarwydd, a throdd Harri i edrych.

'Wnewch chi brynu copi o'r *Cryman*, os gwelwch chi'n dda?'

Syllodd Harri ar y ferch. Yr oedd yn siŵr ei fod wedi'i gweld o'r blaen. Merch fain, wedi'i gwisgo'n syml mewn cotwm gwyn, a'i gwallt a'i llygaid yn dduon. Ni allai ddweud ei bod hi'n dlws, er bod ei llygaid yn dlws, ond yr oedd hi'n cymell dyn i edrych arni. Yr oedd y sefyll hyderus a'r ên benderfynol a'r hanner gwên yng nghonglau'i gwefusau yn ei gwneud hi'n fwy deniadol na llawer merch dlysach na hi. Mwy deniadol na'r cyfan oedd ei bod hi'n gwbwl ddi-feind o farn neb amdani.

''Rwy wedi'ch gweld chi o'r blaen,' ebe Harri.

''Rwy'n credu'ch bod chi,' meddai hithau, yn gwenu, eto heb fod yn gwenu chwaith.

'Yn Aberystwyth, adeg Eisteddfod y Myfyrwyr y llynedd. 'Roeddech chi'n dadlau yn f'erbyn i yn y ddadl ryng-golegol.'

'Cywir,' meddai'r ferch. 'A rŵan, wnewch chi brynu'r *Cryman*?'

Yr oedd yn gas gan Harri gael ei ruthro, yn enwedig gan ferch. Ymhellach, yr oedd y ferch hon yn ddiddorol, ac fe fyddai'n drueni'i gollwng ar chware bach, a gollwng ei dirgelwch gyda hi. Dywedodd,

'Fe'i pryna' i o, os gellwch chi ddweud wrtha'i pam y dylwn i.'

'Mae'r ateb yn syml. Er mwyn ichi weld i b'le mae'r byd yn mynd.'

'Pwy sy'n ei gyhoeddi?'

'Nifer o fyfyrwyr.'

'Perthyn i ryw sect neu blaid?'

'Comiwnyddion.'

''Roeddwn i'n meddwl.'

'Pam?'

'Mae'r cryman yn un o'ch symbolau chi, on'd ydi?'

''Rydach chi'n gwybod cryn lawer amdanon ni.'

''Rydech chi'n sarcastig rŵan.'

'Dim o gwbwl.'

'Ond beth am y symbol arall? *Y Morthwyl a'r Cryman* ddylai teitl eich cylchgrawn chi fod.'

'Fe fyddai'n deitl rhy hir. Peth arall, mae 'na arwyddocâd dwbwl i'r teitl fel y mae. Rhaid medi'r gymdeithas *bourgeois* cyn adeiladu'r gymdeithas ddiddosbarth.'

'Rhaid fy medi i felly. *Bourgeois* ydw i.'

''Does dim rhaid. Dowch i berthyn i'r Parti. Nid *bourgeois* fyddwch chi wedyn. Ond mae'n rhaid medi'r gymdeithas yr ydach chi'n perthyn iddi.'

'Ydech chi'n disgwyl imi gydsynio i roi'r cryman ar wddw 'Nhad a Mam a'r holl bobol yr ydw i'n eu nabod ac yn ffrindie â nhw?'

'Dim os gwelan nhw'r goleuni mewn pryd.'

'Ymh'le mae'r goleuni i'w gael?'

84

'Yn *Y Cryman*.'

'Drapio chi. Fe'i pryna'i o.'

'Diolch yn fawr ichi. Wnes i ddim meddwl y gwnaech chi.'

'Ddim—? Wel, ar f'engos i!'

Ond yr oedd yn rhy hwyr. Yr oedd y copi eisoes yn ei law, a'i swllt yn ei llaw hithau, ac yr oedd ei llygaid duon yn dawnsio.

'Harri Vaughan ydach chi, yntê?'

'Y . . . ie.'

'Cofiwch mai ffarm gydweithredol fydd Lleifior dan y Sofiet Brydeinig.'

'Sut aflwydd y gwyddoch chi gymaint? Beth aflwydd ydi'ch enw *chi*?'

'Gwylan. Gwylan Thomas. Mi fydda'i yma fory eto os byddwch chi am ymuno â'r Parti.'

A llithrodd hi'n osgeiddig oddi wrtho i gynnig *Y Cryman* i lanc arall a ddigwyddai fod yn mynd heibio. Brysiodd Harri i'r pafiliwn cyn i'r drysau gau.

IV

Fe fu'n hir yn cysgu y noson honno. Yr oedd y gwely fel ffwrnais a phob dilledyn fel canpwys ar ei gorff. Taflodd y cwbwl oddi amdano a gorwedd yno'n noeth. Aeth drwy'r dydd yn ei feddwl. Y tawch ar y môr yn y bore, y brwdfrydedd yn codi ar y maes, y twr cenedlaetholwyr syber wrth babell y *Ddraig Goch*, y bardd yn sefyll ar ei draed ar alwad y corn gwlad a'r dorf yn gwallgofi . . . Ond drwy'r cwbwl, yr oedd yr un geiriau'n dal i dorri i'w feddwl:

'Mae'n rhaid medi'r gymdeithas yr ydach chi'n perthyn iddi . . . Cofiwch mai ffarm gydweithredol fydd Lleifior dan y Sofiet Brydeinig.'

Ffarm gydweithredol . . . Sofiet Brydeinig . . . Yr oedd y cyfan yn swnio mor afreal, mor bell oddi wrth bopeth. Ac eto, yr oedd comiwnyddiaeth mewn grym a chomiwnyddion mewn awdurdod dros ran helaeth o'r ddaear. Yr oedd yn bosibl yng Nghymru . . .

Trodd Harri ar ei ochor. Yr oedd hyn yn rhy annisgwyl. Yr oedd wedi cwrdd â chomiwnyddion o'r blaen, yr oedd nythaid ohonynt yn y coleg ym Mangor, ond nid oedd yr un ohonynt erioed wedi hawlio'i sylw fel hyn. Yr oedd y peth yn rhy newydd. P'un bynnag, yr oedd hi'n boeth, yn annioddefol o boeth.

Ffarm gydweithredol ... Onid oedd Lleifior yn ffarm gydweithredol fel yr oedd? Yr oedd pawb ynddi yn cyd-weithredu, dim ond mai cyfalaf ei dad oedd yn gwneud y cydweithredu'n bosibl. Ac atolwg, pa fath drefn fyddai arni petai Wil James a Terence Siôn Mari a hyd yn oed Ifan Roberts yn gydberchnogion ynddi? 'Doedd ganddyn nhw mo'r crebwyll, mo'r weledigaeth. Na, fe fyddai gan y comiwnyddion ateb i hon'na. Fe fyddai'r wladwriaeth yn cymryd gofal Lleifior nes addysgu'r bobol i fentaliti cydweithredu. Ond a oedd cyfalaf y wladwriaeth rywfaint gwell na chyfalaf ei dad?

Dos i gysgu, Harri. Dim ond siarad merch yw'r cwbwl. Petai dyn wedi dweud a ddywedodd hi, fe fyddet wedi'i anghofio. Ond fedra'i ddim cysgu. Mae'n amhosib cysgu.

Tynnodd Harri gordyn y swits uwch ei ben, a hanner cau'i lygaid i gynefino â'r golau sydyn. Estynnodd ei law at y bwrdd bach wrth y gwely a chymryd y copi o'r *Cryman*. Trodd ei ddalennau. Yr oedd wedi'i gynllunio'n dda, wedi'i argraffu'n raenus. Daliwyd ei lygad gan baragraff o ysgrif:

'Y mae cerdded y weledigaeth sosialaidd o wlad i wlad yn anochel, yn ddiwrthdro. Fe gwymp y gwledydd ar eu gliniau iddi bob yn un ac un fel y cwympodd amryw eisoes. Rwsia, Pwyl, Tsiecoslofacia, Rwmania, Bwlgaria, Iwgoslafia, Hwngari, Tsieina, Estonia, Lithwania, Latfia—i gyd bellach yn gomiwnyddol. Onid yw'r rhestr yn argyhoeddi? Pa gymdeithas fwrdais na chrŷn yn wyneb y fath ymdaith? Pa sistem fasnach gyfalafol nad yw'n cracio wrth glywed gweithwyr cynifer o wledydd yn gorfoleddu o ddyfod yn rhydd? Gymru, fe ddaw dy awr dithau. Byddi dithau'n taflu'r ychydig cefnog oddi ar dy gefn, ac yn ffarwelio dros byth â chanrifoedd dy ddioddefaint. Myn dy ryddid, nid oddi wrth estroniaid ond oddi wrth dy sugnwyr a'th odrwyr di dy hun. Gymru, bydd ddewr, bydd rydd!'

Ac o dan yr ysgrif yr enw, GWYLAN THOMAS.

Yr oedd hi'n gallu sgrifennu hefyd. Gyda mwy o ymatal gallai fod yn llenor rhagorol. Ond yr oedd gwybod ei fod ef ymhlith yr 'ychydig cefnog' yr oedd hi am i Gymru eu taflu oddi ar ei chefn yn brofiad anhyfryd. Ac eto, i beth yr oedd o'n moedro'i ben gyda hunllef sofietaidd am hanner nos wythnos yr Eisteddfod Genedlaethol? Yr oedd yma i eisteddfota, nid i wleidydda. 'D âi Cymru ddim yn gomiwnyddol cyn y byddai ef yn barod i'w fedd . . .

Rywbryd yn yr oriau mân fe gysgodd Harri.

V

Erbyn dydd Gwener yr oedd Harri fel petai wedi'i witsio. Nid oedd wedi cysgu fawr ar hyd yr wythnos, ond yr oedd mwy na hynny'n peri bod ei lygaid mor llonydd.

'Bachan,' meddai Gwdig wrtho amser cinio, ''rwyt ti'n gwmws fel petaet ti'n gweld y Wlad Well yn y bowlen salad 'na.'

Atebodd Harri'n dywyll,

'Hwyrach 'y mod i.'

'Dere, dere. 'Sdim o ti wedi cael llythyr gan Lisabeth yr wythnos hyn?'

'Ydw.'

'Odi 'ddi'n rhoi wltimatwm?'

'Nac ydi.'

''Rwy'n gwybod beth sy'n bod arnat ti. Mae'r ferch gomiwn-yddol 'na wedi rhoi pwnad yn dy berfedd di.'

'Cau dy geg!'

'Bachan, bachan, 'does dim eisie iti hwthu tân.'

'Mae'n ddrwg gen i, Gwdig.'

''Na well. Cer di adre'n ôl i Leifior. Fe gei di dy berspectif yn ôl fan'ny.'

Tybed? Yr oedd Harri'n amau a rôi unpeth berspectif iddo eto. Yr oedd fel petai un mur i'w fywyd wedi cwympo a darn o wlad nas gwelsai o'r blaen wedi ffrwythloni yn yr agen.

Pan eisteddodd yn ei sedd yn y pafiliwn bnawn Mercher i wylio croesawu'r Cymry Alltud, yr oedd Gwylan Thomas yn y

87

sedd nesaf ato. Pan ofynnodd iddi sut y daeth hi yno, y cwbwl a wnaeth hi oedd gwenu'r wên a allai beidio â bod yn wên a dweud,

'Ddowch chi byth i ben â cheisio eglurhad ar bob dirgelwch.'

Ond yr oedd hi yno ddydd Iau hefyd, a mynnodd Harri eglurhad y tro hwn. Yr oedd Gwylan, â thrylwyredd ei theip, wedi cael allan pwy oedd yn y seddau o boptu i Harri ac wedi mynnu sgwrs â hwy. Gwraig fawr flonegog oedd un, a ddywedodd wrthi'n fuan iawn am feindio'i busnes. Llanc nerfus oedd y llall, na allai wrthsefyll pwff cryf iawn o wynt heb sôn am wrthsefyll merch. Prynodd Gwylan docyn wythnos yn y swyddfa, wedi'i droi'n ôl gan weinidog yn gorfod brysio adref i angladd. Wedi'i harfogi â'r tocyn hwn, daeth ar warthaf y llanc nerfus a gofyn iddo gyfnewid tocynnau. Petrusodd y llanc, ond toddodd Gwylan ef â'i dau lygad du, a chyn iddo ddadebru yr oedd hi wedi mynd a'i adael â thocyn tipyn salach yn ei law.

'Ddylech chi ddim, Gwylan,' ebe Harri.

'Pam? Ydw i'n flinder yn eich ymyl chi?'

'Nac ydech, wrth gwrs, ond—'

'Dyna ben, 'ta. Allwn i ddim gwrthsefyll y demtasiwn o fod yn ymyl comiwnydd posibl.'

''Rydech chi'n dal i gredu y gellwch chi f'argyhoeddi i?'

'Yn hollol siŵr. Fe fydd yn fuddugoliaeth fawr. Pennawd yn y *Daily Worker*: "Heir Sacrifices Fortune to join Party"—'

'Shhh! Mae 'na rywun isio clwad os nad ydach *chi*.'

Y wraig flonegog y tu arall i Harri oedd yn ustio, yn rhythu ar Gwylan fel llewes. Rhythodd Gwylan yn ôl.

'Petaech chi'n gwrando, misus, yn lle crensian bisgedi, fe glywech chi hynny sy arnoch chi isio'i glywed heb help neb.'

Llyncodd y wraig fisged gyfan ac aeth ei hwyneb fel oren. Rhyfeddodd Harri ato'i hun. Petai Lisabeth, neu unrhyw ferch arall, wedi arthio fel yr arthiodd yr eneth hon, fe fuasai'n ei dirmygu ac yn cywilyddio drosti. Ond yr oedd hon yn gallu arthio, hyd yn oed, yn ddeniadol. Yr oedd yn dechrau teimlo'n ddiogel yn ei hymyl. Yr oedd hi'n gryf, ac yn eofn.

A phan ddaeth dydd Gwener yr oedd wedi gwneud oed i'w chyfarfod wrth Babell y Cymdeithasau am ddau o'r gloch. Cyfarfod fel ffrindiau, wrth gwrs. Yr oedd wedi sgrifennu at

Lisabeth y bore hwnnw, ac wedi gwneud y llythyr mor gariadus ag y gallai. Yr oedd yn dal yn driw. Yn ddieuog.

Pan welodd Gwylan yn dod tuag ato cyflymodd ei anadl fymryn. Nid oedd wedi disgwyl i gomiwnyddiaeth effeithio arno felly. Fe sylwodd ei bod hi heddiw wedi gwisgo'n fwy gofalus, ac er bod ei hwyneb a'i breichiau wedi melynu'n bictiwr yn haul yr Eisteddfod, yr oedd hi'n ffres fel Ebrill.

'Beth am y mynydd, Harri?' meddai.

'O'r gore,' meddai Harri, a gweodd y ddau drwy'r dyrfa a thrwy'r porth pren ac i'r stryd. Trodd Harri lygad slei arni.

'Ydech chi'n siŵr na fydde ddim gwell gennoch chi aros ar y cae i werthu'r *Cryman*?'

''Rydw i wedi gwerthu pumcant. Mae 'na derfyna' i waith cenhadol.'

'Oedd llawer yn gwrthod prynu?'

'Merched gan mwya'. 'Roedd y dynion yn prynu bron bob un.'

'Diolch i'r ddau lygad yna,' ebe Harri.

'Ia, hwyrach.'

Cerddodd y ddau heb siarad drwy'r dref. Digon o dreth oedd osgoi'r moduron a'r bobol a oedd yn nyddu fel gwenyn hyd y palmentydd. Pan ddaethant i ffiniau'r dref a dechrau dringo, dywedodd Harri,

'Wn i'r nesaf peth i ddim amdanoch chi.'

'Dyma ichi fywgraffiad 'ta,' meddai hi. 'Ganed mil-naw-dau-chwech, yn sir Gaernarfon, unig ferch ysgolfeistr Brynllechau. Ysgol elfennol dan lywodraeth ddur fy nhad, ysgol eilradd ym Mhenygroes. Ennill tystysgrif uchaf gydag anrhydedd. Eisiau gwneud daearyddiaeth; mynd i goleg Aberystwyth. Ymuno yno â'r Blaid Gomiwnyddol, graddio eleni gydag anrhydedd yn yr ail ddosbarth. Methu cyrraedd y dosbarth cyntaf oherwydd gweithio gormod efo politics. Dyfodol: ansicir.'

Yr oedd y môr fel llyn, a'i las yma ac acw o ansawdd lapis laswli. Ymestynnai'r arfordir i'r chwith ac i'r dde gan ymgolli yn ei ddeupen mewn cryndod llachar. Lle dylai fod gorwel, toddai'r awyr a'r môr i'w gilydd mewn rhimyn o dawch. Oddi tanynt yr oedd y dref yn batrwm llwydwyn eirias, a chae'r Eisteddfod a'i bobol fach dduon a'i bebyll a'i bafiliwn fel emerald ar ei chwr. Draw o'u hôl yr oedd y wlad werdd yn tonni, gydag ambell gae ŷd yn melynu'n gynnar, a llygedyn o ffermdy gwyn yn cydio yn yr haul. A thu hwnt i'r cyfan, y mynyddoedd gleision swrth.

'Ydach chi'n canlyn rhywun?' meddai Gwylan yn sydyn.

Deffrodd Harri o'i ryfeddu a rhwygo'i lygaid oddi ar y panorama at y ddau lygad du yn ei ymyl. Nid oedd fel petai wedi clywed y cwestiwn pan ofynnwyd ef, ond yr oedd wedi'i recordio rywle yng nghefn ei ymennydd, ac ailwrandawodd arno.

''Roeddwn i'n meddwl,' meddai'n araf, 'gan eich bod chi'n gwybod cymaint amdana'i, y byddech chi'n gwybod hynny. 'Rydw i wedi dyweddïo.'

'Wrth gwrs,' meddai Gwylan yn gyflym. Yna, wedi saib, 'Ydi hi'n annwyl?'

'Wel,' meddai Harri, 'mae'n dibynnu beth ydech chi'n ei olygu wrth "annwyl". Os ydech chi'n golygu annwyl yn ei ffordd, nac ydi, ddwedwn i, 'dydi anwyldeb fel y cyfryw ddim yn un o'i chryfderau hi. Os ydech chi'n golygu annwyl i mi—wel, mae'n rhaid ei bod hi, neu fyddwn i ddim wedi gofyn iddi 'mhriodi i.'

'Mae hi'n gyfoethog?' gofynnodd Gwylan.

'Y . . . ydi, yn bur gyfoethog.'

'Ond nid mor gyfoethog â chi.'

'Mae 'nghyfoeth i'n poeni cryn lawer arnoch chi, Gwylan.'

'Mae'n mynd i fod yn rhwystr mawr ichi ryw ddydd.'

'I ymuno â'r Parti?'

'I fyw o gwbwl. Os nad ymwadwch chi â'ch cyfoeth, fe'i cymer y Sofiet o oddi arnoch chi pan ddaw, a hwyrach y bydd yn rhaid ichi ddiodda am ei fod o gynnoch chi erioed. Cofiwch fod gynnoch chi, neu y bydd gynnoch chi ryw ddydd, siâr ugain neu fwy o ddynion. Mae'r peth yn anghyfiawn.'

'Ond petaech chi, Gwylan, wedi'ch geni'n etifeddes miloedd, fyddech chi'n gweld y peth yn anghyfiawn?'

'Rhaid inni beidio â meddwl yn bersonol—'

'Fedrwn ni beidio? Y rhai sy wedi'u geni'n dlawd sy'n gweld drwg mewn cyfoeth. 'Dydi cyfoeth ddim yn ddrwg os oes gan ei berchennog galon dda.'

'Dyna'r broblem. Fedrwch chi ddim rhoi calon dda i bob dyn cyfoethog, ond fe ellwch rannu cyfoeth yn gyfartal rhwng pob dyn.'

Eisteddodd Harri yn y gwellt byr ar ben y clogwyn. Yr oedd yn rhy dwym i ddadlau. Ac onid bychander oedd dadlau am rannu cyfoeth pan oedd cyfoeth môr a haul ac awyr yn eiddo i bawb? Wrth gwrs, 'doedd dim diben dweud peth felly wrth Gwylan. Sentimentalwch fyddai hynny iddi hi. Eisteddodd Gwylan gam neu ddau oddi wrtho ac anelu'i llygaid cyn agosed ag y medrai i'r haul.

'Ydech chi ddim yn dechre anobeithio am f'achub i, Gwylan?'

'Dim o gwbwl.'

'Ond mewn difri, hwyrach na welwch chi byth mohono'i ar ôl yr wythnos hon. A 'does gan yr un comiwnydd arall mo chwarter y gobaith i'm hennill i sy gennoch chi.'

'Da iawn.'

'Pam da iawn?'

''Rydach chi'n mynd yn ôl i Fangor, Harri?'

'Ydw.'

''Rydw inna'n mynd i Fangor hefyd.'

'I Fangor!'

Fe synnodd Harri'i glywed ei hun yn cynhyrfu cymaint.

'I beth y dowch chi i Fangor?'

'Am newid. Yno'r ydw i am wneud fy nghwrs diploma. Mae gen i amcan arall hefyd, pe gwyddai'r awdurdodau. Mae isio deffro tipyn ar y comiwnyddion yno.'

''Rwy'n gweld.'

Ond, a bod yn onest, 'doedd Harri ddim yn gweld. Dim ond perygl. Yr oedd wedi teimlo'n falch, falch y gwelai Gwylan eto. Ac yr oedd yn ei ffieiddio'i hun am hynny. Fe fyddai gadael Lisabeth yn Nyffryn Aerwen a dod i le y gwelai hon bob dydd yn creu problem yr oedd eisiau ewyllys gryfach na'i ewyllys ef i'w datrys. Fe fyddai'n rhaid ei gweld cyn lleied ag oedd modd. Fe fyddai'n rhaid cadw cyfeillgarwch yn gyfeillgarwch.

Synhwyrodd Harri'r haul yn anwesu'i gorff ac yn tynnu trwyth fel gwin cryf trwy'i waed. Symudodd ei law fesul modfedd tuag at Gwylan a orweddai ychydig oddi wrtho. Tynnodd ei law yn ôl a daeth arno awydd sydyn i gydio yn

Gwylan a'i thaflu dros y clogwyn i'r môr. Cododd ar ei draed, mor sydyn nes tybio am funud ei fod am syrthio dros y clogwyn ei hunan.

''Rwy'n meddwl bod yn well inni fynd,' meddai, ac yr oedd ei lais yn floesg.

Edrychodd Gwylan arno gyda diddordeb, ac ateb,

''Rydw inna'n meddwl hefyd.'

Aeth y ddau i lawr y llwybyr tua'r dref, a synnu gweld bod y cysgodion yn yr heolydd gryn dipyn yn hwy. Ar gyrion y dref, dywedodd Harri'n sydyn,

''Rwy'n meddwl yr af i adre heno, Gwylan. Fyddwch chi ddim dicach?'

'Pa hawl sy gen i i fod?' meddai Gwylan. ''Rydw i wedi cael cryn dipyn o'ch cwmni chi, ac 'rydw i'n ddiolchgar. Fe wnaethoch chi'r wythnos yma'n llawer mwy diddorol i mi. Mae arnoch chi hiraeth am eich cariad.'

Gwelodd Harri'i bod hi'n edrych i ffwrdd. Pe dywedai 'Nac oes', byddai'n wir ond byddai'n bechod. Pe dywedai 'Oes', byddai'n athrod ar gwmni diwylliedig Gwylan. Penderfynodd na ddywedai ddim. Syllodd Gwylan arno'n sydyn a dweud,

'Welech chi fi'n bowld pe bawn i'n sgrifennu atoch chi, Harri?'

'Sgrifennu?' meddai Harri. 'Wn i ddim . . .'

'Dim ond llythyr i gyfnewid syniada' . . . dim ond llythyr . . . comiwnyddol.'

Cododd Harri'i olygon a'i gweld hi ar fin gwenu.

'O'r gore,' meddai, 'dim ond llythyr comiwnyddol.'

'Ac . . . fe'ch gwela'i chi yn yr hydref. Ym Mangor.'

'Ym Mangor,' ebe Harri. A chyn pen ychydig eiliadau yr oedd wedi'i cholli yn y dyrfa.

10

I

Deffrodd Edward Vaughan yn sydyn. 'Roedd yn rhaid ei fod wedi cysgu. Tynnodd ei oriawr o boced ei wasgod. Chwarter i bedwar! Ymh'le'r oedd ei briod, tybed? Nid oedd wedi'i chlywed hi'n dod i lawr y grisiau. Rhaid ei bod hi'n dal i orffwys. Yr oedd arno eisiau'i de.

Byddai Edward Vaughan yn mynd i bendwmpian am awr bob dydd i'r parlwr bach. Haf a gaeaf, beth bynnag fyddai'n galw, pwy bynnag fyddai yn y tŷ, yr oedd yr awr honno'n ddeddf nad oedd torri arni. Byddai Margaret Vaughan hithau'n mynd am awr ar y gwely. A byddai hithau o'i llofft ac yntau o'r parlwr bach o fewn ychydig funudau i'w gilydd. Heddiw, yr oedd Harri a Greta wedi mynd i'r ymryson cŵn defaid yn Henberth. Ni fyddent yn ôl hyd yr hwyr. Pe byddai Greta gartref fe fyddai te ar y bwrdd erbyn hyn. Ac yr oedd Edward Vaughan yn hoffi'i de am hanner awr wedi tri. Yr oedd ei fod ef ei hun wedi gorgysgu'n ddigon drwg, ond yr oedd fod Margaret wedi gorgysgu'n llawer gwaeth. Rhaid mynd i'w deffro. Yr oedd arno eisiau'i de.

Aeth i'r neuadd ac i fyny'r grisiau derw gan alw 'Margaret!' bob yn ail gris. Aeth ar hyd y landing llydan ac agor drws ei llofft.

'Margaret, mae'n chwarter i bedwar.'

Sobrodd. Yr oedd ei briod yn ei gwely, yn ddigon effro, yn aflonydd, a'i hwyneb cyn wynned â'i gobennydd. Yr oedd hi'n griddfan. Brysiodd Edward at ei gwely.

''Nghariad i, beth sy'n bod? Ydech chi'n sâl?'

''Dydw i ddim yn dda, Edward.'

'Beth sy'n bod? Duwc annwyl, y fechan, alla'i ddim diodde'ch gweld chi fel hyn.'

'Un o'r hen bylie 'ma eto. Mi eith drosodd toc.'

'Drosodd, yn-y-wir. Mi ffônia i am Doctor Owen.'

'Na wnewch, Edward. Wnewch chi mo hynny. Dim ond yr hen boen yma . . . 'roeddwn i wedi cael llonydd go dda ers tro . . . mi wyddoch amdano . . .'

Gwyddai. Er na fyddent byth yn trafod peth mor bersonol, fe wyddai Edward Vaughan nad oedd ei wraig yn cael yr iechyd a ddylai byth ar ôl geni Greta. Fe fu'n ceisio cael ganddi weld meddyg droeon, ond gwrthod y byddai bob tro. A phob tro fe fyddai'r boen yn mynd heibio. Ond wrth ei gweld heddiw mor wyn, mor aflonydd, fe wyddai y byddai'n rhaid gwneud rhywbeth os oedd hi i fyw. Ugain mlynedd o ddioddef, a hynny heb achos. A hithau'n ddim ond deunaw a deugain, mewn oes mor feddygol olau yr oedd ganddi hawl i ugain mlynedd arall. Yr oedd yn rhaid cael yr ugain iddi.

'Rhaid ichi gael te, Edward.'

'Mi ferwa'i wy.'

Llithrodd gwên i'r llygaid dioddefus.

'Berwi wy, yn wir. Wyddoch chi pa ben i'w roi yn y sosban gynta'?'

'Peidiwch â 'ngwneud i'n ddiniwed, Margaret. Y pen tryma'n isa', mae rheswm yn dweud.'

Ceisiodd Margaret Vaughan chwerthin. Chymerai'r Cynghorydd Edward byth mo'i goncro, byth mo'i ddysgu, hyd yn oed ar fater mor fychan ag wy. Yr oedd hi'n ei ddeall mor dda. Yr oedd y styfnigrwydd hwn, gyda'r blynyddoedd, wedi dod yn annwyl iddi.

'Mi goda'i i wneud cwpaned ichi,' meddai wrtho.

'Wnewch chi ddim o'r fath, petai'n rhaid imi lwgu. Fe ddaw'r plant adre gyda hyn. Oes 'na rywbeth y carech chi'i gael?'

'Thrystiwn i mo'ch te chi, Edward. Mi gymera'i lymed o ddŵr.'

Aeth Edward Vaughan drwodd i'r ymolchfa. Wrth lenwi gwydryn â dŵr, daeth llen o niwl o flaen ei lygaid. Sychodd hwy'n ffyrnig â'i lawes. Ond 'doedd dim dianc rhag y gwir. Yr oedd Margaret yn mynd yn anwylach iddo bob blwyddyn. Tad annwyl, beth oedd ar yr oes ynfyd hon gyda'i hysgaru a'i thorpriodasau? Yr oedd bod unpeth heblaw cariad rhwng gŵr a gwraig yn anhygoel iddo ef. Pe gallai weld i'r dyfodol, a gweld

94

Harri'n hapus gyda gwraig a Greta gyda gŵr, mor hapus ag y bu ef gyda Margaret, fe fyddai'n barod i farw, ac yn fodlon. Clensiodd ei ddannedd. 'Doedd Margaret, beth bynnag, ddim i farw eto.

II

Ni allai'i draed gario Wil James adre'n ddigon buan y noson honno. Erioed ni welodd y ffordd mor faith o Leifior i Lan-aerwen. Yr oedd y llwybyr trwy Goed Argain wedi mynd yn llithricach ac yn fwy troellog, a phob cwlwm o wreiddiau ar ei draws wedi cynllwynio i faglu'i draed. Ac wedi cyrraedd y ffordd dyrpeg yr oedd pob trofa yn honno wedi pellhau y naill oddi wrth y llall er y bore.

Achos y brys oedd y llythyr yn ei boced. Y llythyr a ddaethai gyda'r post pnawn i Leifior. Wedi'i agor a'i ddarllen, a'i ail-ddarllen, a'i ddarllen droeon wedyn, suddodd ei neges i ymennydd syfrdan Wil James. A phan suddodd honno, nid oedd gwaith yn ddim. Fe ddaeth lorri o Henberth â llwyth o flawd i Leifior. Wrth gario'r pynnau trymion i fyny'r grisiau i'r granar, ni theimlodd Wil James erioed mo bynnau mor ysgafn. Gallasai neidio o waelod y grisiau i'r top a dau ohonynt ar ei gefn, a hynny dan ganu. Ond bu'n ddigon hirben i beidio.

Ar y gamfa o'r Coed i'r tyrpeg, safodd am eiliad a thynnu'r llythyr unwaith eto o'i boced. Darllenodd ef. Rhoddodd ef yn ôl. Neidiodd fel plentyn i'r ffordd. Beth petai rhywun yn ei weld? Hw! Hw! Adref am ei fywyd, llyncu cwpanaid, ac yna i'r Crown i ddweud wrth y bois. Fe dynnai eiddigedd glas o'u dannedd, bob un.

Fel yr oedd yn troi i'w dŷ, safodd car mawr lliw hufen gyferbyn ag ef. Estynnodd Robert Pugh y Trawscoed ei ben drwy'r ffenest.

'Helô, William?'

'Smai, Pugh.'

Crychodd Robert Pugh ei drwyn botwm. A oedd wedi clywed yn iawn? 'Mistar Pugh' y byddai Wil James yn arfer ei alw, a phob gwas ffarm arall, o ran hynny. Yr oedd yma agwedd ddieithr. Gwelodd Wil James yn agor y wiced fel petai

95

am frysio i'r tŷ. Dyna beth newydd eto. Yr oedd Wil James bob amser mor barod am sgwrs. Yn wir, fel rheol yr oedd yn annichon cael gwared ag ef.

'William,' ebe Robert Pugh, 'oes gen dy fistar dipyn o feddwl ohonot ti?'

'Mwy nag sydd gen i ohono fo, wranta.'

'O? Ydi hi felly?'

'Ydi. Pam?'

'Wel—meddwl y cawn i dy fenthyg di am ddeuddydd neu dri yn y Trawscoed acw. Mae Gwilym wedi'i daro'n wael, ac mae acw beth cwtrin o waith ar y maip a'r tatws. 'Roeddwn i'n meddwl, gan fod Harri gartre yn Lleifior—'

'Mae hwnnw lot o iws!' ebe Wil.

Twymodd Robert Pugh dros ei ddarpar fab-yng-nghyfraith.

'Cadw dy farn i ti dy hun, Wil,' ffromodd. 'Wnei di roi'r neges i Edward Vaughan?'

'Rhowch hi iddo'ch hun,' ebe Wil James. 'Mae gen i amgenach pethe i'w gwneud na bod yn bostmon rhwng meistradoedd.' Ac i ffwrdd ag ef i'r tŷ.

Torrodd y gwres yn wyneb Robert Pugh yn chwys perliog. Y llarp gwas cegog! Yr oedd angen gwers neu ddwy . . . P'un bynnag, fe allai wneud heb Wil James yn y Trawscoed. Pwniodd y lifer-gêr yn ffyrnig i'w le a phwyso'i droed yn drwm ar y sbardun a saethodd y car mawr i fyny'r ffordd.

Caeodd Wil James y drws a galw 'Sali!' Rhoddodd ei law'n serchog ar ben John a oedd yn ymlafnio gyda phôs jig-sô ar ben y bwrdd. Edrychodd hwnnw'n syn ar ei dad. Nid oedd yn arfer â moethau felly. Yr oedd y babi'n crio yn y pram fel y byddai bob dydd pan ddôi'i dad adref. Ond yn lle'i regi fel arfer aeth Wil James at y pram a'i siglo a gwneud sŵn clwcian â'i dafod. Daeth Sali i lawr y grisiau ac edrych yn anghredadun ar ei gŵr yn siglo'r pram. Pa un ai ef ynteu hi oedd yn drysu?

'Gwna baned imi reit handi, da'r lodes,' ebe Wil.

Da'r lodes? A oedd ei chlustiau'n clywed? Nid oedd ei gŵr wedi'i chyfarch ond fel 'slwt' a 'bitsh' a 'chythrel' ymron er dydd eu priodas. Da'r lodes! Aeth at ddrôr y dresal a thynnu allan liain bwrdd delach nag arfer. Os oedd ei gŵr wedi cael tröedigaeth, yr oedd hi'n werth ei swcro.

''Rwyt ti'n swnio'n o hapus, Wil,' meddai wrtho.

'Hapus? Ydw, coelio.'

'Wedi cael codiad yn dy gyflog?'

'Fawr o beryg. Rhywbeth gwell na hynny.'

'Gwell?'

'Sali. 'Rwyt ti wedi trin digon. Dyma iti ddangos 'mod i'n gwybod beth oeddwn i'n wneud. 'Rydw i wedi ennill deugain punt ar y pŵls.'

Bu agos i Sali ollwng y lliain bwrdd.

''Dydw i ddim yn dy gredu di, Wil.'

Tynnodd Wil y llythyr o'i boced a'i daflu ar y bwrdd o'i blaen. Cydiodd hi ynddo a'i ddarllen yn awchus, a phan gododd ei llygaid yr oeddent fel dwy seren.

'O Wil,' meddai o'r diwedd, ac yr oedd dagrau yn ei llais, 'mi allwn ni rŵan gael siwtiau i'r plant a wardrob, a . . . a hwyrach y ca' i gôt newydd . . . hwyrach . . .'

'Dillad i'r plant? Wardrob? Côt newydd?' Gwnaeth Wil ddau lygad syn. 'Sali fach, chei di'r un ohonyn nhw. Yr yden ni'n cychwyn clwb colomennod yn y pentre 'ma, wyddet ti ddim? Mi fydd arna'i eisie c'lomennod, ac mi fydd eisie cwt iddyn nhw a . . . a llawer o bethe.'

Aeth dagrau Sali o'i llais i'w llygaid. Yr oedd ei llais yn dawel, yn rhy dawel.

'Ydi dy blant ddim yn bwysicach iti na ch'lomennod?'

Taniodd Wil Wdbein.

'Clyw, Sali. 'Rydw i wedi ennill yr arian ar sbort. Mae'n iawn imi gael eu gwario nhw ar sbort.'

Llamodd y lliw i ruddiau llwydion Sali a gwreichion i'w llygaid.

'Reit!' meddai, nes i Wil orfod syllu arni'n sydyn. 'Mi gei di dy g'lomennod. Yr ydw i'n mynd, a'r plant efo fi.'

Ni chlywsai Wil mohoni'n siarad fel hyn erioed o'r blaen. Chware'i chardiau, mae'n siŵr, meddai wrtho'i hun. Ac meddai'n uchel,

'Ond i b'le'r ei di, 'ngeneth i?'

'I Henberth, at fy chwaer. Mi ga'i waith yno yn rhywle.'

'Ho!' A chwarddodd Wil chwerthiniad fel ergyd mewn stafell wag. 'Paid â gweithio'n rhy galed, wir dduwc!'

'Fydd raid imi byth weithio cyn g'leted am gyn lleied ag y gweithies i i ti,' gwaeddodd Sali. 'Ty'd, John.'

'I b'le, Mami?'

'I rywle oddi wrth dy dad.' A chipiodd Sali'r babi yntau o'r pram a mynd ag ef i'w wisgo.

Am yr hanner awr nesaf ni wyddai Wil James yn iawn beth oedd yn digwydd. Yr oedd fel dyn wedi rhoi matsen wrth gongl tŷ ac yn methu diffodd y goelcerth. Ganwaith y dywedodd wrtho'i hun mai stynt oedd hyn gan Sali, a chanwaith y dywedodd rhywbeth wrtho nad stynt mohono o gwbwl. A ddylai geisio'i darbwyllo? Gwendid. A ddylai adael iddi fynd? Ffolineb. Ni wyddai beth i'w wneud.

Daeth Sali i lawr y grisiau fel corwynt a'i chôt amdani a'i bag yn ei llaw, y babi'n gweiddi yn ei breichiau a John yn sobian wrth ei chwt. A hithau'n mynd drwy'r drws rhoes Wil gam tuag ati a dweud,

'Sali—'

Ond yr oedd Sali wedi mynd. Trwy'r ffenest gwelodd hi'n dal ei llaw allan ac yn dringo i fws Henberth gan lusgo John i'w chanlyn. Chwyrnodd y bws yn ei flaen i lawr y ffordd gan godi cwmwl o lwch Awst ar ei ôl. Poerodd Wil drwy'r ffenest agored.

'Cer ynte'r cythrel!' meddai.

Trawodd ei gap ar ochor ei ben ac aeth allan i'r Crown.

III

Yr oedd Greta'n pryderu am salwch ei mam. Yr oedd wedi'i gweld hi'n wael droeon, ond erioed mor wael â hyn. Yr oedd wedi dechrau codi ac wedi dechrau bwyta, ond fe wyddai Greta y byddai'n rhaid gwneud rhywbeth mwy nag a wnaed cyn y byddai'i mam fel yr ydoedd cynt.

Yr oedd ei thad fel dyn a chyllell ynddo. Codai'n foreach, eisteddai'n hwyr ar ei draed yn darllen. Ni welodd mohono erioed yn gweithio mor galed. Odiach na'r cyfan, yr oedd wedi colli cyfarfod o'r Cyngor Sir ac wedi colli amryw bwyllgorau. Pan oedd ei wraig yn ei gwely sleifiai'n amal i'w llofft gan gymryd arno chwilio am rywbeth. Pan gododd hi a dod i lawr, gwnâi esgus yn fynych i ddod i'r tŷ.

Am Harri, yr oedd rhyw ddifrifwch newydd ar hwnnw. Daethai adref o'r Eisteddfod mewn breuddwyd, ac mewn breuddwyd y bu am ddyddiau, heb ddweud na bw na be wrth neb. Ond pan aeth ei fam i'r gwely ddiwrnod yr ymryson cŵn defaid yn Henberth, ac aros yno, fe ddeffrodd drwyddo. Aeth yn nerfus ac yn bigog wrth bawb ond wrth ei fam. Eisteddai gyda hi am hydoedd, yn darllen iddi, yn tendio arni. Dechreuodd orchymyn a rheoli'r tŷ, fel petai adfer ei fam yn gorffwys yn gwbwl arno ef.

Ond yr un a gyffyrddodd fwyaf â Greta oedd Karl. Yr oedd Karl yn rhyfedd. Yr oedd wedi teimlo colli Mrs. Vaughan oddi wrth y bwrdd ac oddi ar yr aelwyd gymaint ag un ohonynt. Gofynnai amdani y cyntaf peth bob bore. Daeth droeon yn ôl o Henberth â thusw o flodau iddi. Un diwrnod daeth i'r tŷ a theclyn coed go ddiarth yn ei law. Yr oedd â'i ddwylo'i hun wedi gwneud astell lyfr i Mrs. Vaughan ddarllen yn ei gwely rhag iddi flino ac oeri'i dwylo. Ac yr oedd Harri wedi sylwi bod Karl ar ei liniau'n hwy nag arfer wrth erchwyn ei wely bob nos.

Karl . . . Fe ddaliodd Greta'i meddwl yn oedi gydag ef, yn oedi'n rhy hir, ac mewn panig o euogrwydd cydiodd yn llythyr Paul a oedd yn agored ar y bwrdd o'i blaen.

My Dear Gret,

Although I wrote to you yesterday, having had your dear letter this morning I find I must write to you again today, to tell you how much I am thinking of you . . .

I understand how you feel about your mother. I am trying to arrange to come to you as soon as I can. From what you have been telling me in your letters, your mother's illness seems to be in my department of medicine, and I should like to take a look at her if she is willing. With your doctor's consent, I may be able to do something about it . . .

Yr oedd y llythyr wedi rhoi heddwch i Greta. Yr oedd hi'n teimlo'n ddiogelach. Yr oedd cydymdeimlad hwn a'r llall yn werthfawr, ond wedi'r cwbwl, dim ond meddyg a allai wella'i mam. Ar y funud, buasai'n well ganddi weld Paul yn dod i mewn drwy'r drws na neb. Am ei bod hi'n ei garu, ynteu am ei fod yn feddyg, ni wyddai.

Clywodd guro ar y drws. Cyflymodd ei gwaed. Nid Paul? Mor fuan . . . ? Cadwodd y llythyr yn frysiog ac aeth drwy'r neuadd at y drws. Agorodd ef.

'Wel, Greta fach? Sut mae'ch mam heddiw, 'ngeneth i?'

Ceisiodd Greta guddio'i siom a gwenu ar y Parchedig Tynoro Thomas. Wedi'r cyfan, meddai wrthi'i hun wrth weld yr hen weinidog yn crynedig dynnu'i het oddi ar ei gwmwl gwallt gwyn, mae Mam yn falch o'i weld, pam na ddylwn i fod?

'Mae hi fymryn bach yn well, Mr. Thomas. Dowch i mewn.'

IV

Nid oedd Harri'n gwrando fawr ar y bregeth. Llifai'r llais crynedig trwy'i ben, a'r geiriau diystyr yn rhybedian fel marblis yn erbyn drysau caeëdig ei ddeall. Nid ar y pregethwr yr oedd y bai. Yr oedd Harri yma yn sedd y teulu ym Methel ar fore Sul, nid am fod Tynoro Thomas yn bregethwr da, ond am ei fod yn ddyn.

Bylchog oedd Harri fel capelwr, er gwaethaf annog mynych ei dad. Ond yr oedd ymweld cyson y Parchedig Tynoro Thomas â Lleifior yn ystod gwaeledd ei fam wedi rhoi tro yn ei gydwybod. Wrth gwrs, yr oedd rhai o aelodau Bethel, y rhai nad oes boddio arnynt byth, yn dweud bod yr hen Dynoro'n ymweld yn amlach â Lleifior nag ag unrhyw gartre arall, am fod teulu Lleifior yn 'bobol fawr'. Os oedd hynny'n wir, yr oedd yn beth atgas i Harri.

Ond wedi'r cyfan, gan bwy yr oedd hawl i feirniadu'r hen Barchedig? Yr oedd yn pregethu'n ystrydebol, wedi mynd i fugeilio'n anamlach, 'doedd ganddo ddim ffordd gyda'r bobol ifanc . . . Dyn a 'styrio, yr oedd ganddynt wyneb i weld beiau ynddo. Yr oedd yn mynd yn hŷn, yr oedd yn blino, yr oedd, yn naturiol, ym mhethau'r meddwl wedi aros yn ei unfan. Ond wedi'r cyfan, yr oedd wedi rhoi'i orau. Wedi rhoi'i flynyddoedd i'w grefydd, ac yn ddiarbed. Ac yr oedd yn dal i roi'i orau yn ei ffordd henffasiwn ef. Nid oriau undeb a weithiai'r hen

Dynoro, ond oriau cydwybod, a hynny am lai o gyflog nag a gâi Wil James. Am eiliad, seriodd yr anghyfiawnder ymwybod Harri. Yna, cymerodd ei ymwybod dro arall.

Beth a ddywedai'r hen Dynoro, tybed, pe gwyddai ei fod ef yn mynd yn dipyn o gomiwnydd? Anfynych y byddai'r hen frawd yn mentro i bolitics yn y pulpud, ond pan fentrai, Comiwnyddiaeth ddi-dduw fyddai'n ei chael hi bob tro. Fe'i cafodd Hitler hi am sbel yn ystod y rhyfel, ond bellach Stalin a'i griw oedd yn griddfan dan y chwip. Beth a ddywedai, tybed, pe gwyddai y foment hon fod mab ei benblaenor cefnog ucheldras o Leifior yn cymdeithasu ag un o ferched Stalin?

Posibl iawn, meddyliodd Harri, mai comiwnyddiaeth yw'r unig ffordd i wneud pawb yn gystal gweithiwr â'r hen Dynoro. Ei bleser ef oedd ei waith, a dyna'r delfryd. Ac mewn gwlad gomiwnyddol ei waith oedd pleser pob dyn, os gwir y sôn. Yr oedd gan yr hen Barchedig ddigon o gydwybod i weithio hyd ymlâd. 'Doedd gan Wil James ddim. Na Terence. Na'r dynion ffordd a oedd yn pwyso ar eu rhawiau bob dydd ar ffordd Henberth. Na'r dyn fu cyhyd yn trwsio'i olwyn iddo ar ei ffordd i'r Eisteddfod. Na'r wraig yn y tŷ â'r bleinds i lawr a ofynnodd dri a chwech am de mor dila. Yr hyn yr oedd ei gydwybod yn ei dynnu o'r hen Barchedig, yr oedd yn rhaid cael cyfundrefn i'w dynnu o'r lleill.

Ac eto, hwyrach fod Gwylan yn disgwyl gormod oddi wrth gyfundrefn. Yr oedd cyfundrefnau, yn eu ffordd, mor ddi-ddal â dynion. Yr oedd yn anodd credu bod y radio a'r papurau i gyd yn methu, a Gwylan yn unig yn iawn. Ond pwy oedd yn gwybod? Yr oedd yn rhaid i rywun fod yn iawn, a pham nad Gwylan? Y sawl nad oedd y ffeithiau ganddo i gyd, yr oedd yn rhaid i hwnnw dderbyn gair rhywun. Os oedd yn derbyn barn y papurau Saesneg am gomiwnyddiaeth, yr oedd yn derbyn eu gair, nid o angenrheidrwydd am ei fod yn wir, ond am eu bod oll yn dweud yr un peth ac yn ei ddweud yn amal. Yr oedd yr un mor rhesymol derbyn gair merch argoeddedig, am fod ganddi gyfaredd dau lygad du.

Yr oedd y ddau lygad du wedi bod ormod ym meddwl Harri. Yr oedd wedi derbyn dau lythyr 'comiwnyddol' oddi wrth Gwylan, ond fe ddaeth rhywbeth cryfach na chomiwnyddiaeth i'w canlyn. Fe ddaeth y persawr ar y papur, a'r pendantrwydd yn y llawysgrifen luniaidd, a'r diwylliant yn y geiriau. Ac yr oedd Lisabeth, gyda sensitifedd ei rhyw, wedi synhwyro bod rhywbeth o'i le.

'Harri,' meddai un noson ar waelod Wtra'r Trawscoed, ''dwyt ti ddim yr un un ag a fyddet ti.'

'Nac ydw i?'

'Beth sy'n bod?'

'Oes rhywbeth yn bod?'

'Wyt ti ddim yn 'y ngharu i?'

'Wrth gwrs 'mod i.'

''Dwyt ti byth yn dweud hynny rŵan.'

''Rydw i newydd ddweud hynny heno.'

'Dim ond wedi i mi ofyn.'

Caeodd Harri'i gwefusau cecrus â chusan, ac am eiliad fe gaeodd ei llygaid amheus. Ond pan agorasant drachefn yr oedd yr amau ynddynt o hyd. Cablodd Harri'r tywyllwch am oedi. Yr oedd yn haws rhoi pendantrwydd yn eich geiriau yn y tywyllwch.

Ond fe ddaethai salwch ei fam, a gyrrodd hwnnw bopeth arall i'r cilfachau. Daethai niwl dros wyneb Gwylan yn y cof, symudodd cysgod y cryman comiwnyddol am ennyd oddi ar Leifior, a thros dro fe ddiffoddodd y ffiws a oedd yn bygwth ei chwythu ef a Lisabeth ar wahân. Gobeithiodd, a gobeithio'n wrol, na fyddai Gwylan, pan welai hi eto ymhen wythnos neu ddwy ym Mangor, yn ddim ond merch fel pob merch arall, i'w hadnabod ac i'w hanghofio, ac y dôi o rywle dân newydd i'w weldio ef a Lisabeth yn un.

Teimlodd Karl yn ei bwnio yn ei ystlys. Yr oedd yr hen weinidog newydd ddweud Amen a chododd Harri i ganu gyda'r gynulleidfa. Ymhen ychydig funudau fe fyddai yn y llofft yn Lleifior yn darllen i'w fam.

V

'Cer di 'mlaen,' meddai Wil James wrth Terence, gan godi dau ysgub at ei ddau ysgub ef, 'cer di 'mlaen y ffordd yr wyt ti'n mynd, ac mi losgi di dy fysedd. Gwthia nhw i'r tân. Gwthia nhw reit i'r tân, nen duwc!'

'Ie, ond Wil,' cwynodd Terence, gan droi yn ei gwman ac ymbalfalu am ddau ysgub arall i'r bwch nesaf, 'mae Sheila'n wahanol—'

'Wahanol y felltith! Gwrando, boi.' A sythodd Wil James ei gefn i danio Wdbein. Chwythodd linyn hir o fwg o'i geg a hanner cau'i lygaid nes oeddent fel dwy hollt ddur yn ei ben a dweud,

'Mi fûm i, bedair blynedd yn ôl, mor baliffŵl ag wyt ti. 'Roeddwn i'r adeg honno flynyddoedd yn hŷn nag wyt ti rŵan, mwya'r c'wilydd. Ac 'roeddwn inne'n meddwl bod Sali'n wahanol. 'Roedd hi *yn* bisin yr adeg honno, daria hi. A finne'n meddwl bod 'na sbrinclin o angel ynddi. Lle mae hi heddiw? Yn gweithio yn y ffatri beics yn Henberth am ei phumpunt yr wythnos. O ie, ac wedi 'ngadael i efo tŷ gwag. Ac wedi mynd â 'mhlant i. A dim ots 'mod i'n llwgu. Paid ti â meiddio dweud wrtha' i byth bod un ohonyn nhw'n wahanol.'

A chan boeri poeryn chwerw i'r sofl, cipiodd ddau ysgub a'u taflu i'r bwch. Fe wyddai Terence nad oedd diben yn y byd dadlau. Ond nid oedd ychwaith am ildio. Yr *oedd* Sheila'n wahanol, petai pob merch arall yn y byd yn Sali. Rhag i Wil gasglu oddi wrth ei fudandod ei fod wedi cymryd ei ddysgu ganddo, ac yna ryw noson eto ei weld gyda Sheila a'i dybio'n anghyson, yn chwit-chwat, penderfynodd fod yn rhaid iddo ddweud,

'Ro'i mohoni i fyny, beth bynnag.'

Unig ateb Wil James oedd poeryn arall.

Ar bnawn mor foethus felyn o Fedi ni ddylai problemau fel hyn fod. Yr oedd Dyffryn Aerwen fel cwrlid clytwaith o'i ben i'w waelod, a'r tir ffeind yn cysgu'n fodlon dano, wedi rhoi'i ffrwyth am y flwyddyn ac wedi haeddu'i orffwys. Yr oedd yr ŷd yn dda, a pheth ohono eisoes yn y teisi. Byddai ffermwyr Dyffryn Aerwen yn mynd i'r cwrdd diolch yn fodlon eleni.

Cododd haid o betris yn stwrllyd o'r sofl, a chododd Wil James a Terence eu pennau i weld Karl yn dod i'r cae, ei ben melyn yn dal yr haul fel y byddai bob amser, a'i groen golau'n oleuach am fod ei ofyrôls yn ddu. Crebachodd wyneb Wil

James. Yr oedd gweld yr Almaenwr iddo ef fel clwt coch i darw. Buasai'n hawdd ganddo gredu bod a wnelo'r Almaenwr â'i anffodion ef i gyd. Yr oedd bywyd yn eitha' didramgwydd iddo cyn dod i Leifïor. A buasai bywyd yn ddidramgwydd yn Lleifïor petai'r Almaenwr heb fod yno.

Ac eto, ni allai ddweud beth yn union yn y dyn oedd yn ei darfu. Ni ddywedodd Karl erioed air croes wrtho. Diau mai dyna'r drwg. Yr oedd ysbryd Wil James wedi'i diwnio i eiriau croes. Geiriau croes a ddylai fod ym mhobman, yn cadw'r awyr i droi, yn cadw clep ac eco mewn bywyd. Yr oedd dyn heb air croes ar ei dafod, yn cyfarfod pob rheg â gwên, pob bygwth â mwynder, fel wal o blu o'ch blaen, yn eich mygu pan fuasai'n well gennych gael eich brifo, na allech byth, byth dorri trwyddi. Aeth arswyd trwy gefn Wil James, meddwl y byddai Karl yn ei wynebu am byth, am bythoedd, a'i wyneb agored a'i faddeugarwch annioddefol yn ei dreulio'n araf nes byddai'n toddi fel llyn o gŵyr wrth ei draed . . .

Ond yr oedd un peth arall yn corddi cas Wil James. Karl a'i waith. Yr oedd yr adyn addfwyn yn caru gwaith, yn ei ysglyfio fel bwyd a diod. Nid oedd alaru yn ei eirfa, 'doedd dim blino yn ei groen. Gweithiai nes torri calon pob gweithiwr arall, gan ddiystyru oriau undeb, codi cywilydd ar bawb a oedd yn ddigon meddal i deimlo cywilydd, a gwneud gwawd ciaidd anfwriadol o bob un a oedd yn caru stelc a seibiant. Galwodd Wil James y bustl i fyny o'i berfedd fel yr oedd Karl yn nesáu.

'Well, Jerry?'

'Helô, William! Helô, Terence!'

'You've been a long time coming to the field,' ebe Wil James.

'I'm sorry,' ebe Karl. 'We've been unloading those two loads of wheat. We've only just finished.'

'You're sure you haven't been unloading something else?' Yr oedd llais Wil James fel gwifren. 'You haven't been unloading your saliva on the boss's daughter?'

Aeth yr awyr yn dalp o drydan. Fe'i trawith o, meddai Terence wrtho'i hun. Yn araf, mentrodd droi'i ben. Yr oedd llygaid yr Almaenwr yn ddau ddolur gloyw. Yr oedd wedi'i daro yn ei fan tyneraf. Ond nid aethai'r mwynder o'i wyneb. Pan atebodd, yr oedd ei lais yn dawel, fel petai'n llawn o weddi.

'No,' meddai. 'Love is not a matter of saliva. If you had found that out in time, your dear wife would still be living with you.'

Teimlodd Terence ei ben yn canu. Ni chlywodd ac ni welodd beth tebyg yn ei fywyd. Er nad oedd yn deall beth a ddywedodd Karl, fe wyddai fod Karl wedi ennill buddugoliaeth. Edrychodd yn llechwraidd ar Wil James. Yr oedd wyneb hwnnw fel lliain a'i wefusau'n leision. Yr oedd y ffeit wedi'i adael i gyd. Trodd Wil James yn sydyn a chodi dau ysgub.

'Ty'd!' meddai wrth Terence. 'Paid â sefyll yn fanna'n diogi!' Yr oedd ei du mewn yn chwerw, chwerw. Yr oedd yr Almaenwr wedi llefaru wrtho fel o bulpud ac yr oedd wedi methu dod o hyd i ateb. Yr oedd wedi'i wneud yn fychan ac yn ffŵl o flaen yr hogyn Terence. Yr oedd ef, a fu bum munud ynghynt yn rhoi cynghorion, yn awr wedi derbyn cyngor. Gwyliodd yr Almaenwr yn cerdded oddi wrthynt a'i gysgod yn rhedeg yn addolgar ar ei ôl hyd y soflydd. Gwyddai y byddai'n rhaid iddo frifo'r Almaenwr ryw ddydd. Ei frifo'n galed. Yn fuan.

11

I

Daeth yr hydref i Arfon gyda byddin o liwiau. Y coedlannau wedi'u trochi ym mhob coch a brown a melyn dichonadwy. Y gerddi'n loddest o las a phinc a phorffor. Ac yn y perllannau, bwndeli o eirin a gellyg yn gwyro'r cangau dros y welydd a smotiau cochion o afalau'n sbecian drwy'r dail. Draw, dros y coedydd melyn a'r caeau, sleifiai cysgodion gleision hyd Eryri, yn peri i'r mynyddoedd newid eu ffurf fel tonnau môr. Mynydd ar un funud yn dwll tywyll, y funud nesaf yn dwred golau, toc yn fur o fermiliwn twym. A'r ochor arall i'r coedydd, llain glas o Fenai heb grych arni, coed Môn yn syllu ar eu lluniau hyd y glennydd, a chychod bach wedi mynd i gysgu'n sownd ar y llonyddwch gwydr.

Nid oedd trigolion Bangor yn rhyw ymwybodol iawn o'r gyfaredd. Symudai'r hwyr amryliw uwch eu pennau mor ddisylw â darnau peiriant ar felt-gludo mewn ffatri. Yr oeddent yn rhy brysur yn cadw'u hysbrydoedd rhag alaru.

Wedi dod o'r trên aeth Harri at un o'r porteriaid a gofyn iddo a oedd ei fagiau wedi cyrraedd.

'Be' 'di'r enw?'

'Vaughan. D. H. Vaughan.'

''Does 'ma'r un bag hefo'r enw yna. Pa bryd daru chi'i anfon o?'

'Ddoe.'

'O, ia, mae'n rhy fuan, dach weld. Mae 'na gymin o'r stiwdants 'ma'n gyrru'u pacia' rŵan, dach weld. Maen nhw'n cymryd deuddydd neu dri i ddŵad.'

'Ond mae arna' i eisie fy llyfre.'

'Ia, wel, mi ddylach fod wedi'u gyrru nhw'n gynt, dach weld. Mae'n amhosib inni gôpio hefo'r cwbwl ar unwaith. Mi ddôn bora fory, mae'n siŵr. Mae'r rêlwes mor brysur rŵan, dach weld.'

Gwnaeth Harri'i orau i weld, a brasgamodd o'r orsaf ac allan i'r aroglau heli. Yr oedd dwy ferch, yn amlwg yn dod i'r coleg am y tro cyntaf, mewn cryn drafferth gyda'u beichiau ar ochor y stryd. Yr oedd sgarff werdd a melyn newydd sbon danlli am wddw pob un, a rhyfeddu yn eu llygaid.

'I ba hostel yr ydech chi'n mynd?' gofynnodd Harri.

'University Hall,' ebe'r ddwy ar unwaith.

Amneidiodd Harri ar gerbyd hur a oedd yn sefyll yr ochor arall i'r stryd, a'i yrrwr yn ysmygu wrth yr olwyn. Daeth y car mawr ar gylch a sefyll yn eu hymyl.

'Ewch i mewn,' ebe Harri wrth y genethod.

Diolchodd y ddwy iddo â'u llygaid mawr plentynnaidd. Gyda chymorth y gyrrwr cododd Harri'u bagiau ar gynffon y car, yna aeth i mewn atynt.

'Diolch yn fawr iawn ichi,' meddai un o'r merched.

'Ia wir, 'rydach chi'n garedig iawn,' meddai'r llall.

'Croeso,' meddai Harri'n gwta. Pe gwyddent y cwbwl, nid gwneud cymwynas â hwy oedd ei unig amcan wrth logi cerbyd, ond osgoi'r myfyrwyr oedd yn dod yn ddau ac yn dri i lawr y ffordd. Cas beth ganddo oedd y cyfarch joli-boi ar ddechrau tymor. Yr oedd y ddwy ferch yn sbïo'n slei arno ac ar ei gilydd. O'r diwedd, gofynnodd un,

''Rydach chi yn y coleg erstalwm?'

Atebodd, 'Ar 'y mhedwaredd flwyddyn.'

Edrychodd y ddwy ar ei gilydd eto.

''Rydach chi'n gwneud eich trêning eleni?'

'Ymchwil.'

Bu agos i lygaid y ddwy adael eu pennau gan edmygedd. Yr oeddent yn syllu ar fyfyriwr ymchwil graddedig byw! Hwyrach mai dyna fyddent hwy ryw ddydd. Yr oedd Harri'n ddig wrthynt am ryfeddu at beth mor ddiddim. Dyma effaith clodfori llwyddiant academaidd gan werin gwlad. Yr oedd yn gyfoglyd wrthun. O hyn allan byddai'r ddwy ddiniwed hyn yn gweithio'u pennau'n bowdwr mewn ymgais i ennill yr un edmygedd ag yr oeddent yn awr yn ei roi. Trodd Harri'i ben oddi wrthynt ac edrych allan drwy ffenest y tacsi. Rhedai'r tai cyfarwydd heibio, a'r strydoedd wedi deffro gan fyfyrwyr. Yr oedd mwy nag un o'r myfyrwyr wedi'i nabod yn y car. Fe gâi dynnu'i goes am hyn.

Gwyrodd y ddwy eneth at y ffenest fel yr oedd y car yn pasio'r coleg. Gwir, yr oedd y coleg yn bictiwr, yn urddasol lwyd ac yn soled yng nghanol ei lawntiau gwyrddion, ond prin, meddyliai Harri, yr oedd angen i'r ddwy ymdagu yn eu hawydd i'w weld. Fe gaent ei weld drannoeth, ac wyth can trannoeth arall, cyn ei adael.

'Dyma fo, ylwch!' llefodd un.

'Wel ia, wir,' meddai'r llall. 'Dyma lle byddwn ni. On'd ydi o'n grand?'

Cofiodd Harri'n sydyn mai fel yna'n union y brwdfrydodd yntau bedair blynedd ynghynt.

Safodd y car dan y coed wrth lidiardau Neuadd y Brifysgol. Yr oedd merched yn mynd i mewn drwy'r llidiardau yn gwyro dan eu beichiau, a merched yn dod allan, eu beichiau wedi mynd, ac yn barod am sgwrs neu goffi neu gariad neu beth bynnag a gynigiai'r nos.

'Faint ydi o, os gwelwch chi'n dda?' gofynnodd un o'r genethod wrth fynd o'r car, a'i llaw ar gaead-sip ei bag.

'Mm?' Gwelodd Harri rywbeth yn bathetig yn y gofyn. Fe fyddai'n dda i'r ferch fach wrth ei hanner-coronau fel y dirwynai'r tymor. 'Dim byd. Dim o gwbwl. Gobeithio y mwynhewch chi'r coleg.' A gwenodd ei wên gyntaf ar y ddwy y noson honno, gwên braidd yn dadol, meddai wrtho'i hun wedyn wrth droi i dalu i'r gyrrwr.

Wyddai'r ddwy ddim sut i ddiolch iddo am bopeth. A hwythau'n mynd drwy'r llidiardau tua'r hostel, clywodd Harri un ohonynt yn dweud wrth y llall,

'On'd ydi o'n bisin, dudwch?'

II

Cododd Harri oddi wrth y bwrdd swper a'i fwrw'i hun i'r gadair freichiau hynafol, a'r sglein ar ei defnydd lle'r oedd trywsusau cenedlaethau o fyfyrwyr wedi'i threulio yn adlewyrchu'r tân.

'Swper digs!' meddai, a thanio sigarét.

'Bachan,' ebe Gwdig, a oedd heb orffen bwyta, 'smo ti'n gallu gwerthfawrogi bwyd gwerin? Elli di ddim cario Lleifior gyda ti i bobman.'

''Rydw i wedi cario cymaint ohono yma ag y gallwn i,' atebodd Harri. 'Tri phwys o fenyn, tri dwsin o wye, dwy dorth frith a tharten 'fale. Fe fydd yn dda'u cael nhw.'

'Eitha' reit, bachan. Pharan nhw ddim yn hir.'

Syllodd Harri ar Gwdig yn bwyta, ac agor ei geg i ddweud gair miniog. Ond ni ddywedodd mohono. Fe fyddai'n resyn tarfu'r hen Gwdig, er nad oedd modd ei frifo. Yr oedd mor hoffus, ac wedi'i fagu mor gyffredin.

'Sut mae dy fam, Gwdig?'

'Yn weddol fach. Wên i ddim yn hoffi'i gadel hi wrthi'i hunan heddi. Smo hi mor ifanc ag oedd hi flwyddyn yn ôl. Ac wên i'n gweud wrthw i'n hunan, Mae'n rhaid i'r breit boi wneud yn well eleni nag a wnethum i llynedd, neu fydd dim heddwch i'r hen wreigen yn fyw nac yn farw.'

Gwenodd Harri.

'O, fe wnei di'n iawn.'

'Ma' dowt 'da fi am hynny hefyd,' meddai Gwdig, yn dal asgwrn rhwng ei fys a'i fawd ac yn cnoi'n araf. Smo fi'n hoffi achwyn byth. Ond mae gwahaniaeth rhyngot ti a fi. Yn un peth, 'does gyda fi ddim 'mennydd academaidd fel sy gyda ti. Peth arall, petaet ti'n gwneud cawl o dy thesis, mae arian Lleifior tu cefn iti, ac fe allet ti fyw fel gŵr bonheddig, yn gwmws fel petai thesis ac arholiad ddim yn bod. Ond amdana' i, fe fydde ffaelu arholiad yn costi'n rhy ddrud i mi, waeth 'does gyda fi ddim arian Lleifior i ga'l. Ta p'un i, 'does gyda fi ddim bysnes i ddweud peth fel'na.'

A gwthiodd yr asgwrn rhwng ei ddannedd gwynion.

Oes, meddai Harri wrtho'i hun. Mae ganddo fusnes i ddweud peth fel yna. Mae'n wir. Er nad oedd cymaint o agendor rhwng amgylchiadau Gwdig a'i amgylchiadau ef ag a fuasai rhwng amgylchiadau'u teidiau, yr oedd yr agendor yn ormod mewn canrif fel hon. Gwir, yr oedd y ddau'n gallu cyd-fyw a chydrannu, ond tra oedd y naill yn rhifo'i arian mewn miloedd a'r llall mewn degau, ni allent byth anghofio'r agendor yn llwyr.

'Shwd ma' Lisabeth?' gofynnodd Gwdig.

'Fel y graig,' ebe Harri.

'Bachan, ddwedaist ti mo hyn'na wrthi, do-fe? Mae sawl cwaliti mewn craig heblaw cadernid. Wes, wes.'

Bu'n rhaid i Harri chwerthin. A chwarddodd Gwdig, wrth gwrs. Chwerthin nes oedd y dagrau'n powlio. Chwerthin nes daeth curo ar y drws. Yr oedd rhywun wedi dod drwy'r drws allan yn ystod y chwerthin, ac yr oedd pwy bynnag ydoedd yn curo'n awr ar ddrws eu stafell.

'I mewn,' ebe Harri, ac agorodd y drws yn araf, fel petai dirgelwch tra hunanymwybodol yn ceisio creu argraff fawr cyn ymddangos.

'Sut mae hi 'ma?' gofynnodd Ifan Armstrong, a'i bibell yn ei ragflaenu drwy'r drws. Ni chafodd groeso mor gynnes â'r disgwyl ac yr oedd beth yn siomedig ac yn flin. Y tu ôl iddo daeth ei gydletywr, Huw Llywarch, llanc o'r un sir â Harri.

'Beth am ddechra'r tymor drwy rannu'r jôc?' ebe Ifan Armstrong, gan ymdaflu i'r gadair freichiau gyferbyn â Harri.

'Thâl pob jôc ddim i'w rhannu,' meddai Harri'n isel.

'Olreit. Paid â chwyrnu,' meddai Ifan. 'Gwell i titha' eistedd, Huw. Mi fyddwn yma am sbel.'

Eisteddodd Huw Llywarch, pictiwr o fwynder Maldwyn, yn wylaidd ar gadair wrth y drws.

'Ia,' meddai Ifan mewn llais bas dwfn, gan chwythu cymaint o fwg o'i enau nes cuddio'i ben mewn cwmwl glas. Yr oedd geiriau gymaint yn fwy satanaidd pan lefarech hwy o ganol cwmwl. Aethai Ifan o'r chwarel i'r fyddin, a pharatoi am ei fatric yng ngwres llethol India. Dygnwr felly ydoedd, mor galed wrtho'i hun ag wrth eraill. Cyn gynted ag y daeth o'r fyddin pasiodd ei fatric a dod i'r coleg. Gwnaeth yn dda yno; eleni byddai'n eistedd am ei radd. Methodd y coleg â'i feddalu. Yr oedd yn dal cyn galeted â'r llechen y bu'n ei naddu flynyddoedd yn ôl.

'Beth ydi'r gêm newydd 'ma sy gin ti, Harri?'

'Pa gêm?'

'Talu am dacsis i ferched ifanc.'

'Jiw, jiw,' ebe Gwdig.

Gwenodd Huw.

'Os wyt ti am wybod, Ifan,' meddai Harri'n araf, ''roedd y tacsi'n ffordd hwylus i'th osgoi di a dy debyg ar y stryd.'

'Ffeindia well esgus, y cena',' rhuodd Ifan yn isel. 'Os wyt *ti* am wybod, ffordd effeithiol oedd hi i ddangos i ferched ifanc dy fod ti'n graig o arian.'

Cododd Harri ar ei draed, ac yr oedd ei wefusau'n welw wrth ddweud,

''Rwy'n meddwl bod yn well iti fynd, Ifan.'

Cododd Gwdig yntau a chroesi'n chwim at Harri a rhoi'i law ar ei fraich.

''Nawr, 'nawr, Harri, eistedd i lawr, gw'boi. 'Doedd yr Armstrong ddim yn meddwl beth wedodd e.'

Clertiodd Ifan yn ei gadair heb gymryd arno gyffroi, a'i wefusau'n camu'n wên anhyfryd, ac meddai,

''Roeddwn i'n meddwl yn union beth ddwedis i. Mae'n hen bryd tynnu'r snob o Harri Vaughan, Yswain. Mae dyddia' mân uchelwyr Powys ar ben.'

Teimlodd Gwdig gyhyrau braich Harri'n tynhau dan ei law. Yr oedd Harri'n dweud,

''Rwy'n teimlo fel dy daro di, Ifan.'

'Ddylai consi ddim taro neb,' meddai Ifan yn wastad.

'Na ddyle, mewn theori. 'Dydi consi, chwedl tithe, ddim yn mynd mewn gwaed oer a gwn ar ei ysgwydd ar orchymyn dynion salach nag ef ei hun i saethu dynion na welodd o mohonyn nhw erioed. Ond mae consi weithie'n colli'i dymer.'

'Mi wn i am ambell gonsi na fedar o byth mo'i chadw hi.' Yr oedd Ifan yn gyrru'r llafn yn ddyfnach o hyd i Harri. 'Wrth gwrs, mae gin amball un fwy o hawl i golli'i dymar na'i gilydd. Mae amball un wedi'i ddwyn i fyny uwchlaw ei gymdogion, hefo gweision o'i gwmpas i'w hordro o gwmpas fel cŵn. A 'does gin neb hawl i ddweud gair wrth hwnnw. Mae o fel blwmin duw bach a chlustog aur dan ei——'

Rhoddodd Harri lam ymlaen a chydio yng ngholer Ifan.

''Rydw i *wedi* colli 'nhymer,' meddai, a'i lais yn dynn rhwng ei ddannedd. Tynnodd Ifan ar ei draed ac anelu'i ddwrn i'w wyneb. Ond yr oedd disgyblaeth milwr gan Ifan, ac osgôdd y dwrn fel chware. Gafaelodd â'i ddwy law galed yn llapedi siaced Harri a chyda hergwd giaidd gyrrodd ef ar ei gefn i'w gadair. Ni chododd Harri. Yr oedd dau lais yn sibrwd o'i fewn. Un yn dweud wrtho na ddylai heddychwr daro'n ôl. Y llall yn dweud wrtho fod Ifan yn gryfach dyn nag ef ac y gallai'i falu mewn ychydig eiliadau. Pa lais bynnag a'i hargyhoeddodd, aros yn ei gadair a wnaeth Harri.

Cymylodd wyneb Huw Llywarch wrth weld ei gyd-Bowyson wedi'i faeddu felly, ac meddai wrth Ifan,

'Ddylet ti ddim, Armstrong. 'Dydw inne ddim am weld bois Powys ar lawr.'

Gwenodd Ifan ei wên gam.

'Ty'd, Llywarch bach,' meddai. ''Does 'na fawr o gythral ynoch chi, hogia' Powys. Dyna pam yr ydach chi mor barod i roi cyllall yng nghefna'ch gilydd. Ty'd hefo mi i chwilio am leiff, boi bach.'

A hwyliodd yn fawreddog drwy'r drws.

'Ifan Armstrong,' meddai Gwdig.

'Wel?'

'Smo ti am siglo llaw gyda Harri cyn mynd?'

'Mi 'sgydwa'i law hefo fo pan ddaw o i lawr i blith y werin.'

'Eitha' reit. Smo ti am siglo llaw gyda fi 'te?'

'Waeth gin i,' ebe Ifan. Ac estynnodd ei law i Gwdig. Fel mellten, yr oedd Gwdig wedi cydio yn y llaw fawr galed ac wedi troi braich Ifan ar draws ei gefn nes oedd ymron ar ei liniau mewn poen.

''Nawr 'te, *fusilier*,' ebe Gwdig. '*Quick march*.' A gwthiodd yr Ifan mawr yn ei gwman o'i flaen nes mynd drwy'r drws allan. Ac meddai yn y drws,

'A phaid ti â dodi dy droed y tu fewn i'r drws hyn eto nes bo ti wedi dysgu tipyn o fanners. Nos da.'

A chaeodd y drws yn glep. Pan ddaeth yn ôl i'r ystafell yr oedd Harri'n dal yn y gadair lle'r oedd Ifan wedi'i daflu, ac yn sbïo'n bŵl o'i flaen.

'Bachan,' ebe Gwdig, 'smo ti am ddiolch i fi am achub dy gam di?'

'Ydw, Gwdig,' meddai Harri'n synllyd. 'Yr ydw i yn diolch iti. Mae dy gymhellion di'n aur pur. Ond . . .'

'Wel, 'te?'

'Creu problemau y mae gweithredu fel'na, nid eu datrys nhw.'

'Ti greodd y broblem, bachan, gyda'r dymer basiffistaidd 'na sy gyda ti.'

'Mi wn i.'

Fe'i tynnodd Harri'i hun o'r gadair a chroesi at y ffenest. Yr oedd hi'n tywyllu. Tynnodd y llenni.

'Rho'r golau, Gwdig,' meddai.

Safodd Gwdig heb symud, yn syllu arno. Trodd Harri'n chwim a gweiddi,

'Rho'r golau!'

Aeth Gwdig yn araf at y swits a daeth golau. Arllwysodd Harri'i gorff i gadair arall.

'Mae *gen* i dymer, Gwdig,' meddai. 'Fe'm landith i mewn gwaeth trwbwl na hyn ryw ddydd. Mae gen i dymer felltith, felltith, felltith.'

Fe wnaethai Gwdig unrhyw beth i'w gysuro. Fe fyddai wedi ceisio'i gael i chwerthin petai hynny'n bosibl. Nid oedd yn bosibl heno. Yr oedd Harri'n mynd trwy argyfwng lle na allai ef mo'i ddilyn. Yn ddiplomatig, dywedodd Gwdig,

''Rwy'n mynd am dro bach 'nawr. Mae gyda fi boints â merch fach o'r Normal. Merch fach o Faldwyn yw hi, lle mae'r stwff gore'n dod i gyd.'

Ac aeth allan, gan gau'r drws yn ddistaw ar ei ôl.

Rhythodd Harri, heb symud, ar y gadair gyferbyn lle syrthiodd dan hergwd Ifan Armstrong. Yr oedd yn casáu'r gadair. Yr oedd ei sedd yn ddyffryn darostyngiad rhwng dau fryn lledr didostur. Nid oedd yr hergwd wedi'i frifo. Y peth a'i brifodd oedd y cam a wnaethid ag ef. Nid oedd yn snob. Yr oedd yn gwybod nad oedd yn snob—mwyach. Nid i wneud sioe o'i gyfoeth y talodd am dacsi i'r ddwy ferch. Ie flwyddyn yn ôl, ond nage heno. Yr oedd wedi byw gormod ers deufis ar fîn y cryman comiwnyddol i fod yn falch o'i arian mwy. Nid oedd yn snob. Yr oedd yn gwybod nad oedd yn snob.

Yr oedd dagrau'n bygwth ei lygaid. Gwasgodd ei amrannau'n filain i'w cadw'n ôl. Nid hunandosturi o bopeth oedd yn mynd i'w gadw'n awr. Pam na fyddai wedi taro Ifan Armstrong, a'i daro wedyn, a wedyn, a wedyn—? Bwriodd y cwestiwn hwnnw i ben draw'r ystafell. Pam na fyddai wedi derbyn llysnafedd Ifan Armstrong â hynawsedd heulog, marwor tanllyd, y ffordd dra rhagorol? Flwyddyn yn ôl fe fuasai'n cynllunio i daflu'i bunnoedd i brofi'i uchafiaeth ar Ifan. Fe fyddai wedi prynu dwsinau o gyfeillion undydd iddo'i hun ac wedi prynu unig-rwydd Ifan. Ond heno yr oedd rhywbeth arall yn wir. Nad oedd ffortiwn ddim yn ffortiwn mwyach. Nid oedd arian ond ffigur ar bapur, dim ond yn faint a fynner o nwyddau a moethau a swyddau. Nid oedd ynddo ddim grym, dim dial. Yr unig rym bellach oedd Ifan a channoedd, miloedd, o ddynion Llafur digyfoeth fel ef, yn sbeitlyd goeglyd unol i'w fathru ef, Harri, a phawb o'i fath a fu'n ddigon anffodus i ddod yn gefnog i'r byd.

Cododd Harri, safodd sbel, a syllu ar ei lun yn y drych uwch y lle tân. Etifedd . . . beth? Aeth yn ysig o'r ystafell i'w wely.

III

Bore trannoeth aeth Harri a Gwdig i'r coleg i gofrestru. Wrth syllu ar Gwdig yn talu i'r cofrestrydd am yr addysg yr oedd i'w chael am flwyddyn arall, dywedodd Harri wrtho'i hun, dyma fo'n talu'r cwbwl, a hwyrach fwy na'r cwbwl. Pob dimai y gall o'i fforddio, dwy hatling y weddw. Mewn munud mi fydda' innau'n talu, a fydd y talu'n ddim i mi. Dim ond diferyn mewn afon. Ac eto, pe bawn i'n cynnig talu yn ei le, fe ddigiai am byth. Tlawd a balch. Ni feiddiodd ddweud ei feddyliau wrth Gwdig.

Yr oeddent newydd fynd o stafell y cofrestrydd pan bwniodd Gwdig ef yn ei ystlys.

'Edrych,' meddai, 'pwy sy'n dod.'

Trodd Harri'i ben a gweld Gwylan yn dod tuag atynt. Cyflymodd ei anadl. Yr oedd rhwng dau feddwl pa un a ddylai godi'i law arni a mynd ynteu aros i siarad. Trodd i ddweud

114

rhywbeth wrth Gwdig, ond yr oedd hwnnw wedi diflannu. Nid oedd Gwylan ei hunan. Yr oedd Bill Kent gyda hi. Sais tal, golau, ar ei flwyddyn gradd yn y coleg, comiwnydd.

'Hylô, Harri,' ebe Gwylan. Ac yr oedd mêl yn ei llais, er na fuasai neb ond Harri yn ei flasu. 'You know Bill, of course.'

'Very well, by sight,' ebe Harri, 'although we've never spoken.'

Crymodd Kent ei ben, heb siarad. Tybiodd Harri'i fod yn edrych arno gydag amheuaeth. Yr oedd ganddo yntau hawl i'r un amheuaeth. Beth oedd y berthynas rhwng Bill Kent a Gwylan? Nid oedd o ddim pwys iddo ef, wrth gwrs, ond ei fod yn bryfôc. Wel, fe gâi Gwylan fynd â'i chomiwnydd i'r fan a fynnai; fe âi ef am goffi. Ond dywedodd Gwylan,

'I'll see you another time, Bill. You'll be calling a meeting, of course.'

'Thursday evening, probably,' meddai Kent. ''Bye, Gwylan.'

Ac fe'i cafodd Harri'i hun yn unig gyda Gwylan. Yn rhyfedd iawn, yr oedd yn swil, fel petai'n cwrdd â hen gariad yr oedd wedi rhoi'r gorau iddi ers blynyddoedd.

'Diolch ichi am eich llythyra', Harri,' ebe hi.

'Diolch i chithe, Gwylan.'

Rhagor o fudandod, a'r ddau'n methu'i dorri. O'r diwedd, cydiodd Gwylan yn y sefyllfa.

'Ewch â fi am goffi, Harri. Fe gawn ni sgwrs yn yr Iwnion.'

Yr oedd ystafell yr Undeb yn llawn o fyfyrwyr yn ysgwyd dwylo ac yn bloeddio hylô wedi ysgariad y gwyliau haf hir. Y rhai doniol yn arllwys y clyfrebau a'r digrifebau yr oeddent wedi'u storio drwy'r haf erbyn y dydd hwn. Y rhai di-ddawn yn mydylu o'u cwmpas yn gegagored, yn barod i chwerthin. Y rhai oedd i wneud marc arholiadol gyda beichiau o lyfrau newydd dan gesail, yn llyncu coffi'n frysiog er mwyn cael ymgladdu ar eu hunion yn y llyfrgell. Ac yng nghonglau'r ystafell safai'r myfyrwyr newydd, yn llonydd eu llygaid, yn rhyfeddu at y bywyd hwn nad oedd iddynt o'r blaen ond chwedl.

Fel yr aeth Harri a Gwylan i mewn drwy'r drws, yr oedd Ifan Armstrong a Huw Llywarch yn dod allan. O'u gweld gyda'i gilydd, tyfodd llygaid Ifan Armstrong.

'Y mawredd,' meddai wrth Huw Llywarch, 'nid dyna'r hogan gomiwnyddol o Aber?'

'Ie, coelio,' ebe'i bartnar.

Ac meddai Ifan, yn ddigon uchel i Harri glywed,

'Mi fydd yn ddigri gweld gwaed glas ar y fflag goch, myn diawst-i.'

Cymerodd Harri arno beidio â chlywed, ond fe wyddai, heb edrych, fod gwefusau Ifan yn camu'n grechwen. Prynodd ddwy gwpanaid o goffi, a llithrodd Gwylan ac yntau i ddwy gadair wrth fwrdd bach crwn yn y gornel a oedd newydd ddod yn wag. Wrth eistedd, meddai Harri, yn ddidaro, fel petai,

"Roeddech chi'n nabod Bill Kent cyn heddiw?'

"Rwy'n nabod pob comiwnydd yng ngholega' Cymru ers tro,' ebe Gwylan. A dyna'r cyfan. Taniodd sigarét, ac wedi sipian ei choffi'n ofalus am ychydig, gofynnodd i Harri,

'A rŵan, faint o gomiwnydd ydach *chi*?'

Beth ddyweda'i? gofynnodd Harri iddo'i hun. Os dyweda'i 'mod i wedi closio'n arw at y Parti, fe â hi i glochdar am ei buddugoliaeth, er nad yw o fawr gwahaniaeth gen i faint y bydd hi'n clochdar. Fe fyddai'n glochdar digon swynol. Ond dario unwaith, rof i ddim i mewn mewn munud i ferch.

'Wel?' Yr oedd Gwylan yn dal i ddisgwyl wrtho, a'i llygaid duon yn tyllu i'w lygaid ef.

'Wel, Gwylan,' ebe Harri, gydag ymdrech wrol i fod yn fombastig, 'mae hi fel hyn—'

'Nac ydi ddim,' ebe Gwylan. 'Atebwch ydw neu nac ydw i mi. Anghofiwch am eich amgylchiada' cysurus. Peidiwch â meddwl am eich teulu am funud. Ydach chi'n teimlo bod yna rym yn y ddadl gomiwnyddol ynte nac ydach?'

'Ydw,' meddai Harri, 'ond—'

"Does yna ddim "ond". Yr ydach chi wedi meddwl o ddifri am y peth, mi alla'i weld hynny. Mi wyddwn y gwnaech chi. 'Rydach chi'n ddyn o ddeall ac o farn—' Teimlodd Harri'n gynnes tuag ati. '—ac mi wyddwn, os na welai dyn o'ch ansawdd chi synnwyr, mai bychan o obaith oedd gynnon ni i ennill y byd.'

Yn sydyn, daeth awydd mentro ar Harri, ni waeth am neb. 'Y peth sy'n 'y mhoeni i, Gwylan, ydi hyn. Petai dyn wedi

116

dadlau'i dafod yn dwll â fi, ac wedi dal *Das Kapital* dan 'y nhrwyn i am flwyddyn, fuaswn i'r un fodfedd yn nes at dderbyn yr Efengyl yn ôl Marx heddiw nag oeddwn i flwyddyn yn ôl. Ond am mai chi oedd yn dadlau, ac yn pwyso ar 'y ngwynt i, dyma fi'n fwy o Folshi nag y credais i erioed y gallwn i fod.'

Tybiodd weld y ddau lygad du'n meddalu am eiliad. Dim ond am eiliad. Yr oedd Gwylan yn dweud,

'Mae gynnon ni gyfarfod nos Iau. Y Gymdeithas Sosialaidd. Dim ond cyfarfod busnes. Ond mae croeso ichi ddod.'

''Dydw i ddim yn meddwl, Gwylan—'

'Mi fydda' *i* yno, Harri. Mi fuaswn i'n hapus petaech chi'n dod.'

Addawodd Harri. Fe fyddai'n ei gablu'i hun wedi mynd oddi wrthi. Beth ddywedai Gwdig? Beth ddywedai'i gyd fyfyrwyr? Beth ddywedai'i dad, a'i fam, a phobol Dyffryn Aerwen . . .? Ond yr oedd wedi addo. Ac fe wyddai, wrth godi oddi wrth y bwrdd, y byddai'n cadw'i addewid.

12

I

Pan ddaeth nos Iau fe'i cafodd Harri'i hun wedi eillio ac ymolchi'n lân ac yn gynnar, wedi gwisgo'i grys sidan lliw hufen gyda thei a oedd ymron yn goch, ac wedi edrych lawer gwaith yn y drych.

'Bachan,' ebe Gwdig, 'ble'r wyt *ti'n* mynd heno mor bert?'

Yr oedd y gwir yn ormod i'w gyfaddef.

'I bwyllgor y Cymric. Rhyw ots?'

'Dim, dim, jiw, jiw. Dim ond bod y Cymric wedi ymbarchuso pŵer, gwlei, gan dy fod ti'n dishgwl mor neis, w. Ond 'na fe, gadawn i bethe fod. Pawb a'i fysnes, onte-fe?'

Taflodd Harri un olwg gigyddol ar ei gydletywr, ac aeth Gwdig i'r ffenest i chwerthin. Aeth Harri drwodd i'r gegin i ddweud wrth Mrs. Lewis am beidio â'i ddisgwyl i swper, ac am chwarter i saith union aeth allan.

Pan gyrhaeddodd y stafell bwyllgor yn y coleg yr oedd tri chomiwnydd yno. Mewn cadair freichiau y tu ôl i'r bwrdd yr oedd Bill Kent, yn amlwg yn gadeirydd y gymdeithas. Yn ei gwman ar gadair arall wrth y mur, a'r haul hwyr drwy'r ffenest ar ei wyneb melyn, eisteddai Lee Tennyson. Llanc eiddil o Lerpwl, gyda llygaid culion, o dad Seisnig a mam Sineaidd. Yn y cysgod wrth y mur arall yr oedd Ianto Rees o Gwm Dâr, ei wyneb yn fain ac yn welw ac yn frith gan greithiau glo, a dau lygad yn mudlosgi yn eu socedi. Fe allai Ianto siarad Cymraeg, ond pur anaml y gwnâi, gan ei fod yn ystyried y Gymraeg yn un o foethau dianghenraid bywyd. Syllodd y tri'n syn ar Harri pan ddaeth i mewn.

'Wrong room, brother,' ebe Ianto. 'This is a Soc-Soc meeting.'

'It's all right, Ianto,' meddai Bill Kent. 'He can come in if he wants to.'

Yr oedd yn amlwg fod Kent wedi cael rhybudd i'w ddisgwyl.

Eisteddodd Harri ar un o'r cadeiriau a oedd wedi'u gosod o gylch y stafell fach felen, yn teimlo mor estron ag Affricanwr. Yn rhyfedd iawn, fel yr oedd hynny'n mynd drwy'i feddwl, fe ddaeth Affricanwr i mewn. Francis Oroko, dwylath o hynaws-edd danheddog, a'i wyneb yn disgleirio fel eboni wedi'i rwbio.

"Devening, 'devening,' meddai Francis yn heulog wrth bob un yn ei dro, a phan eisteddodd ar un o'r cadeiriau wrth y mur yr oedd ei draed ar ganol y llawr, gan fod y rhan helaethaf o lawer o'i ddwylath yn goesau. Yr oedd y tri arall yn barchus iawn o Francis. Trinient ef fel math ar oen swci deallus, gan roi pob moethau iddo ond ei gusanu. Un o bennaf anghyfiawn-derau'r byd oedd y bar-lliw, ac yn eu hangerdd i ddileu hwnnw, aent allan o'u ffordd i anwesu pob dyn du.

Daeth un neu ddau arall i mewn, bechgyn na wyddai Harri cyn hynny eu bod yn gomiwnyddion, dim mwy na gwŷr Llafur go stans. Fel y deallodd wedyn, nid grŵp comiwnyddol pur mo hwn. Yr oedd y Gymdeithas Sosialaidd yn cynnwys cryn amrywiaeth, o aelodau pur chwith o'r Blaid Lafur i Staliniaid eirias.

Yr oedd y cloc wedi mynd heibio i saith pan benderfynodd Bill Kent ddechrau'r cyfarfod. Sylwodd Harri, er hynny, mai dyma'r gymdeithas fwyaf prydlon a welsai ef yn y coleg. Ond gyda galw ar Ianto Rees i ddarllen y cofnodion, agorodd y drws, a daeth Gwylan i mewn. Gwenodd ar bawb. Y tro cyntaf erioed i Harri'i gweld yn gwenu'n iawn.

'I'm sorry I'm late,' meddai. 'I've been trying to get my co-diggers to come. They may come later on.'

Hanner gododd Harri o'i gadair. Yr oedd ef wedi'i ddysgu i sefyll pan ddôi merch i'r ystafell. Ond pan welodd nad oedd osgo codi yn yr un o'r dynion eraill eisteddodd drachefn, a theimlo'n ffŵl. Ni chymerodd Gwylan un sylw ohono.

Er iddynt beidio â chodi, yr oedd y dynion yn falch o'i gweld. Traddododd Bill Kent anerchiad cryno o'r gadair yn datgan llawenydd y gymdeithas o'i chael i Fangor. Gwyddent amdani fel sosialreg frwd a gweithgar, un a wnaeth lawer ac a wnâi fwy. Disgwylient bethau mawr oddi wrthi ym Mangor. Yr oeddent yn siŵr y cynyddai'r gymdeithas dan ei hysbrydiaeth hi. Wedi'r anerchiad, curodd y dynion ddwylo. Gwridodd

Gwylan yn foddhaus ac ateb y geiriau caredig yn huawdl gan ymdynghedu, yn fyr, i droi'r coleg â'i wyneb i waered, a chyda'u cymorth hwy i wneud mwyafrif myfyrwyr Bangor yn sosialwyr cyn dyfod ei blwyddyn i ben. Curwyd y dwylo drachefn. Darllenodd Ianto Rees gofnodion cyfarfod a anerchwyd ym mis Mai gan gomiwnydd o'r Alban, ac aeth y cyfarfod rhagddo.

Nid edrychodd Gwylan ar Harri drwy gydol y cyfarfod mwy na phe na bai yno. Yr oedd wedi'i frifo braidd. Wedi'r cyfan, er ei mwyn hi yr oedd wedi dod. Ond, ar wahân i'r ysbeidiau mynych pan fyddai hi'n siarad ar fater, yn troi i annerch pob un ond Harri mewn dull ymosodol, a'i dwylo'n ategu'n brysur— ar wahân i'r ysbeidiau hyn yr oedd ei llygaid wedi'u gludio ar wyneb Bill Kent. Yr oedd mor barchus ohono ef ag ydoedd ef ohoni hi. Yr oedd Harri'n mynnu synhwyro'i fod yn rhywbeth mwy na pharch. Yr oedd yn falch ei fod wedi sgrifennu at Lisabeth ac wedi postio'r llythyr cyn dod. Ac yn falch, wedi'r cyfan, ei fod yn llythyr pur annwyl. Yr oedd hynny'n ei wneud yn ddihidio'n awr.

Amcan y cyfarfod, yn amlwg, oedd llunio rhaglen y gaeaf. Yr oedd y gymdeithas i gyfarfod, yn ôl ei harfer, unwaith bob pythefnos. Trefnwyd i gael Krishna Menon i annerch, i gynnal cyfarfod awyr-agored wrth gloc y dref, i gynnal gyrfa geiniog i godi arian at anffodusion y rhyfel yn Ewrop, i dderbyn her Plaid Cymru i ddadl gyhoeddus. Cynigiodd Lee Tennyson eu bod yn trefnu gorymdaith brotest drwy'r dref yn erbyn llywodraeth Franco yn Sbaen, ond pasiwyd i ohirio hynny nes dod gwledigaeth bellach. Wedi annog pob un i beidio ag ymarbed mewn ymdrech feunyddiol i gael aelodau newydd, cyhoeddodd Bill Kent fod y cyfarfod ar ben.

Pan oedd y dynion ar fedr codi dywedodd Gwylan fod ganddi un mater o bwys. Yn eu plith yr oedd cyfaill yr oedd hi'n siŵr na fu mewn cyfarfod o'r gymdeithas o'r blaen. Cyfeirio'r oedd at Mr. Harri Vaughan, a oedd ar hyn o bryd yn dilyn gwaith ymchwil yn y coleg. Yr oedd gan Mr. Vaughan ddiddordeb mawr yng ngwaith y gymdeithas; yr oedd ar fedr dod yn sosialydd. Fe fyddai hynny'n fuddugoliaeth o bwys i'r gymdeithas, gan fod Mr. Vaughan yn fab i un o dirfeddianwyr

120

Maldwyn, o deulu o uchel-Ryddfrydwyr dylanwadol. Fe garai Gwylan i'r gymdeithas glosio ato a'i dderbyn yn un ohonynt, gan y gallai ef arfer ei boblogrwydd er mantais fawr i Sosialaeth yn y coleg.

Murmurodd y dynion yn gefnogol, ac aeth un neu ddau mor bell â mynd at Harri i ysgwyd llaw. Nid aeth Ianto, fodd bynnag, na Lee Tennyson. Iddynt hwy, nid oedd dyn ariannog ucheldras i ymddiried ynddo nes oedd wedi ymadael â'i arian ac wedi cweryla â'i deulu ac wedi dod yn aelod chwerw ac ymladdgar o'r Parti. Y cynhesaf ei groeso i Harri oedd Francis Oroko. Cymerodd ef ddiddordeb mawr ynddo ar unwaith, gan ei ddallu bron â fflach ei ddannedd godidog. Wedi'r cyfan, i Francis, dyn gwyn oedd Harri fel y lleill, ac nid oedd dyn gwyn ond dyn gwyn, boed gomiwnydd neu beidio, un o'r hil feistri a oedd yn gyfrifol am adfyd ei hiliogaeth ef.

Ceisiodd Harri sleifio o'r ystafell. Ond galwodd Gwylan arno. Daeth Bill Kent ati a gofyn,

'Will you come and have supper with me, Gwylan?'

Ac atebodd hi,

'I'm sorry, Bill. Harry's already asked me to have supper with him.'

Dywedodd y Sais fod popeth yn iawn ac y caent swper gyda'i gilydd rywbryd eto, a dywedodd nos da a mynd. Ni allai Harri'n hawdd ddianc bellach.

''Roedd yn ddrwg gen i ddweud celwydd, Harri,' ebe Gwylan, 'ond 'roedd yn well gen i'ch cwmni chi heno na chwmni Bill Kent.'

'Ddwedwn i mo hynny wrth y llygaid addolgar oeddech chi'n eu plannu ar Kent heno,' atebodd Harri.

'Peidiwch â siarad nonsens, Harri,' ebe Gwylan, yn falch, er hynny, fod Harri wedi sylwi cymaint. 'Mae Bill yn gadeirydd da, ac 'roedd rhaid i minna' wneud argraff dda arno fo ac ar y gymdeithas y noson gynta'. Mae hynny'n hanfodol os ydw i i gael rhywfaint o ddylanwad. Dowch, rŵan. I b'le'r awn ni am swper?'

Awgrymodd Harri Westy'r Castell, ond ysgydwodd Gwylan ei phen.

'Rhy grand. Wnaiff hi mo'r tro i'r proletariat fwyta mewn lle felly. Fe awn ni i un o'r tai bwyta rhatach yng ngwaelod y dre.'

A dechreuodd y ddau gerdded drwy'r gwyll i lawr Ffordd Uchaf y Garth. Yr oedd Harri'n arogli persawr digon hyfryd, a hwnnw'n cyffroi rhyw atgof. Bu am rai eiliadau'n ceisio lleoli'r atgof. Yna fe gofiodd mai'r un persawr oedd hwn â'r persawr ar y llythyrau a dderbyniodd oddi wrth Gwylan yn yr haf. Daeth cynnwrf bach derbyn y llythyrau hynny'n ôl iddo, ac ar yr un foment llithrodd Gwylan ei braich drwy'i fraich ef. Yn gyfeillgar, megis. Cyfeillgar neu beidio, fe deimlodd Harri'i ben yn ysgafnu. Teimlodd yr un pryd yn anesmwyth. Yr oedd wedi tyngu i gadw cyfeillgarwch yn gyfeillgarwch. Yr oedd ei fodrwy ef ar fys yn Nyffryn Aerwen.

Yn sydyn, ar ganol y siarad politicaidd, meddai Gwylan,

'Oes arnoch chi isio swper, Harri? Wir-yr?'

'Wel, wn i ddim . . . Pam, Gwylan?'

'Meddwl oeddwn i . . . Mae'n noson braf. Hwyrach na welwn ni'r un noson mor braf â hon eto o hyn i'r 'Dolig. Fe ddylian ni, bobol hefo gweledigaeth, allu byw weithia' heb fwyd. Mae'n rhan o'n disgyblaeth ni.'

Teimlodd Harri y dylai gymryd safiad.

'Edrychwch, Gwylan. Os ydech chi yn erbyn imi wario arian arnoch chi, am unrhyw reswm bynnag, ga'i ofyn ichi roi'r syniad o'ch pen? Chewch chi ddim ordro pryd costus, 'rwy'n addo ichi—'

'Nid hynny, Harri.'

Sbïodd Gwylan i lawr, braidd yn sorllyd.

'Beth, 'te?'

'Wel . . . mae arna'i isio sgwrs hefo chi. 'Dach chi'n gweld, Harri, mae'r hogia' oedd yn y cyfarfod heno'n iawn, a 'dydi o'n wir ddim gwahaniaeth pwy ydi pwy os ydi o'n gomiwnydd. Ond, wedi'r cwbwl, Saeson a thramorwyr a Sowthmyn diwydiannol ydi comiwnyddion i gyd fel arfer. Mi fydd arna'i hiraeth am sgwrs hefo rhywun tebyg i mi fy hun—rhywun fel chi.'

Yr oedd hi mor syml yn dweud hyn fel y cymerodd Harri'r peth at ei galon. Yr oedd yn rhaid iddo ildio. Wedi'r cwbwl, yr oedd gofyn am sgwrs yn ofyn digon rhesymol, ac fe fyddai yntau'n afresymol yn gwrthod.

122

'Ar bob cyfri, Gwylan, os dyna ydi'ch dymuniad chi.'

Yr oeddent wedi sefyll i siarad ym mhen y ffordd sy'n arwain i'r dref. Troesant, yn hytrach, a'i chymryd hi dow-dow i lawr tua'r pier. Yr oedd hi'n serog, a buont am ysbaid yn sôn am y sêr. Yr oedd hi'n dawel, a buont yn sôn am dawelwch. Fe synnodd Harri nad merch boliticaidd galonsych oedd Gwylan, ond fod ganddi ddiwylliant natur go ddwfn, a dawn i deimlo awyrgylch.

Daethant at y pier. Yr oedd y llidiardau dan glo a dywedodd Harri,

'Mae arna'i ofn y bydd yn rhaid inni ddychwelyd mewn siomedigaeth.'

'Peidiwch â siarad fel llyfr, Harri. Fe ddringwn ni dros y giatiau. Codwch fi i fyny.'

Mae ganddi ewyllys gref, meddai Harri wrtho'i hun. Yr oedd hi'n anodd ei gwrthod, ac nid oedd ef am fod yn fabi a dangos bod arno ofn unrhyw ddigwydd. Cydiodd am ei chanol a'i chodi nes gallai gyrraedd pen y llidiardau. Wedi'i gollwng o'i ddwylo cafodd fod ei galon yn corddi'n gyflym. Ac nid am ei fod wedi colli'i anadl wrth ei chodi, o achos yr oedd hi'n ysgafn fel plu gweunydd. Dringodd dros y llidiardau ar ei hôl, ac aethant, fraich ym mraich, ar hyd y pier, a'u traed yn eco'n rhythmig ar y pren. Wedi cyrraedd pen draw'r pier, pwysodd y ddau ar y rheiliau ac edrych i lawr i'r dŵr tywyll yn rhwbio'n ddiog yn y sgaffaldiau ac yn gwreichioni'n gynnil yma ac acw gan y sêr.

'Edrychwch mor fyw ydi'r dŵr yma ac mor farw ydi colofnau'r pier,' meddai Gwylan yn isel. 'Mae Natur yn fwy na dyn wedi'r cwbwl.'

'Ydech chi'n credu hynna o ddifri, Gwylan?'

'Ydw.'

Mudandod eto, ac yn y mudandod yr oedd Gwylan, a'i braich trwy fraich Harri, yn tynnu'i bysedd hyd gefn ei law. Yn ddiarwybod, fel petai. Buont felly'n hir, heb siarad, heb symud dim. Yn y man dywedodd Gwylan,

'Ydi hi'n hwyr, Harri?'

Taniodd Harri fatsen i weld ei oriawr.

'Chwarter i ddeg.'

123

''Rwy'n meddwl rywfodd,' ebe Gwylan, 'fod yn well inni fynd. Mae gen i dipyn o waith sgwennu i'w wneud yn barod at yfory.'

'Fel y mynnoch chi, Gwylan.'

Teimlodd Harri ryddhad o gael cychwyn yn ôl heb wneud dim y byddai ganddo gywilydd ohono drannoeth. Ac eto, yr oedd rhyw wacter ynddo, fel dyn ar newynu wedi treulio awr yn aroglau popty ac yn gorfod mynd i ffwrdd heb fwyta. Trodd oddi wrth y rheiliau, a throdd Gwylan. Ond yn sydyn fe faglodd hi—diau fod yno raff neu ddarn o bren wrth eu traed yn anweledig yn y gwyll—a chydiodd ef ynddi i'w chadw rhag syrthio.

'Gwylan, ddaru chi frifo?'

'N-naddo,' meddai hi, 'ddim brifo.'

Ond symudodd hi ddim. Yr oedd yn dal i bwyso arno, ac yr oedd ei freichiau ef yn dal amdani. Yn gyflym, twymodd ei waed. 'Doedd hyn ddim yn iawn, ond go drapio, dyn oedd ef, nid gwleidydd. Ac yr oedd wedi cael digon o brofion bychain cynnil y noson honno mai fel dyn yr oedd hithau'n edrych arno ac yn cyffwrdd ag ef—

'Ga'i'ch cusanu chi, Gwylan?'

Yr oedd y cwestiwn o'i enau yn ddiarwybod iddo bron. Ond er ei syndod clywodd ei chorff yn tynhau a hithau'n ei datod ei hun yn araf, yn bendant, o'i freichiau.

'Na chewch, Harri. Ddylech chi ddim gofyn peth fel yna.'

'Ond wnes i ddim—'

'Gwrandwch, Harri. Mi wn ei fod o'n beth naturiol i ddynes, ond mae'n beth yr ydw i wedi'i wahardd i mi fy hun. Thâl hi ddim cymysgu serch â pholitics. I gyflawni'r gwaith yr ydw i wedi'i osod i mi fy hun mae'n rhaid wrth ddisgyblaeth ddur. Ac mae disgyblaeth yn golygu purdeb, er i'r purdeb frifo. I'ch cael chi'n gomiwnydd yr ydw i wedi ceisio'ch cwmni chi, nid i'ch cael chi'n gariad. Mae'n rhaid cadw'r ddau ar wahân. P'un bynnag, 'rydach chi wedi'ch dyweddïo i un arall.'

Yr oedd Harri'n fud. Nid gan siom, er bod peth siom. Nid gan gywilydd, er bod peth cywilydd. Ond gan edmygedd syfrdan difynegi. Yr oedd ymgysegru fel ymgysegru hon yn fflangell ar holl hunanoldeb Cristnogol ei hoes. Ac yn fflangell ar foethusrwydd ei fywyd ef.

Mewn distawrwydd trydan y cerddodd y ddau'n ôl hyd fyrddau diderfyn y pier. Wrth ei chodi y tro hwn i ben y llidiardau ni theimlodd Harri ddim cynnwrf o'i fewn. Yr oedd ei hymgysegru hi wedi cael cilfach ynddo ef.

Gyda sgwrsio difrif isel y cerddodd y ddau i fyny Ffordd Uchaf y Garth a throi tua'i lety hi. Sgwrsio am oferedd pob dim ond ymroddiad, gwegi pob dim ond gwaith. Safasant wrth lidiart ei llety, ac i Harri yr oedd rhywbeth tebyg i angyledd yn ei hwyneb gwelw yn y gwyll, gyda'i ddau lyn o lygad didwyll, du.

'Mi garwn i ysgwyd llaw â chi, Gwylan,' ebe Harri, ac yr oedd ei lais yn newydd. ''Rwy'n eich edmygu chi gymaint.'

Estynnodd Gwylan ei llaw iddo a dweud,

'Fe gawn ni lawer sgwrs eto, Harri. Fe ellwch chi a finna' symud bryniau, beth bynnag am fynyddoedd, hefo'n gilydd.'

Trodd, ac aeth i fyny'r grisiau i'r tŷ, a throi yn eu pen i godi'i llaw arno cyn diflannu trwy dywyllwch y drws. Aeth Harri'n araf tua'i lety yntau, yn meddwl, meddwl, meddwl. Ac yn edmygu.

13

I

Yr oedd yn fore rhewllyd yn Nhachwedd pan dderbyniodd Harri'r llythyr ystyrbiol oddi wrth ei chwaer. Yr oedd y tymor hyd hynny wedi bod yn ddiddigwydd. Yr oedd ei waith ymchwil yn magu ffurf, bywyd y coleg yn eitha' blasus fel o'r blaen, ei gyfeillgarwch platonaidd â Gwylan yn aeddfedu ac yn mynd yn brofiad dyrchafol. Byddai'n ei gweld hi ryw ben bob dydd ac yn cael swper gyda hi o leiaf unwaith bob wythnos. Yr oedd yn dechrau dod i gredu bod cyhwfan y faner goch uwch pob adeilad cyhoeddus drwy'r byd mor anochel â marw.

Heb eu disgwyl y daw pethau chwerw bywyd. Fel lladron yn y nos, pan fo dynion yn dawnsio. I dorri llawenydd ac i ffrwydro undonedd blasus byw.

Yr oedd Harri fel arfer yn hwyr i'w frecwast a gorfu iddo redeg i'w ddarlith gyntaf wedi cael dim ond cip bras ar lythyr Greta. Prin y gallod wrando ar y darlithydd. Ar ddiwedd y ddarlith, un frawddeg yn unig o nodiadau oedd ganddo ar ei lyfr. Gyda bod y ddarlith ar ben, aeth i'r llyfrgell i ddarllen y llythyr.

'F'annwyl Harri,' dechreuodd Greta'i llythyr fel arfer. 'Gobeithio dy fod yn iach fel yr ydym ninnau yma i gyd ond Mam . . .' Cododd Harri'i ben i bensynnu. Yn araf, tynnodd lun ei fam o'i waled a syllu arno'n hir. Pe digwyddai rhywbeth iddi hi, nid oedd yn gweld pa lawenydd a fyddai iddo ef mewn byw. Yr oedd cynifer o gyfrinachau rhyngddynt ill dau, a byddai claddu'r cyfrinachau mewn bedd yn awr, cyn iddo allu derbyn yr un ferch arall yn llwyr i'w gyfrinach, yn sugno pob synnwyr o fywyd.

Ond yr oedd ail ran y llythyr yn ei gynhyrfu'n fwy hyd yn oed na'r cyntaf.

'Ddoe, fe ddanfonodd 'Nhad Wil James oddi yma. Yr oedd wedi mynd yn annioddefol erstalwm, ac yn wir, yr wyf yn teimlo rhyddhad mawr ar ôl iddo fynd. Ond un drwg yw Wil James, ac mi wn na fydd yn fodlon nes bydd wedi talu'n ôl . . .'

Darllenodd Harri drwy'r hanes a'i ael yn crychu fwyfwy. Sibrydodd toc, 'Y cna'!' ac ymhen ysbaid wedyn, 'Karl druan!' Wedi darllen y llythyr, cododd ei olygon a rhythu ar y bwrdd o'i flaen. Pa faint o'r hanes yr oedd Greta wedi'i ddweud? Hyd yn oed os dywedodd hi'r cwbwl a wyddai, yr oedd Harri'n siŵr na wyddai hi mo'r cwbwl.

II

Wedi rhedeg i fyny ac i lawr y grisiau drwy'r dydd yr oedd Greta wedi blino. A thipyn yn chwerw. Nid nad oedd hi'n fodlon tendio ar ei mam a'i nyrsio drwy fisoedd o afiechyd. Ond yr oedd braidd yn annheg fod y cyfan wedi disgyn arni hi. Yr oedd ei thad yn gallu pryderu, ond 'doedd pryderu ddim yn gwella claf. Yr oedd Harri i ffwrdd ym Mangor ac yr oedd hi wedi peidio â sôn yn ei llythyrau am salwch ei mam rhag ei flino a'i dynnu adref o ganol ei waith. Yr oedd Lisabeth y Trawscoed yn galw'n bur ffyddlon ac yn barod i helpu, ond teimlo'n ddistaw bach yr oedd Greta mai er mwyn creu argraff ar Harri yr oedd Lisabeth yn galw, ac nid o gydymdeimlad gwir. Yr oedd Mrs. Roberts yn dod i fyny bob yn eilddydd o Ddyddyn Argain, ac er ei bod hi'n hen yr oedd hi'n abal ac yn ewyllysgar.

Ond yr un a fu fwyaf o gefn i Greta yn ei threial oedd Karl. Fyddai Wil James a Terence, wrth gwrs, byth yn gofyn a oedd ei mam yn well. Dod i mewn i fwyta dair gwaith y dydd a mynd allan, heb na sôn na sylwi, yn union fel petai popeth fel arfer. Ond am Karl, yr oedd ef fel angel gwarcheidiol, yn yr encilion, bid siŵr, ond bob amser wrth law pan oedd ei eisiau arni. Weithiau, pan âi hi i'r gegin, fe fyddai'r llestri i gyd wedi'u golchi, fel gan dylwyth teg. Byddai coed a glo ar y tân pan oedd hi'n meddwl mynd i'w cyrchu. Byddai llestraid o flodau ffres ar y bwrdd i'w mam, moddion a thabledi'r meddyg yn cyrraedd cyn pen awr wedi i'r meddyg ymadael.

Nid oedd ond un a allai fod yn gyfrifol am y meddylgarwch cwbwl hynod hwn. Ond yr unig adeg na fyddai Karl ar gael oedd pan fyddai arni eisiau diolch iddo.

Fodd bynnag, yr oedd Karl heddiw wedi gofyn peth braidd yn eithriadol. Wedi gofyn amser te am gael dal y bws i Henberth cyn i'r siopau gau. Dywedodd hi wrtho am fynd ar ei union. Cododd Karl oddi wrth y bwrdd gan ymesgusodi cyn i'r lleill orffen. Gwelodd Greta Wil James a Terence yn edrych arno mewn ffordd braidd yn od fel yr âi drwy'r drws. Ond ni feddyliodd ragor am y peth.

Wedi i'r dynion fynd aeth Greta i fyny'r grisiau i ofyn a oedd angen rhywbeth ar ei mam. Gorweddai Margaret Vaughan yn llonydd yn y gwely dwbwl mawr, a dywedodd Greta wrthi'i hun fod yr wyneb hardd wedi teneuo'n fwy ers mis nag a wnaethai cynt ers deng mlynedd. Yr oedd y gwefusau tyner yn graciau mân ac yn dragwyddol sych. Y dwylo'n ddi-waed ac yn ddireolaeth ar y cynfas. A'r gwallt tonnog, a oedd yn frith er pan allai hi gofio, wedi mynd cyn wynned â'r carlwm.

Aeth pwl o gasáu drwy Greta. Am eiliad, aeth y wraig yn y gwely'n ddiarth iddi, yn ddim ond teyrn diarwybod mewn croen am asgwrn, yn ei chadw hi'n gaeth ac yn cadw'i thraed i redeg, rhedeg, rhedeg. Yn gwella am fis, yna'n mynd yn ôl i'w gwely am fis arall. Yn codi'i gobeithion hi, Greta, dim ond i'w malu drachefn.

Ond pan sylweddolodd Greta'i bod hi'n meddwl y meddyliau hyn, torrodd chwys ar ei thalcen. Daeth y wraig ddiarth yn y gwely'n fam yn ôl, yr un a'i dug hi i'r byd trwy boen a rhoi sugn iddi a'i gwylio hithau yng nghlefydau'i phlentyndod bregus. Petai hi'n marw, meddyliodd Greta, petai hi'n marw, petai hi'n marw . . . Trodd oddi wrth y gwely, yn penderfynu na châi'r meddyliau drwg byth groesi trothwy'i hymennydd mwy.

Clywodd guro ar y drws. Gwyddai Greta fod ei thad wedi mynd i fugeilio'i ddefaid ac nad oedd neb yn y tŷ i ateb y curo. Yr oedd yn siŵr mai'r gweinidog oedd yno, ac aeth i lawr. Daeth y curo wedyn cyn iddi gyrraedd, a brysiodd. Beth oedd y brys ar yr hen Dynoro heno? Agorodd y drws, a safodd yn syn.

'Paul!'

Yr oedd Paul a hithau ym mreichiau'i gilydd, ac er ei syndod, fe'i cafodd Greta'i hun yn colli dagrau ar ei ysgwydd. Yr oedd cael pwyso ar rywun a allai ymdrin â'r sefyllfa yn rhyddhad fel dod allan o garchar.

'Gret darling,' meddai Paul, a'i wefusau'n gynnes yn ei gwallt, 'this has been too much for you.'

Sychodd Greta'i llygaid yn frysiog a'i dynnu i'r tŷ ar ei hôl. Yr oedd Paul yn syllu arni, yn porthi'i lygaid arni. Fe ddaethai i'w gweld pan gafodd ei lythyr adeg cystudd cynta'i mam ddau fis yn ôl, ond yr oedd dau fis wedi bod fel dwy flynedd.

'You're thinner, Gret,' meddai. 'You need a holiday. But we'll talk of that later. I want to see your mother at once.'

Fe'i hadnabu Margaret Vaughan ef, a cheisiodd ddal ei llaw iddo a gwenu'n wan. Ond cwympodd ei llaw yn ôl ar y cynfas a chaeodd ei llygaid a throdd ei phen gydag ochenaid. Siglodd Paul ei ben ac aeth ar ei union o'r ystafell ac i lawr i'r neuadd. Dilynodd Greta ef a'i chalon yn curo fel morthwyl. Gofynnodd i Paul a oedd y gwaeledd yn ddifrifol. Oedodd ef am ysbaid cyn ateb. Oedd, yn ddifrifol iawn. Pa mor ddifrifol, gofynnodd hithau. Aeth Paul drwodd o'i blaen i'r parlwr mawr a sefyll yn y ffenest lydan.

'She may get better,' meddai, 'for a time. But only an operation will cure her. And even an operation means a risk. The surgeon who undertakes it will have to stake his reputation on it. And only a man who had a very special reason for wanting to cure your mother would be likely to do that.'

Syllodd Greta ar ei gefn llydan rhyngddi a'r golau, y cefn nobl yr oedd wedi methu'i garu ac eto a allai gario beichiau'i bywyd bob un. Gofynnodd a fyddai ef yn fodlon mentro. Byddai. Heno? Na, fe fyddai'n rhaid iddo gael ei mam yn y 'sbyty i'w chryfhau'n gyntaf. Gofyn am waeth trwbwl fyddai gweithredu'n awr. Yr oedd hi'n llawer rhy wan. Ond dywedodd Greta fod Dr. Owen yn erbyn llawdriniaeth.

'Damn him!' Dechreuodd Paul gerdded hyd a lled y parlwr mawr fel teigr mewn cell. 'You Welsh people need civilizing. That a fussy old man in a sleepy Welsh village should have the power of life and death over your mother sucks the soul out of me. He ought to be put in solitary confinement on bread and water. And I mean it.'

Dadleuodd Greta na allent fynd dros ben Dr. Owen a'i anwybyddu. Yr oedd cyfeillgarwch meddygon Llanaerwen a theulu Lleifior yn rhan o draddodiad yr ardal. Gofynnodd Paul i Greta pa un oedd bwysicaf iddi hi, traddodiad ardal ynteu bywyd ei mam. Bywyd ei mam, wrth gwrs, meddai hi, ond ni fyddai'r bywyd hwnnw'n werth ei fyw wedi'i ladrata, megis, o ddwylo'r hen feddyg teulu. Fe fyddai gwarth ar deulu Lleifior na fu arno erioed o'r blaen.

'It seems, then,' meddai Paul, 'that there's no more to be said. I don't want to tell you how foolish you are. You may find that out for yourself. Bitterly. God grant you will not. I have to go now. I shall have lives to save in the morning.'

Ac aeth yn gyflym drwy'r neuadd gan adael Greta wedi gwreiddio ar lawr y parlwr mawr, yn methu yngan gair. Ond cyn iddo fynd, trodd yn y drws a dweud,

'You need not write to me, Greta. To hear of your mother would only mean unnecessary pain to me now, because I disclaim all responsibility. However, if you should ever need me, you have my address.'

A chaeodd y drws ar ei ôl.

Clywodd Greta beiriant y *Gloria*'n tanio, a'r car yn mynd i lawr y dreif ac allan i'r ffordd. Pan dawodd ei sŵn, trodd a rhedeg yn wyllt i'r gegin a thaflu'i chorff i gadair a'i phen ar y bwrdd. Nid bod Paul wedi cerdded allan o'i bywyd oedd yn ddychrynllyd, er bod hynny'n ei brifo, ond ei bod hi wedi gwrthod aberth dihafal yr oedd yn barod i'w wneud, a'i wneud am ei fod yn ei charu hi. A'i bod hi hwyrach, hwyrach yn sicir, wedi arwyddo tystysgrif marwolaeth ei mam. Plannodd ei dwylo'n dynn, dynn ar ei llygaid ac wylodd yn chwerw dost.

III

Llamodd Karl i fws Llanaerwen fel yr oedd yn gadael sgwâr Henberth. Bu agos iddo'i golli. Yr oedd ganddo gyn lleied o amser i siopa. Ac am fod yr amser mor brin nid oedd wedi cael digon o gyfle i ddewis. Fe brynodd y peth gorau a allai, ond buasai'n caru cael mwy o amser i fod yn siŵr.

Drannoeth yr oedd pen-blwydd Greta. Byddai Karl yn cofio

pen-blwydd pob un o deulu Lleifior, a chyda chred Almaenwr mewn anrhegion fe fyddai'n gofalu am anrheg i bob un. Fe fyddai'n gwario'n sylweddol ar anrheg Edward Vaughan ac anrheg Mrs. Vaughan ac anrheg Harri, ond yr oedd anrheg Greta bob tro yn costio ychydig mwy. Yr oedd y teulu wedi sylwi ar hynny, ond nid oedd neb yn dweud dim. Fe fu Greta'n ffefryn gan bawb erioed, ac ni fyddai'n syn iddi fod yn ffefryn gan Karl. Fe wyddai Greta, fodd bynnag, ei bod hi'n fwy na ffefryn.

Nid bod Karl wedi dweud hynny wrthi. Ni ddywedodd air wrthi ar hyd y pum mlynedd y bu yn Lleifior am y cariad a oedd ynddo. Gadawodd i'r cariad hwnnw losgi'i gyfansoddiad ddydd ar ôl dydd heb ei ollwng allan trwy nac ystum na gair. Byddai yn ei lygaid weithiau pan gwrddent yn ddirybudd â'i llygaid hi. A byddai yn yr anrhegion mwy dethol y byddai'n eu rhoi yn ei llaw ar fore Nadolig ac ar fore'i phen-blwydd. Ond dyna i gyd. Fe wyddai Greta'i fod yno. Ac fe wyddai Karl ei bod hi'n gwybod. Ac fe wyddai ambell un arall. Wil James, er enghraifft.

Yfory, fe fyddai Greta'n un ar hugain. Fe'i cofiodd Karl hi'n ddwy ar bymtheg pan ddaeth i Leifior, ond hyd yn oed yn ddwy ar bymtheg yr oedd hi'n edrych yn hŷn. Yr oedd hi wedi datblygu, gorff a meddwl, yn gynt na llawer merch o'i hoed. Ac er nad oedd hi'n wir fawr mwy na phlentyn yr adeg honno, fe greodd gryn hafog ar galon Karl. Yfory, fe fyddai hi'n un ar hugain, ac yr oedd Karl wedi prynu blwch hardd ac ynddo hanner dwsin o boteli bychain, ac ym mhob potel bersawr gwahanol, pob persawr yn ddigon i wirioni geneth ac i gynhyrfu dyn. Yr oedd Karl wedi rhoi dwybunt am y blwch; yr oedd yn flwch o Baris. Wrth edrych arno, dechreuodd deimlo'n falch o'i bwrcas. Yr oedd ymron yn deilwng ohoni hi.

Safodd y bws gerllaw rhes o dai hynafol, ac wedi gollwng hen wreigan a'i basged, ailgychwyn. Edrychodd Karl drwy'r ffenest, neu'n hytrach, iddi. Yr oedd yn dywyll allan, a'r tywyllwch yn dewach am ei fod wedi'i gymysgu â niwl. Byddai taith bws bob amser yn hwy yn y tywyllwch. 'Doedd dim i edrych arno ond eich llun yn y ffenest yn eich ymyl a gwarrau'r teithwyr yn y seddau o'ch blaen. Yr oedd y daith yn hwy fyth heno, am fod gan Karl anrheg mor fregus werthfawr yn ei feddiant.

IV

Chwythodd Terence yr ewyn ar ben ei wydryn stowt, yn union fel y gwnaethai yfwr profiadol. Nid dyma'r tro cyntaf iddo yfed stowt. Hyd yn oed cyn iddo gyrraedd deunaw yr oedd, ar drip i Lerpwl neu Blackpool, wedi mynd gyda'r bechgyn i dafarn ac wedi penysgafnu ar lasiaid neu ddau o stowt neu gwrw. Ond dyma'r tro cyntaf erioed iddo yfed yn y Crown, y tro cyntaf erioed yn Llanaerwen. Ac ni fuasai yn y Crown heno oni bai am Sheila.

Aeth pigyn o boen drwyddo wrth feddwl amdani. Yr oedd wedi colli'i ben arni, fel y bu wirionaf. Fe fu rhai o'r bois yn ceisio'i berswadio droeon nad oedd hi ddim yn ddel, mai wyneb digon plaen oedd ganddi pe gallai edrych arni'n ddiduedd. Ond yr oedd wedi methu'i gweld hi'n un blaen. Yr oedd hi'n hardd iddo ef, ac yn swynol, ac yn rhyfedd o annwyl. Diau, fe gâi bwl bach o ddiflastod weithiau, wedi caru. Ond erbyn nos trannoeth byddai hwnnw wedi mynd, ac yntau'n barod eto i wynfydu ac i ddotio arni. Yr oedd wedi byw ynddi ac erddi ac iddi hi.

A neithiwr, ar ddiwedd noson a oedd yn fethiant fflat, yr oedd hi wedi dweud wrtho na allai mo'i ganlyn mwy. Diolchodd am ei holl garedigrwydd iddi. Yr oedd hi'n ofni nad oedd hi'n ffît iddo. Yr oedd yn ddrwg ganddi. Ond yr oedd yn rhaid i'r peth orffen. Yr oedd hi wedi cwrdd â rhywun yn y dre, ac yr oedd hi a hwnnw wedi rhyw gydio yn ei gilydd. Gobeithio y maddeuai Terence iddi. Gobeithio y parhaent yn ffrindiau.

Aethai Terence adref i wely di-gwsg. Aethai i Leifior i ddiwrnod di-waith. Yr oedd sylfaen ei fywyd wedi rhoi. Yr oedd wedi penderfynu peidio â dweud wrth Wil James, am fod hwnnw wedi'i rybuddio droeon nad oedd Sheila dan y paent ddim gwahanol i ferched eraill, ac y dôi i ryw drybini neu'i gilydd o'i charu'n rhy glòs. A byddai cyfaddef yn awr mai Wil James oedd yn iawn wedi'r cyfan yn estyn hollwybodaeth ar

132

blât i'r crafwr hwnnw. Ond gŵr craff oedd Wil James. Fe ddarllenodd fudandod Terence mor hawdd â darllen ei bapur Sul.

''Rwyt ti'n ddistaw gythgam heddiw, Terence.'

'Nac ydw i.'

'Wyt, nen duwc. Be' mater?'

'Dim byd.'

'Allan â fo. Elli di ddim twyllo hen dderyn. Mae hi wedi rhoi dy gardie iti neithiwr. Reit?'

'Meindia dy fusnes.'

''Roeddwn i'n meddwl. Mi ddwedes i ddigon. Wrandet ti ddim. Bysedd yn tân. Llosgi bysedd. Ow, ow!'

'Wnei di adael llonydd imi'r —!'

'A! Dim geirie mawr, plis. Wyddost ti beth wyt ti eisie? Llond dy berfedd o stowt coch, cynnes. Ac wedi cael dau neu dri, fydd dim mwy o ots am Sheila na phetase hi'n beg ar lein ddillad. I'r Crown heno, was. Ty'd i lawr i'r tŷ 'cw erbyn pum munud i chwech. Mi fydda' i'n barod.'

A dyma fo, wrth fwrdd bach crwn ym mharlwr y Crown, y tân yn twymo'i goesau a'r stowt yn twymo'i frest, yn dechrau teimlo'n ddyn o'i gorun i fodiau'i draed. Safai Wil James wrth y ffenest yn edrych i'r niwl, a gwydraid o whisgi yn ei law. Ni fyddai Wil James byth yn yfed whisgi ond ar achlysuron arbennig neu pan fyddai ganddo ryw orchwyl o'i flaen yn gofyn mwy o nerth na'i gilydd.

Nid oedd ond hwy'u dau yn y parlwr. Yr oedd lleisiau dau neu dri am y pared â hwy yn y bar. Dyna i gyd. Yr oedd yn rhy gynnar eto i liaws yfwyr y pentref. Ond yr oedd Wil James wedi gofyn i Perkins y perchennog am gael defnyddio'r parlwr yn breifat am awr neu ddwy. Yr oedd ganddo fusnes. Yr oedd yn disgwyl un arall i mewn. Trodd yn ddiamynedd o'r ffenest.

'Fe fydd bỳs Henberth yma cyn inni droi,' meddai. 'B'le gythgam mae'r Robin 'na?'

Llyncodd weddill ei whisgi ar un llwnc a chanu'r gloch. Yr oedd gwrid newydd yn cynnau ar ei fochau pantiog a haen o sglein ar ei lygaid. Edrychodd ar Terence drwy'r sglein.

'Ydi o'n dda, was?'

'Ydi.'

'Mi gei beth cryfach mewn munud pan ddaw Robin.'

Brathodd Perkins ei wyneb lleuad rew heibio i'r drws.

'Yes, Bill?'

'Another double, Perkins. With soda.'

'Yes. Anything for the lad?'

'A light ale for now.'

Diflannodd y lleuad rew a chaeodd y drws. Taniodd Wil Wdbein. Teimlodd Terence wendid yn ei wefusau ac awydd anorthrech i wenu.

'Pam na cha' i'r un peth â ti rŵan, Wil?' gofynnodd, yn teimlo'n gynnes tuag at ei noddwr.

'Rhag iti fynd yn sâl, y cwb. Fyddi di'n dda i ddim yn chwydu dy berfedd hyd y ffordd 'na. Fe gei di dy ffîsig cyn mynd allan i'r oerni.'

Agorodd y drws fel gan wynt, ac yno safai'r cymeriad hynod a adweinid yn Llanaerwen fel Robin Bol Uwd. Crymffast penfoel gyda breichiau fel pyst lamp a'r gorffolaeth enwocaf y tu uchaf i Henberth. Ond er gwaetha'r nodweddion nerthol hyn, llygaid baban oedd ganddo.

'B'le andros y buost ti'r Bol Uwd?' cyfarthodd Wil James. ''Rwyt ti hanner awr ar ôl dy amser.'

'Gweithio'n hwyr,' ebe Robin, mewn llais annisgwyl ferchetaidd.

'Gweithio'n hwyr, dy nain! Wyddost ti ddim mai gwaith ydi'r peth ola' ddylai gadw dyn oddi wrth ei sbort?'

'Gwn, tad, gwn, tad,' ebe Robin, gan chwilio'n brysur am gadair y gallai eistedd ynddi heb ei thorri. 'Do 'mi ddiod.'

Agorodd y drws drachefn a daeth Perkins i mewn, a ffedog wen o'i flaen, yn cario hambwrdd ac arno wydryn o gwrw golau a gwydryn o whisgi.

'Bring more glasses,' ebe Wil, 'and a bottle of Scotch,' gan dalu i Perkins am a gafodd eisoes.

Wedi i'r botel ddod, eisteddodd y tri o gwmpas bwrdd bach yn union o flaen y tân. Llanwodd Wil James wydryn Robin â whisgi a gorchymyn,

'Yf hwnna ar dy dalcen.'

Ufuddhaodd Robin, a thynnu wyneb sur.

'Ach-y-fi!' poerodd. 'Dda gen i mo'r stwff. Mi fuase'n well gen i alwyn o gwrw.'

'Weithie fo ddim yn ddigon buan arnat ti,' ebe Wil. 'Rhaid dy roi di mewn tiwn mewn ugain munud.'

Rhythodd y Bol Uwd o'i flaen. Yr oedd ei wydryn yn llawn eto. Llyncodd hwnnw yr un fath â'r llall, tynnu wyneb eto, sychu'i geg, a gofyn,

'Rŵan, be' 'di'r gêm?'

Llanwodd Wil James wydryn Robin a'i wydryn ei hun, a threulio munudau meithion wrthi fel wrth gyflawni defod, gan roi amser i'r peth a yfodd Robin eisoes ddechrau ystwytho'r tymherau. Yna, gwyrodd yn araf dros y bwrdd a phlethu'i freichiau o'i flaen ac edrych ym myw'r llygaid baban.

'Mi gollaist ti dy frawd John yn y rhyfel, Robin,' meddai'n bwyllog.

'Do, pam?'

'Wyddost ti b'le lladdwyd o?'

'North Affrica.'

'Yf dy whisgi.'

Ufuddhaodd Robin, a llanwodd Wil ei wydryn am y pedwerydd tro.

'Wyddost ti b'le claddwyd o?'

'Na wn i.'

'Wyddost ti, ynte, *pwy* lladdodd o?'

'Na wn i. Blydi Jyrman.'

'Ie, siŵr. Yf dy whisgi.'

Robin yn ufuddhau. Wil James yn llenwi'i wydryn am y pumed tro.

'Fuaset ti'n licio cyfarfod y Jyrman hwnnw?' gofynnodd Wil.

Neidiodd llygaid y Bol Uwd yn ei ben.

'Lle mae o?' gwichiodd. 'Ydi o yn ymyl?' A throdd i chwilio'r stafell yn wyllt, fel petai'n disgwyl gweld llofrudd ei frawd yn llechu yn un o'r corneli.

'Nac ydi, Robin. 'Dydi o ddim yn y Crown,' meddai Wil yn wastad. 'Ond mae 'na Jyrman yn dod ar y bỳs o Henberth heno—mi fydd yma ymhen deng munud—y Jyrman sy'n gweithio gyda Terence a fi. Yn North Affrica'r oedd hwnnw'n ymladd—'

135

Neidiodd Robin ar ei draed.

'Hwnnw laddodd John bach?'

Cododd Wil James hefyd.

'Paid â gweiddi, Robin,' sibrydodd yn bryderus. ''Does dim eisie i bawb glywed. Cofia, alla'i ddim dweud mai fo laddodd John. 'Does dim modd gwybod.' Ond fe wyddai Wil nad oedd Robin mewn cyflwr rhesymu, ac nad oedd modd bellach oeri'r dymer yr oedd ef wedi'i chynhyrfu mor fedrus. Yr oedd yr awgrym wedi mynd yn ddiogel i'w soced.

Yr oedd torchi'i lewys yn ail natur i'r Bol Uwd oherwydd ei faintioli anferth. Torchodd hwy'n awr.

'Mi'i lladda'i o,' meddai, 'mi'i lladda'i o!'

'Hanner munud,' ebe Wil, ''dydi'r bỳs ddim wedi cyrraedd eto. Cymer lasied arall gael iti fod yn gry'.'

Cythrodd Robin i'r botel a'i rhoi wrth ei wefusau, ond cymerodd Wil hi oddi arno.

'Ddim i gyd chwaith, gyfaill,' meddai, gan dywallt peth o gynnwys y botel i wydryn Terence. 'Dyma ti. Gorffen hi rŵan.'

Tra bu Robin yn drachtio gwaelod y botel, aeth Wil at y ffenest. Toc, clywodd rwnian bws yn dod i fyny'r ffordd a thynnodd ei oriawr o boced ei wasgod. Er gwaetha'r niwl yr oedd y bws ar ei amser. Gwelodd ei ffurf dywyll yn sefyll gyferbyn ag ef yn y stryd a'i lampau'n taflu dau baladr byr o olau i'r niwl. Disgynnodd nifer o ffurfiau ohono a chychwynnodd un ffurf dal, heini, i fyny'r ffordd tua Lleifïor. Arhosodd Wil nes iddo fynd ganllath neu well i ffwrdd, yna trodd at y lleill.

'Mae o wedi dod, bois.'

'R-r-r-reit!' ebe Robin, yn taro'i ddwylo'n drwm ar y bwrdd i godi, a thân y parlwr yn gweld ei lun yn ei lygaid. Daeth eisiau chwerthin ar Wil wrth weld Terence a'r Bol Uwd, y ddau am y mwyaf sigledig, yn nofio trwy ddrws y parlwr.

Yr oedd effaith y niwl oer y tu allan ar y tri yn rymus i'r eithaf. Rhoddodd y Bol Uwd ebwch dolefus o gân nes i Wil James roi'i ddwrn yn ei feingefn i'w ddistewi. Yr oedd Terence yn hanner dawnsio ac yn chwyrlïo'i ddyrnau fel esgyll melin. Gallasai wynebu hanner dwsin o Almaenwyr helmog bidogus heb droi blewyn, a'u gadael yn glytiau yn eu gwaed. Yr oedd

Wil James yntau'n ddewrach dyn nag y bu ers misoedd. Ofnai iddo fod yn dipyn o fabi yn gwahodd y llabwst mawr i wneud yr anfadwaith drosto. Yn y niwl, fe allasai ef wneud y gwaith heb ei nabod gan neb. Fodd bynnag, yr oedd y tri bellach yn y cynllwyn, a waeth gorffen y gwaith gyda'i gilydd wedi'i ddechrau.

Rhag colli Karl yn y niwl, gan ei fod yn gerddwr mor gyflym, cydiodd Wil, y sobraf o'r tri, ym mreichiau'r ddau arall a'u llusgo 'mlaen. Rhag i Karl eu clywed yn dod, aethant ar hyd y llain glaswellt gydag ymyl y ffordd. Cyn dod i gamfa Coed Argain gwelsant gwmwl bychan o oleuni'n siglo o'u blaenau. Yr oedd yn amlwg fod gan Karl fflachlamp. Gallent ei ddilyn yn well. Gwelsant olau'r fflachlamp yn croesi'r gamfa. Croesodd y tri y gamfa ar ei ôl. Wrth groesi, bachodd troed y Bol Uwd yn y ffon uchaf a syrthiodd ar ei wyneb ar y llwybyr yr ochor arall. Rhegodd yn hyglyw a chrensian ei ddannedd fel dafad fwyteig. Gwelodd Wil olau'r fflachlamp yn sefyll, a ffurf Karl fel petai'n troi'n ôl i edrych. Rhegodd Wil yntau dan ei anadl ac ymatal â holl rym ei ewyllys rhag cicio'r Bol Uwd lle'r oedd dyneraf ei gnawd. Ond aeth y golau yn ei flaen, ac anadlodd Wil James ryddhad.

Tybiodd Wil yn awr ddyfod yr amser i weithredu. Ond gydag iddo feddwl hynny goleuodd y niwl uwchben. Edrychodd i fyny, ac er ei ddychryn canfu amlinell lleuad fel ceiniog welw wedi'i chrogi ym mrigau'r coed. Wrth gwrs, yr oeddent wedi dringo, ac nid oedd niwl ond ar lawr y dyffryn. Melltithiodd Wil ei ddylni, ac am funud bu agos iddo benderfynu troi'n ôl. Ond yng ngrym y whisgi, ailgyneuodd ei gas at y ffurf a oedd yn dringo drwy'r coed o'i flaen, a dywedodd wrtho'i hun na ddôi cyfle fel hwn byth eto. Llusgodd y ddau arall i fyny'r llwybyr creigiog, gwreiddiog, ar ei ôl.

Yr oedd Karl wedi sefyll ac yn syllu o'i gwmpas. Daeth y tri i'w ymyl a dim ond tro yn y llwybyr yn eu cuddio o'i olwg. Gallent ei weld yn glir erbyn hyn. Yr oedd wedi diffodd y fflachlamp ac yr oedd y lleuad yn llawn ar ei wyneb golygus. Yr oedd yn syllu i lawr i'r dyffryn lle'r oedd y niwl yn gorwedd fel môr o wlân, a Llanaerwen o'r golwg dano. Yn ei law gwelodd

Wil James barsel bychan, a rhoes y whisgi ynddo syched anniwall am wybod beth oedd yn y parsel.

Pwniodd y Bol Uwd yn nerthol yn ei ystlys gigog nes i hwnnw duchan, a sibrydodd Wil,

'Rŵan.'

Cododd y Bol Uwd i'w lawn uchder a chrafangu drwy'r prysgwydd i fyny at Karl. Trodd Karl ei ben a syllu arno'n syn. Cyrcydodd Wil a Terence lle na allai Karl mo'u gweld, a sibrydodd Wil,

'Rŵan, Terence, 'y ngwas i, mi gawn ni weld faint o ffeit sydd ar ôl yn y Jerri. Os oes 'na dipyn o gythrel y *Panzer Divisions* ynddo o hyd, mi gawn ni hwyl. Mi gnocith Robin dipyn o'r sanctaidd ohono, beth bynnag.'

Cododd y ddau eu llygaid i'r lle y safai'r ddau arall uwchben yng ngolau'r lleuad. Yr oedd y ddau o'r un taldra, ond fod y Bol Uwd, yn herwydd ei drwch a'i led, yn debyg i arth yn ymyl Karl. Yr oedd y Bol Uwd yn llefaru.

'Ha-lô, Jerri bo-oi!'

Yr oedd ei lais ffalseto'n torri'r oerni arian fel siswrn, a phenderfynodd Terence na fuasai'n newid dau le â'r Almaenwr am bris yn y byd; wynebu moelyn meddw mawr gyda llais merch ar noson olau-leuad yn unigrwydd Coed Argain. Tynnodd Terence ei gôt yn dynnach amdano.

'Noswaith dda,' meddai Karl, heb gryndod, a'i lais clir, gwastad yn dwyn realaeth yn ôl i'r ffantasi oerllyd.

Siglodd y Bol Uwd yn ansicir, a thybiodd Wil James ei fod am ildio o flaen llygaid cyson Karl.

'Cofia John bach, Robin,' ebe Wil mewn llais diarth rhag i Karl ei nabod. Sylweddolodd Karl fod rhywun arall yn y prysgwydd odano a throdd ei ben i edrych. Y foment y trodd ei ben, anelodd y Bol Uwd ei ddwrn gordd at ochor ei wyneb. Gallesid clywed y glec hanner milltir i ffwrdd yn y tawelwch hwnnw. Disgynnodd Karl ar ei liniau. Siglodd y Bol Uwd tuag ato.

'Gorffen o, Robin,' ebe Wil James eto yn y llais diarth. Ond yr oedd Karl unwaith eto ar ei draed. Pryderodd Wil James. Yr oedd yn siŵr fod Karl am ymladd, ac yr oedd ganddo un fantais fawr ar y Bol Uwd yn gymaint â'i fod yn gwbwl sobor. Ond y

138

cyfan a wnaeth Karl oedd edrych i fyw llygad y crymffast a gofyn,

'Gyfaill, pam y gwnewch chi hyn i mi?'

'Pam?' gofynnodd y crymffast. Yna gollyngodd sgrech ffalseto ddigon i fferru gwaed y cadarnaf. 'Chi'r Jerris laddodd John bach! Lladd John baaaach-y!'

A chyda hynny fe'i bwriodd ei hun ar Karl, a dechrau'i bwyo, ddwrn chwith a dwrn dde, a holl bwysau'i gorff anferth y tu ôl i bob dyrnod. Ar y dechrau cododd Karl ei freichiau i ddal y glaw dyrnodiau, ond ni cheisiodd unwaith daro'n ôl. Dan bwysau'r ergydion suddodd eto ar ei liniau. A'r gwaed yn treiglo o'i geg a'i drwyn, cododd ei lygaid tua'r lleuad a dweud yn isel,

'Vater, vergib ihnen; denn sie wissen nicht, was sie tun.'

Wedi'i gynddeiriogi gan sŵn yr iaith ddiarth, plannodd y llall gic nerthol yn ei asennau, a rhowliodd Karl ar ei ochor fel marw. Ond wrth syrthio, cafodd gip ar wyneb Wil James yn rhythu arno dros grib y boncyn.

Wedi gweld ei fod yn llonydd, cododd Wil James a Terence o'u cuddfan.

'Da was, Robin,' ebe Wil, 'fe weithith y Jerri yr un sbîd â phob dyn call am sbel rŵan.'

Ymaflodd Wil yn y parsel yr oedd Karl wedi'i roi'n dyner ar y glaswellt pan gwympodd gyntaf. Torrodd y llinyn â'i ddannedd a rhwygo'r papur oddi amdano. Rhythodd ar y blwch, a'i lygaid fel llygaid ellyll yn ei ben. Agorodd y blwch, a fflachiodd y rhes poteli bychain yng ngolau'r lleuad. Rhwbiodd ei drwyn ynddynt.

'Aha!' llefodd. 'Sent lyfli! Presant bach neis i Miss Greta?'

Yna, fel plentyn mawr, trodd y blwch â'i wyneb i waered a gollwng y poteli bychain bob un i'r llwybyr creigiog. Cododd gloddest o arogleuon meddwol i'r awyr fel y llifai'r persawr yn gymysg rhwng y myrdd darnau gwydr mân. Y peth nesaf a wnaeth Wil oedd rhoi'i law ym mhoced ei gôt a thynnu ohoni botel fach o frandi. Penliniodd yn ymyl Karl, tywalltodd frandi o'r botel ar gledr ei law, a'i daenu dros geg Karl a'i rwbio i'w groen.

'Be' ddwl wyt ti'n wneud, Wil-y?' gwichiodd Robin.

'Ah!' ebe Wil yn foddhaus. 'Pan eith y Jerri 'ma i'r tŷ heno—os eith o—y peth cynta' glyw'r titotlar Edward Vaughan fydd gwynt diod ar ei anadl o. Rŵan, 'dydi Edward Vaughan ddim yn licio diod. Mae o'n ffrostio nad oes yr un diotwr wedi cysgu dan do Lleifior ers trigien mlynedd. Mi fydd gwynt diod yn esbonio'r olwg fydd ar y Jerri 'ma pan gyrhaeddith o. A fory, mi fydd yn dweud ta-ta wrth Leifior.' Sobrodd Wil. Cododd ar ei draed. 'Ond Robin—'

'E?'

''Rwyt ti wedi'i ladd o. Mae o wedi marw. Edrych.'

Daeth Robin yn nes ar flaenau'i draed a rhythu â'i geg yn agored ar y Karl gwelw ar lawr.

'Naddo,' meddai, a'i ddwylo ymhleth a dagrau lond ei lais merchetaidd. 'Naddo, naddo, naddo! Ti wnaeth, ti wnaeth, glywi di, Wil James, ti lladdodd o! Ti, ti, ti!'

'Gwrando, Robin.' Yr oedd llais Wil fel llafn ellyn. 'Os dwedi di un gair wrth rywun am hyn, mi fydd pawb yn gwybod pwy ddaru. Edrych ar dy faint di. Edrych ar dy ddyrne di. Mae 'na friwie arnyn nhw. Ac mi ffeindian dy fod ti wedi bod yma heno. Os dwedi di un gair mi gei dy grogi—'

'Waaaa!' oernadodd y Bol Uwd, a chyda'r oernad honno dechrau rhedeg i lawr y llwybyr troellog, cylymog drwy'r goedlan, mor ddifeth ei droed â dyn cwbwl sobor. Pan ddistawodd sŵn ei draed yn y pellter, gwyrodd Wil James i'r ddaear, yn swp o chwerthin. Syllodd Terence arno gyda dychryn.

'Pam wyt ti'n chwerthin,' gofynnodd, 'ac ynte wedi'i ladd o?'

'Ei ladd o?' Chwarddodd Wil James ychwaneg. 'Fawr o beryg'. Mae 'na naw byw cath yn y sort yma. Mae'n anadlu, edrych arno. Ond dim ond dychryn tipyn ar y Bol Uwd, mi gaeith ei geg fel gefel. 'Doedd neb yn gwybod dy fod ti a fi yma ond y Bol Uwd, a ddwedith y Bol Uwd rŵan yr un gair.' Taflodd ei lygad ar Karl. 'Terence,' meddai, 'mae'n dod ato'i hun. Ty'd odd'ma. Am dy fywyd. Ty'd.'

A diflannodd y ddau i'r coed mor ddistaw â'u cysgodion.

Yr oedd peth o'r brandi wedi treiglo trwy wefusau Karl ac i'w wddw ac yn ei ddadebru. Yr oedd ei ben yn un gybolfa o bangfeydd a'i gorff a'i wyneb fel petaent mewn parlys. Taenodd ei ddwylo dolurus o boptu iddo a'i godi'i hun yn araf, araf o'r graig lle bu'n gorwedd. Y peth cyntaf a wnaeth oedd chwilio am y blwch persawr. Gwelodd y lloergan yn ddisglair ar y myrdd darnau gwydr, a rhoddodd ei law chwith mewn pwll bychan o sent a oedd wedi sefyll mewn pant yn y llwybyr. Rhoddodd ei law dde wedyn ynddo, a chododd y ddwy yn wlybion at ei ffroenau. Eisteddodd am funud yn rhythu'n syfrdan o'i flaen.

Yna fe gododd, a'i ben yn canu gan boen, a chychwyn yn araf ac yn ingol i fyny'r llwybyr hir tua Lleifior.

V

Ni wyddai Greta am ba hyd y bu â'i phen ar y bwrdd wedi i Paul fynd. Yr oedd wedi'i hwylo'i hun i gysgu, am fod blinder yr wythnosau wedi mynd yn drech na hi. Pan ddeffrodd yr oedd fel petai noson a diwrnod wedi mynd er pan fu Paul yn Lleifior. Cododd yn frysiog a mynd at y drych. Yr oedd ei hwyneb yn llwyd ac wedi chwyddo gan flinder, a'i gwallt yn gudynnau blêr o'i gwmpas. Yr oedd Paul yn ei charu a'r olwg hon arni. Yr oedd cariad naill ai'n ddall neu'n wyrthiol.

Twtiodd ei gwallt a'i dillad ac aeth drwodd i'r neuadd. Y peth cyntaf a ddaliodd ei llygad pan roes y golau oedd parsel bychan ar y bwrdd crwn wrth y teleffon. Symudodd yn araf at y parsel ac arno gwelodd ei henw'i hun. Datododd y llinyn ac agor y papur a thynnu allan flwch lledr golygus. Agorodd y blwch a thu mewn iddo yr oedd chwech o boteli bychain yn rhes, a phersawr amrywiol ym mhob un. Cododd y cerdyn oddi ar y rhes poteli a chrynodd ei gwefusau wrth ddarllen:

To my darling Gret, with my love and fondest wishes for a very happy birthday. From your very own—Paul.

Daeth awydd ysol ar Greta i sgrechian nes tynnu'r to am ei phen. Yr oedd Paul wedi cofio'i phen-blwydd. Nid dod i weld ei mam yn unig a wnaeth, ond dod ag anrheg iddi hi. A'i adael, fel y buasai ef, mewn lle dinod o'r neilltu heb ddweud wrthi, ond mewn lle hefyd y buasai'n siŵr o'i weld fore trannoeth.

A'r unig ddiolch a roesai hi iddo oedd gwrthod ei gymwynas a sathru'i serch.

'Greta?'

Llais ei thad o'r parlwr bach.

'Wyt ti wedi deffro?'

'Y-ydw, 'Nhad. Gymerwch chi'ch swper rŵan?'

'Dim ond cwpaned, fel arfer.'

Nid aeth Greta ato i'r parlwr bach rhag iddo ddarllen y cyffro ar ei hwyneb. Aeth ar ei hunion i'r gegin i baratoi'i gwpanaid te a'i fisgedi, unig swper Edward Vaughan pan fyddai'n mynd i'w wely'n gynnar. Ond pan ddaeth ei thad ati i'r gegin i fwyta'i hwyrbryd, yr oedd ei lygad barcud wedi gweld mwy nag a feddyliodd hi.

'Fe gysgaist yn o sownd, Greta,' meddai wrth droi'i de.

'Do, 'Nhad.'

'Wedi blino'r oeddet ti?'

'Ie, braidd.'

'Mae nyrsio dy fam wedi bod yn dipyn o dreth arnat ti, wir. Fe ddylet gael ychydig o wylie.'

Pletiodd Greta'i gwefusau. Dyna'n union a ddywedodd Paul.

'Greta.'

'Ie, 'Nhad?'

'Wyt ti'n siŵr nad oedd dim arall wedi d'yrru di i gysgu?'

'Fel beth?'

'O, fel—crio, er enghraifft?'

'Fûm i ddim yn crio.'

''Dwyt ti ddim yn dweud y gwir, Greta. 'Roedd dy hances poced yn dy law pan oeddet ti'n cysgu. 'Roedd o'n wlyb.'

''Rydech chi'n sylwi llawer, 'Nhad.'

'Fe synnet gymaint. Mi sylwais ar beth arall. Fe fu rhywun yma heno.'

Nid atebodd Greta. Aeth Edward Vaughan yn ei flaen. 'Mi welais ole car yn cychwyn oddi wrth y tŷ pan oeddwn i ar y Ffridd. Pwy oedd o?'

Gwyddai Greta, petai'n enwi un o'r cymdogion, y byddai'i thad yn siŵr o holi hwnnw. A dyna'i chyhuddo hi o gelwydd arall. Yr oedd yn rhaid i Greta gyfaddef.

'Paul oedd bia'r car.'

142

'Wedi dod yr holl ffordd o Lerpwl? Pam nad arhosodd o i
'ngweld i?'

''Roedd o'n gorfod brysio'n ôl. Mae ganddo lawer o waith
fory.'

'Gafodd o rywbeth i'w fwyta?'

'N-naddo, 'Nhad. 'Roedd o ar ormod o frys.'

'Greta.' Edrychodd Greta ar ei thad, ar ei wyneb cadarn a'i
wallt gwyn a'r ddau lygad llwydlas miniog yn chwilio conglau'i
honestrwydd, fel barnwr yn profi troseddwr ifanc ac yn
gobeithio'i gael yn ddieuog. 'Dywed y gwir wrtha'i. 'Does gen i
ddiddordeb mewn dim ond y gwir. Oes yna ryw gysylltiad
rhwng ymweliad Paul a'r ffaith i ti fod yn crio?'

Oedodd Greta gyhyd ag oedd modd cyn ateb. Cystal,
hwyrach, i'w thad wybod y gwir cyn belled â hyn.

'Oes, 'Nhad.'

Aeth llygaid ei thad mor finiog nes codi ofn arni.

'Beth, yn hollol, ydi'r cysylltiad?'

Suddodd Greta i gadair, a chydag anhawster adroddodd y
sgwrs a fu rhwng Paul a hithau ar gownt ei mam, fel y dywedodd
Paul ei fod yn barod i weithredu ac fel y dywedodd hithau fod
Dr. Owen yn erbyn llawdriniaeth. Ac fel y gadawodd Paul y tŷ
yn ffrom. Meddalodd llygaid llwydlas Edward Vaughan a
siglodd ei ben yn araf. Ac meddai,

'Alla'i mo dy feio di, Greta. Fe ddwedaist ti'r pethe y buaswn
inne wedi'u dweud. Ond fi ddyle fod wedi'u dweud nhw. Nid
ar lefel serch y mae trafod bywyd a marwolaeth, ond ar lefel
busnes. Wyt ti'n deall?'

Gan fod lwmp yn ei gwddw, y cyfan a wnaeth Greta oedd
nodio'i phen. Yr oedd ei thad mor aeddfed ac yn gweld mor
glir. Yr oedd hithau, yn ei hieuenctid di-ffrwyn, yn meddwl yn
absoliwt, yn rhannu popeth yn ddu a gwyn, yn dda a drwg. Yr
oedd ei thad yn hytrach yn gallu sôn am yr hyn sy ddoeth, ac
addas, ac ymarferol. Siaradodd ei thad eto.

''Dydw i ddim yn ame'r pethe ddwedaist ti wrth Paul. Yr ydw
i'n ame'r ffordd y dwedaist ti nhw. Fuase'r bachgen ddim wedi
mynd fel yr aeth o petai'r achos wedi'i roi'n rhesymol o'i flaen.
'Rwyt ti *yn* ei garu o, Greta, on'd wyt?'

Yr oedd bysedd Greta'n chware â'r gadwyn am ei gwddw.

'Wn i ddim, 'Nhad.'

Disgwyliodd i'w thad godi'i lais a'i rhostio â cherydd, ond pan siaradodd yr oedd ei lais yn is ac yn arafach nag arfer ac yr oedd poen ynddo.

'Charwn i ddim meddwl bod gen i ferch sy'n ffŵl. Nid pob merch o gyfoeth sy'n cael cynnig safle hefyd. Ac nid bob dydd y daw meddygon disgleiria'r Deyrnas i Gymru i chwilio am wraig. Yr ydech chi blant yn meddwl mai peth sy'n digwydd ydi serch, nad oes gennoch chi ddim rheolaeth arno, a bod rhaid mynd yn slaf iddo pan ddaw. Ond peth yr ydech chi'n ei ddyfu ydi serch. Mae syrthio mewn cariad yn union fel tyfu ŷd. Yr ydw i'n dewis y cae yr ydw i am ddyfu ŷd ynddo y flwyddyn nesa'. Ac mae merch yn dewis y dyn y mae hi am syrthio mewn cariad ag o. Am ei bod hi wedi penderfynu mai dyna'r dyn feder roi'r bywyd fydd ore iddi hi.'

Ni symudodd Greta, mwy nag y gall cwningen symud pan fo carlwm y tu ôl iddi. Ond dywedodd mewn llais bychan bach,

''Dydw i ddim yn meddwl y daw Paul byth yn ôl.'

'Rhaid iti'i gael o'n ôl,' ebe'i thad. 'Mae'n gwbwl amlwg beth y mae o'n ei feddwl ohonot ti. Fe all dyn dwl weld ei fod o wedi'i wirioni. Ond os torri di bob cysylltiad ag o rŵan, fe roi di gyfle iddo d'anghofio di, a suro, a weli di mono byth.' Wedi saib, ychwanegodd ei thad, ''Does yna neb arall, Greta?'

Teimlodd Greta'r gwres yn ymwthio i'w hwyneb. Os dywedai hi'r gwir yn awr, hwyrach y collai gyfeillgarwch ei thad, un o'r pethau gwerthfawrocaf mewn bywyd iddi hi. Gwell na cholli'i gyfeillgarwch oedd colli'i gyfrinach.

'Nac oes, 'Nhad.'

Tybiodd mewn panig y byddai'i thad yn ei hamau eto o gelwydd, ac y byddai rhagor o groesholi. Ni allai ddal rhagor o groesholi. Ond er ei rhyddhad, gwelodd ei thad yn codi, wedi'i fodloni'n amlwg, ac yn mynd tua'r drws. Trodd yn y drws.

'B'le mae Karl?'

'Wedi mynd i Henberth i siopa.'

'Fe ddyle fod yn ôl erbyn hyn. Mae'r bws olaf o Henberth wedi cyrraedd Llanaerwen ers awr a hanner.'

'Fe fydd yn ôl unrhyw funud. Ewch chi i'ch gwely, 'Nhad.'

Edrychodd ei thad arni ac anwyldeb yn ymlid y pryder o'i lygaid, a dweud,

'Cysga ar beth ddwedais i, Greta. A breuddwydia heno am Paul. Nos da.'

Prin yr oedd drws llofft ei thad wedi cau na chlywodd Greta sŵn ymbalfalu yn y portico y tu allan. Teimlodd ias yn ei cherdded. Yr oedd fel sŵn rhywun diarth nad oedd yn nabod y drws yn ceisio dod i mewn heb guro. Bu agos iddi alw ar ei thad yn ôl. Ond penderfynodd beidio, a mynd at y drws yn gyntaf. Aeth drwy'r neuadd a tharo swits y lamp a oleuai'r portico. Agorodd y drws.

Er ei dychryn, pan agorodd y drws cwympodd Karl ar ei hyd i'r neuadd. Yr oedd baw ar ei ddillad a darnau ohonynt wedi'u rhwygo ac yn hongian yn rhydd fel petai wedi ymwthio trwy ddrain. Prin y gallai weld ei ddwylo a'i wyneb gan waed. Gorweddai fel hanner marw.

'Karl!' Yr oedd ar ei gliniau yn ei ymyl mewn eiliad. 'Karl annwyl, beth ddigwyddodd?'

Ceisiodd ei wefusau symud ond ni ddaeth gair ohonynt. Yna, fe glywodd Greta aroglau diod ar ei anadl byr. Cododd ar ei thraed. Karl o bawb! Aeth ar flaenau'i thraed at droed y grisiau a chlustfeinio. Wedi'i sicrhau'i hun nad oedd dim sŵn na symud o gyfeiriad llofft ei thad, brysiodd yn ôl at Karl. Yr oedd Greta'n eneth gref, ond wrth feddwl am y peth wedi hynny, synnodd iddi allu gwneud a wnaeth. Gwthiodd ei dwylo dan ei geseiliau a'i godi ar ei liniau, ac yna ar ei draed. Tynnodd ei fraich am ei gwddw, a chan fwstro'i holl nerth, hanner gariodd ef i mewn i'r gegin. Rhoddodd ef i orwedd ar yr hen soffa ledr gyda chlustog dan ei ben a gwthio diferyn o ddŵr rhwng ei wefusau chwyddedig. Yna, aeth i wneud cwpanaid o goffi du.

Tra bu'n gwneud y coffi yr oedd ei meddwl yn gawl. Yr oedd eisoes wedi bod trwy ddigon y noson honno i ddantio merch wannach. Ar ben straen a blino wythnosau o nyrsio claf a cholli cwsg, daeth y cweryl gyda Paul, a'r geiriau gyda'i thad, a gorfod dweud y celwydd mawr cyntaf a ddywedodd erioed wrtho ef. Ac yn awr, hyn. Iddi hi, yr oedd Karl wedi sefyll dros bopeth a oedd yn arwrol, ac yn dduwiol, ac yn dda. Am ei fod yn siarad Cymraeg ac yn mynychu'r capel ac wedi magu

145

diddordeb yn eu diddordebau hwy, yr oedd hi erstalwm wedi peidio â meddwl amdano fel estron. Ac am ei fod yn hardd ac yn gryf ac yn garedig yr oedd hi wedi dod i'w garu. Ond yr oedd ei thad wedi'i dysgu i gasáu diod, ac yr oedd aroglau diod ar Karl. Yr oedd hi wedi credu na allai unpeth siglo cryfder Karl a'i gydbwysedd, ac yr oedd hi'n edrych arno'n awr yn swp o wendid dolurus.

Tywalltodd y coffi du i gwpan a mynd ag ef at y llanc ar y soffa. Ond pan roddodd y cwpan wrth ei wefusau, cododd ef ei law'n wan a'i wthio i ffwrdd. Siglodd ei ben yn boenus a sibrwd,

'Nid wyf wedi meddwi, Greta.'

'Ond Karl,' meddai hi, 'mae ogle diod arnoch chi.'

'Mae blas diod ar fy nhafod i,' meddai yntau'n araf, 'ond ni wn i o b'le. 'Dwyf i ddim . . . ddim yn deall.' A throdd ei lygaid yn syn tua'r llawr.

Nid oedd yn siarad fel meddwyn, er ei fod yn ei chael hi'n anodd ffurfio geiriau. Nid llygaid meddwyn oedd ganddo chwaith. Brathodd Greta'i gwefus mewn penbleth.

'Beth ddigwyddodd, Karl?' gofynnodd eto. Gwelodd ei lygaid yn cau'n dynn fel petai'n eu cau rhag golygfa anhyfryd. Yna dywedodd,

'Syrthio. Ar lwybyr Coed Argain. A dod adref . . . ni wn i pa ffordd . . . trwy holl wrychoedd drain Dyffryn Aerwen.'

Syllodd Greta'n agosach ar ei wyneb. Fe wyddai ddigon am nyrsio i wybod nad briwiau codwm oeddent. Yr oedd Karl wedi bod yn ymladd. Cleisiau dyrnau oedd ar ei wyneb. Ond pam yr oedd o'n celu'r gwir? 'Doedd gan gyn-swyddog Almaenaidd yn siŵr ddim cywilydd o fod yn ymladd, yn enwedig onid arno ef yr oedd y bai. A oedd Karl yn ceisio cysgodi rhywun? Penderfynodd Greta beidio â holi rhagor arno. Fe ddôi goleuni yn y man. Yna, aeth yn flin wrthi'i hun. Yr oedd wedi sefyll yno'n ei holi a'r gwaed a'r baw wedi ceulo ar ei wyneb a'i ddwylo. Brysiodd i mofyn dysglaid o ddŵr cynnes a chadachau glân.

Pan gydiodd yn un o'i ddwylo i'w golchi clywodd arni'n sydyn aroglau persawr, a hwnnw'n bersawr da. Cydiodd yn y

146

llaw arall. Yr oedd persawr ar honno hefyd. Dyma ddirgelwch newydd.

'Karl,' meddai, 'mae 'na oglau sent ar eich dwylo chi.'

Nodiodd ef yn araf a daeth gwên wan i'w lygaid.

'Dyna eich anrheg pen-blwydd chi, Greta.'

''Dydw i ddim yn deall.'

'Blwch o boteli o bersawr Paris. Fe dorrodd y poteli pan syrthiais i.'

Teimlodd Greta'i hwyneb yn gwelwi. Yn y neuadd yr oedd anrheg Paul. Blwch o boteli o bersawr Paris. Yn gyfan, yn ddestlus, ar y bwrdd. Yma, dan ei dwylo, yr oedd Karl, a dim ond aroglau'i garedigrwydd ar ei fysedd.

'O Karl. Karl!' Yr oedd hi wedi gollwng ei phen ar ei fynwes noeth ac yn ei gwlychu â dagrau. Teimlodd ei law ddolurus yn anwesu'i gwallt. Karl â'r galon fawr a'r cariad afresymol, mud. Gobeithiodd Greta na ddôi Paul byth yn ôl i'w bywyd. Fe anghofiai amdano ac ystyried mai anrheg Karl oedd yr anrheg yn y neuadd. Bob tro y byddai'n rhoi persawr yn ei gwallt ac ym môn ei chlustiau ac ar ei mynwes, persawr Karl fyddai hwnnw.

Cododd ei phen a sychu'i llygaid a mynd ati'n dyner i olchi'i wyneb. Yr oedd yn ei frifo. Fe wyddai'i bod hi'n ei frifo, ond yr oedd yn dioddef y driniaeth heb furmur. Pan sychodd hi ei wyneb yr oedd yn lân, o leiaf, ond yr oedd cylchau duon am ei lygaid ac yr oedd ei wefusau'n drwchus. Cofiodd Greta fod Paul yn ei charu hi heno er bod ei hwyneb yn chwyddedig ac yn wyn. Yr oedd hithau'n caru Karl yn awr, er mai prin y buasai'n adnabod yr wyneb cleisiog. Yr oedd hi'n caru'r Karl y tu ôl i'r cleisiau.

Yr oedd Karl yn teimlo'n well ac arno awydd bwyd. Gwnaeth Greta fara-llefrith cynnes iddo a gwyliodd ef yn ei wthio'n ffwdanus rhwng ei wefusau tewion. Dechreuodd Karl wenu am ben ei ymdrechion ffwndrus ei hun.

'Bum mlynedd ar hugain yn ôl yn Dortmund,' meddai, 'fe ddysgodd fy mam imi fwyta. Aeth ei hymdrechion yn ofer i gyd.' A dawnsiodd ei lygaid gleision ar Greta. Fe'i teimlodd Greta'i hun yn toddi'n llyn. Yr oedd hi'n dal i amau'r aroglau diod, yn dal i amau'r cleisiau ymladd. Ond hyd yn oed petai

147

Karl wedi yfed, a than ddylanwad diod wedi ymladd ac wedi cael y gwaethaf, yr oedd hefyd o'i enillion prin wedi prynu cystal anrheg iddi hi ag a brynodd Paul o'i ddigonedd. Ni allai Greta oddef i Karl orfod cadw'i gariad dan gaead yn hwy. Pan gododd ef yn ffwdanus ar ei draed wedi gorffen bwyta, croesodd hi ato dan esgus ei helpu. Ond gan gydio'n dynn yn ei freichiau a throi'i hwyneb i fyny at ei wyneb ef, sibrydodd yn floesg,

'Cusanwch fi, Karl, da chi!'

Trodd Karl ei lygaid gleision chwyddedig ar y pen melyn cyrliog yn ei ymyl, ac ynddynt yr oedd brwydyr fwya'i fywyd. Fe allai y foment hon foddi holl chwerwedd diystyr Coed Argain mewn ecstasi o gusan, ac anghofio hanner cynta'r noson yng ngorfoledd ei hanner olaf. Fe fyddai cusanu'n artaith a'i wefusau mor ddolurus, ond fe ddewisai'r artaith hwnnw o flaen unpeth yn y byd. Yr oedd yn caru Greta, oedd, yn fwy nag yr oedd yn caru'r Arglwydd y byddai gymaint yn ei gwmni bob dydd. Ond ysgwyd ei ben a wnaeth, a'i dal hi oddi wrtho, a loes yr ymatal yn ei losgi.

'Na, Greta, nid fi a'ch piau chi.'

Twymodd gruddiau Greta.

'Pwy arall?' meddai.

'Fe wyddoch pwy. Hyd nes byddwch chi a Dr. Rushmere wedi gwahanu am byth, nid oes gen i ddim hawl i gyffwrdd â chi.'

'Ond 'ryden ni wedi gwahanu,' ebe Greta.

''Does gen i ddim prawf o hynny,' ebe Karl.

Bu Greta'n fud am ennyd. Gan dymer annisgwyl anesboniadwy.

''Rydech chi'n greulon, Karl. Wrtha' i ac wrthoch eich hun. Faddeua'i byth ichi. Byth!'

A disgynnodd i gadair, ac wylo. Yr oedd y straen a'r blinder yn gwneud iddi wylo ar ddim. Yr oedd crac yn ei hysbryd. Safodd Karl wrth ei air. Fel Almaenwr, yr oedd yn credu mewn gwneud yr hyn oedd yn iawn, er iddo'i dorri a thorri eraill. Yr oedd ei galon yn gwaedu dros Greta. Fe ddylai fod yn gwaedu drosto ef ei hun. Ond fel yr ymataliodd rhag ei amddiffyn ei hun yng Nghoed Argain, fe ymataliodd eto rhag ei foddio'i hun yng nghegin Lleifior. Ac fe wyddai mai hynny oedd orau.

'Ryw ddiwrnod, Greta annwyl,' meddai'n araf, 'fe fyddwch chi'n falch mai fel hyn y bu. Peidiwch â chasáu Dr. Rushmere. Casewch fi. Hynny wna bethau hawsaf, i chi ac i minnau. 'Rwy'n mynd i'r gwely'n awr. Diolch ichi am olchi 'mriwiau i. Nos da.'

A throdd Karl i fynd. Heb emosiwn dywedodd Greta,

'Rhowch eich dillad y tu allan i ddrws eich llofft. Fe'u trwsia'i nhw.'

Diolchodd Karl iddi'n dyner, a mynd. Gwrandawodd Greta arno'n ymlwybro'n araf, boenus, ar hyd y neuadd ac i fyny'r grisiau, gan ddal ei hanadl rhag ofn ei glywed yn syrthio. Ond ni feiddiai fynd i'w helpu. Byddai cyffwrdd â'i gorff annwyl gwaharddedig yn ing iddi. Wedi amser fel oriau, clywodd ef yn ailagor drws ei lofft ac yn ei gau drachefn. Aeth i fyny i mofyn ei ddillad.

14

I

Pan gododd Edward Vaughan fore trannoeth yr oedd y niwl
wedi ymadael, a'r sêr yn wincian ar ei gilydd gan ddymuno
gwared da ar ei ôl. Ond yr oedd rhew yn yr awyr ac yn y pyllau
dŵr ar y buarth. Bore i wneud i ddyn garu'i wely ag angerdd
diollwng. Ond dyn i'r funud oedd Edward Vaughan. Am
hanner awr wedi chwech yr oedd yn curo wrth ddrws Karl ac
wrth ddrws Greta ac yn mynd i lawr i wneud cwpanaid o de.
Am chwarter i saith yr oedd yn tynnu'i gôt fawr amdano ac yn
mynd allan i'r buarth.

Ar ganol y buarth safodd yn stond. Yr oedd rhywun yn sefyll
wrth ddrws y beudy mawr. Nid oedd Edward Vaughan yn
ddyn ofnus, ond yr oedd gweld dyn yn y gwyll ar ei fuarth ef am
chwarter i saith yn y bore yn annisgwyl, a dweud y lleiaf. Aeth
ymlaen at y beudy.

Daeth y dyn oddi wrth y beudy i'w gyfarfod. Am funud,
amheuodd Edward Vaughan nad dyn ydoedd. Yn y gwyll serog
yr oedd mor fawr, yn debycach i arth. Ni wastraffodd Edward
Vaughan ddim amser gyda chwrteisi.

'Pwy ydech chi?' gofynnodd.

'Mistar Edward Vaughan?' Yr oedd llais y creadur mawr yn
annisgwyl ferchetaidd.

'Ie.'

'Mi wn i pwy laddodd y Jyrman,' sibrydodd y dyn yn gyflym.

'Lladd y Jyrman? Pa Jyrman?' Ceisiodd Edward Vaughan
gofio ymh'le'r oedd y fforch wair agosaf. Yr oedd yn siŵr fod y
dyn wedi dianc o seilam.

'Eich Jyrman chi,' ebe'r dyn, a'i sibrwd yn codi'n wich. 'Y
Jyrman sy'n gweithio yma.'

Cofiodd Edward Vaughan am Karl, ac fel y bu'n hir yn
cyrraedd neithiwr, ac na chlywodd ef mohono'n dod i mewn.
Hwyrach fod y dyn yn gwybod rhywbeth wedi'r cyfan.

'Wel,' meddai, 'beth ydi'ch stori chi?'

Llyncodd y creadur mawr ei boeri fel plentyn yn dechrau'i adroddiad, a chan blethu a dadblethu'i ddwylo mewn gwewyr, aeth trwy'i stori.

''Roeddwn i'n mynd adre neithiwr trwy Goed Argain, a . . . 'roedd hi'n niwl a . . . wedyn mi ddoth y lleuad allan . . . a mi weles y Jyrman ar y llwybyr a . . . Wil James yn ei ddyrnu o, ac yn ei ddyrnu o, ac yn ei ddyrnu o—'

'Efo beth?'

'Y—efo beth? Efo clamp o bastwn mawr, a . . .'

'Ewch ymlaen.'

'Wel, pan glywodd Wil James fi'n dŵad, mi redodd i ffwrdd. Ac 'roedd y Jyrman yn gorwedd ar lawr, wedi marw.'

'Aethoch chi ddim at Ifans y plismon?'

'Y—naddo.'

'Na dod yma'n syth i ddweud.'

'Y—naddo. 'Rydw i wedi dod rŵan, yr holl ffordd y bore 'ma, cyn mynd at 'y ngwaith. Rhaid imi fynd rŵan. Mi fydda'i'n hwyr.'

A rhuthrodd y dyn i ffwrdd fel petai cawod o dân ar ei sodlau. Fel yr aeth drwy lidiart y buarth, cofiodd Edward Vaughan pwy ydoedd, er nad oedd yn cofio'i enw ar y funud. Ac yn nhawelwch rhewllyd y buarth wedi iddo fynd, llithrodd yr hunanfeddiant y byddai Edward Vaughan yn ei gadw mor gyfan yng nghwmni'i gydnabod, ac aeth i grynu'n ddireolaeth. Yr oedd wedi mynd drwy'r rhan fwyaf o brofiadau dibleser bywyd, ond ni fu erioed yng nghwmni llofruddiaeth.

Yr oedd Greta wedi codi ac yn rhoi'r llestri brecwast ar y bwrdd. Pan ddaeth ei thad i mewn cododd ei llygaid di-gwsg ac edrych arno. Di-gwsg neu beidio, fe welodd yng ngwyn ei wyneb fod rhywbeth wedi'i ysgwyd.

''Nhad,' meddai, 'beth sy'n bod?'

'Karl . . .' meddai yntau.

'Karl? Beth am Karl?' Mewn eiliad, aeth pob ellyll o ofn drwy'i meddwl. A barnu wrth yr olwg ar Karl neithiwr fe allai unrhyw alanas fod. Fe allai Sgotland Iard fod yn y buarth yn haid.

'Pa bryd yr est ti i dy wely?' gofynnodd ei thad.

'Yn fuan ar ôl Karl.'

Bu agos i Edward Vaughan neidio.

'Karl—aeth Karl i'w wely?'

'Do, siŵr. Fe'i gwelais o'n mynd.'

Suddodd Edward Vaughan i gadair a sychu'r chwys oddi ar ei dalcen.

'A'r dyn dwl yna,' meddai, 'yn dweud ei fod wedi'i weld o'n cael ei ladd. Mi wyddwn mai dyn wedi drysu oedd o.'

Yr oedd Greta wedi gorffen deffro. Dyma gyfle'n awr i wybod y gwir.

'Nac oedd,' meddai, ''doedd y dyn ddim wedi drysu. Pan ddaeth Karl i mewn 'roedd ei wyneb o'n waed a'i ddillad o'n ddarne. Pwy ddaru?'

Edrychodd ei thad arni, a thu ôl i'w lygaid llwydlas yr oedd ei ymennydd eisoes yn ffeilio'r ffeithiau at iws. Ac meddai,

'Fe gei di wybod yn ddigon buan pwy ddaru.' A chododd a mynd allan i'r buarth drachefn.

II

Wrth y bwrdd brecwast yr oedd Wil James yn fwy siaradus nag arfer. Yr oedd cael bwrw'i ddial neithiwr wedi tynnu llawer o'r adflas oddi ar fywyd. Yr oedd rhywbeth hyd yn oed mewn byw heb wraig. Yr oedd gan ddyn ryddid i sbortio heb ei holi, a phres i'w daflu heb eu dannod.

''Rydw i'n cofio,' meddai, gan godi llwyth o farmalêd ar ei blât, 'pan oeddwn i'n gweithio yng Nghastell Aram, 'roedd Owen bach Relwe Terres yno'n was bach, ac 'roedd Owen yn trio tyfu mwstash.

"Wyddost ti be' sy'n beth da at dyfu mwstash, Owen?" medde John Ifans.

"Na wn i, be'?" medde Owen bach.

"Baw clagwydd," medde John Ifans.

'A hynny fu. Diawc i chi, bore dranweth, 'roedden ni'n iste efo'n gilydd yn cael brecwast, yn union fel 'ryden ni rŵan, a dyma Owen bach i fewn. A be' ddyliech chi oedd genno fo'n dew ar ei wefus ucha'?'

'Cwpaned arall o de, William,' ebe Greta ar ei draws, mewn ymgais i osgoi'r wybodaeth anhyfryd.

'Thenciw, Greta. Baw clagwydd.'

Lledodd ceg fawr Wil James yn wên ddisgwylgar, a throdd ei lygaid ar bob aelod o'i gynulleidfa yn ei dro. Ond nid oedd cysgod gwên ar wyneb yr un ohonynt. Ar wahân i fod wedi clywed y stori droeon o'r blaen, nid oedd gïau wyneb neb arall wrth y bwrdd yn debyg o ystwytho i chwerthin y bore hwnnw. Yr oedd Edward Vaughan, i bob golwg, wedi'i gau'i hun mewn byd arall. Yr oedd wyneb tlws Greta wedi hagru rywfodd dros nos, a'i hael yn grych fel petai'n ceisio datrys problem. Yr oedd Terence yntau'n fud ac yn fyddar, a'i lygaid wedi'u hoelio ar ei blât. Nid oedd Karl wrth y bwrdd, na dim sôn amdano. Tybiodd Wil James na fyddai'n anweddus iddo wneud cyfeiriad.

'Karl heb godi heddiw?'

Sylwodd Edward Vaughan fod Wil James wedi cyfeirio at Karl wrth ei enw. 'Jerri' y byddai'n ei alw bob amser.

''Rydw i am fynd i fyny i edrych b'le mae o,' ebe Edward Vaughan, gan godi oddi wrth y bwrdd.

'Waeth ichi heb, 'Nhad,' meddai Greta. ''Dydi Karl ddim hanner da. Mi ddwedais wrtho am aros yn ei wely.'

'Mwya'n y byd o reswm pam y dylwn i fynd,' ebe'i thad. Ac aeth.

Chwaraeodd gwên ar wefusau Wil James. Yr oedd y Bol Uwd wedi gwneud ei waith yn drylwyr os oedd y Jerri'n rhy dila i godi. Onid oedd wedi gwneud ei waith yn drylwyr, yr oedd y Jerri'n fabi ac yn cadw o'r golwg o gywilydd. Teimlai Wil James yn hyfryd ddiogel. Ni fyddai neb yn ei gysylltu ef â'r anffawd. Ni welsai Karl mohono neithiwr.

Agorodd Edward Vaughan ddrws llofft Karl yn ddistaw. Clywodd anadlu trwm ac ambell awgrym o riddfan. Pan edrychodd heibio i'r drws gwelodd Karl yn troi yn ei wely, yn hanner codi ar ei eistedd, yn edrych ar yr oriawr ar ei arddwrn fel petai'n methu'i gweld yn glir, yna'n syrthio'n ôl i'r dillad ag ochenaid. Yr oedd ei wyneb wedi chwyddo a'i lygaid yn hanner cau gan gleisiau. Caeodd Edward Vaughan y drws yn ddistaw. Yr oedd wedi penderfynu. Pan gyrhaeddodd y gegin yr oedd y dynion wedi codi oddi wrth y bwrdd ac yn cychwyn allan.

'William,' meddai.

Trodd Wil James.

'Dowch i'r offis am funud.'

Dilynodd Wil James ef drwy'r neuadd i'r ystafell fechan lle'r oedd desg Edward Vaughan a'i bethau.

''Steddwch, William.'

Eisteddodd Wil James. Aeth Edward Vaughan y tu ôl i'w ddesg, ond nid i eistedd. Ar ei draed y byddai ef yn trin pob achos fel hwn.

'Ymh'le'r oeddech chi neithiwr, William?'

'Neithiwr? Gartre. Pam?'

''Rydech chi'n dweud anwiredd. 'Roeddech chi yng Nghoed Argain.'

'Ydi o ryw wahaniaeth ymh'le'r oeddwn i?'

'Nid fel yna, William, y mae ichi siarad â'ch mistar.'

'Pam? Mae gen i gystal hawl i siarad fel yna efo chi ag sy gennoch chi i siarad fel'na efo fi.'

'Fuase gwas ddim yn ateb ei fistar fel'na ddeugain mlynedd yn ôl.'

'Na fuase, wrth gwrs. Ond nid ddeugain mlynedd yn ôl yr yden ni'n byw. Mae pethe wedi newid heddiw. Ac yn hen bryd hefyd.'

Cododd Edward Vaughan ei ben hardd, ac yn yr ystum yr oedd holl urddas uchelwyr Lleifior.

'Fe gewch chi gadw'ch syniade modern, William,' meddai. ''Does dim croeso iddyn nhw yn offis Lleifior. Yma, 'dydi pethe wedi newid dim.'

Fe allasai Wil James gyfarth ymhellach. Ond dewisodd fudandod ystyfnig mul. Aeth Edward Vaughan rhagddo.

'Yn y llofft yna mae 'na fachgen ifanc. Bachgen amddifad heb gartre yn y byd. Fe wyddon ni mai Almaenwr ydi o, a bod ei wlad o ychydig yn ôl yn ymladd yn erbyn ein gwlad ni. Ond fe wyddon ni hefyd nad oes ganddo fo mo'r help am hynny. Ac mi wn i mai fo ydi'r gweithiwr gore fu gen i ar dir Lleifior erioed. Y funud yma, mae'r bachgen yna mewn twymyn, wedi'i guro'n greulon ar lwybyr Coed Argain neithiwr. Ac mi wn i, William, mai chi sy'n gyfrifol.'

Ceisiodd Wil James gadw'i hunanfeddiant. Ond yr oedd hi'n anodd ac yr oedd ei ddwylo'n gwrthod aros yn llonydd. Yr oedd yn barod i wadu'r cyhuddiad, ond fe allai'r hen ŵr fod yn gwybod gormod. Tybed, wedi'r cyfan, fod yr Almaenwr wedi'i weld ef neithiwr? Cystal iddo gael gwybod.

'Jerri ddwedodd y stori yma?' gofynnodd.

'Nage.' Yr oedd Edward Vaughan yn anfodlon rhoi enwau, ond yr oedd yn rhaid iddo enwi'i dyst os oedd am symud yr amheuaeth oddi ar Karl. 'Fe ddaeth yma ddyn heddiw'r bore, cyn mynd at ei waith, cyn i chi ddod. Clamp mawr. Robin rhywbeth—'

'Robin Bol Uwd?'

'Hwnnw.'

Fe wyddai Wil James, petai'n gwadu'n awr, y byddai'n rhaid i Vaughan ddewis rhwng stori'r Bol Uwd a'i stori ef. A chan ei fod ef eisoes dan wg gŵr Lleifior, nid oedd hwnnw'n debyg mwyach o'i gredu ef. 'Doedd dim amdani, bellach, ond gwneud yn fach o'r peth. Cododd ei sgwyddau a dweud,

'Wel, ydi o'n gwneud rhyw wahaniaeth?'

'Mae'n mynd i wneud gwahaniaeth mawr i chi, William. Un egwyddor fawr sy wedi gweithredu yn Lleifior yn ystod fy amser i, a honno ydi perffaith gytgord rhwng y mistar a'i weision a rhwng y gweision a'i gilydd. Mae'n ymddangos nad ydech chi ddim help i weithredu'r egwyddor honno.' Agorodd Edward Vaughan ddrôr yn ei ddesg a thynnu allan becyn o arian papur. 'Dyma ichi gyflog mis, ac fe'ch heria'i chi i gael cystal cyflog ar unrhyw ffarm yn Nyffryn Aerwen ag a gawsoch chi gen i. Yr ydech chi i fynd o Leifior y funud yma. Bore da.'

Nid oedd llaw Wil James yn gwbl gadarn wrth dderbyn yr arian. Fe wyddai o'r gorau fod cyflog Lleifior gryn dipyn uwchlaw telerau'r undeb. Ond y peth anghyfiawn oedd mai mympwy meistr oedd yn penderfynu pa un a oedd dyn i fwyta neu i lwgu. Trodd yn y drws, a llwyddodd i roi ymenyn yn ei lais wrth ddweud,

'Gobeithio na fyddwch chi ddim yn edifar am hyn, Mistar Vaughan. Bore da.'

155

Gyda'r nos, aeth Edward Vaughan i fyny i weld Karl. Yr oedd yn llonyddach, ac yn amlwg yn well. Fe fu Dr. Owen yno yn ystod y pnawn a dweud mai sioc a gafodd i'r cyfansoddiad ac annwyd trwm yn dilyn. Fe dorrai'r dwymyn cyn pen pedair awr ar hugain, ac fe fyddai'r bachgen, gyda gofal, wrth ei waith ymhen ychydig ddyddiau.

Pan aeth Edward Vaughan i'r llofft yr oedd Karl yn darllen *Losungen*, llyfryn ac ynddo ddetholiadau o'r Ysgrythur i'w darllen bob dydd. Rhoes y llyfr i lawr.

'Noswaith dda, Mr. Vaughan,' meddai.

'Noswaith dda, Karl. Maen nhw'n dweud eich bod chi'n well.'

'Diolch, ydw. Un peth yn unig sy'n fy mhoeni.'

Eisteddodd Edward Vaughan mewn cadair.

'A beth ydi hwnnw, Karl?'

'Fe ddwedodd Greta eich bod wedi anfon Wil James oddi yma.'

'Ddyle hi mo'ch poeni chi â materion y ffarm a chithe'n wael.'

'Nid Wil a'm curodd i neithiwr.'

Cododd Edward Vaughan ei ben.

''Does dim angen ichi gysgodi'r dyn yna, Karl. Mi wn i mai un drwg ei galon ydi o.'

''Dwyf i ddim yn cysgodi Wil James. Nid ef a'm curodd i. Dyn arall. 'Dwyf i ddim yn ei nabod.'

'Ydech chi'n berffaith siŵr, Karl?'

'Yn berffaith siŵr.'

'Pan oedd y dyn arall yma'n eich curo chi, welsoch chi mo Wil James o gwmpas? Yn ymyl?'

Yr oedd hon yn ddilema i Karl. Un o'r pethau egluraf yn ei gof oedd wyneb Wil James dros ben y boncyn oddi tano yn edrych arno'n cwympo. Ond yr oedd wedi gwneud ei orau hyd yma i arbed yr adyn. Yr oedd eisoes wedi dweud un celwydd wrth ddweud mai cwympo a wnaeth. Yr oeddent wedi dargan-fod mai celu'r gwir oedd hynny. Pa faint y gallai'i gelu ymhellach? Dywedodd yn araf,

"Doeddwn i ddim mewn cyflwr i weld dim yn iawn. Nid Wil James a'm curodd i. Yr wyf yn gwybod hynny.'

Nid arhosodd Edward Vaughan yn y stafell yn hir. Aeth i lawr i'r offis i feddwl. Yr oedd arno eisiau didoli. Onid Wil James a fu'n curo Karl yng Nghoed Argain, pa bwrpas fyddai gan y Robin Bol Uwd a ddaethai i Leifior am saith o'r gloch y bore wrth ei gyhuddo yn ei gefn? A oedd rhyw ddrwg rhwng hwnnw a Wil James, rhyw hen asgwrn i'w grafu? Onid Wil James a gurodd Karl, pwy a'i curodd?

Aeth meddwl ei fod wedi danfon Wil James o Leifior ar gam yn fwrn ar Edward Vaughan. Er ei bod yn noson farugog, oer, ac nad oedd tân yn yr offis, fe ddechreuodd chwysu yn ei gadair wrth y ddesg. Nid oedd erioed o'r blaen wedi digyflogi gwas heb fod ganddo dystiolaeth berffaith. Yr oedd ar hyd y blynyddoedd wedi arfer pob gofal. Hynny a gafodd iddo'i enw da fel meistr ac fel triniwr dynion. Os gwnaeth gam â dyn yn ei bae, yr oedd yn dechrau llacio, yn dirywio. Fe drôi'i enw da yn enw drwg, fe ddechreuai'i glod bydru ymhlith ei gydnabod, fe âi dynion i boeri ar ei barch . . .

Cododd o'i gadair. Fe âi i holi rhagor ar Karl. Os gallai ef enwi, neu o leiaf ddisgrifio'r dyn a'i dyrnodd, a thrwy hynny glirio enw Wil James y tu hwnt i bob amau, fe . . . Fe wnâi beth? Galw Wil James yn ôl, a'i ailgyflogi?

Eisteddodd Edward Vaughan drachefn. Pa un oedd waethaf iddo, digyflogi gwas ar gam, ynteu'i ailgyflogi ac addef y cam gerbron y cyhoedd? Yn sicir, yr oedd danfon Wil James ar dystiolaeth ry simsan yn mynd i ddrygu'i enw da fel meistr, ond fe fyddai'i alw'n ôl a chyfaddef ei gamgymeriad yn ei ddrygu'n waeth. Fe ddangosai hynny'i fod nid yn unig yn anghyfiawn, ond yn wan, yn dechrau amau'i farn ei hun, yn fympwyol. A phe dôi Wil James yn ôl, fe fyddai'i glochdar yn annioddefol. Yr oedd yn hy eisoes, ac yn dafotrydd. Pe dôi'n ôl, â marc du yn erbyn ei feistr, fe fyddai'n hyfach ac yn rhyddach ei dafod fyth.

Ac yr oedd un posibilrwydd arall. Beth petai Wil James yn gwrthod y cynnig i ddod yn ôl? Yr oedd dyn yn gwrthod cyflog Lleifior a gwasanaethu dan ŵr Lleifior yn beth na chlywodd neb amdano yn Nyffryn Aerwen. Pa ddrwg bynnag a wnaethai

Edward Vaughan iddo'i hun eisoes, fe wnâi hynny'r drwg yn ddengwaith gwaeth. Fe âi'i gyd-amaethwyr i chwerthin am ei ben y tu ôl i'w dwylo. Yr oedd wedi sefyll ar bedestal ym Mhowys ers deugain mlynedd. Un cam gwag yn awr, a dyna'r pryf yn y pedestal.

Cododd Edward Vaughan wedi taro'r fargen galetaf yn ei fywyd. Am ei fod wedi'i tharo ag ef ei hun. Ar yr amod na newidiai mo'i feddwl, ni adawai i'w feddwl loetran mwy ar y mater. Ond yr oedd y fargen yn un ddrud. Yr oedd, yn ymwybodol, yn rhoi'i droed ar egwyddor yr oedd yn gyson wedi ceisio'i gweithredu. A'r egwyddor oedd gwneud cyfiawnder â phob dyn. Yr oedd wedi gyrru dyn o'i wasanaeth, hyd y gwyddai, ar gam. Ond yr oedd yn gadael i'r cam sefyll yn hytrach na dangos gwendid i'w gymdogion.

Aeth Edward Vaughan o'i offis y noson honno'n wannach dyn. Yr oedd ei hyder ynddo'i hun wedi'i siglo.

Cododd Harri ar fore o Ragfyr cynnar i weld eira cynta'r gaeaf ar Eryri. Y mae boddhad cynnil bob amser o weld a chlywed popeth cynta'r flwyddyn: yr eirlys gyntaf, y friallen gyntaf, y wennol gyntaf, cân gyntaf y gog, yr eira cyntaf. Ac i Harri yr oedd myned y niwl a'r rhew llwyd a fu'n llethu Tachwedd, a dyfod yr eira dilychwin a haul gwelw Rhagfyr yn ffyrnigo'i wyn, yn arwyddo ysgafnach dyddiau. A phan ddaeth i lawr yn gynharach na'i arfer i frecwast a gweld tân mawr yn y grât yn arwyddo hwyliau da ar Mrs. Lewis, ac agor llythyr oddi wrth Greta, fe gafodd fod y rhagargoel yn un diogel.

Yr oedd wedi mynd i Leifior pan gafodd lythyr Greta yn dweud bod eu mam yn gwaelu ac yn sôn am ei hanghytuno â Paul ac am y curo ar Karl a diswyddo Wil James. Yr oedd ei fam a'i dad wedi heneiddio llawer mwy na deufis er pan adawsai hwy ddechrau Hydref. Ac yr oedd y sioncrwydd penfelyn wedi gadael Greta a'i gadael yn ddynes gynefin â beichiau bywyd. Yr oedd Karl yn brin ei eiriau, ac er mor atgas oedd Wil James, yr oedd Lleifior rywfodd yn wacach heb ei grafu a'i grechwen a'i bryfôc. Daethai Harri'n ôl i Fangor wedi'i ddwysáu.

Ond yr oedd llythyr Greta heddiw'n sioncach. Yr oedd eu mam yn well ac yn dechrau codi ers deuddydd. Yn dechrau bwyta ac yn cymryd diddordeb mewn byw. Eu tad o'r herwydd yn loywach ei lygad, er bod rhyw bensynnu arno weithiau na allai Greta mo'i ddeall. Daethai Karl yn amlach ei eiriau, a chan sylweddoli bod un dyn yn llai yn Lleifior a bod a wnelo ef â hynny, yr oedd yn gweithio ddwywaith cyn galeted â chynt. Er gwaethaf annog ei thad, nid oedd Greta eto wedi sgrifennu at Dr. Rushmere, nac wedi cael llythyr ganddo. Ond nid oedd hynny'n poeni cymaint ag a ddylai arni hi.

Bwytaodd Harri'i frecwast yn hoyw, a rhwng tameidiau, adrodd cynnwys y llythyr wrth Gwdig. Gwdig yn gwrando fel sant, gan borthi'n addas o dro i dro. Yr oedd y llythyr arall oddi wrth Lisabeth. Darllenodd Harri'r llawysgrif blentynnaidd ag amynedd. Nid oedd yn hir. Ni allod Lisabeth erioed sgrifennu llythyr hir. I ddyn mewn cariad fe fuasai'n ddiddorol. Nid oedd yn ddiddorol i Harri. Sôn amdani'i hun yr oedd Lisabeth, am gôt newydd a gawsai gan ei thad, yn costio hanner canpunt; am gar newydd yr oedd ei brawd Dafydd wedi'i brynu, yn ychwanegol at y car newydd a oedd eisoes yn y Trawscoed; am gariad newydd ei brawd arall, Gwilym, merch i ffarmwr cefnog iawn yn sir Amwythig . . .

Taflodd y llythyr o'r neilltu, mor ddiseremoni nes i Gwdig ddweud,

'Bachan, fe ddyle dyn ddangos mwy o barch na hynna i lythyron ei gariad.'

Atebodd Harri,

''Does gen i ddim amynedd â'r stwff. 'Dyw hi'n sôn am ddim ond arian, a'r pethe y gall arian eu prynu.'

'Ond 'dyw e' ddim ond y bywyd yr wyt ti'n gyfarwydd ag e'.'

'Wyt ti'n meddwl 'mod i'n falch? 'Rydw i wedi syrffedu ar arian a sôn am arian. Hwn-a-hwn yn "gwneud ei beil". Hon-a-hon yn "priodi'n dda". Y teulu-a'r-teulu'n "deulu parchus", "anrhydeddus". Y nefoedd a'n gwaredo, mae cymdeithas sy'n siarad fel'na'n bwdwr.'

'Mae dylanwad comiwnyddiaeth yn drwm arnat ti, Harri.'

'A pham lai? Os ydi dyn yn trafeilio ar drên sy'n mynd i ddinistr, mae'n bryd iddo newid trên.'

'Eitha' da,' ebe Gwdig. 'Ond pa ffordd mae dyn i wybod pa drên sy'n mynd i ddinistr? 'Rwy'n gweud wrthot ti'n awr, fe fydd dynion yn dal i grafangu am feddianne ac yn dal i dreisio'i gilydd pan fydd comiwnyddiaeth yn ddim ond rhes o hen lyfre mewn llyfrgell.'

Edrychodd Harri ar ei gyfaill yn llym.

''Roeddwn i'n meddwl mai cenedlaetholwr Cymreig oeddet ti, Gwdig. 'Rwyt ti'n siarad fel Tori.'

'Nid braint cenedlaetholwr, Harri, yw cau'i lyged ar y natur ddynol. A phe bawn i wedi dysgu dim arall ym Mhlaid Cymru, 'rwy wedi dysgu nabod 'y nghenedl. Mae eisie mwy na hunan-

160

lywodraeth ac mae eisie mwy na refoliwshion i dynnu ariangarwch allan o Gymro.'

'Fy mhleser i, Gwdig, fydd profi dy fod ti'n rong.'

'A'm loes inne, Harri, fydd profi 'mod i'n iawn.'

Ac aeth y ddau i'r coleg.

II

Y pnawn hwnnw oedd y pnawn yr yfodd Harri goffi gydag Ifan Armstrong a Huw Llywarch. Yr oedd y dydd wedi dechrau'n dda ac aeth yn well wrth dyfu. Un o brofiadau blasusaf bywyd yw cymodi.

Ifan, chware teg iddo, a'i gwahoddodd.

'Ty'd am gwpanaid i'r Iwnion, Harri. Mae gin i isio gair hefo chdi.'

Ac aeth Harri, heb wybod yn iawn i beth. Ac ni thorrodd neb air nes oedd y tair cwpanaid coffi ar fwrdd bach rhyngddynt yn un o gorneli'r Undeb.

''Rwyt ti'n perthyn i'r Soc-Soc, Harri,' meddai Ifan i agor.

'Ydw.'

'Yn Gomiwnydd.'

''Dydw i ddim yn aelod o'r Parti,' ebe Harri, 'ond mi alla' ddweud 'mod i'n cytuno ag o i fesur helaeth iawn.'

''Rwyt ti'n credu yn y werin,' ebe Ifan.

'Â'm holl galon,' ebe Harri.

Estynnodd Ifan ei law dros y bwrdd, a chydiodd Harri ynddi heb wybod pam yn iawn.

'Harri,' ebe Ifan, ac yr oedd cysgod cryndod yn ei lais bas cadarn. 'Mae'n ddrwg gen i imi dy gyhuddo di ar gam yn dy ddigs noson gynta'r tymor. Ac mae'n ddrwg gen i 'mod i wedi rhoi 'nwylo arnat ti fel y gwnes i. Mi ddwedis dy fod ti'n snob ac yn un o fân uchelwyr Powys. Os wyt ti'n credu yn y werin ac yn dy gyfri dy hun yn un ohoni, 'does dim modd fod yr un o'r ddau'n wir.'

'Diolch, Ifan,' ebe Harri, ac nid oedd ei lais yntau'n ddi-gryndod chwaith. 'Ond fi roddodd 'y nwylo arnat ti'n gynta', ac fe wnaeth yr hergwd honno fyd o les i mi.'

Chwarddodd y tri o gylch y bwrdd, yn betrus ar y cyntaf, ac yna, fel y llaciai'r tyndra wythnosau oed, yn harti. Penderfynodd Harri'i bod hi'n werth dioddef camwri noson gynta'r tymor i gael clywed ei chyffesu fel hyn, ac yn werth cweryla i gael cymodi. Ond eto, nid cymodi ag ef fel etifedd ffortiwn Lleifior a wnaethai Ifan, ond cymodi ag ef fel sosialydd. Cofiodd Ifan yn dweud wrth Gwdig y noson gyntaf honno yr ysgydwai law â Harri pan ddôi i lawr i blith y werin. Ar lefel Ifan y bu'r cymodi, ac ar delerau Ifan. Eto, nid oedd hynny'n boen i Harri. Yn hytrach, yr oedd hi'n fuddugoliaeth iddo arno'i hun. Yr oedd wedi cymryd y cam, ac wedi'i arddel. Yr oedd bellach yn gydradd gytûn â chyn-chwarelwr o Arfon a mab i was ffarm o Faldwyn. Am y tro cyntaf yn ei fywyd yr oedd y werin wedi'i dderbyn yn un ohonynt hwy.

'Hogan dda ydi honna'r wyt ti'n ei chanlyn, Harri,' ebe Ifan.

Crychodd ael Harri. Dyfalodd sut yr oedd Ifan yn gwybod am Lisabeth, ac os oedd yn gwybod amdani, sut yr oedd ef gyda'i syniadau ef yn gallu'i chanmol hi, o bawb.

'Gwylan Thomas,' ebe Ifan.

'O, Gwylan!' ebe Harri. A chwarddodd yn fyr. ''Dydw i ddim yn canlyn Gwylan.'

'Ond 'rwyt ti gryn lawar yn ei chwmni hi.'

'Ffrindie yden ni. Brawd a chwaer yn y ffydd.'

''Dwyt ti ddim yn meddwl dweud dy fod ti'n gallu cerdded allan hefo merch o bersonoliaeth honna heb gyffwrdd ynddi?'

Nodiodd Harri.

'Wel, diawc,' ebe Ifan, yn llenwi'i bibell yn fyfyriol, ''rwyt ti'n gryfach dyn nag oeddwn i'n meddwl dy fod ti.'

'Iddi hi mae'r clod,' meddai Harri'n syml.

'Mae gento fo gariad arall,' meddai Huw Llywarch.

'Honno sy'n ferch i ffarmwr mawr yn Nyffryn Aerwen?' gofynnodd Ifan. 'Wyt ti'n dal i'w chanlyn hi, Harri?'

'Wel . . . ydw,' meddai Harri'n gloff. Am y tro cyntaf yr oedd ganddo gywilydd o ffaith y buasai'n ymffrostio ynddi ychydig wythnosau'n ôl. Yn garedig iawn, ni wnaeth yr un o'r ddau arall sylw pellach o'r peth. Daeth Ifan yn ôl at Gwylan.

'Meddwl,' meddai, 'am Gwylan Thomas yn gwrthod yr ysgoloriaeth yna.'

'Gwrthod ysgoloriaeth?' ebe Harri.

'Paid â dweud na wyddost ti ddim.'

'Chlywais i'r un gair,' ebe Harri.

'Wel, diawc, am beth fyddwch chi'n siarad?' ebe Ifan, gan bwyso'r baco i'w getyn â'i fys. 'Do'n taid. Pan oedd hi yn Aberystwyth yr ha dwytha', fe gynigiodd y Proff. ysgoloriaeth arbennig iawn iddi i fynd i Brifysgol Llundain i wneud ymchwil. Tri chant a hanner y flwyddyn, 'rwy'n meddwl. Nid ar sail y gwaith yr oedd hi wedi'i wneud, ond ar sail ei gallu hi i wneud yn well. Ac fe wrthododd yr hogan wneud dim â hi.'

'Diwedd mawr,' ebe Harri, 'pam?'

'Am fod arian yr ysgoloriaeth yn dod o elw rhyw waith yn y trefedigaetha'. Budur-elw cyfalafol o chwys y bobol dduon, medda hi. Ac am hynny, wnâi hi ddim â'r peth. Go dda hi, yntê? 'Roedd hi'n ffŵl, wrth gwrs, yn gwrthod cyfla nad oes ond un o fil yn cael ei gynnig o, ond dudwch chi a fynnoch chi, dim ond hogan-a-hannar fuasa'n aberthu fel'na er mwyn ei hegwyddorion.'

Ie, hogan-a-hanner, yn siŵr, meddai Harri wrtho'i hun. Ac nid oedd Gwylan wedi sôn gair wrtho ef am y peth, am y buasai, mae'n debyg, yn ei chanmol ei hun. Yn union fel hi! Yr oedd enghraifft ar ôl enghraifft o'i chymeriad anllygradwy yn dod o rywle neu'i gilydd beunydd. Fe wyddai Harri fod yn rhaid iddo gydio'n dynn ynddo'i hunan rhag i'w edmygedd diarbed ohoni droi'n addoliad. Ac eto, pan nad oedd gennych mwyach mo'r Anfeidrol i'w addoli, a oedd un peth o'i le mewn addoli meidrol?

Taniodd Ifan Armstrong ei getyn, ac wedi taflu'r fatsen, codi.

'Gwna'n fawr o'r hogan 'na, Harri,' meddai. ''Dydi'r math yna ddim i'w cael am ddwy-a-dima'. Ac yr ydw i'n falch, 'rhen law, yn falch gynddeiriog, dy fod ti'n un ohonon ni.'

Ac mewn cwmwl o fwg glas cerddodd Ifan o'r ystafell a Huw Llywarch yn ei ddilyn yn driw. Eisteddodd Harri'n hir ar ei gadair wrth y bwrdd bach crwn yn y gornel, sigarét yn ei law a'i llwch yn llinyn hir ar ei flaen, a thair cwpan wag yn gwmni. Yr oedd math ar syfrdandod arno, a thrwy'r syfrdandod yr oedd yn gweld gwyryf mewn gwyn o'i phen i'w thraed ac yn ei llaw

163

wialen wedi'i thorri o ryw laslwyn neu'i gilydd; am ei phen yr oedd yr haul ac yr oedd ei thraed yn noethion ar wydr. Yr oedd Harri y bore hwnnw wedi bod yn edrych yn y llyfrgell ar ddarluniau o ffenestri lliw enwog mewn prifeglwysi. Fe allai feddwl mai ailedrych yr oedd ar un o'r lluniau hynny oni bai mai llygaid duon Gwylan oedd gan y weledigaeth.

III

Yr oedd y trên yn taranu eto drwy ddyffrynnoedd coediog Powys. Ond y tro hwn yr oedd y coed yn noethion, a'u brigau'n ymestyn i'r awyr blwm fel esgyrn bysedd, heb ddim arnynt ond ambell ddeilen gyndyn, gochddu, wedi dal pob storm, ac ambell frân rynllyd, aflonydd. Y tu hwnt i'r coed, i fyny hyd bennau'r bryniau, yr oedd eira tenau'n gorwedd, wedi gorwedd ers dyddiau, ond er ei deneued wedi methu mynd yn llwyr. Ac yr oedd un olwg ar Fynydd Cribwch yn ddigon i fferru dyn yn ei ddillad.

Nid oedd neb yn y compartment ond Harri. Dyma'r tymor pan redai'r trenau'n weigion i berfedd gwlad, a neb yn teithio ynddynt oni fyddai'n rhaid. Nid oedd gan Gymru hardd ddim i ddenu teithwyr yn y misoedd hyn er gwaethaf posteri del y gorsafoedd. Nythai lluoedd yr haf yng nghlydwch eu dinasoedd, gan dynnu llenni'u ffenestri ar draws y gaeaf. Pob croeso i bwy fynnai gael ei gerbyd ei hun yn y trenau y byddent hwy eto'n ymladd am le ynddynt pan ddeuai'r haf.

Rhoddodd Harri'i lyfr ar ei lin a thanio sigarét i gynhesu'i drwyn. Yr oedd y stafell wag wedi twymo cryn dipyn er pan gychwynnodd ynddi o Gaer, ond yr oedd gorfod edrych drwy'r ffenestri'n cadw dyn yn rhy ymwybodol o'r eira i fod yn gwbwl gynnes. Wedi tynnu sbel yn ei sigarét edrychodd eto ar y llyfr yr oedd wedi'i roi i lawr ar y sedd gyferbyn. Llyfr cas melyn y buasai dyn yn disgwyl cael nofel iasoer o'i fewn. Ond nid nofel mohono. Ond gwaith Lenin. Yr oedd Harri wedi benthyca'r gyfres gyfan o weithiau Lenin oddi ar y silff yn llyfrgell y coleg ac wedi'i phacio i gyd yn un o'i fagiau. Yr oedd yn bwriadu'i darllen drwyddi yn y tair wythnos gwyliau Nadolig a oedd o'i flaen.

164

Yr oedd wedi edrych ymlaen at bob gwyliau gartref er pan fu yn y coleg. Er difyrred oedd Bangor, ac er bod y tymhorau cyflym yn feddwol gan firi, yr oedd cael dod adref i Leifior bob tro yn hyfrydwch ar wahân. Y gwair yn yr haf a thân y parlwr mawr yn y gaeaf, breichiau'i fam am ei wddw a'r sgwrs gyda Karl, eistedd yng ngrug Moel yr Afr gyda Lisabeth a rhoi'r anrhegion Nadolig wrth y llestri brecwast yng ngwyll rhudd-goch y gegin a phawb wedi mynd i'w gwelyau. Ond y tro hwn, nid oedd dim blas ar ddod adref i Leifior. Yr oedd fel petai'n dod i le diarth, lle byddai pawb yn perthyn i fyd ac oes a meddwl gwahanol i'w fyd a'i oes a'i feddwl ef. Yr oedd y tymor diwethaf wedi troi pawb a phopeth â'i wyneb i waered o'i ongl ef. Yr oedd Gwylan wedi digwydd.

Y tro diwethaf y gwelsai Gwylan oedd neithiwr, noson ola'r tymor. Yr oedd dawns yn neuadd y coleg, a Harri wedi mynd i ddawnsio. Yr oedd yn ddawnsiwr da, ac yn herwydd hynny a'i fod yn hardd, yr oedd y merched yn styried dawnsio gydag ef yn un o binaglau'r noson. Fe ddaethai Gwylan yno. Er ei bod hithau'n eitha' dawnsreg, anamal y dôi i'r dawnsfeydd ond i sibrwd comiwnyddiaeth ac i hysbysebu cyfarfodydd. Ond fe ddaethai hi neithiwr am y gwyddai fod Harri yno.

Y funud y gwelodd hi, gwahoddodd Harri hi i ddawnsio. Fe ddaeth. Ond wrth siglo yn ei freichiau hyd y llawr llithrig a'r miwsig merfaidd yn gorchymyn eu traed, meddai hi,

'Ydach chi ddim yn meddwl, Harri, mai gwaith braidd yn wrthun ydi hwn, a chymaint o ddiodda ac anghyfiawnder yn y byd?'

Y funud y dywedodd hi hynny, teimlodd Harri'r mydr yn mynd yn gawl yn y miwsig a'i draed yn mynd yn drwsgwl. Yr oedd y ddawn gan Gwylan i roi pob gweithred ar gefndir byd-eang. Unig werth pob gweithgarwch oedd ei werth, neu'i ddiffyg gwerth, i ddynoliaeth. Ac wrth gwrs, ac edrych arno felly, yr oedd gwerth dawnsio i ddynoliaeth yn ddim. Ond dywedodd Harri, braidd yn chwareus,

'Beth ydech chi'n feddwl y dylen ni'i wneud y funud yma, Gwylan? Mynd allan i'r stryd a chychwyn chwyldro? Ynteu mynd i saethu Franco yn Sbaen?'

Ond pan edrychodd i lawr i'w hwyneb yr oedd ei llygaid yn ddau gerydd du. Safodd hi ar ganol cam a dweud yn isel,

'Dowch allan, Harri.'

Brysiodd Harri allan ar ei hôl, yn filain wrtho'i hun am ei brifo. Allan, yr oedd hi'n ysgythrog oer, a phlu eira anfynych yn gogordroi ar flaen y gwynt. Gwisgodd Gwylan ei sgarff a'i chôt a gorchymyn i Harri wneud yr un peth.

'B'le'r ewch chi, Gwylan?'

'Mynydd Bangor.'

'Heno?'

'Dowch.'

A cherddodd y ddau drwy'r dref dan y lampau lleithion, ac i fyny tua'r mynydd tywyll yr ochor draw. Wedi cyrraedd y llwybrau caregog tynnodd Gwylan fflachlamp o'i phoced ac aeth ar y blaen i arwain. Daethant cyn hir at fainc ddi-gefn yn sefyll mewn cesail yn y mynydd. Eisteddodd Gwylan arni, ac amneidio ar Harri i eistedd.

'Wyddoch chi, Gwylan—'

'Ust!'

Erbyn hyn yr oedd llygaid Harri wedi cynefino'n weddol â'r tywyllwch, a gallodd weld amlinell wyneb gwelw Gwylan yn syllu'n syth o'i blaen ar draws y ddinas at gysgodlun du'r coleg y daethant ohono, ac fel petai'n clustfeinio. Gadawodd Harri iddi glustfeinio heb ymyrryd. Toc, dywedodd hi,

'Mae'r cread yn griddfan, Harri.'

'Fe fyddwch chi a finne'n griddfan yn fuan iawn yn yr oerni yma—'

'Tewch. 'Roeddwn i'n credu 'mod i wedi disgyblu digon ar eich meddwl *bourgeois* chi i wneud ichi ddeall beth ydw i'n ceisio'i ddweud rŵan.'

Cofiodd Harri mai hon oedd y ferch a wrthododd ysgoloriaeth er mwyn ei hargoeddiadau, a dywedodd,

'Dywedwch chi, Gwylan. 'Rwy'n gwrando.'

Y peth tebycaf a welodd Harri erioed i ysbrydegydd mewn trans, oni bai'i fod yn gwybod nad oedd Gwylan yn credu mewn byd ysbrydol. Ond fe wyddai hefyd, pan fyddai Gwylan yn yr hwyliau hyn, fod rhywbeth gwerth ei wrando ar ddod. Gwrandawodd ar y gwynt yn sgrechian trwy gangau'r coed yn y tywyllwch ar ben y mynydd, ac yn crafangu'u clustiau hwythau wrth fynd heibio. Yr oedd yr wyneb gwelw yn ei ymyl yn dal i rythu, yn dal i glustfeinio. Yna, daeth llais clir, clochaidd Gwylan, yn wastad, heb weiddi.

'Yn America heno, mae'r bobol dduon yn griddfan dan y deddfau gwahanu; ac yn Ne Affrica heno; ac yn Cenia heno; ac yn Nigeria heno. Ac yn Ffrainc heno mae'r gweithwyr gwynion yn griddfan dan sbeit y cyfalafwyr y maen nhw'n gwneud modrwyau iddyn nhw, a thai, a cheir modur, a gwin; ac yn yr Eidal heno, ac yn Sbaen heno, ac yn Lloegr heno, ac yng Nghymru heno. Ac yn Rwsia heno, ac yn y Balcanau, mae'r gweithwyr yn rhydd.' Trodd ei hwyneb at Harri. 'Ydi hwnna'n golygu rhywbeth ichi, Harri? Yn rhydd.'

Fel y dywedodd hi ef, yr oedd yn golygu llawer iawn i Harri. Petai rhywun arall wedi siarad fel y bu hi'n siarad fe fyddai ef wedi wfftio a chwerthin. A hyd yn oed petai'n credu'i bod hi'n ceisio gwneud argraff ffug arno, fe fyddai wedi dweud wrthi am beidio â rwdlan. Ond am ei bod hi mor amlwg o ddifri, a'i hargyhoeddiad yn ei hysu, hyd yn oed i'r eithafion annaturiol hyn, fe wrandawodd arni mewn mudandod a weddai i ddefosiwn. A chan fod ei llygaid yn disgwyl wrtho, dywedodd,

'Yr ydw i'n derbyn popeth ddywedwch chi, Gwylan, heb amau dim. A phopeth yr ydech chi wedi'i ddweud er pan welais i chi gynta', heb ame.'

'Felly,' ebe Gwylan, yn cydio yn ei eiriau cyn iddynt lithro i lawr y llechwedd i'r tywyllwch, 'beth ydech *chi* am ei wneud?'

'Beth garech chi imi'i wneud?' gofynnodd Harri, fel gwas amrwd i'w feistr.

'Ydach chi'n hapus yn mynd adra fory i Leifior? I le sy wedi cadw dynion i weithio am genedlaetha' ar beth y mae'n gelwydd ei alw'n gyflog? I fwynhau moetha' y mae chwys dynion eraill wedi'u hennill i chi?'

'Hapus . . . ? Wel, na 'dydw i ddim yn hapus, ond dario, mae'n rhaid imi fynd adre—'

'Rhyngoch chi a'ch cydwybod am hynny. Ond ydach chi'n ddigon siŵr o anghyfiawnder Lleifior i benderfynu na fwyn-hewch chi ddim o'i foetha' fo mwy? Ewch chi ddim yn fîstar

Lleifior ar ôl eich tad. A phe gwerthech chi Leifior, chymerech chi mo arian y gwerthiant chwaith. Nid chi pia' nhw.'

'Mae'ch rhesymeg chi'n dal dŵr, Gwylan.'

'Ac mae 'na un peth arall.'

Yr oedd Gwylan yn ddistaw am ysbaid, mor ddistaw nes gwneud i Harri edrych arni'n siarp.

'Beth, Gwylan?'

'Fel yr ydach chi, Harri, yn sengal, fe ellwch chi wneud beth fynnoch chi. Chi bia'ch ewyllys, ac fe ellwch chi'i gweithredu hi. Ond os priodwch chi, fe fydd gynnoch chi ddwy ewyllys yn lle un. Ac fe all y ddwy fod yn groes.'

'Ewch ymlaen, Gwylan.'

''Rydach chi'n canlyn merch ariannog, sy wedi'i magu, fel chitha', ar chwys dynion eraill. Os priodwch chi hi fe ewch chi'n ôl i afael y bywyd yr ydach chi rŵan yn ceisio'ch datod eich hun oddi wrtho. Fe gollwch eich gweledigaeth ac fe ddaw'r chwyldro ar eich gwartha' chi, a'ch dryllio chi. Os glynwch chi wrth eich sosialaeth ar ôl priodi, a hitha' wrth ei bywyd *bourgeois*, fe ddrylliwch eich priodas, a gwahanu, ac fe fydd y briodas yn ofer. Ac os digwydd i chi'i hennill hi i'ch ffordd chi o feddwl, a'ch bod chi'ch dau'n troi cefn ar eich cyfoeth, fe dynnwch chi ddau deulu yn eich pen yn lle un.'

''Rydech chi'n gofyn imi roi'r gore i Lisabeth.'

'Ellwch chi wneud dim arall—os ydach chi o ddifri. Mae hi'n rhan o'r bywyd y mae'n rhaid ichi dorri oddi wrtho. Ac os ydw i'n nabod merched, yn rhan go ddieflig.'

Distawrwydd hir yn dilyn y llif geiriau hyn. Os oedd Gwylan yn teimlo'i bod wedi dweud gormod ac wedi troedio lle na ddylai, 'doedd dim ond y distawrwydd i dystio hynny. Os oedd Harri'n teimlo'r rhwyg a oedd ar ddod yn ormod, 'doedd dim ond y distawrwydd i dystio hynny chwaith. Ond yr oedd y dewis yn gliriach yn awr. Yr oedd caru Lisabeth wedi mynd yn anodd iddo ers blwyddyn. Yr oedd y fflam a fyddai'n neidio hyd ei wythiennau wrth feddwl amdani ddwy a thair blynedd yn ôl wedi llosgi'n isel iawn. Ond er pan gyfarfu â Gwylan yr oedd y wreichionen olaf wedi diffodd. Nid am fod Gwylan wedi cymryd lle Lisabeth. Ffrind oedd Gwylan, o'i dewis hi ac o'i ddewis yntau. Yr oedd hi wedi gwneud lle newydd iddi'i

hun. Lle arweinydd a chynghorwr a chônffidant. Nid oedd
Gwylan wedi llosgi cusanau Lisabeth oddi ar ei wefusau â'i
chusan ei hun. Ni wyddai Harri pa flas fyddai ar gusanau
Gwylan. Yr oedd wedi peidio â meddwl amdani yn nhermau
cusanu. Ond y gwir oedd wir. Er pan ddaethai i nabod Gwylan
y diffoddodd ei serch at Lisabeth.

Ond tan neithiwr, nid oedd ganddo reswm dros roi'r gorau i
Lisabeth. Yr oedd yn dal i obeithio yr ailgyneuai'r fflam, y dôi'r
hen hiraeth eto'n ôl. Ond yn awr yr oedd ganddo reswm. Yr
oedd Lisabeth yn rhwystr i'w genhadaeth ef mewn bywyd. Yr
oedd ef bellach am y pared â hi, ac ni ellid uno yn y corff rai a
wahanwyd yn y meddwl. Wrth ysgwyd llaw â Gwylan neithiwr
wrth lidiart ei llety, yr oedd wedi addo y dôi'n ôl y tymor nesaf
yn ddyn rhydd, wedi gadael Lisabeth fel y rhan gyntaf o'r
bywyd y byddai maes o law yn ei adael yn llwyr.

Heno, fodd bynnag, wrth eistedd yn y trên a oedd yn nesáu
bob eiliad at Henberth, yr oedd ei addewid yn edrych yn anos,
anos ei chadw. Ei chadw fyddai raid, fe wyddai. Ond heno yr
oedd yn dechrau ystyried effeithiau'i chadw. Yr oedd nid yn
unig yn mynd i dorri calon un a fu'n dibynnu arno ac yn
disgwyl wrtho ers tair blynedd. Yr oedd hefyd yn mynd i dynnu
ato'i hun anair y cymdogion a chlepwragedd Dyffryn Aerwen.
Gwaeth na'r cyfan, yr oedd yn mynd i beryglu'r cyfeillgarwch
bregus rhwng y Trawscoed a Lleifior a oedd yn golygu cymaint
i Greta ac i'w dad.

Fe fyddai'n rhaid rhoi rheswm i'w dad. Nid dyn i dderbyn
gweithred ar ei hwyneb oedd ef. Ac os rhôi Harri fel rheswm ei
fod yn gomiwnydd a bod Lisabeth yn debyg o amharu ar ei
gomiwnyddiaeth, fe allai weld ei dad yn codi to Lleifior mewn
dirmyg at y fath wrthuni. Rywfodd, a'r nos yn dechrau pylu
gorwelion yr eira, a goleuon Henberth yn eu tro yn gwelwi'r
nos, yr oedd Harri'n dechrau teimlo'n fychan ac yn eiddil y tu
hwnt i'w gysuro wrth droed y mynydd tasg a osododd iddo'i
hun. Fe fuasai'n dda ganddo fod yn mynd i rywle heno ond
adref. Yr oedd yn wynebu'r gwyliau mwyaf diflas a wynebodd
erioed. Ac fel y troellai'r trên i'r orsaf, ac y gwelodd Greta'n
sefyll ar y platfform i'w ddisgwyl, suddodd ei galon ynddo fel
carreg yn Llyn y Dywysen.

169

16

I

Petai wedi cael chware teg, fe fyddai Terence wedi cael tröedigaeth grefyddol. Mae'n anodd deall pam y mae Rhagluniaeth yn ei chipio oddi ar rai sydd yn ei hymyl, y gallasai wneud ohonynt greaduriaid newydd, ac yn gadael iddynt lithro'n ôl i'w paganiaeth drachefn.

Yn ystod yr wythnosau wedi'r noson y curwyd Karl yng Nghoed Argain, fe aeth Terence drwy wewyr meddwl na phrofodd na chynt nac wedyn mo'i debyg. Cyn sicred ag y byddai wrtho'i hun, fe ddôi'r olygfa honno'n ôl o flaen ei lygaid. Ar brydau bwyd yn Lleifior a gartref yn y Cefn Canol a chyda'r nos yn y Crown, fe fyddai'n anghofio. Ond cyn y byddai wedi treulio hanner awr yng nghwmni Karl neu yn ei gwmni'i hun, fe fyddai'n ôl yng Nghoed Argain, ac fe fyddai'n olau lleuad a Llanaerwen dan fôr o wlân, ac fe fyddai Karl yn cwympo ar ei liniau dan ddyrnodiau'r Bol Uwd . . .

Petai Karl wedi rhegi a thyngu ac wedi taro'r Bol Uwd yn ôl fel y dylai, a hyd yn oed wedyn wedi cael ei drechu, fe fyddai'r olygfa wedi casglu niwl amdani'i hun ac wedi syrthio'n dwt i angof. Ond am fod yr Almaenwr wedi gwrthod cynhyrfu ac wedi rhoi'i gorff fel oen i'r cigydd, a hynny nid o raid ond o ddewis, yr oedd yr olygfa'n gwrthod cilio. A'r frawddeg Almaeneg isel a furmurodd wrth gwympo, yr oedd honno fel hen frawddeg swyn y buasai dyn hysbys yn ei hyngan i witsio rhai a wnaethai gam ag ef. Y cwbwl a wyddai Terence oedd mai brawddeg grefyddol ydoedd, am fod sŵn gweddi ynddi.

Yr oedd Wil James, wrth gwrs, y tu hwnt i effeithio arno gan yr atgof. I bob golwg, beth bynnag. Yr oedd ef ar y dôl, ac yn dal ei ben yn uwch nag erioed o gwmpas Llanaerwen, ac ym mar y Crown gyda'r nos yn ei styried ei hun yn ferthyr dros gyfiawnder. Ond pe gwyddai Terence y cwbwl nid oedd y tu mewn i Wil James mor gyfforddus ychwaith. Yr oedd yn orddidaro. Am y Bol Uwd, nid oedd neb wedi gweld hwnnw yn y Crown er noson yr ymosod. Yr oedd sibrwd ei fod ef yn yfed ei hanner galwyn beunosol yn yr Hand ym Mrynyfed. Yr oedd yn sicir ei fod yn ceisio osgoi'i gydnabod yn Llanaerwen. Fe fu Terence yn siarad ag ef unwaith, wrth geg llwybyr y Nant un noson a hithau'n tywyllu, a'r cwbwl y gallod ef ei gasglu o'r sgwrs oedd fod ar y Bol Uwd ofn cyfarfod Karl fel y buasai arno ofn cyfarfod ag ysbryd ei fam ei hun.

Yr oedd y peth wedi pwyso cymaint ar Terence fel y dechreuodd feddwl am grefydd. Yr oedd yn amlwg mai hwnnw oedd cryfder Karl, a'i fod, mewn rhyw ffordd ddiesboniad, yn gwneud Karl yn gryfach yn ei gwymp na'r Bol Uwd yn ei fuddugoliaeth, ac yn sicir yn gryfach na Wil James ac yntau yn eu cynllwyn llechgi. Daeth ymdeimlad o euogrwydd llethol i bwyso ar Terence, o fod wedi cael rhan yn y cigyddio direswm. Ac yn sgîl yr euogrwydd, awydd anniwall am wneud rhywbeth, unrhyw beth, yn iawn am y cam. Bu fwy nag unwaith ar fin cyffesu i Karl fod a wnelo ef â'i guro, a gofyn iddo faddau os gallai. Ond bob tro y byddai ei hunan yng nghwmni Karl, a'r cyfle'n euraid i gyffesu, fe fyddai rhywbeth yn sibrwd esgus wrtho, ac fe fyddai'r cyfle wedi mynd. Fe aeth hyn yn ei dro yn fwrn, a dyblu'r euogrwydd. Yn awr yr oedd nid yn unig euogrwydd bod â rhan yn y curo, ond ar ben hynny euogrwydd methu cyffesu, ac aeth y cyfan yn wewyr nos-a-dydd ar Terence nes iddo benderfynu bod yn rhaid iddo wneud rhywbeth neu roi diwedd arno'i hun.

Felly, wedi methu gwneud iawn i Karl trwy gyffesu wrtho, fe ddechreuodd wneud iawn i'w ysbryd trwblus ei hun trwy wneud dau beth. Yn gyntaf, fe beidiodd â mynychu'r Crown. Nid oedd ond rhyw dair wythnos er pan ddechreuodd yfed yno, ond yr oedd wedi mynd yn ddigon cydnabyddus â Perkins ac yn ddigon dwfn i gyfrinach ei gyd-yfwyr i wneud y toriad yn anodd. Fe welod Wil James droeon yn ystod dyddiau'i ddirwest, ond fe fu'n ddigon gwrol i droi clust fyddar i grafu melfedaidd hwnnw. Yn ail, wedi peidio â mynychu'r Crown fe ddechreuodd fynychu'r capel. Yn union fel yr oedd yn cysylltu'r Crown â'r meddwi a'i harweiniodd i ymosod ar Karl, yr oedd yn cysylltu'r capel â'r grym a wnaeth Karl yn drech na'r ymosod. A theimlo y gallai wneud peth iawn trwy dalu dyledus barch i'r grym hwnnw yn y lle y cynhyrchid ef. Eisteddodd yng ngwyll sedd gefn capel yr Annibynwyr dair nos Sul yn olynol, ac er nad oedd pregethau S. J. Williams y gweinidog ifanc yn golygu fawr iddo, yr oedd bod wedi mentro i'r capel lle na fu er pan fedyddiwyd ef, a bod wedi gwrando ar dair pregeth a bod wedi rhoi chwech gwyn yn y casgliad dair gwaith, yn rhoi tawelwch rhyfedd iddo. Yr oedd yn teimlo nad oedd y dydd ymhell yn awr pan gâi ddigon o nerth i fynd at Karl a chyffesu.

Ond ac yntau o fewn hyd braich i'r bywyd amgenach, fe ddigwyddodd y peth arall. Yng nghynnwrf noson gynta'r Crown ac anfadwaith Coed Argain a'i frwydyr ag ef ei hun yn y dyddiau fu'n dilyn, yr oedd dolur yr ymwahanu â Sheila bron wedi peidio â bod yn ddolur. Yr oedd wedi llwyddo i anghofio amdani, nes cafodd ei llythyr un bore wrth gychwyn i'w waith o'r Cefn Canol.

Hwn oedd yr unig lythyr a gawsai gan Sheila erioed. Fe gafodd gerdyn digon noethlymun ganddi pan oedd hi ar ei gwyliau yn y Rhyl, ond ni wnaeth ei llawysgrifen fabïaidd ar hwnnw ddigon o farc ar ei gof iddo'i nabod ar yr amlen hon. Gan ddyfalu, agorodd yr amlen â'i fysedd clogyrnaidd a thynnu allan ddalen denau o bapur.

3, MAES POWYS,
LLANAERWEN,
HENBERTH.

Dear Terence,—
Please me'et me too-morrow night at seven o clock on the bridje in Llan like you used.

Yours, with love,
SHEILA.

Nid oedd Terence yn feirniad ar lawysgrifen nac ar ramadeg Saesneg, fel na phoenodd anaeddfedrwydd y naill nac anghyw-irdeb y llall ddim arno. Y peth a'i poenodd oedd fod Sheila wedi sgrifennu o gwbwl, a'i bod ar waelod y nodyn wedi mynegi'i chariad. Wrth lusgo'i draed ar hyd y gefnen tua

Lleifior, yr oedd ei feddwl yn ddau. Yr oedd un darn ohono'n falch, falch fod cyfle eto i gyfarfod â Sheila, a hynny ar ei gwahoddiad hi, a bod gobaith ailgychwyn y caru yr oedd ef wedi byw iddo ers misoedd cyn yr ymwahanu. Ond yr oedd darn arall ei feddwl yn flin wrthi am ei gwthio'i hun yn ôl i'w fywyd pan oedd wedi dysgu byw hebddi'n eithaf da, yn enwedig ac yntau'n dechrau blasu bywyd amgenach na'r bywyd ffilm-aidd a chnawdol yr oedd yn ei fyw gyda hi. Fe fu'n hir ar ddau feddwl a âi i'w chyfarfod ai peidio, ond o'r diwedd, fe benderfynodd fynd.

Yn groes i'r arfer gynt, Sheila oedd gyntaf ar y bont. Os rhywbeth, yr oedd hi yno cyn saith. Pan welodd Terence hi fe deimlodd dipyn yn fawr. Yr oedd yr eneth wedi canfod ei chamgymeriad yn colli'i phen ar y llanc o'r dre, ac wedi ffeindio mai ef, Terence, oedd ei chariad hi wedi'r cwbl. Ac yr oedd mor awyddus i'w gyfarfod eto nes dod at y bont cyn pryd.

'Helô, Terence.'

'Helô, Sheila.'

Yr oedd y ddau'n swnio braidd yn swil, a Sheila'n unig oedd yn gwenu. Yr oedd Terence yn cadw'i wên nes oedd hi wedi mynegi'i hedifeirwch.

'Lle'r awn ni?' gofynnodd Terence.

'Lle lici di.'

'I'r Nant?'

'Olreit.'

Er ei bod yn noson fudr, wleb, cododd y ddau goleri'u cotiau a mynd yn wrol i gyfeiriad y Nant. Smociodd Terence yn drwm ar hyd y ffordd. Yr oedd hynny'n arbed siarad mwy nag oedd raid. Fodd bynnag, gan edrych yn syth o'i flaen, mentrodd ofyn,

'Sut mae dy tshap di, Sheila?'

'Wedi gorffen efo fo,' ebe Sheila, mewn llais bach, a'i geiriau'n boddi yn ei sgarff.

'O.'

Cerdded sbel eto mewn distawrwydd. Ond o'r diwedd fe fethodd Sheila â dal, a throdd at Terence yn sydyn.

'Terence,' meddai'n daglyd, 'pam na ofynni di imi dy briodi di?'

Trodd ef ati fel petai wedi'i wanu. Wrth gwrs, yr oedd y breuddwyd yn un dymunol, ond nid oedd modd iddo fod yn fwy na breuddwyd. Yr oedd yr holl anawsterau . . . A ph'un bynnag, ef, nid hi, a ddylai ofyn y cwestiwn.

'Ond duwc, Sheila,' meddai. 'Wel, mi liciwn i, ond duwc, fedrwn ni ddim . . . 'dydw i ddim yn ennill digon eto . . . mi—'

'Mae gen i ofn bod rhaid iti.'

'Rhaid . . . ?'

Edrychodd Terence yn llawn ar hynny a welai ohoni drwy'r gwyll gwlyb. Ac yna, yn araf ond yn ddidostur, ymgripiodd y gwir i'w ymennydd.

'Sheila! 'Dwyt ti ddim . . . ?'

'Ydw.'

'Ond—ond wyt ti'n siŵr mai fi . . . ?'

'Ie. Ti.'

Mewn ychydig eiliadau, neidiodd ei feddwl afrwydd hwnt ac yma drwy'r cawdel gan geisio ffordd allan. Ond yr oedd hi'n cau arno o bob cyfeiriad. Gwnaeth un ymdrech olaf, lesg.

'Fedra'i mo dy briodi di.'

'Ti sy'n gwybod. Prun a briodi di fi ai peidio, mi fydd yn rhaid iti gadw dau ar wahân i ti dy hun.'

Chwysodd Terence. Yr oedd hi'n ddidrugaredd. Yr oedd hi'n amlwg wedi meddwl am bopeth, wedi cynllunio popeth. Yn union fel merch. Celwydd oedd galw merched y rhyw gwannaf. Hwy oedd y cryfaf o ddigon. Ganddynt hwy'r oedd y gair olaf ar ryddid dyn.

Dechreuodd Terence feddwl am effeithiau hyn. Fe fyddai'n rhaid iddo ddweud wrthynt gartref. Gorfod priodi fu ar ei dad a'i fam yr un fath ag yntau'n awr. Ond y rhai hynny oedd drymaf bob amser ar gyplau eraill yn yr un trybini. Fe'i gwelodd Terence ei hun yn ceisio llusgo'r stori allan wrth ei dad a'i fam a'i frodyr a'i chwiorydd amser swper. A chyda'i gap yn ei law o flaen tad a mam Sheila yn gofyn caniatâd i wneud yr anochel. Yr oedd bywyd yn chwaraewr castiau diguro.

'Gwell inni fynd yn ôl rŵan, 'te,' meddai'n llywaeth.

A chychwynnodd y ddau yn ôl. Yr oedd y glaw'n arafu. A rhwng y cymylau boliog uwchben daeth ewin o leuad i'r golwg, dim ond am funud. Ond yr oedd y funud yn ddigon i Terence weld, ar draws y pentref, do gwlyb capel yr Annibynwyr yn disgleirio'n welw, ac yna'n pylu drachefn.

II

Wrth fynd o'r tŷ gwelodd Marged Terence a Sheila'n mynd i mewn i'r drws nesaf. Yr oedd Sheila wedi dweud ei thrwbwl wrthi hi, ac yr oedd hi, er gwaetha'i sioc a'i diflastod, wedi cydymdeimlo. Yr oedd gan Sheila fisoedd o edifeirwch o'i blaen, er mai edifeirwch gorfod ydoedd. Gydag ychydig bach o smygrwydd, diolchodd Marged nad oedd ganddi hi ddim i edifarhau o'i blegid yn y cyfeiriad hwnnw, o leiaf. Yr oedd hi, ac ystyried pob temtasiwn a oedd i'w chael yng nghoedlannau a cheunentydd Llanaerwen, wedi cadw'i chymeriad yn lân.

Gwir, yr oedd hi wedi'i themtio fwy nag unwaith yng nghanol caethiwed y nyrsio diddiwedd ar ei thad, wedi'i themtio i fynd allan, i rywle, am ffling. Yr oedd gorfod cadw tŷ a gorfod rhoi caru a phriodi o'i meddwl yn ddigon o straen ar eneth heb sôn am ei rhwymo'i hun wrth bob smic ac ochenaid o lofft drymllyd ei thad. Yr oedd gorfod edrych ymlaen at ddegau o flynyddoedd o fod yn hen ferch wedi bygwth torri'i hewyllys fwy nag unwaith, a'i gyrru allan i'r caeau tywyll i geisio lladrata priodas, megis, trwy drais. Ond o edrych ar ruddiau llwydion Sheila wrth ddod o'i gwaith bob dydd a gwylio'r panig yn symud yn ei llygaid cyn iddi benderfynu dweud wrth Terence, yr oedd Marged yn falch, wedi'r cyfan, o'i hymatal.

Brysiodd drwy'r glaw oer dros bont Llanaerwen i siop Wilff. Yr oedd wedi wyth o'r gloch ond nid oedd Wilff wedi cau. Dyma un fantais o fyw yn y wlad. Fe gaech ffenestri'r siopau'n olau hyd berfeddion nos, ac nid yn dwyllodrus olau fel siopau'r dref, a'u drysau dan glo, ond yn eich croesawu o'r oerni gwlyb i brynu beth bynnag y bu ichwi anghofio'i brynu yn ystod y pnawn. Brysiodd Marged dan fargod y siop ac agor y drws, a dawnsiodd y gloch yn swnllyd uwch ei phen.

Safodd yn betrus ar drothwy'r drws. Â'i gefn at y goeden Nadolig fawr yn y gornel, dan arlantau o bapur lliw ac yng nghanol addurniadau'r tymor o bob math, safai Harri Vaughan, Lleifior. Yr oedd yn wynebu dau o weithwyr y ffordd a oedd yn gymdogion i Marged yn nhai cyngor Maes Powys, ac yr oedd yn amlwg fod dadl rhyngddynt. Yr oedd un ohonynt, Joni Watkin, yn dweud,

'A thase gen inne fab gwerth ei halen mi fuaswn yn ei anfon ynte i'r coleg i arbed iddo slafio fel yr ydw i. Ond 'does gen nacw ddim mwy yn ei ben na bustach.'

Dywedodd y llall, Twm Ellis, llafn gwargrwm o ddyn gyda chap ddau faint yn rhy fawr yn cysgodi'i lygaid ac yn gwthio'i glustiau allan fel bresych,

''Roedd gen i ddigon yn 'y mhen, medde Roberts y sgŵl erstalwm, ac mi fuaswn wedi gwneud marc go ffein mewn Iwnifersiti, ond 'doedd gen 'y nhad mo'r pres i 'nanfon i fel sy gen Vaughan, Lleifior.'

Go brin fod Harri'n derbyn barn y sgŵl am ei ddisgybl bresychaidd, a barnu wrth yr olwg yn ei lygaid. Ac yr oedd tymer yn cynnau'n dywyll ynddynt. Ond y cyfan a ddywedodd oedd,

'Ond 'rwy'n siŵr y cytunwch chi fod yn rhaid i rywrai anfon eu meibion i'r coleg. Sut siâp fydde ar y wlad petai pawb yn gweithio ar y ffordd ac ar ffermydd? A sut siâp fydde arni wedyn petai pawb mewn coleg? Mae'n rhaid cael rhai i gynnal gwlad a rhai i'w rhedeg hi.'

'Olreit,' ebe Joni Watkin yn hyderus, gan rwbio sedd ei drywsus ribs yn garuaidd, 'ond dweud yr ydw i fod gormod ohonoch chi'r tacle mewn colege. 'Rydech chi allan o bob proporshon i ni'r pwr dabs sy'n malu'u dwylo ar gaib a rhaw.'

Edrychodd Harri ar ddwylo Joni Watkin a'u gweld yn eitha' cyfan. Nid oedd golwg edwino chwaith arno ef na'i gydymaith.

'Fe ellwch chi fod yn falch o hynny,' meddai wrthynt. 'Yn falch fod mwyafrif eich pobol ifanc yn mynd i mewn am swyddi sy'n gofyn mwy o straen a chyfrifoldeb. 'Dydi swydd ysgafnach ar y corff ddim o angenrheidrwydd yn ysgafnach ar y meddwl.'

'Not e bit of it!' ffrwydrodd Joni Watkin, gan droi at Wilff a

176

Marged am gymeradwyaeth i'w ebychiad buddugoliaethus. 'Cwshi jobs, 'ngwas i. Cwshi jobs. Dyna sicret y llifeiriant mawr drwy'r colege. Wyt ti'n meddwl am funud y bydde cymaint o bobol ifanc yn mynd yn fancars ac yn ditshiars ac yn blwmin pregethwyr petai gwaith pen yn g'letach na gwaith llaw? Not e bit of it!' meddai eto, gan rwbio sedd ei drywsus yn gyflymach.

'Cweit reit, Joni,' ebe Twm Ellis. 'Cwshi jobs. Ac un peth arall, cofia di. Mwy o gyflog.'

'O ie,' ebe Joni Watkin, yn rowlio'i ben yn egnïol. 'Mwy o gyflog. Dyma ti, Harri. Fe ddylid gwneud i ffwrdd â'r posishions esmwyth 'ma i gyd a rhoi pob un ohonoch chi'r la-di-das i wneud rhyw waith iwsffwl. Dyna'r soliwshion i gyflwr y wlad 'ma heddiw.'

'Ond y dyn,' ebe Harri'n uchel, yn dechrau colli'i addfwynder erbyn hyn, 'on'd oes yna fancwyr ac athrawon a dynion mewn swyddfeydd yn Rwsia, hyd yn oed, mewn gwlad gomiwnyddol!'

Cododd Joni Watkin ei law'n ataliol.

'Paid ti â sôn wrtha' i am Rwsia ac am gomiwnism. 'Does gen i ddim 'mynedd efo comiwnism. Lebor ydw i.'

'Ond yr un peth ydi Llafur a Chomiwnydd yn y pen draw,' ebe Harri, 'ond bod un yn ceisio mynd adre ar hyd y ffordd bella', a'r llall yn ceisio gwneud short cyt. I'r un fan mae'r ddau'n ceisio mynd yn y diwedd.'

'Paid ti â thrio 'nysgu i beth ydi Lebor,' ebe Joni, yn dechrau ffromi, 'a finne wedi bod yn Lebor ar hyd fy oes.'

'Ie,' ategodd Twm Ellis, gan wthio'i ben capiog ymlaen yn fygythiol, 'gad ti lonydd i bethe na wyddost ti ddim amdanyn nhw. 'Dwyt ti ddim yn dysgu popeth mewn coleg.'

'Bewt ti'n ddweud, Wilff?' ebe Joni, gan droi at y siopwr yn sydyn. Neidiodd hwnnw ymron allan o'i ffedog, a dechrau rhwbio'i ddwylo'n ymroddgar, gan daflu'i lygaid o'r naill i'r llall, fel aderyn wedi'i ddal.

'Wel,' meddai, 'rhyw feddwl yr oeddwn i, fod yna gryn dipyn i'w ddweud ar y ddwy ochr, fel petai, yntê.'

Cododd Joni'i ysgwyddau'n ddirmygus. Pa amgenach ateb y gallech ei ddisgwyl gan ddyn busnes? 'Doedd ar Wilff ddim eisiau digio'i gwsmeriaid yn y tai cownsil. Ond yr oedd lawn cyn bwysiced, onid yn bwysicach, iddo gadw ar delerau da â theulu Lleifior o bawb.

'Dod, Twm?' gofynnodd Joni, gan wyro at ddwrn y drws.

'Ydw, am wn i, Joni,' ebe Twm, gan ystwytho'i goesau a chodi coler ei gôt i wynebu'r eirlaw.

''Sdawch, bawb,' ebe Joni.

''Sdawch,' ebe Twm.

Ond cyn cau'r drws ar eu holau, taflodd Joni un olwg ar Harri a dweud,

''Ryden ni'n dal yn brin o ddyn ar y ffordd er pan aeth tad Marged 'ma'n sâl. Os byddi di'n teimlo fel gwneud rhywbeth i gymdeithas, Harri, meddwl amdani, wnei di?'

A chan chwyrnu chwerthin yn eu gyddfau, diflannodd y ddau i'r nos. Bu mudandod am sbel yn y siop, rhyw adflas wedi i'r terfysgwyr ymadael. Yna, penderfynodd Wilff y gallai ef yn awr gymryd pethau mewn llaw a gollwng ei dafod.

'Rhai garw ydi'r *boys*,' meddai, gan wincian â'i ddau lygad bob yn ail, ar Marged yn gyntaf ac yna ar Harri, a dal i rwbio'i ddwylo gwynion, 'mae'n rhaid iddyn nhw gael eu *say*. 'Rydw i'n credu mewn i bawb gael eu *say*. Wedi'r cyfan, yr yden ni'n byw mewn gwlad rydd, on'd yden? *Free speech and so on*, yntê. *Yes*, Miss Morris?'

A chan ledu'i ddwylo purwyn ar ei gownter, gwyrodd gan wenu'n llydan nes bod ei wyneb ymron yn cyffwrdd yn wyneb Marged.

''Roedd Mr. Vaughan yma o 'mlaen i,' meddai Marged, yn weddus swil, yn taflu llygad ar Harri.

'Popeth yn iawn,' ebe Harri. ''Dydw i ddim ar frys.'

Trodd Marged yn ôl at y siopwr.

'Rhywbeth i wneud diod lemon neu oren i 'Nhad,' meddai.

'*Squash? Yes*,' ebe'r siopwr, gan fowio, a throi fel pellen i archwilio'r silffoedd uwch ei ben. Saethodd ei fraich chwith at un o'r silffoedd a thynnu i lawr botel o ddiod felen, a chan rwygo dalen o bapur llwyd o fangre ddirgel dan y cownter, rhowliodd y botel ynddo a throi'r papur llwyd am ei gwddw fel petai'n ceisio'i thagu.

'Mae'ch tad yn wael, Miss Morris?' ebe Harri, yn teimlo'i bod yn weddus arno ddweud rhywbeth.

178

'Ydi, ers misoedd, Mr. Vaughan,' ebe Marged.

'Mae'n ddrwg gen i glywed,' ebe Harri. 'Chewch chi ddim Nadolig llawen iawn eleni, 'te.'

'Mwy llawen na llawer, hwyrach, Mr. Vaughan.' Ac yr oedd gwên fach annwyl iawn yn llygad Marged y funud honno.

Dyna un ffordd o edrych ar bethau, meddai Harri wrtho'i hun. Yr oedd yr eneth naill ai'n eneth ffein iawn neu ynteu'n rhagrithreg fach, yn gallu dweud peth fel yna yn y ffordd yna.

'Rhywbeth arall, Miss Morris?' gofynnodd Wilff. 'Na? *Very good.* Nos da.'

'Nos da, Miss Morris,' ebe Harri. 'A gobeithio y bydd eich tad yn well.'

'Diolch yn fawr, Mr. Vaughan.'

Ac i gyfeiliant sionc y gloch, aeth Marged hithau allan i'r eirlaw. Rywfodd, wrth frysio dros bont Llanaerwen drwy'r glaw, yr oedd hi'n afresymol lawen. Yr oedd wedi gweld Harri Vaughan, Lleifior, ac wedi sefyll yn ei ymyl. Ac yr oedd ef wedi cymryd sylw ohoni ac wedi siarad â hi. Wrth gwrs, yr oedd ei llawenydd yn wrthun. Nid oedd dim synnwyr mewn ffoli yn y fath fodd ar fod wedi torri gair â dyn nad oedd hi'n golygu dim iddo, ac na ddylai fod yn golygu dim iddi hi. Ond yr oedd hyfdra'r ddau ddyn ffordd yna ar ddyn o'i safle ef yn ei chorddi. Er gwaetha'i rheswm, ar hyd y ffordd adref aeth yn ei meddwl dros bob gair a ddywedodd ef, a throstynt drachefn a thrachefn, nes eu sathru'n annileadwy i'w chof. Fe fyddai'i Nadolig hi'n llawenach, wedi'r cwbwl, am fod ganddi'r geiriau hyn yn gwmni.

III

Ar hyd y ffordd o siop Wilff fe fu Harri'n ceisio cadw'r dur yn ei ewyllys. Ond er ei waethaf yr oedd y dur yn toddi. Wedi rhoi'r geiriau yr oedd yn mynd i'w dweud bob un yn ei le fe ddôi rhyw hwrdd o nerfusrwydd a'u chwalu i gyd drachefn. Yr oedd fel ceisio codi tŷ o gardiau mewn gwynt. Yr oedd yn edifar ganddo erbyn hyn na ddaethai â'r car wedi'r cwbwl. Wedi penderfynu yr oedd beidio â defnyddio'r car drwy gydol y gwyliau, gan ei fod yn ei grandrwydd a'i gysur yn symbol o

179

gyfalafiaeth. Yr oedd am gerdded bob dydd i bobman. Ond yr oedd yn edifar erbyn hyn na fyddai wedi dod ag ef, dim ond am heno. Ar wahân i'w gadw'n sych yn y glaw ac yn gynnes yn yr oerni, fe fyddai wedi rhoi tipyn mwy o hyder iddo. Yr oedd dyn wrth lyw modur mawr yn fwy dyn ac yn urddasolach na chreadur ar draed.

P'un bynnag, yr oedd wedi dod hebddo. Ond yr arswyd yr oedd hi'n oer, ac fe fyddai'n wlyb at ei groen ymhell cyn cyrraedd. Ac yr oedd wedi hen anghofio bod y ffordd o'r pentref mor bell. Nid yw teithio mewn car yn gwneud chware teg â meithder unrhyw ffordd. Yr oedd ganddo reswm arall, hefyd, dros beidio â dod â'r car. Fe fuasai'r car yn mynd ag ef i ben ei daith yn rhy gyflym, ac yr oedd am ohirio'r awr boenus cyhyd ag oedd modd. Fe fu'n stelcian yn siop Wilff yn hwy nag y bu ers blynyddoedd. Ar adeg arall ni fyddai wedi aros i'w faeddu gan ddau ddyn ffordd. Ond heno, yr oedd siop Wilff a thraethu'r tafodau amrwd yn wynfyd o'i gymharu â'r gorchwyl o'i flaen.

Tynnodd ei fflachlamp o'i boced a'i throi ar yr oriawr ar ei arddwrn. Pum munud wedi naw. Yr oedd i fod yno erbyn naw ac yr oedd ganddo hanner milltir eto. O wel, pa waeth? Yr oedd wedi trefnu awr ddigon hwyr fel na fyddai raid aros yno'n hir. Ac os cyrhaeddai yno a neb yno i'w ddisgwyl, ni fyddai ddim gwaeth ganddo.

Ond pan gyrhaeddodd, yr oedd yno rywun yn disgwyl. Yng ngwaelod Wtra'r Trawscoed yr oedd golau car; dwy lamp-ystlys yn pigo'r tywyllwch fel dau bry' tân mewn mwsog. A phan ddaeth yn nes, fe drodd gyrrwr y car y ddwy brif lamp arno'n llawn nes ei hanner dallu. Ni welsai ddim mwy bygythiol erioed na'r ddau bolyn goleuni'n troelli'n araf yn y glaw. Pan gyrhaeddodd at y car yr oedd ei galon yn curo'i frest fel dwrn ar ddrws. Agorodd y ffenest ac edrychodd Lisabeth arno'n feirniadol.

'Hanner awr yn hwyr,' oedd ei geiriau cyntaf.

Yn union fel hi, meddai Harri wrtho'i hun. Rhyw hen gnec i ddechrau bob tro. Ceisio actio'r steil gyda'i phrydlondeb mursen.

'Ti sy'n gyrru'r car?' gofynnodd Harri.

'Ie. Pam lai?'

'O, dim.'

'Ty'd i mewn.'

Yr oedd hi'n dal y drws gyferbyn â hi'n agored iddo.

'Na,' meddai Harri, 'ddo'i ddim i mewn. 'Rydw i bron yn wlyb at 'y nghroen ac mi wlycha' i sedd y car.'

'Wel,' ebe Lisabeth, yn tynnu cwfl ei chôt law dros ei phen, 'os na ddoi di i mewn mi ddo' i allan.'

'Paid â bod yn wirion. Fe wlychi.'

'Pa ots?' ebe Lisabeth. 'Fe ddyle cariadon rannu glaw a rhannu hindda.'

Synnodd Harri glywed brawddeg mor raenus ganddi. Hi, o bawb, a oedd mor ddiddiwylliant, er gwaetha'i steil. Daeth hi allan o'r car.

'B'le mae dy gar di?' gofynnodd.

''Roedd arna'i awydd cerdded.'

'Wel, mi ddewisest noson dda i'r gwaith. Un cwestiwn arall. Pam trefnu i ddod mor hwyr?'

'Am na wnei di ddim mwynhau 'nghwmni i heno.'

Synhwyrodd Lisabeth fwy o drwbwl yn ei lais nag yn ei eiriau.

'Pam na wna'i?'

Yr oedd ei llais hithau'n dynn fel tant.

'Lisabeth . . . O'r nefoedd!'

Trodd Harri oddi wrthi. Yr oedd wedi meddwl ei fod yn wrolach na hyn.

'Harri, beth sy'n bod? Dywed mewn munud.'

Cododd ef ei ben ac edrych arni yng ngolau'r car. Yr oedd ei hwyneb yr un mor ddifrychni hardd ag erioed, a'r cysgodion arno'n amlinellu'i droeon perffaith. Ond yr oedd yr harddwch yn ei adael yn oer fel carreg. Nid oedd ynddo ddim i'w symbylu mwy. Ac erbyn hyn, nid oedd ganddo ef fel gwerinwr ddim yn gyffredin â hi nac â'i bywyd hi. Cydiodd yn wyllt yn ei weddill gwroldeb.

'Rhaid inni orffen,' meddai.

Rhythodd hi arno.

'Gorffen . . . ?'

'Ie, Lisabeth. Ddaw hi ddim.'

''Rwyt ti'n golygu . . . torri'r *engagement*?'

'Hynny'n union.'

Cydiodd Lisabeth yn adain y car i'w chynnal ei hun, i gael rhyw gadernid yn y byd yr oedd yn synhwyro'i fod yn dechrau cwympo o'i chwmpas. Er bod ei hwyneb erbyn hyn yn y cysgod fe wyddai Harri'i fod yn wyn fel lliain. Fe symudodd ei gwefusau am rai eiliadau cyn dod llais ohonynt, a phan ddaeth, yr oedd yn wag, fel gwythïen heb waed.

'Ond Harri . . . pam? Mor sydyn . . .?'

''Dydi o ddim yn sydyn, Lisabeth, mi wyddost—'

'O ydi, mae o. Dy lythyrau di . . . 'roedden nhw'n annwyl . . . 'doedd yna'r un gair . . . '

Yr oedd hi'n dweud y gwir, fe wyddai Harri. Yr oedd wedi gwthio anwyldeb i'w lythyrau er eu gwaethaf, ac nid oedd hi wedi ffeindio nad oedd yn ddidwyll. Tan echnos, tan y sgwrs olaf gyda Gwylan, yr oedd Harri wedi gobeithio y dôi'i gariad yn ôl.

'Mae'n ddrwg gen i, Lisabeth.'

'Dyna'r cyfan sy gen ti i ddweud?'

'Dyna'r cyfan.'

Clywodd Harri igian wylo yn ei gwddw, ac fe roesai'r byd am gael troi'i gefn a dianc oddi yno am ei fywyd. Gofynnodd hi wedyn,

'Ond pryd . . . pa bryd y peidiaist ti 'ngharu i, Harri?'

'Wn i ddim . . . ydi o ryw wahaniaeth?'

'Nac ydi, wrth gwrs. Ond ar ôl tair blynedd—'

'Paid, Lisabeth.'

Gwelodd hi'n plygu'i phen ac yn gwasgu'i hances poced ar ei llygaid. Yr oedd hi'n ymladd yn ddewr â'i dagrau. Yr oedd hi'n ddigon o ddynes i beidio â cheisio'i gadw gerfydd ei dosturi. Wedi iddi gael peth rheolaeth ar ei theimladau, tynnodd ei maneg, a chan wasgu'i gwefusau'n dynn, tynnu'r fodrwy ddyweddïo oddi ar ei bys. Estynnodd hi iddo.

'Gwell iti gael dy fodrwy'n ôl.'

'Chymera'i mohoni, Lisabeth. 'Roedd hi'n ffitio dy fys di. Rown i moni byth ar fys neb arall.'

'Chymera' inne moni chwaith!' A thaflodd Lisabeth y fodrwy i ffwrdd oddi wrthi i'r tywyllwch. A'i holl gorff yn ysgwyd gan feichio crio, a'i sŵn yn ofnadwy yn y nos, rhuthrodd i mewn i'r car a chau'r drws yn glep arni a thanio'r peiriant. Neidiodd Harri o'r ffordd fel y llamodd y car mawr heibio iddo, a throi, a saethu i fyny'r ffordd gul tua'r Trawscoed. Safodd yno'n ei wylio'n mynd, yn sgrechian mewn gêr isel ar ei heithaf a'r ffordd garegog yn ei daflu o ochor i ochor. Safodd yno nes diflannodd y ddau olau coch o'i ôl o'r golwg ym muarth y ffarm. Ac yna troi tuag adref.

Ar hyd y ffordd adref i Leifior yr oedd ei ben yn ferw. Yr oedd sŵn beichio wylo Lisabeth ynddo o hyd, fel petai hi yn ei ymyl. Yr oedd yn teimlo rhyddhad o gael terfyn ar y cyfan. Yr oedd straen y caru digariad ar hyd y flwyddyn ddiwethaf wedi dod i ben. Ond yn ei fyw ni allai ymysgwyd o deimlo'i fod wedi gwneud cam, a cham mawr. Diolchodd fod Lisabeth wedi gyrru adref ar ei hunion ac nid trwy wrych a thros ddibyn. Ond beth fyddai'r effaith arni ar ôl hyn, ni wyddai. A pha beth fyddai'r canlyniadau yn y Trawscoed, ac yn Lleifior, ac ymhellach hwyrach na hynny, 'doedd ond y nefoedd a wyddai ei hun.

IV

Pan gyrhaeddodd Harri Leifior yr oedd pawb wedi mynd i'r gwely ond Greta a Karl. Safai Greta ar ben ysgol-risiau ar ganol y parlwr mawr yn gwthio celyn rhwng cadwyni'r lamp drom chwe-golau, a Karl ar lawr yn estyn y celyn iddi. Yr oedd y ddau'n chwerthin. Yr oedd yn amlwg eu bod mewn cariad.

Pan welodd Harri'r stafell olau a'r celyn a'r garlantau papur, a chlywed y chwerthin, a thynnu'i ddillad gwlybion oddi amdano, agorodd drws bychan yn ei ysbryd a gollwng allan lwyth o'r trwbwl a oedd wedi cronni ynddo. Daeth arno yntau awydd chwerthin. Yn sydyn, gwelodd sbrigyn o uchelwydd yn hongian o'r lamp fawr. Fe wyddai am gariad Karl a Greta ac fe wyddai am eu hymatal. Ond ni wyddai pam yr oedd yn rhaid ymatal. Yr oedd ef yn falch fod Dr. Rushmere wedi mynd. Rhedodd at y lamp fawr a thynnu Greta'n ddiseremoni oddi ar yr ysgol, ac wedi'i gosod dan yr uchelwydd, plannu clamp o gusan swnllyd ar ei gwefusau. Wedi i Greta orffen ei ddyrnu ar ei frest â'i dyrnau bychain caled, gwaeddodd ar Karl,

'Rŵan, Karl, mi'ch heria'i chi i wneud yr un peth!'

Teimlodd Greta'n mynd yn llipa yn ei freichiau, ac yr oedd gwrid swil, sydyn ar wyneb Karl. Ond yr oedd Harri'n dal i ddisgwyl â her yn ei lygaid, a daeth Karl ymlaen a chydio'n dyner yn Greta, a chyfarfu gwefusau'r ddau. Fe barhaodd y cusan ychydig yn hwy na chusan arferol uchelwydd, yn ddigon hir i Harri ddianc yn ddistaw o'r ystafell. Neu felly y tybiodd. Ond er y cyfrifir cusan dan uchelwydd yn gusan moesol, gwrthododd Karl gymryd mantais arno, a galwodd,

'Harri!'

Trodd Harri yn y drws.

'Wel?'

'Dowch i helpu. Mae'n rhaid rhoi'r celyn i gyd i fyny cyn mynd i'r gwely. Ac mae'n rhaid i weithwyr fel fi godi'n gynnar yn y bore.'

A chyda winc ar Greta, aeth Karl i ben yr ysgol i wneud y gwaith na chafodd Greta mo'r llonydd i'w orffen. Daeth Harri'n ôl, a chydio'n llywaeth mewn brigyn celyn, a mynd ag ef o gylch y stafell gan chwilio am le i gael ymadael ag ef. Ond nid oedd ganddo byth amynedd â ffidlan plant fel hyn.

''Rydech chi wedi gwneud y lle 'ma'n grand iawn,' meddai.

'Mae'n rhaid ei gael o'n grand erbyn y parti,' ebe Greta, yn chwilota yn y sachaid celyn ar lawr am frigyn neu ddau teilwng i orffen yr addurno. Trodd Harri ac edrych arni.

'Pa barti?'

'Parti Noson Bocsing. Chefais i'r un parti pen-blwydd un ar hugain gan fod Mam yn ei gwely a thithe oddi cartre, felly'r yden ni'n ei gael y noson ar ôl y Gwylie.'

'O, neis iawn,' ebe Harri, gan droi i chwilio ychydig yn rhagor am rigol i wthio'i frigyn celyn anhylaw. 'Pwy sy'n dod?'

'Wel . . . ni'n tri, wrth gwrs . . .'

'Nid fi,' meddai Karl. 'Gweithiwr ydw i—'

'Karl,' ebe Harri, yn cyfeirio'r brigyn celyn ato fel cansen sgwlyn, 'dim o'r lol yna. 'Rydech chi'n un o deulu Lleifior. Os na fyddwch chi yn y parti, fydda i ddim.'

''Nhad a Mam, wrth gwrs,' ebe Greta, 'er y byddan nhw'n

184

mynd i'r gwely'n gynnar; Tom y Garnedd ac Annie'i chwaer; Richard a Beti ac Elinor Castell Aram; ac wrth gwrs, Lisabeth a Dafydd a Gwilym y Trawscoed—'

Safodd Harri'n stond.

'Ddaw plant y Trawscoed ddim,' meddai. 'Ddaw . . . ddaw Lisabeth ddim, beth bynnag.'

Edrychodd Greta arno'n ddiddeall.

'Pam na ddaw hi? Yr ydw i wedi cael cerdyn ganddi, drosti hi a'i brodyr, yn derbyn.'

'O?' ebe Harri. 'Mae 'na gardie wedi mynd allan, oes? Steil, yn siŵr i chi. Ond ddaw Lisabeth ddim.'

'Harri.' Daeth Greta'n araf tuag ato a'i dwylo 'mhleth. ''Does yna ddim wedi digwydd rhyngot ti a hi?'

'Oes. Heno.'

'Y ffŵl iti! Yr hen ffŵl! Wyddost ti mo'i gwerth hi. Un o lodesi gore'r sir—'

'Dyna ddigon, Greta. Mae'r peth wedi costio digon imi'n barod.'

'Costio! Mi wnei bethe i fyny gyda hi cyn noson y parti, 'does bosib'?'

'Dim mwyach. Mae hi wedi tynnu'i modrwy. Rydd yr un dewin mohoni'n ôl.'

Safodd Greta ar ganol y llawr, a'i holl gorff yn crynu. Yna, o'i gwefusau glaniaith, dihangodd yr unig reg a glywodd neb ganddi erioed.

'O'r cythrel dwl!'

A rhuthrodd o'r parlwr mawr, gan gau'r drws ar ei hôl â chlep a wnaeth i'r hen blasty solet grynu. Ymlwybrodd Harri at un o'r cadeiriau esmwyth ger y tân coch, cysglyd, a suddo iddi, a'r blino mawr wedi'i lethu. Yr oedd wedi brifo Greta'n gyntaf. Wedi'i gwahanu hi a'i chyfeilles. Ac fe wyddai nad Greta'n unig a frifai. Disgynnodd cysgod rhyngddo a golau'r lamp fawr. Cododd ei ben, a gweld Karl yn sefyll yn ei ymyl, a'i lygaid yn deall fel llygaid mam.

'Gadewch imi ddweud,' meddai Karl, 'fy mod i wedi gweld hyn yn dod ers llawer o fisoedd. 'Dwyf fi yn gweld ynoch ddim bai. Yng ngeiriau'r Apostol Paul, "heb gariad gennych, nid yw" modrwy "ddim llesâd i chwi". Mae'n arferiad gennym ni yn yr Almaen ysgwyd llaw cyn mynd i'r gwely. Gute Nacht, Harri.'

A chododd Harri i ysgwyd llaw ag ef. Yr oedd Karl ac yntau'n rhannu'r un ystafell wely, ond gyda'i ddoethineb sinistr yr oedd Karl wedi synhwyro bod ar Harri eisiau bod ar ei ben ei hun. Cerddodd Karl o'r parlwr mawr gan adael ar ei ôl ryw dawelwch nad oes esbonio arno, ac nad yw'n bod ond o gwmpas y rhai sy wedi dioddef pob dioddef sy gan fywyd i'w gynnig, ac wedi gorchfygu.

Eisteddodd Harri yn y gadair i wylio'r tân yn diffodd. Disgynnodd y chwarter oriau oddi ar dafod arian y cloc ar y silff-ben-tân. Daeth yr oriau o grombil y cloc mawr yn y neuadd. Pan ddaeth un o'r gloch y bore, a phroblem yr hyn sydd iawn a'r hyn nad yw wedi mynd yn ormod i'w ymennydd cleisiog, brysiodd Harri yntau o'r parlwr mawr, a thrwy'r neuadd, ac i fyny'r grisiau, ac ar hyd y landing, gan ddiffodd y goleuon wrth fynd, i guddio'r ysbrydion. Pan ddaeth i'r llofft yr oedd Karl yn dal ar ei liniau wrth y gwely.

17

I

Nid oedd Dydd Nadolig yn Lleifior yn hollol yr un fath ag arfer. Yr oedd y garlantau papur i fyny fel arfer, a'r lampau Sineaidd yn melynu'r conglau tywyll, a'r celyn, a'r uchelwydd—yn wir, yr oedd mwy ohonynt nag arfer. Yr oedd Greta, i ddathlu'i hunfed flwydd ar hugain, a llwyddiant Harri yn y coleg, a'r gwelliant yn iechyd ei mam, wedi addurno'r tŷ drwyddo'n fwy ysblennydd nag erioed o'r blaen. Ond yr oedd mwy o wawd nag o ysgafnder yn y gloddest addurniadau. Methodd y lliwiau a'r goleuon tylwyth teg â symud y trymder yn y stafelloedd.

Yr oedd tanau ym mhob ystafell drwy'r tŷ ar Ddydd Nadolig, a phawb yn rhydd i fynd lle mynnai ac i wneud beth bynnag a fynnai'i galon. Yr oedd Edward Vaughan wedi treulio awr neu ddwy yn yr offis yn gwneud cyfrifon. Felly y byddai'n treulio pob bore Nadolig, er gwaethaf ymbil ei briod. Ond heddiw, er bod tân braf yn yr offis, a chyfrifon y flwyddyn mor foddhaol ag y buont erioed, yr oedd wedi methu aros yno. Yn un peth, yr oedd yn mynnu gweld Wil James yn eistedd yn y gadair gyferbyn, am y ddesg ag ef, a'i wefusau celyd, ceimion yn gwenu'r wên olaf honno a wenodd arno y bore yr aeth o Leifior. Yr oedd hi'n mynd yn ddadl o hyd rhwng Edward Vaughan a drychiolaeth Wil James, a Wil James yn ennill bob tro. Fe'i cafodd Edward Vaughan ei hun yn y doc, a Wil James yn farnwr. Yr oedd y peth yn mynd yn fwrn arno. Wedyn, yr oedd yr hyn a ddig-wyddodd y bore o'r blaen.

Fe ddaeth Edward Vaughan o'r offis a mynd i'r parlwr mawr i geisio sythu'r mater hwnnw. Safodd yn un o'r ddwy ffenest yn edrych allan ar y bore barugog, yn fyddar i'r symud o'i gwmpas, yn ddall i bopeth ond wyneb Robert Pugh y Trawscoed.

Yr ail bnawn wedi i Harri ddod adref o Fangor yr oedd Edward Vaughan yn y gadlas gyda chadwyn fesur, yn ceisio penderfynu p'le fyddai orau i godi'r helm wair newydd. Yr oedd wedi meddwl am helm newydd ers dwy flynedd neu dair, ac yr oedd cnydau trymion yr haf diwethaf wedi'i gwneud hi'n fater o raid. Yr oedd gormod o deisi allan yn y caeau. Yr oeddent yn deisi diddos, da, diolch i Ifan Roberts, ond yr oedd y cnwd yn rhy bell o'r tŷ, a gormod o waith cario at y tŷ yn nhrymder gaeaf. Wedi hir fesur a mynych gyfri, trawodd ar y llecyn. A gwelodd yr helm newydd yn tyfu o flaen ei lygaid ar y fan, a'i llond o wair melyn ffres . . .

Clywodd lidiart y gadlas yn agor. Trodd ei ben a gweld Robert Pugh y Trawscoed yn dod drwyddi, â'i het ar ochor ei ben fel dyn newydd ymwthio trwy wrych drain. Daeth Robert Pugh yn gyflym tuag ato a'i ddau lygad mochyn fel dau ben pin tanllyd yng nghlustog coch ei wyneb. Ni chyfarchodd mohono, hyd yn oed.

'B'le mae Harri?' gofynnodd ar unwaith.

'Sut ydech chi, Robert Pugh?' meddai Edward Vaughan, yn dechrau'n gwrtais yn y dechrau.

'Na hidiwch sut ydw i. B'le mae Harri?'

Synhwyrodd Edward Vaughan berygl iddo ef a'i anwyliaid, a chododd ei ben gwyn yn urddasol. Ystum uchelwyr Lleifior unwaith eto.

'Mae Henri,' meddai, gyda phwyslais ar iawn ynganu'r enw, 'mae Henri wedi mynd i Henberth i gyfarfod un o'i gyfeillion. Welais i mohono heddiw. Oes rhywbeth yn bod?'

'Bod!' ffrwydrodd Robert Pugh. Yna, fel ffuredwr yn cynhyrfus dynnu cwningen hoff o'i rhyddid o dwll, plannodd fys a bawd dwy law yn un o boced'i wasgod a thynnu allan fodrwy.

'Beth, ddwedech chi, Edward Vaughan, ydi hon?'

'Mi ddwedwn i, Robert Pugh, mai modrwy ydi hi. Y cwestiwn perthnasol, dybiwn i, ydi—beth amdani?'

Llyncodd Robert Pugh dalp o'i dymer, ac yna rhuodd,

'Mi fûm i am dair awr y bore 'ma yn y cae wrth y ffordd yn chwilio am hon. A'r ddau fab acw efo fi. Tri ohonon ni, Edward Vaughan, am dair awr!'

'Mae'n rhaid,' meddai Edward Vaughan, 'fod chwilio am fodrwy yn waith pur broffidiol, fod tri ffarmwr yn gallu treulio bore cyfan arno.'

Ymsythodd Robert Pugh, wedi'i serio gan yr ergyd.

'Bydd,' meddai, 'yr ydw i'n disgwyl y bydd o'n broffidiol. Mi fydd hon yn dystiolaeth werth arian mewn achos brîtsh o' promis.'

Yn sydyn, teimlodd Edward Vaughan fod y dydd yn oerach nag y bu. Dechreuodd arwyddocâd y fodrwy wawrio arno, a bu'n edifar ganddo'i chymryd hi'n ysgafn. Dywedodd yn dawelach,

'Wn i ddim o'r hanes, Robert Pugh. Welais i mo Henri heddiw. Beth sy wedi digwydd?'

Wrth weld gŵr Lleifior yn gwanhau, dechreuodd llygaid Robert Pugh felynu'n ysglyfus.

'Neithiwr,' meddai, gan wthio'i wefus isaf allan yn fygythiol, 'fe dorrodd Harri'i gyfamod â Lisabeth acw. Cyfamod, deallwch chi, oedd wedi sefyll am dair blynedd. Ei dorri fel'na!' gan roi clec atseiniol ar ei fys a'i fawd. 'Heb rybudd. Heb iddi gael cyfle i ame dim. A beth wnaeth y lodes wirion ond taflu'r fodrwy 'ma dros y shetin i'r cae. Hurt, meddech chi? Oedd. Ond 'doedd ei thad hi ddim mor hurt. Dyna, Edward Vaughan, deallwch chi, dyna pam y treulies i dair awr yn chwilio'r cae y bore 'ma. Mae hon yn dystiolaeth. Ac nid yr unig dystiolaeth. Yn y tŷ acw, mae gen y lodes dros gant a hanner o lythyre oddi wrth Harri chi. O, llythyre ffein, dim dowt! Llythyre sgolor. Ond mewn dros bedwar dwsin o'r llythyre yna—'rydw i wedi'u darllen nhw fy hun—mae o'n sôn yn gariadus am yr amser y byddan nhw'n briod, a'u tŷ bach eu hunen, a'u plant, a 'dwn i ddim be' gynllwyn arall. A rŵan, be' sy'n digwydd? Clec ar ei fawd, a gwared teg ar ei hôl hi. Ydech chi'n ei onio fo'n fab, Edward Vaughan?'

'Ei onio neu beidio, Robert Pugh, mab i mi fydd o tra bydda'i, mae'n siŵr. Beth ydech chi am imi'i wneud?'

'Gwneud?' Poerodd Robert Pugh i'r barrug. 'Mae'n hollol amlwg ichi, coelio, beth yr ydw i am ei wneud os na thrwsir pethe?'

'Chodwch chi ddim brîtsh o' promis, Robert Pugh?'

'Dyna'n union wna'i. Rhowch eich hun yn fy lle i. Yr ydw inne'n ffarmwr mawr fel chithe, Edward Vaughan. Ac 'rydw i gyfuwch 'y mharch yn yr ardal 'ma â chi. Beth ddywed y

189

cymdogion pan ddaw'r hanes 'ma allan? Mi ddweda'i wrthoch chi os ca'i. "O ydi," ddwedan nhw, "mae mab Lleifior wedi rhoi merch y Trawscoed i fyny. 'Dydi brîd y Trawscoed ddim digon da i frîd Lleifior, welwch chi." Ydw i'n mynd i sefyll i f'insyltio fel'na?'

"Rydech chi'n dychmygu, Robert Pugh.'

'Yn dychmygu dim. Yr ydw i'n nabod pobol Dyffryn Aerwen yn rhy dda. Ac yr ydech chithe, byddwch chi'n onest. Os gallan nhw roi cyllell yng nghefn eu gwell, fe wnân. Ac er 'mod i'n siŵr nad oes ganddyn nhw ddim yn f'erbyn i'n bersonol *fel* Robert Pugh y Trawscoed, mi fydden yn ddigon balch o roi codwm imi trwy glebran, dim ond am 'y mod i'n fwy cyfforddus f'amgylchiade na nhw.'

"Rydech chi'n gwneud mynydd o'r peth, Robert Pugh—'

'Mynydd? Mae'n debyg mai swp pridd y wadd o beth ydi fod Doctor Rushmere wedi rhoi'r gore i Greta chi.'

'Pwy ddwedodd fod Doctor Rushmere wedi rhoi'r gore i Greta?'

'Mae pawb yn dweud. Dyna'r stori. Chlywsoch chi ddim?' A lledodd Robert Pugh ei geg a hanner cau'i lygaid yn sinistr. "Dyw o ddim yn beth neis i'w glywed, nac ydi, gŵr Lleifior?'

Nac oedd, yn boeth y boen nhw, 'doedd o ddim yn beth neis.

'Ac 'rwy'n siŵr,' ebe Robert Pugh ymhellach, 'na welwch chi ddim bai arna'i yn f'amddiffyn fy hun rhag stori debyg. 'Rwy'n siŵr, Edward Vaughan, y gwnewch chi'ch eitha' i gael Harri i weld rheswm. Fydd y bachgen ddim yn edifar. Chaiff o'r un wraig well na Lisabeth at fyw petai'n mynd drwy'r colege i gyd efo crib mân. A chofiwch fod gen i ddiddordeb o hyd yn Nhyddyn Argain, fu'n perthyn ar un adeg i'r Trawscoed. A chofiwch fod gen i ddiddordeb yn f'enw da. Os methwch chi â pherswadio Harri, ac os deil o i fynd yn wyntog i'w ffordd ei hun fel y mae'r colege'n eu dysgu nhw, fedra'i ddim ateb rŵan am y canlyniade. Pnawn da, Edward Vaughan.'

Yn ei fyw, ni allai Edward Vaughan gael yr wyneb coch a'r llais cras o'i feddwl. Y bygwth cyfraith a'r stori am Dr. Rushmere a Greta. Yr oedd wedi cael sgwrs â Harri, sgwrs hir a thadol ac ymresymgar. Ond yr oedd y llanc wedi magu rhyw bendantrwydd tawedog ers rhai wythnosau. Ni allai gael

190

rheswm ohono dros dorri'i amod ond "Dyden ni ddim yn gweddu i'n gilydd.' Ond yr oedd yn amau bod rheswm arall, yn ddwfn yn y pen sgolor yn rhywle. Beth gynllwyn oedd hwnnw? Teimlodd Edward Vaughan fod bywyd, a fu mor garedig cyhyd, wedi cymryd tro aflawen. Yn gyntaf, Wil James. Yn awr, y plant. Greta a'r Doctor. Harri a merch Robert Pugh. Wedi magu'ch plant ar hufen bywyd, yr oedd gennych hawl i ddisgwyl iddynt roi peth o'r hufen yn eich llestri chwithau yn eich hen ddyddiau. Wedi'r cyfan, cnawd o'ch cnawd chwi oeddent, ac fe ddylai'ch cnawd chwi eich hun ymddwyn yn ôl eich ewyllys chwi eich hun. Dyna resymeg. Ond nid oedd bywyd yn rhesymegol. Yn enwedig ar Ddydd Nadolig.

Trodd Edward Vaughan a gweld Greta'n taro'i chylchgrawn ar lawr ac yn codi o'i chadair ac yn prysuro drwy'r parlwr.

'Tro i'r ŵydd,' meddai.

Ac allan â hi. Yr oedd Greta'n fwy blin wrthi'i hun nag wrth neb arall. Fel rheol, pan fyddai pob wyneb arall yn Lleifior yn hir, yr oedd hi'n gallu taflu'i chyrls melyn a chwerthin. Hi, meddai'r chwedl, oedd bywyd ac enaid y lle. Ond heddiw, yr oedd ei hwyneb hi cyhyd â'r lleill. Ac ni allai ddim oddi wrtho.

Un chwim i faddau oedd Greta. Ac eisoes yr oedd hi wedi maddau i Harri. Petai Harri'n llofrudd, fe fyddai wedi maddau iddo cyn pen deuddydd. Yr oeddent yn frawd a chwaer. Ond nid oedd yn rhoi ar ddeall iddo fod maddeuant ar gael. Yr oedd yn rhy fuan. Ddwy noson wedi'r helynt yr oedd wedi dweud wrtho,

''Rwyt ti wedi gwneud andros o gawl, Harri.'

'Paid â dechre ar hynna eto,' chwyrnodd Harri, yn sbïo'n derfysglyd dros ben ei lyfr.

'Fe glywaist am Robert Pugh yn mynd yn gynddeiriog efo 'Nhad?'

'Do. Fe gadwodd yr hen ŵr fi am ddwy awr solet yn yr offis neithiwr, yn rhoi disgrifiad manwl o Robert Pugh—ei wyneb o, ei lygaid o, ei lais o—'rwy'n credu bod Robert Pugh yn dechre mynd ar ei fennydd o.'

'Wyt ti'n synnu?'

'Ydw. Yr ydw i yn synnu. 'Roeddwn i wedi meddwl bob amser fod 'Nhad yn ddyn cry', ac mai fo oedd arglwydd

191

Dyffryn Aerwen, ac nad oedd o byth yn cymryd ei flino gan ddim. 'Rydw i'n siomedig.'

'Ond Harri, 'styria beth mae'r creadur wedi mynd drwyddo ers hanner blwyddyn. Salwch Mam, trwbwl Wil James—'

'Tithe'n rhoi'r sac i Rushmere—'

'O, os ydi'n rhaid iti! A rŵan, hyn. 'Dyw o ddim yn faich hawdd ei gario i ddyn yn mynd ar garlam am ei ddeg a thrigain. Fu o'n trio dy berswadio di i ddod i delere â Lisabeth?'

'Do.'

'Beth ddwedest ti?'

'Beth fedrwn i'i ddweud? Tad annwyl, ydech chi'n meddwl mai Shoni-bob-ochor ydw i, yn rhoi'r gore i ferch ac wedyn yn rhuthro'n ôl ati â 'ngwynt yn 'y nwrn ac yn dweud, "Sorri, fach, 'doeddwn i ddim yn ei feddwl o"? Sut?'

'Mae gen ti gariad arall, Harri.'

'Paid â phriodoli i eraill dy wendide di dy hun.'

'Creulon. Pam y teflaist ti Lisabeth, 'te? 'Dyw stopio caru rhywun yn sydyn am ddim rheswm yn y byd ddim yn f'argyhoeddi i. Mae 'na ryw ddrwg yn y potes.'

Rhoddodd Harri'i lyfr i lawr.

'Os oes arnat ti eisie gwybod, Greta, dyma fo iti. A phaid â gwingo ar ôl clywed. Cofia mai ti ofynnodd. Yr ydw i wedi glân alaru ar fywyd lord. Mae lordiaid a landlordiaid yn gorfod bwyta'u baw mewn gwledydd eraill heddiw, ac fe fydd yn rhaid iddyn nhw ym Mhrydain cyn bo hir. Ac yn Nyffryn Aerwen. Yr ydw i'n dweud wrthot ti, Greta, ac fe gei di dynnu fy llygaid i os mynni di ond mae'n wir, fod Lleifior a'r Trawscoed a'r Garnedd a Chastell Aram a phob ffarm debyg iddyn nhw drwy Gymru a Lloegr ac America yn mynd drwy'r minsar yn ystod yr ugain mlynedd nesa' 'ma. Fe fyddan naill ai'n perthyn i'r wladwriaeth neu wedi'u rhannu rhwng criw o ddyddynwyr.'

'Comiwnism ydi hynna.'

'Reit, lodes. Yr ydw i'n gomiwnydd.'

Hanner cododd Greta oddi ar ei stôl.

''Rwyt ti'n—*beth*!'

Llaciodd Harri'i gorff am funud cyn mynd rhagddo. Yr oedd

wedi torri'r newydd i un o'r teulu, beth bynnag. Yna, aeth ymlaen.

'Rŵan. Mae'n rhaid i gomiwnydd briodi comiwnydd neu un sy'n debyg o ddod yn gomiwnydd. Neu fe chwalith y cartre. Achos nid credo ydi comiwnyddiaeth, ond ffordd o fyw. Wyt ti'n meddwl y gwnâi Lisabeth gomiwnydd?'

'Na wnâi byth!' ebe Greta. 'Mae hi wedi'i magu'n ormod o ledi. Ddôi hi byth i lawr i faeddu'i dwylo efo politics, heb sôn am bolitics caib a rhaw.'

'Dyna, Greta, pam y gorffennais i â hi.'

Syllodd Greta ar ei brawd am sbel heb fedru dweud dim. Yr oedd meddwl amdano ef, o bawb, yn un o bobol od y byd, yn rhy sydyn ac yn rhy newydd. Yr oedd dyn od yn anathema yn Nyffryn Aerwen. Oni newidiai Harri'i feddwl, fe fyddai nod Cain ar deulu Lleifior i gyd o'i herwydd.

'Felly, Harri,' meddai, 'petaet ti heb fod yn frawd i mi, a digwydd dy fod ti'n 'y nghanlyn i, phriodet ti mohono inne?'

'Na wnawn.'

'Drugaredd fawr.'

Wedi rhagor o fudandod, dywedodd Greta,

'Mae'n debyg dy fod ti wedi *trio* ennill Lisabeth?'

'Yn gomiwnydd?'

'Ie.'

'N-naddo.'

''Rwy'n meddwl 'mod i'n rong gynne. Fe fydde Lisabeth wedi dod yn gomiwnist, dim ond er mwyn dy gadw di. Fe fydde wedi gwneud unrhyw beth i ti. 'Roedd hi'n dy garu di gymaint. Y gwir ydi, Harri, nad oedd arnat ti ddim eisie'i hennill hi. A'r rheswm am hynny ydi'r llythyr gest ti ddoe, a sgrifen merch ar yr amlen, y cipiest ti o i'r llofft i'w ddarllen. Paid â meddwl nad ydw i'n gweld. Ond wna' i ddim holi.' Cododd Greta pan welodd y gwrid yn pigo bochau Harri. Yna, cyn mynd, meddai, 'Fe wyddost, debyg, 'mod i wedi canslo'r parti?'

'Oedd raid iti?' gofynnodd Harri.

'Pe cynhalien ni barti yma heb blant y Trawscoed, fe fydden ni'n destun siarad yr ardal. Hebddo, mi eith pythefnos arall heibio heb i lawer iawn ddod i wybod. Fe all unrhyw beth ddigwydd yn yr amser yna. Mi ddwedais wrthyn nhw fod Mam yn sâl.'

A gadawodd hi Harri y noson honno yn ei gadair, yn syllu'n syn ar ei hôl, ac yn ymwybodol iawn ei fod wedi diflasu mwy na digon ar ei Nadolig hi.

Trodd yr ŵydd yn y stof fawr newydd. 'Doedd ganddi hi fawr o archwaeth at ŵydd. Fe fyddai wy wedi'i ferwi'n ginio mwy cydnaws â—. Clywodd gnoc ar y drws allan. Y postmon, mwy na thebyg. Wrth fynd drwy'r neuadd gwelodd ei mam yn edrych yn ddisgwylgar tua'r drws. Yr oedd y llwyth cardiau Nadolig a gyrhaeddai'n hwyr bob bore yn golygu mwy nag arfer iddi hi yn ei gwendid.

Yr oedd Margaret Vaughan yn codi am ryw hyd bob dydd. Ac er pan ddechreuodd y cardiau Nadolig ddod, yr oedd hi'n mynnu codi erbyn y dôi'r postmon. Er nad oedd hi'n iawn o bell ffordd, yr oedd hi'n teimlo'n well nag y bu. Ond yr oedd Dr. Owen wedi rhybuddio'r teulu nad oedd hi, ar unrhyw gyfrif, i gael sioc o fath yn y byd. Fe allai sioc ei gyrru'n ôl i'w gwely, hwyrach am y tro olaf. Yr oedd hi'n amau bod Dr. Owen wedi rhoi rhybudd o'r fath; yr oedd wedi synhwyro bod ei gŵr a'r plant yn cadw pethau oddi wrthi. Fe ddeallodd fod Wil James wedi mynd o Leifior; pan ofynnodd hi pam, dweud a wnaethant ei fod wedi mynd ohono'i hun, a'i fod yn fwy na thebyg wedi cael lle arall. Yr oedd hynny'n ddigon naturiol i was ond, ar yr un pryd, yr oedd rhywbeth yn od, o achos wedi iddo fynd fe fu'i phriod yn bell ei feddwl am ddyddiau. Ac ers wythnos yr oedd wedi synhwyro awyrgylch anniddan yn y tŷ, a mwy na hynny wedi synhwyro bod a wnelo hynny â Harri, gan mai wedi iddo ef ddod adref y daeth yr awyrgylch hefyd. Pan ofynnodd hi i Harri pam yr oedd mor drwm a disylwi, y cwbwl a ddywedodd ef oedd ei fod wedi blino ar ôl tymor go galed. Rywfodd, yr oedd pethau o'u lle. Yr oedd yn anodd iawn iddi wella yn yr ansicrwydd hwn.

Fodd bynnag, yr oedd Greta'n dod i mewn gyda thwr o gardiau. Yr oedd amryw o'r hen ffrindiau eisoes wedi cofio amdani eleni eto. Fe gâi weld heddiw pa nifer yn rhagor oedd wedi cofio. Gosododd ei sbectol ar ei thrwyn a disgwyl.

Dosbarthodd Greta'r cardiau.

'I chi, Mam; Karl; Mam; 'Nhad a Mam; 'Nhad a Mam; i mi; Harri; teulu Lleifior; Mam . . .'

Gan na chafodd Edward Vaughan ddim iddo'i hunan ond calendr neu ddau oddi wrth gwmnïau gwerthu blawd, i'w briod y daeth rhan helaeth y pentwr. Agorodd hi y rheini ac wedi gorffen murmur yn foddhaus uwch eu pennau, eu hestyn iddo ef.

'Sali, Llanberis. Chware teg iddi am 'y nghofio i. Lwc imi anfon un iddi hi . . . Anne, Nottingham—O diar, chofiais i ddim amdani hi 'leni . . . rhaid imi anfon cerdyn blwyddyn newydd . . . Wel, chware teg i Mari 'nghyfnither . . . mae hi'n mynd i oed, hefyd . . . yn dal yn driw . . . H'm, dyma lythyr. Oddi wrth bwy mae hwn, tybed? Marc post Llanaerwen, hefyd . . .'

O'i chlywed yn ddistaw, edrychodd Edward Vaughan arni a gweld yr ychydig liw a oedd ar ôl yn ei gruddiau yn treio ohonynt ac yn eu gadael fel y calch.

'Margaret,' meddai, 'beth sy'n bod?'

Gan obeithio'i bod wedi camddarllen, darllenodd Margaret Vaughan y llythyr eto.

TRAWSCOED,
LLANAERWEN,
HENBERTH.
Rhagfyr 24.

Annwyl Mrs. Vaughan,—

Rhag ofn nag ydyw eich teulu wedi dweyd wrthych Wythnos i nos Wener diweddaf fe dorrodd Harry ei engagement ag Elizabeth Mae yr eneth mewn cyflwr drwg iawn ac yr ydym yn gorfod ei watchio rhag ofn iddi wneud niwed iddi ei hun Wrth gwrs yr ydym yn mynd i roi y peth yn llaw y twrne Gobeithio fod gennych gywilydd eich bod wedi magu y fath fachgen Os dyna y mae coleg yn dda mae yn hen bryd eu cau i gid Os digwyddith rhywbeth i Elizabeth fe fyddwn yn eich dal fel teulu yn gyfrifol Rhag eich cywilydd.

Yr eiddoch,
ELEANOR PUGH.

195

Gwelodd Margaret Vaughan y parlwr mawr yn troelli'n araf a'r dodrefn a'r dynion yn mynd yn gymysg â'i gilydd ac yna'n toddi'n llen o lwydni.

'O Edward . . .' sibrydodd.

Cyffrôdd Edward Vaughan.

'Henri! Karl!' gwaeddodd.

Ond yr oedd Karl eisoes wrth ei chadair ac wedi rhoi stôl dan ei thraed a chlustog dan ei phen. Ond yr oedd hi'n anymwybodol. Rhuthrodd Greta i mewn wedi clywed y stŵr, ac wedi un gipolwg, cydio yn y sefyllfa.

'Ewch â hi i'r gwely ar unwaith,' meddai. 'Karl, chi ydi'r cryfa'. Harri, ffonia di at Doctor Owen. 'Nhad, dowch yma. Mae gen i gwpaned o goffi'n barod.'

Ni allai'r un ohonynt feddwl am ddim ond ufuddhau. Fel petai'n blentyn yn cysgu, cododd Karl Margaret Vaughan yn ei freichiau cryfion a mynd â hi i fyny'r grisiau i'w llofft. Rhoes hi ar y gwely, tynnodd ei hesgidiau, a chau'r dillad gwely'n dyner drosti. Aeth Harri at y teleffon. Aeth Edward Vaughan i'r gegin a chymryd y coffi, ac yn hurt darllenodd lythyr Mrs. Pugh, nes i Greta'i gipio o'i law. Aeth Greta i fyny ar ôl Karl i ddadwisgo'i mam.

Ni adawodd ochor ei mam nes daeth hi ati'i hun. A rhyw hanner dod ati'i hun a wnaeth. Yr oedd ei llygaid yn bell, a phrin yr oedd hi'n nabod neb. Galwodd Greta ar Harri i fynd ati tra byddai hi'n rhoi'i cinio ar y bwrdd. Yna, gadawodd y dynion i fwyta'r cinio ac aeth yn ôl at ei mam.

Yr oedd y cinio'n odidog. Rhyfeddodd Karl wrtho'i hun sut yr oedd Greta wedi gallu coginio mor berffaith a chanddi gymaint ar ei meddwl.

'Fe gaiff Karl ofyn bendith yn ei iaith ei hun,' meddai Edward Vaughan.

Ffafr arbennig oedd hon a ofynnid gan Karl uwchben pob cinio Nadolig er pan ddaethai i Leifior. Yn ei helbul, nid oedd Edward Vaughan wedi anghofio. Llithrodd y geiriau Almaeneg yn esmwyth oddi ar wefusau Karl. Yna, cymerodd y tri dyn bob un ei gyllell a'i fforc i fwyta.

Yr oedd y cinio'n odidog. Ond wedi chwarter awr o fwyta mewn distawrwydd, nid oedd platiaid yr un ohonynt fawr ddim llai. Rhyw bigo'r oeddent, fel tri charcharor uwchben powliaid o rual chwerw.

'Y llythyr 'na,' meddai Edward Vaughan o'r diwedd.

Nid atebodd neb mohono.

'Ddyle hi ddim bod wedi'i weld o,' meddai wedyn. 'Pe gwyddwn i beth oedd ynddo fe allwn fod wedi'i gymryd o a'i guddio.'

''Doedd dim modd ichi wybod,' meddai Karl yn esmwyth.

Distawrwydd eto am ychydig, yna dechreuodd Edward Vaughan drachefn.

''Dydw i ddim yn meddwl y galla'i fadde peth fel hwnna byth. I neb. I'r ddynes yna am sgrifennu'r hyn a wnaeth hi . . . Ond wedyn, fydde hi byth wedi'i sgrifennu—ddim wedi cael achos i'w sgrifennu—oni bai—'

Trawodd Harri'i gyllell a'i fforc yn glep ar ei blât tri-chwarter llawn.

'Olreit!' gwaeddodd, a deigryn yn ei dagu. 'Fi sy'n gyfrifol. Dwedwch o. Fi ydi llofrudd 'y mam—'

'Henri—'

'Peidiwch ag ymddiheuro. Fedrwch chi ddim peidio â meddwl. 'Roeddwn i'n gallu gweld i'r dyfodol, wrth gwrs. 'Roedd arna'i eisie cael 'madael â Mam, felly mi beidiais i â charu Lisabeth, er mwyn imi gael rhoi'r gore iddi, er mwyn i'w mam hi sgrifennu llythyr cas, er mwyn i Mam gael sioc, er mwyn iddi—Dduw mawr!'

A chododd Harri a cherdded yn gyflym at y ffenest rhag iddynt weld ei lygaid. Yr oedd ei dad yntau wedi codi.

'Henri!' meddai. 'Dywed fod yn ddrwg gen ti ar unwaith. Chlywais i yn 'y mywyd y fath ryfyg anystyriol.'

Ond fe arbedwyd i Harri ateb. Yr oedd rhywun allan yn curo ar y drws. Agorodd y drws a daeth rhywun i'r neuadd.

'Hylô!' gwaeddodd llais.

'Doctor Owen,' meddai Edward Vaughan, ac aeth i'r neuadd at y meddyg.

Teimlodd Harri law ar ei ysgwydd. Trodd ei ben a syllu'n syth i lygaid gleision Karl. Un gair a ddywedodd Karl.

'Amynedd.'

Yn y neuadd, cymerodd Edward Vaughan gôt y meddyg.

'Diar, diar, diar, diar,' ebe'r dyn bach crwn, gyda chudyn o wallt gwyn fel sidan o boptu'i gorun moel. 'Ar Ddydd Nadolig o bob diwrnod. Chaiff dyn ddim llonydd i fwyta'i dwrci—'

'Mae'n ddrwg iawn gen i, Doctor Owen,' ebe Edward Vaughan.

'Yn ddrwg iawn. Cweit so. Be' aflwydd ydech chi wedi'i wneud i'r wraig fach? Mae 'na ormod ohonoch chi'r tacle o'i chwmpas hi. 'Rydech chi'n sathru traed eich gilydd yn y lle 'ma. Digon i'w byddaru hi'n siŵr.'

''Dydi hi ddim yn dda o gwbwl, Doctor Owen—'

'E? Cweit so. Y bag.'

A chan gipio'i fag o fysedd Edward Vaughan, saethodd y dyn bach i fyny'r grisiau fel ergyd o wn. Agorodd ddrws y llofft, ac wedi taro'i sbectol ddi-ffrâm ar ei drwyn, edrych ar Margaret Vaughan o'r drws.

'Brenin mawr!' meddai. Ac mewn chwinciad yr oedd wrth y gwely. Rhoddodd ei gorn yn ei glustiau a gwrando ar ei chalon. Byseddodd ei llygaid a'i chlustiau a phob man arall lle gallai fod symptom, ac yna cadwodd ei bethau yn ei fag. Aethant i lawr y grisiau i'r parlwr mawr.

'Mr. Vaughan,' meddai'r meddyg, 'un peth y rhybuddiais i chi rhagddo oedd caniatáu i Mrs. Vaughan gael sioc o unrhyw fath. 'Dydw i ddim yn dweud nad oes pethe eraill o'u lle ar Mrs. Vaughan, ond ar gadw'i chalon hi i fynd y mae popeth yn dibynnu ar hyn o bryd. Ac mae'i chalon hi'n wan. Effaith y pethe eraill, dim dowt, ond mae'i chalon hi'n wan. Yrŵan! Atebwch i mi, heb flewyn ar eich tafod: beth, y bore 'ma, sy wedi rhoi sioc i Mrs. Vaughan?'

Cydiodd Edward Vaughan yn dynn yng nghefn cadair. Yr oedd y doctor bach yn graffach, wedi'r cwbwl, nag yr oedd ef wedi meddwl.

'Mae arna'i ofn na alla'i ddim dweud wrthoch chi, doctor,' meddai o'r diwedd.

'E? Dim dweud? Mr. Vaughan, yr ydech chi'n chware â bywyd eich gwraig. Alla'i ddim prescreibio beth all achub ei bywyd hi—*all* ydw i'n ei ddweud, sylwch—os na fydda'i'n gwybod beth oedd natur y sioc.'

'Rhyw lythyr gafodd hi y bore 'ma.'

'Mi fynna'i weld y llythyr, plis.'

'Ond—ond llythyr preifat, doctor—'

'Mr. Vaughan. Doctor ydw i, nid bisibodi. Ar unwaith, plis.'

Ceisiodd Edward Vaughan gofio ymh'le y gwelsai'r llythyr ddiwethaf. Cofiodd i Greta'i gipio oddi arno yn y gegin.

'Mae arna'i ofn,' meddai, 'ei fod o wedi'i daflu i'r tân.'

Dangosodd y meddyg arwyddion tymer.

'Ddylid byth daflu llythyr mor effeithiol â hwnna i'r tân,' meddai. 'Ydech chi'n berffaith siŵr iddo fynd i'r tân? E?'

Ar hynny daeth Greta i mewn.

'Greta,' ebe'i thad, 'deflaist ti'r llythyr gafodd dy fam y bore 'ma i'r tân? 'Roedd ar Doctor Owen eisie'i weld o.'

Am eiliad petrusodd Greta. Yna, tynnodd ddarn o bapur crympiog o boced ei brat, a'i estyn i'r meddyg.

'Thanciw, Greta.'

Trawodd Dr. Owen ei sbectol ar ei drwyn a thynnu'r wyneb anharddaf posibl wrth ei ddarllen. Estynnodd ef yn ôl.

'Thanciw, Greta. A rŵan, ewch o'r stafell, 'y mach i, tra bydda' i'n cael gair â'ch tad.'

Aeth Greta allan.

'Mr. Vaughan,' ebe'r meddyg, yn croesi'r naill droed dros y llall ac yn pwyso ar y bwrdd, gan anelu'i sbectol at ei wrandawr. 'Hwyrach na wyddoch chi ddim, ond nid dyma'r tro cyntaf i Mrs. Robert Pugh y Trawscoed sgrifennu llythyr fel hwnna. At bwy a pha bryd, 'dyw o mo'n lle i i ddweud. A 'dyw o ddim gwahaniaeth. Fe fygythiwyd cyfraith arni y tro hwnnw. A dim ond wedi i Robert Pugh grefu llawer, a thalu cryn swm o arian, os ydw i'n cofio, y tynnwyd y bygythiad yn ôl. Rŵan, wn i ddim digon am y gyfraith i ddweud a ydi'r llythyr yna'n athrodus ai peidio. Ond yn enw'r gwirionedd, mae'n ddigon agos. Bygythiwch gyfraith arni, p'un bynnag. Mae'r sort yna'n ddigon hawdd eu dychryn. 'Y ngwaith i, serch hynny, ydi trio cadw anadl einioes yn eich annwyl briod. Alla'i ddim deall, neno'r tad, pam na fydde pobol yn fwy o help i feddyg yn lle bod yn rhwystyr. Diar, diar, diar, diar, diar . . . Fe ddaw Karl efo fi i mo'yn tabledi.'

Ac wedi ymwthio'n ffwdanus i'w gôt a rhoi gwich ar Karl, aeth y meddyg allan.

Cyn gynted ag y caeodd y drws, trodd Edward Vaughan ac edrych i fyny tua'r llofft lle'r oedd ei galon. Yr oedd arno ofn mynd i fyny am fod yr olwg ar Margaret yn ei arswydo. Ond yr oedd cadw o'i golwg yn rhoi rhaff i'w ddychymyg ac yn ei arswydo'n fwy. Aeth i fyny'n araf, ac wedi loetran ar y landing, agor ei drws. Prin yr oedd yn ei chlywed hi'n anadlu. Aeth ar flaenau'i draed at ei gwely a chymryd ei llaw yn ei ddwy law galed ei hun.

'Margaret,' meddai, yn sibrwd rhag ei deffro, ac eto'n gobeithio y deffrôi hefyd, 'Margaret, mae'n rhaid ichi fendio. Mae'n rhaid ichi.'

Aeth munud cyhyd ag awr heibio, ac yna agorodd hi ei llygaid. Am un foment fer yr oedd ofn ynddynt, ond wedi gweld ei wyneb ef uwch ei phen fe giliodd yr ofn. Cyffyrddodd gwên â'i hwyneb, mor ysgafn fel nad oedd ef yn siŵr pa un a oedd hi wedi gwenu ai peidio. Caeodd ei llygaid drachefn. Cododd Edward Vaughan ei ben ac edrych drwy'r ffenest ar Leifior. Fe roesai Leifior bob acer am ei chael hi'n ôl yn iach fel yr oedd hi gynt.

18

I

Yr oedd wedi wynebu'r gwyliau mwyaf diflas a wynebodd
erioed. Yn awr yr oedd yn cefnu arnynt a'r trên yn ei ruthro o
Bowys drigain milltir yr awr. Gorweddai'r caeau'n farw gelain
dan amdo deuddydd o eira, a dim i dorri'r gwyn digynnwrf
ond bonion duon y coed. Ar ei lin siglai llyfr cas melyn caled.
Yr un llyfr ag oedd ar ei lin wrth ddod. Yn agored ar yr un
tudalen. Yr oedd y gyfres gyfan o weithiau Lenin yn ei fag, heb
eu dadbacio drwy gydol y gwyliau. Dywedodd Harri'n uchel
wrth y compartment gwag nad darllen gweithiau Lenin sy'n
gwneud dyn yn gomiwnydd, mwy nag y gwneir dyn yn Gristion
trwy ddarllen Karl Barth. Argyhoeddiad o anghyfiawnder ac
iachawdwriaeth oedd dull cenhedlu'r naill, argyhoeddiad o
bechod ac iachawdwr y llall.

Ond fe wyddai fod rheswm arall dros fod heb ddarllen Lenin.
Nid lle i fyfyrdod oedd Lleifior ar y Nadolig hwn. Yn sŵn
beichio wylo ac yn aroglau salwch a rhwng hyrddiau o
gweryla, ni allai'r meddwl mwyaf academaidd fynd drwy'r
gyfrol gyntaf. Ac oni bai am y gyfrol gyntaf, mae'n bosibl y
byddai wedi cymodi â'i dad.

Yr oedd Greta wedi erfyn arno gadw'i gomiwnyddiaeth
iddo'i hun. Yr oedd hi wedi dod yn weddol drwy'r sioc o gael
brawd yn gomiwnydd. Wedi'r cyfan, ar bob mater o farn a
chredo erioed, Harri oedd ei harweinydd hi. Pan gyhoeddodd
adeg y rhyfel ei fod ef yn ymwrthod â rhyfel, fe ddaeth hithau'n
heddychwraig i'w ganlyn, er i hynny bellhau am gyfnod rai o'i
ffrindiau yn Nyffryn Aerwen. Pan fyddai ef yn amau rhai o
erthyglau'r ffydd a oedd yn ddigwestiwn i'w thad a'r hen
Dynoro, fe fyddai hi'n dewis amau gyda Harri. Ond yr oedd
bod yn gomiwnydd yn wahanol. Fe allech fod yn heddychwr a
hyd yn oed yn anffyddiwr heb ymwrthod o angenrheidrwydd
â'ch magwraeth a heb werthu'ch etifeddiaeth faterol. Ond yr

oedd comiwnyddiaeth yn gofyn ichwi lithro i lawr ysgol cymdeithas a chyfri'r rhai fu'n gweithio ichwi cystal â chwi eich hun. A phan ddôi'n fater o werthu'r hyn oll oedd gennych, wel . . .!

Ond er nad oedd Greta'n barod i fod yn gomiwnydd ei hunan, yr oedd wedi dilyn ei harfer ac wedi dygymod â thröedigaeth ddiweddaraf ei brawd. Ac mae'n debyg, pe clywsai rywun yn ei gollfarnu ar gownt ei gred newydd, na fuasai'i thafod cyflym yn ôl o'i amddiffyn â garsiwn o eiriau a wnâi'r collfarnwr yn edifar o'r dydd y'i ganed. Ond yr oedd wedi gofyn un peth i Harri. Wedi gofyn iddo gelu'i dröedigaeth oddi wrth ei dad. Yr oedd ef wedi dioddef digon, ac yr oedd y crymu cynnil yn ei war yn rhybudd difrifol i beidio ag ychwanegu baich arall ar y cefn a oedd yn cario cymaint. Yr oedd Harri, gyda chymorth yr helbulon newydd, wedi addo. Ond ni allai ef ddim oddi wrth y ffaith mai llygaid barcud oedd gan ei dad.

Nid oedd ef a'i dad wedi torri gair â'i gilydd rhwng amser cinio Dydd Nadolig ac amser cinio drannoeth. Fe wyddai Harri fod ei dad yn dal i ddisgwyl iddo ymddiheuro am ei eiriau niwrotig uwchben y cinio Nadolig. Ac nid oedd ef yn barod i ymddiheuro. Wedi'r cyfan, wedi'i yrru yr oedd i siarad fel y gwnaeth, nid wedi dewis. Yr oedd Edward Vaughan yntau'n teimlo'i fod wedi gwneud cam â'r bachgen trwy awgrymu fel y gwnaeth mai ef oedd yn gyfrifol am y sioc i'w fam. Ond petai ef yn ymddiheuro, fe fyddai'n gwneud peth nas gwnaethai erioed o'r blaen. Lle'r plant oedd ildio, nid lle rhieni.

Ac felly, ni fu ymddiheuro, o'r naill du nac o'r llall. Ond fe fu ymlacio. Aeth Harri'n boenus ymwybodol mai'i dad oedd ei dad wedi'r cwbwl, a bod tad a phenteulu'n haeddu parch yn ei dŷ. Aeth Edward Vaughan yr un mor boenus ymwybodol nad plentyn oedd Harri mwyach, ond dyn ifanc o farn, â gradd i'w enw, wedi dwyn clod i'w deulu ac yn uchel gan ei athrawon. Ac yn yr ymwybod hwnnw, gan ofalu peidio â chrybwyll na chinio na Nadolig, y llithrodd y ddau i sgwrsio drachefn.

Ond nid oedd gwres yn y sgwrs, na dyfnder. Bob yn ail yr aent i lofft Margaret Vaughan, ac ni fyddent yn cydfwyta os

202

gallent beidio. Treuliodd Harri ambell ddiwrnod yn Henberth ac yn Amwythig. Er ei bod yn oer, treuliodd Edward Vaughan lawer o'i amser allan yn trwsio ac yn tacluso pethau y gallesid eu gadael hyd adeg arall. Ond yr oedd pethau'n gwella, ac ychydig wres yn dod yn ôl i'r sgwrs, a dyfnder. Ac fe fyddai'r tad a'r mab wedi'u hadfer i'w gilydd cyn i Harri ymadael oni bai am y ffrae newydd a gododd ar noson ola'r gwyliau.

Eistedd yr oedd Harri wrth dân y parlwr bach. Yr oedd tanau mawr y Nadolig drwy'r tŷ wedi gyrru'r stoc lo'n isel, ac yr oedd Greta wedi dweud na fyddai dim tân yrhawg ond yn y gegin ac yn y parlwr bach. Trodd Harri dudalennau'r *Goleuad*, heb gael ynddo fawr at ddant gŵr didduw. Fodd bynnag, yr oedd wedi dod o hyd i rai sylwadau—rhagfarnllyd, yn ei dyb ef —ar Rwsia, ac wedi dechrau ymgolli, pan glywodd y drws yn agor a'i dad yn dod i mewn. Cododd ei olygon. Yn llaw ei dad yr oedd y gyfrol gyntaf o weithiau Lenin.

''Roedd ffenest dy lofft di'n clecian,' meddai Edward Vaughan. 'Mi es i mewn i'w chau hi rhag iddi styrbio dy fam. Mi welais hwn wrth dy wely di.'

'Wel?' ebe Harri.

'Wyt ti'n ei ddarllen o?'

''Rwy wedi darllen peth ohono.'

'Llyfr ar gomiwnyddiaeth, mae'n debyg, gan ei fod o gan Lenin.'

'Ie.'

'Mae'n debyg fod a wnelo fo â'r gwaith 'rwyt ti'n ei wneud.'

'N-nac oes, ddim yn uniongyrchol.'

'Pam 'rwyt ti'n ei ddarllen o?'

'Neno'r annwyl, 'Nhad, all dyn yn ei oed ac yn ei synnwyr ddim darllen beth fyn o?'

'Pam 'rwyt ti'n colli dy dymer?'

''Dydw i ddim yn colli 'nhymer.'

'Wyt. 'Rwyt ti'n flin 'mod i wedi gweld hwn yn dy lofft di.'

'Wel, ydw'n naturiol. Wedi'r cyfan, mae llofft dyn a phopeth sydd ynddi'n breifat—'

'Yr unig bethe sy'n breifat ydi'r pethe y mae gan ddyn gywilydd ohonyn nhw.'

''Does arna' i ddim cywilydd 'mod i'n darllen Lenin—'

203

'Pam?'

'Am mai Lenin oedd dyn mwya'r ganrif yma—'

Brathodd Harri'i dafod. Ond yr oedd yn rhy hwyr. Yr oedd ei gyffes allan. Wedi'i gorfodi allan gan dwrneidod ei dad. Wel, yr oedd ei dad wedi'i mynnu, ac arno ef bellach yr oedd y cyfrifoldeb am ba beth bynnag fyddai'n dilyn. Rhoddodd Edward Vaughan y llyfr ar y bwrdd a sefyll gyferbyn â Harri, a'i ddwylo y tu ôl i'w gefn.

''Rwyt ti'n dweud,' meddai, 'fod dyn fu'n gyfrifol am gymaint o ddiodde' a chymaint o nonsens yn ddyn mawr.'

'Nid Lenin oedd yn gyfrifol am y diodde',' meddai Harri. 'Y cyfalafwyr a'i gorfododd i wneud yr hyn wnaeth o oedd yn gyfrifol am y diodde'.'

''Rwyt ti'n siarad yn union fel comiwnydd, efo dy "gyfalaf-wyr",' meddai Edward Vaughan.

'Pam lai?'

'Fe fyddi'n dweud nesaf mai cyfalafwr ydw i.'

'Dyna ydech chi.'

'Wyt ti'n 'y nghondemnio i?'

'Ydw.'

Safodd y gwythiennau'n leision ar dalcen Edward Vaughan, ac yr oedd ei lais erbyn hyn yn gwneud i'r addurnau ddawnsio ar y dodrefn.

'Wyt ti'n 'y nghondemnio i am gasglu'r arian sy wedi rhoi d'ysgolion preifat a dy goleg iti, a phob cysur gefaist ti yn dy fywyd?'

'Ydw.'

'Duw faddeuo iti.'

A throdd Edward Vaughan a mynd at y ffenest ac edrych allan i'r nos, fel petai'n gweld caeau Lleifior yn goch gan waed rhyfel cartref a gyneuwyd gan Harri. Murmurodd yn ddi-stop wrtho'i hun, 'Duw faddeuo iti, Duw faddeuo, Duw—'

Trodd at Harri drachefn.

'Fe dynnaist ti ddigon o gablu ar f'enw i pan sefaist ti fel gwrthwynebwr cydwybodol adeg y rhyfel. Rwystrais i monot ti. Mi ddwedais wrtha' fy hun: "Pan â'r rhyfel 'ma drosodd, fe setlith y bachgen i lawr a bod fel pobol eraill." A dyma ti rŵan, wedi cymryd gafael yn y gred fwyaf anffodus sy'n cerdded y

204

blynyddoedd yma. Fe wnei f'enw i'n yfflon. Pam gynllwyn na fuaset ti wedi ymuno â'r Blaid Genedlaethol, os oedd raid iti adael Rhyddfrydiaeth dy deulu? Mae 'na bobol ifanc ddigon call yn ymuno â honno heddiw. Ond Comiwnist!'

Yr oedd Harri'n dechrau edifaru erbyn hyn. Yr oedd ei dad wedi'i gynhyrfu lawer mwy, oherwydd y pethau y bu trwyddynt yn ddiweddar, nag y buasai ar adeg normal.

'Peidiwch â'ch ypsetio'ch hun, 'Nhad, mae—'

'Ypsetio! Mae'n dda 'mod i wedi f'ypsetio, cyn i bethe fynd dim pellach. Mae'n bwysig imi wybod y pethe yma er mwyn y dyfodol. Ateb un cwestiwn imi eto. Wyddost ti faint ydi 'ngwerth i?'

'Na wn i, a fedra'i ddim gweld beth sy a wnelo hynny â—'

'Mae'n iawn iti wybod, er mwyn iti weld maint y llanast yr wyt ti ar fin ei wneud. Rhwng popeth—Lleifior, a Thyddyn Argain, a'r ddwy ffarm sy gennon ni ym Meirionnydd, a'r siârs sy gen i mewn *War Stock* a *Defence Bonds*, a'r arian sy gen i allan ar fenthyg, yr ydw i'n werth rhywle o gwmpas deugain mil. Gelli, fe elli di synnu. Rŵan. Yn ôl yr ewyllys yr ydw i wedi'i gwneud fe fydd y rhan ore o'r eiddo yma, cyn gynted ag y bydda' i wedi 'nghladdu, yn dod i ti. Fe elli di, hwyrach o fewn deng mlynedd, hwyrach o fewn blwyddyn, fod yn werth tua phum mil ar hugain o bunne. Hynny yw, fe fyddi di'n gyfalafwr. Wrth safonau Cymreig, yn gyfalafwr go fawr. Rŵan, p'un ydi'r cryfa'? Lenin, ynte pum mil ar hugain o bunne?'

Teimlodd Harri nad oedd sedd ei gadair yn hanner digon dwfn. Fe roesai'r byd am allu mynd o'r golwg ynddi.

'Ond 'Nhad,' meddai, 'ydech chi ddim yn sylweddoli bod y byd yn mynd yn gomiwnyddol, ac y daw comiwnyddiaeth yn fuan, fuan i'r wlad yma, ac na fyddwch chi na finne na neb arall ddim haws â dadlau ynghylch deugain mil o bunnoedd? Fyddan nhw ddim gennon ni i ddadlau—'

'Siarad yr wyt ti,' meddai'i dad, 'am gan mlynedd o rŵan. Siarad yr ydw i am yr hyn sy'n weddill o'm hoes i fy hun ac am dy oes di. Beth sy'n mynd i ddigwydd i f'eiddo i tra byddi di byw, a thra bydd gen ti'r hawl arnyn nhw? Beth wnei di â phum mil ar hugain o bunne?'

''Nhad—' Chwiliodd Harri'r tân a chonglau'r ystafell am ymwared. ''Does dim rhaid imi ateb rŵan . . . 'Rydech chi wedi'ch cynhyrfu . . . fe gawn ni siarad am hyn eto—'

'A hwyrach na chawn ni ddim. Canys yn yr awr ni thybioch. Mae'n bwysig imi wybod, achos yr ydw i'n mynd i weld 'y nhwrne fory. Fe alle deffro rhyw fore a chael dy hun yn ddyn cefnog newid dy feddwl di, ond alla'i ddim bod yn siŵr. Os ydi f'arian i, a minne yn 'y medd, yn mynd i goffre'r Blaid Gomiwnyddol, mae'n well gen i'u rhoi nhw i gyd i Greta neu at gapel Bethel neu'u rhannu nhw rhwng y ddau ddwsin neiod a nithoedd sy gen i. Rŵan. Beth wnei di â nhw?'

Dyma'r creisis, meddai Harri wrtho'i hun. Yr oedd yn ingol o bersonol, ond personol neu beidio, ni allai ollwng ei weledigaeth a gollwng Gwylan a gollwng gweithwyr caethion y byd i lawr, yn unig am fod swm o arian nad oedd ganddo hawl arno p'un bynnag yn cael ei siglo o dan ei drwyn.

'Fedra'i mo'u cadw nhw,' meddai, ac yr oedd ei lais heb na ffurf na lliw.

'O'r gore.' A heb air yn rhagor, cerddodd ei dad o'r ystafell.

Ni welodd Harri mo'i dad amser swper nac amser brecwast heddiw nac amser cinio. Aethai o Leifior heb ysgwyd llaw ag ef, heb hyd yn oed ei weld. Pan ofynnodd i Greta ymh'le'r oedd, dywedodd hi ei fod wedi mynd ben bore i Henberth. Harri'n unig a wyddai i beth.

Carlamodd y trên drwy'r wlad wen, rhwng y tai a'r prennau duon. Cydiodd Harri yn y gyfrol gyntaf o weithiau Lenin a'i rhoi'n ôl yn ei fag gyda gweddill y gyfres annarllen. 'Roedd yn debyg na ddarllenai mo Lenin byth. Eisteddodd yn ôl yn ei sedd a syllu allan ar y farwolaeth hyd wyneb y tir.

II

Nid oedd Gwylan yn yr orsaf yn ei gyfarfod, a phan aeth i'w llety tua naw o'r gloch nid oedd hi wedi cyrraedd. Teimlodd Harri siom yn ei gerdded fel twymyn. Yn ei lythyr diwethaf nid oedd wedi dweud pa bryd y byddai'n cyrraedd Bangor. Dim ond y byddai'n siŵr o'i gweld. Aeth pob panig drwy

Harri. Yr oedd ei llythyr diwethaf yn gynnes gyfeillgar, mor gynnes ac mor gyfeillgar â'r un. Ond rhwng hwnnw a hyn fe allai unrhyw beth fod wedi digwydd. Fe allai'r eneth fod wedi penderfynu iddi gael mwy na digon ar ei gwmni. Neu fe allai fod wedi syrthio mewn cariad â rhywun yng nghwt y gwyliau. Ond nid Gwylan. Nid oedd y math hwnnw o gariad ar restr ei diddordebau hi.

Y tebyg oedd ei bod wedi cyfarfod â rhyw salwch, a hwnnw'n ei chadw gartref am ychydig ddyddiau'n hwy. Salwch neu beidio, yr oedd Harri'n siomedig. Yr oedd angen Gwylan arno. Angen ei chadernid a glendid digynnwrf ei gweledigaeth. Yr oedd yr ysgwyd ar ei gred yn ystod doe a heddiw wedi'i gwneud hi'n anhepgor. Hi'n unig a allai'i gadw'n gomiwnydd a'i feddwl yn y gwewyr yr oedd. At hynny, yr oedd arno eisiau dweud wrthi mor ufudd y bu iddi, a'i fod yn deilwng o'i hymddiried yn gymaint â'i fod wedi ymadael â Lisabeth ac wedi ymwadu â'i holl etifeddiaeth ariannol. Yr oedd yn rhaid iddo'i gweld.

Yn y gobaith, aeth i stafell yr Undeb fore trannoeth. Yno, unwaith eto, yr oedd howdidŵ fawr dechrau tymor. Gweiddi a chwerthin a chanu anthemau cableddus coleg. I Harri, wedi ingoedd y gwyliau, yr oedd y cyfan yn wag. Yn arwynebol ac yn blentynnaidd. Yn ddim. Yr oedd fel petai, yn ystod y tair wythnos a aeth heibio, wedi tyfu i fyny'n sydyn, ac fel petai'n edrych dros balis parc ar blant yn chwarae.

Yn sydyn, agorodd y drws a rhuthrodd merch fer, drwchus, mewn slacs cochion i mewn, a llanc main mewn trywsus cwta ar ei hôl. Yr oedd y ferch yn sgrechian nerth ei phen ac wrth fynd yn taflu byrddau a chadeiriau a'u tu ôl iddi i rwystro i'r llanc ei dal. Baglodd yntau dros bob un ohonynt ac yn y ffrwgwd llithrodd cwpanau a soseri oddi arnynt a thorri'n deilchion ar lawr. Ond dim gwahaniaeth. Chwarddai'r llanc a'r ferch yn husterig, ac ymunodd eraill yn yr hylabalŵ, nes bod y lle'n debycach i far tafarn ar noson buddugoliaeth nag i stafell gyffredin myfyrwyr. Darfu'r heldrin a'r llanc yn gwasgu'r ferch ar sedd mewn cornel ac yn ei chusanu'n lloerig, i gymeradwyaeth aflafar y myfyrwyr oll.

207

Daeth un o'r merched gweini o'r tu ôl i'r cownter i ganol y llawr gan bwyntio yma ac acw at y darnau llestri a dechrau llefaru'n llifeiriol am y golled. Trodd ei hwyneb fflamgoch at y llanc yn y trywsus cwta a gwnaeth bopeth yn ei gallu geiriol ond ei regi. Cododd hwnnw gan gribo'i wallt yn ferchetaidd a gweiddi,

'Oh, stop jawing, you old ninny! The Student Council will pay.'

A chwarddodd pawb.

Trodd Harri'i gefn ar yr olygfa a mynd yn araf tua'r drws. Yr oedd newydd gofio am siop Wilff, a Joni Watkin a Thwm Ellis yno'n dadlau dros roi pob myfyriwr i wneud gwaith 'iwsffwl'. Beth petai Joni Watkin a Thwm Ellis, allan yn torri eira ar ddarn o ffordd ddigloddiau, yn gweld y stafell hon ar y foment hon? Fe rôi ddigon o ddeunydd bytheirio iddynt am bythefnos yn yr Hand a'r Crown. Teimlodd Harri y buasai'i gydwybod ef yn dawelach allan yn yr eira gyda Thwm Ellis a Joni Watkin na rhwng clydwch ffuantus ystafell yr Undeb. Am y tro cyntaf er pan ddaethai i Fangor, teimlodd yn estron i'r bywyd academaidd.

Newydd fynd drwy'r drws i'r coridor yr oedd pan welodd hi'n dod. Gyda'i gweld, ymwybu â diogelwch, fel dyn ar rafft yn dod i olwg tir.

'Hylô, Gwylan.'

'Hylô, Harri. 'Roeddwn i'n chwilio amdanoch chi. Mi fethais i â dod neithiwr. 'Roeddwn i mewn cyfarfod Llafur ym Mrynllecha', ac mi gollis y bws ola' i Fangor. Sut ydach chi?'

'Yn llawer gwell wedi'ch gweld chi. 'Roeddwn i wedi mynd i godi pob math o fwganod.'

'Oedd arnoch chi gymaint o isio 'ngweld i â hynny?'

'Mae gen i gymaint eisie'i ddwaeud wrthoch chi.'

'Beth am goffi?' ebe Gwylan.

'N-na. 'Does arna'i ddim awydd coffi y bore 'ma. 'D a'i ddim i mewn yna eto. Mae—maen nhw'n rhy blentynnaidd.'

Darllenodd Gwylan ei wyneb yn ofalus.

'Mae 'na rywbeth yn eich poeni chi, Harri.'

'Na hidiwch am hynny rŵan. Mae arna'i eisie sgwrs â chi.'

'Dowch i'r cysgod 'ta.'

Ac aethant i ddarn cysgodol o'r coridor, lle na allai'r rhewynt eu cyrraedd.

'Wel, Harri? Sgwrsiwch.'

Â'i llygaid duon wedi'u hoelio arno, gwrandawodd ar Harri'n adrodd stori Lisabeth a stori'i dad. Siaradodd Harri am hanner awr a hithau'n gwrando, heb ymyrryd. A phan dawodd, yr oedd yn ysgafnach dyn. Yr oedd ei faich bellach ar amgenach ysgwyddau. Wedi saib a barhaodd eiliadau, meddai hi,

''Rydach chi'n ddyn dewr iawn, Harri.'

Dewr? A oedd ef, mewn gwirionedd, yn ddewr? Dechreuodd feddwl ei fod.

'Ond nid fy newrder i oedd o, Gwylan. Dewrder benthyg oedd gen i.'

Edrychodd hi i lawr, yn gwrido ychydig.

'Wn i ddim . . .' meddai hi'n araf.

'Wyddoch chi ddim beth?'

'Na ddylwn i wyleiddio tipyn. Yr ydach chi'n wynebu bywyd bellach yn ddyn sengal ac yn ddyn tlawd. Ac 'rydach chi'n dweud mai fi sy'n gyfrifol.'

'Ond hynny sy'n iawn, yntê, Gwylan?'

'Ydach *chi*'n credu'i fod o'n iawn, Harri?'

'Wel, ydw, neno'r diar, neu fuaswn i ddim—'

''Rydw i'n fodlon, 'ta.'

Ond fe dybiodd Harri fod rhyw betruso arni nas gwelsai o'r blaen. Dim ond am eiliad. Pan gododd hi'i llygaid duon drachefn yr oeddent yn ddisglair. Tybiodd ef mai gan edmygedd.

III

Ar yr un foment yr oedd Karl a Greta'n wynebu'i gilydd yng nghegin Lleifior. Yr oedd y cwmwl ar Leifior wedi duo. Y bore hwnnw yr oedd Margaret Vaughan wedi gwaelu'n sydyn. Ar y llofft uwchben clywai'r ddau gamau prysur Dr. Owen, ac i bob cam ysgafnach a thrymach na'i gilydd yr oedd arwyddocâd tywyllach a thywyllach. Aeth Greta'n chwerw. Wedi misoedd o wylio a gofalu a rhedeg a cholli cwsg, yr oedd y diwedd yn ymyl, ond diwedd a oedd yn gwneud y cyfan yn ofer. Dywedodd yn oer,

'Fe ddaru chi anghofio gweddïo y bore 'ma, Karl.'

Tywynnodd poen yn llygaid Karl, poen drosti hi yn ei chwerwedd.

'Naddo,' meddai. 'Mi weddïais i.'

'Chafodd eich gweddi chi mo'i hateb.'

'Do, 'rwy'n meddwl.'

'A beth oedd yr ateb?'

'Fe all eich mam wella ar ddau amod. Un, bod gennym ni ffydd. Y llall, ein bod yn cael y dyn iawn ati.'

'Gawsoch chi wybod hefyd pwy oedd y dyn iawn?'

Nodiodd Karl yn araf, a syllu'n syth i'w llygaid. Cydiodd cryndod sydyn yn Greta.

'O na, nid—?'

Nodiodd Karl eto.

'Dr. Rushmere,' meddai.

Beth bynnag oedd cymhelliad Greta i'w ddweud, fe'i dywedodd.

'Mae'n rhy hwyr. Hyd yn oed petai'n bodloni i ddod, ddôi o byth mewn pryd.'

Atebodd Karl, heb gymryd sylw o'i chynnwrf,

'Mae Duw'n helpu'r rhai sy'n ymdrechu.'

Trodd Greta at y ffenest, yn brathu'i gwefus ymron at y gwaed. Ceisiodd wasgu'r meddwl yn ei hymennydd, ond yr oedd yn mynnu lleferydd. Yr oedd y dewis rhwng bywyd ei mam a Paul, neu Karl a—. Heb aros i'r meddwl orffen ffurfio, rhuthrodd o'r ystafell ac i fyny'r grisiau ac i'r llofft.

'Shhh!' ebe'i thad, a'i wallt gwyn yn syth ar ei ben gan fynych wthio'i fysedd drwyddo.

'Hist o ddim!' ebe Greta, a'i hanadl yn dod yn hyrddiau. 'Doctor Owen. Mae'n rhaid cael operesion.'

Syllodd y dyn bach arni, a rhoi'i sbectol ar ei drwyn i'w gweld yn well.

'Operesion!' meddai, a'i lygaid yn ei dosbarthu i'r gwallgofdy agosaf. ''Y ngeneth fach i, wyddoch chi beth ydech chi'n ddweud?'

'Gwn,' ebe Greta, 'peth y dylwn i fod wedi'i ddweud yn

210

llawer mwy pendant ers misoedd. 'Does dim rheswm fod Mam yn y fan yma'n gorwedd yr holl amser. Fe ddyle fod mewn ysbyty, ac fe ddylech chithe wybod hynny'n well na neb.'

'Greta,' ebe'i thad. 'Doctor Owen ŵyr ore.'

'Nonsens,' ebe Greta. 'Neu fe fydde Mam wedi dod drwyddi erbyn hyn, yn lle bod yn y fan yma'n—yn—' A thorrodd i lawr yn lân.

Cafodd ei dagrau effaith ar ei thad.

'Hwyrach, doctor,' meddai, 'fod rhywbeth yn yr hyn mae'r lodes yn ei ddweud—'

Yr oedd anadl y meddyg bach wedi'i adael ers rhai eiliadau, ond daeth o hyd i ddigon ohono i ddweud,

'Ond Mr. Vaughan, mae—mae Mrs. Vaughan yn rhy wan o ddim rheswm i feddwl am y peth. Mae—wel, mae—'

Aeth Edward Vaughan yn gadarn.

'Oes gennoch chi, Doctor Owen, wrthwynebiad inni gael opiniwn arall?'

Syllodd y meddyg arno.

''Does gen i ddim dewis,' meddai. 'Mae gennoch chi hawl i opiniwn arall. Ond yr ydw i'n siomedig fod teulu Lleifior wedi dangos cyn lleied o ymddiried yn eu hen feddyg teulu—'

'A bywyd 'y ngwraig yn y glorian, ellwch chi ddim disgwyl i hynny sefyll ar y ffordd,' meddai Edward Vaughan.

'Cweit so,' ebe'r meddyg bach, wedi mwy na hanner pwdu. Ac ychwanegodd yn sychlyd, 'Pwy sy gennoch chi mewn golwg?'

'Dr. Paul Rushmere,' meddai Greta fel cloch.

'Rushmere . . . Rushmere . . . chlywais i 'rioed mo'r enw,' meddai'r meddyg. 'Feri wel. Galwch amdano.'

Ac wedi rhoi'i daclau yn ei fag, meddai,

'Ffoniwch amdana'i pan gyrhaeddith o.'

Ac wedi llusgo'i gôt uchaf amdano, aeth adref at ei ginio.

Ymhen awr o fewn pum munud yr oedd y *Gloria* wrth y drws. Codai colofn o ager o'i fonet, ac yr oedd cylchau'r olwynion yn rhy boeth i'w cyffwrdd. Dywedodd Paul mai dyna'r daith gyflymaf y bu arni erioed, ac na allai fod yn siŵr na chymerodd ei fywyd oddi ar fwy nag un wrth ddod i geisio achub bywyd. Yr oedd yn amlwg mewn clamp o dymer. Ysgydwodd law ag Edward Vaughan, taflu hylô brysiog at Greta, a dweud,

'I'll see her at once.'

Ffoniodd Greta at Dr. Owen, ac aeth Edward Vaughan a Paul i fyny. Safodd Paul am funud cyfan yn edrych ar y ddrychiolaeth yn y gwely, heb symud giewyn. Yna, siglodd ei ben yn araf. Yr oedd yn amlwg beth oedd yn ei feddwl. Yr oedd yn ei felltithio'i hun am ddod mor bell i ddim. Yr oedd y frwydyr, yn ôl pob rheswm, eisoes wedi'i cholli.

Archwiliodd hi'n frysiog. Yna, gwthio'i ddwylo'n ddwfn i'w bocedi a mynd at y ffenest i edrych ar yr eira. Yn fwy wrtho'i hun nag wrth Greta a'i thad, murmurodd,

'Six months ago, yes. Now, not a chance in a thousand.' Trodd atynt. 'It's no good telling you now what fools you've been. We all make mistakes at one time or another. But I wish to God you could stand in my shoes for just one moment and feel how sorry I am.'

Gwyrodd Edward Vaughan ei ben gwyn yn doredig. Gwasgodd Greta'i ffedog ar ei llygaid. Ar wahân i'w hwylo distaw hi, nid oedd smic yn y stafell drymaidd ond anadlu trafferthus y claf. Aeth munudau heibio, ac yna clywsant y drws allan yn agor ac yn cau a chamau cyflym Dr. Owen yn dod ar hyd y neuadd ac i fyny'r grisiau. Pan ddaeth i mewn, safodd ef a Paul Rushmere am eiliad yn llygadu'i gilydd, a sglent wrthwynebus yn llygaid y ddau. Cododd Edward Vaughan i'w gyflwyno.

'Dr. Owen. Dr. Rushmere.'

'How d'you do?'

'How d'you do?'

Ysgwyd llaw, ac yna symudodd y ddau at y gwely.

'Have you examined her?' gofynnodd Dr. Owen.

'Yes.'

'You find it a bad case, no doubt.'

'No doubt.'

Synhwyrodd Dr. Owen y sen yn llais y llall, ond bodlonodd, o flaen rhai heb fod yn perthyn i'r alwedigaeth, ar lyncu'i boer. Yna dywedodd,

'You'd probably like a word in private.'

'Quite unnecessary,' meddai Paul. 'I've made my decision —with your consent, of course.'

'Yes?'

'I'm taking her to Liverpool.'

'I suppose you *are* serious?'

'Good heavens, man, what else can one be in such circumstances?'

'You don't, by any chance, contemplate operating?'

'That depends on how she responds.'

'You know that to move her may kill her?'

'She may as well die of boneshaking on the way as die here of neglect,' ebe Paul fel cyllell.

Torrodd torch berlog o chwys dros dalcen y meddyg bach. Yr oedd ei faeddu fel hyn gan lefnyn o leiaf bum mlynedd ar hugain yn iau nag ef, a'i faeddu o flaen aelodau parchusaf ei bractis, bron yn ormod iddo'i ddal. Mentrodd Edward Vaughan ddweud, yn gymaint o gydymdeimlad at ei hen feddyg ag o barch at ei farn,

'But you said yourself, Paul, that there wasn't a chance in a thousand.'

'There may, Mr. Vaughan, be a chance in a million. I take it, Mr. Vaughan and Dr. Owen, that I have your consent? I can assure you—and so, I think, can Dr. Owen—that it's the one and only chance.'

'Certainly, certainly,' ebe Dr. Owen, mor sych ag y gallai swnio.

'We're entirely in your hands, Paul,' meddai Edward Vaughan.

Ac meddai Paul, gan edrych ym myw llygaid Edward Vaughan a thaflu llond llygad o her at Greta,

'I assure you, I wouldn't risk it for any one else living. When she gets to the hospital they'll probably say I'm crazy. It may mean my reputation.'

'It may indeed,' ebe Dr. Owen, gydag ychydig gormod o frwdfrydedd.

'We appreciate that, my boy, more than we can say,' meddai Edward Vaughan yn ddwys. Safodd Greta â'i phen i lawr.

'Will you get me your ambulance, please?' meddai Paul wrth Dr. Owen.

Gan godi'i ysgwyddau, aeth y meddyg bach i lawr at y teleffon. Wedi teleffonio, cydiodd yn ei fag a tharo'i het am ei ben a throi at Edward Vaughan, a safai yn y neuadd.

'Wel, Mr. Vaughan,' meddai, 'mae'r cwbwl o 'nwylo i. Y peth ola'n y byd y carwn i 'i wneud fydde torri'ch calon chi wedi'r holl flynyddoedd. Ond mae arna'i ofn, pan welwch chi'ch annwyl briod yn cael ei chario i'r ambiwlans yna—Wel, fe wyddoch beth ydw i'n ei feddwl.'

'Diolch ichi, Doctor Owen, am bopeth,' ebe Edward Vaughan yn syml. Ac aeth Dr. Owen o Leifior, yn dyfalu beth oedd y berthynas rhwng y teulu a'r meddyg ifanc gwallgof o Lerpwl, ond heb fentro holi.

Gwnaeth Greta fwyd yn frysiog i Paul, a'i adael ef a'i thad yn y gegin i fwyta gyda'i gilydd. Ni allai lai na theimlo'n wag oddi mewn wrth weld Paul yn gwneud cyn lleied o sylw ohoni. Ond yr oedd yr un edrychiad a daflodd arni yn y llofft yn ddigon i ddweud wrthi mai hi oedd y pwysau yng nghlorian bywyd ei mam. Fe wyddai hefyd mai hi fyddai'r pris amdano ped arbedid ef.

19

I

Diffoddodd Robert Pugh beiriant y car mawr lliw hufen a gadael iddo lithro i lawr y ffordd yn ei bwysau'i hun. Y rheswm am hynny oedd bod Edward Vaughan am y gwrych ag ef yng nghae Lleifior. Fe wyddai Robert Pugh mai'i ddyletswydd fel cymydog oedd sefyll a holi Edward Vaughan sut yr oedd ei briod, a hithau yn yr ysbyty ers pythefnos ac i fynd dan y gyllell heno. Ond nid oedd erbyn hyn yn ei styried ei hun yn gymydog. Ei ddyletswydd, felly, oedd peidio â holi, na thorri gair o fath yn y byd, o leiaf tra oedd Mrs. Vaughan yn dal ar dir y byw. Ond yr oedd rheswm arall hefyd dros beidio ag wynebu Edward Vaughan ar y funud.

Nid diota, fel y tybiai llawer, oedd unig achos y cochni clustogaidd yn wyneb Robert Pugh. Yr oedd hefyd yn dioddef, yn llym ar adegau, gan ddiffyg treuliad. Yr oedd yn rhy lwth o ran natur i lynu wrth y rhestr bwydydd diniwed yr oedd Dr. Owen wedi'i thynnu allan iddo. Yr oedd yn haws mynd at Dr. Owen am botel pan fyddai'r pangfeydd ar eu gwaethaf. Ac fe aethai at Dr. Owen echnos i mofyn potel o ffisig gwyn.

Wrth roi'r botel yn ei law, dywedodd Dr. Owen yn sydyn,

'Clywed eich bod chi'n mynd i roi *breach of promise* ar deulu Lleifior, Mr. Pugh.'

'Pwy ddwedodd?' ebe Robert Pugh yn swrth.

'Na hidiwch pwy ddwedodd,' ebe'r meddyg bach, yn tynnu pin llenwi o boced ei wasgod ac yn sgrifennu ar ei ddesg. 'Braint meddyg ydi casglu cyfrinache, a'i gyfrifoldeb o ydi'u cadw nhw. 'Rwy'n gobeithio'r enillwch chi, Mr. Pugh.' Yr oedd yn amlwg fod rhywbeth wedi pigo'r meddyg bach. Ni chlywsai Robert Pugh erioed mohono'n yngan dim ond y gorau am deulu Lleifior. 'Ond dowch imi'ch rhybuddio chi,' ebe'r meddyg, yn troi ato'n sydyn. 'Mae'n fwy na thebyg, os rhowch chi'r gyfraith ar Edward Vaughan, y bydd ynte'n rhoi cyfraith arnoch chi.'

'Am beth?' ebe Robert Pugh, wedi deffro drwyddo.

'Am y llythyr anfonodd eich annwyl briod at Mrs. Vaughan. Hwnnw gyrrodd hi'n ôl i'w gwely. 'Roedd o'n llythyr go beryglus.'

Trodd y coch dwfn ar wyneb Robert Pugh yn binc gwelw. Yr oedd ei wraig wedi'i wneud eto! A hynny heb ddweud gair wrtho ef. Cofiodd yr achos arall bum mlynedd yn ôl, pan anfonodd hi'r llythyr mileinig at Roger Poynton o Amwythig ac fel y talodd ef, Robert Pugh, ugain punt i hwnnw am ei gadw o'r llys a'i gadw'n ddistaw. Ni chafodd Dyffryn Aerwen wybod am hwnnw, neb ond Dr. Owen am fod Robert Pugh wedi gofyn ei gyngor. Ond pe dôi hwn i'r llys . . . Nid oedd Robert Pugh yn ffansïo talu arian mudandod i Edward Vaughan. Hwyrach y byddai bygwth yr achos tor-amod yn ddigon i gadw Edward Vaughan rhag dwyn achos y llythyr. Yr oedd y glorian yn bur gyfartal y tro hwn.

Fe fu'n ffrae ar aelwyd y Trawscoed pan gyrhaeddodd Robert Pugh yn ôl o dŷ'r meddyg. Taranodd ef. Wylodd ei wraig. Swatiodd y plant. A phasiwyd i beidio â chrybwyll yr achos tor-amod oni symudai Lleifior yn gyntaf gydag achos y llythyr. Ond yr oedd balchder Robert Pugh wedi'i friwio'n rhy egr gan weithred Harri Lleifior i adael i bethau orffwys. Ac yn ei ymennydd llosg deorodd syniad cyfrwysach. Wedi'r cyfan, yr oedd ffyrdd eraill i ddifwyno urddas Lleifior.

Ac ar y ffordd i hynny yr oedd pan ddiffoddodd beiriant ei gar. Rhwng y cloddiau uchel fe allai'r car lithro heibio heb i Edward Vaughan ei weld. A heb ei glywed, ni ddôi i edrych pa gar ydoedd. Ond yr oedd ysgithyn o eira'n aros ar wyneb y ffordd, a hwnnw wedi rhewi drosto, ac yr oedd olwynion y car yn crensian arno fel ar farwor. Llywiodd Robert Pugh ag un llygad dros ei ysgwydd, yn disgwyl bob eiliad gweld wyneb Edward Vaughan yn rhythu arno rhwng y cyll. Ond aeth heibio i'r tro ac o olwg terfyn Lleifior heb weld yr wyneb, a'i felltithio'i hun am fod mor fabïaidd ofnus.

Wedi cyrraedd Llanaerwen, parciodd ei gar o flaen y siop ddillad y drws nesaf i siop Wilff. Edrychodd ar ffenest y siop.

Ffenest fawr, lwydaidd, yn orlawn o frethynnau a chrysau dynion a pheisiau merched yn rhesi anniddorol, gyda chardiau wedi'u pinio arnynt, ac ar y cardiau brisiau uchel wedi'u llythrennu'n anartistig mewn inc du. Uwchben y siop yr oedd enw'r perchennog, mewn paent wedi hen bylu gan wynt a glaw: *J. Aerwennydd Francis, General Draper and Outfitter.* Taflodd Robert Pugh olwg frysiog i fyny'r stryd ac ar draws y groes, i fod yn siŵr nad oedd neb o bwys o gwmpas, ac aeth i mewn i'r siop.

Nid oedd dim ond tri bwlb trydan gwanllyd noethlymun i oleuo perfedd tywyll y siop. Nyddodd Robert Pugh rhwng y dymïau a osodwyd i ddal siwtiau a steisi, eu breichiau ar led mewn ystumiau annynol a gwên arallfydol ar eu hwynebau cwyr. Crychodd ei drwyn mewn ymgais ofer i ymlid yr aroglau camffor a sawr mwll hen frethynnau, ac aeth at yr agosaf o'r ddau gownter. Y tu ôl i hwnnw yr oedd dyn bach penfoel gyda mwstás gwyn a sbectol ffrâm-wifren, nad oedd, yn amlwg, yn ddim amgen nag addurn, gan ei bod wedi llithro er cyn cof i neb yn Llanaerwen i flaen trwyn ei pherchennog ac yno wedi gwneud hic dragwydd iddi'i hun.

'Ydi Aerwennydd yma?' gofynnodd Robert Pugh.

Heb ddweud gair, rhythodd y corrach arno dros ei sbectol, a dawnsiodd ei fwstás ddawns fer ond egr ar ganol ei wyneb. Gofyn iddo'i hun yr oedd pa beth oedd neges y ffarmwr corffol hwn yn y siop hon, gan ei bod yn wybyddus i bawb fod holl deulu'r Trawscoed yn prynu'u holl ddillad yn Henberth ac Amwythig. Wedi methu datrys y broblem, pwyntiodd yn sydyn at y cownter arall, i arwyddo bod ei feistr ynghladd dan y teisi dillad rywle yn y cyfeiriad hwnnw. Ac wedi pwyntio, diflannu'n arswydus sydyn dan ei gownter ei hun ynglŷn â rhyw fusnes nad oedd wiw ei esgeuluso funud yn hwy.

Trodd Robert Pugh a chamu'n drwm at y cownter arall. Yno, yn gwyro dros gatalog dillad merched, gyda mwy o ddiddordeb efallai yn ffurfiau'r merched nag yn yr ychydig a oedd amdanynt, yr oedd J. Aerwennydd Francis. Pan glywodd Robert Pugh yn nesáu, cododd ei ben ac edrych arno heb ddim diddordeb. Nid oedd Aerwennydd Francis ond ychydig dros ddeugain oed, yn ddyn main o'i dop i'w waelod. O'i dalcen i'w wegil yr oedd rhes wen lydan, a'i wallt seimlyd wedi'i frwsio'n fflat o boptu iddi. Nid oedd dim i gadw'i ddau lygad brown, marw ar wahân ond asgwrn o drwyn hir, ac o dan hwnnw yr oedd rhimyn o fwstás cochddu dros ddwy wefus fawr, synhwyrus, lac. Yr oedd ganddo wddw y buasai alarch yn ddigon bodlon arno, ac am ei gorff onglog hongiai siwt lwyd, ddwbwl-brest yn blygion blinedig. Er bod ganddo'r enw o fod yn hoff o ferched ifanc, ysgrwtiai merched ifanc Llanaerwen wrth feddwl cyffwrdd â'i feinder esgyrnog. Yn herwydd ei orhoffter ohonynt yr oedd wedi methu cadw cymaint ag un ferch y tu ôl i'w gownteri. Nid dyn i roi tân yn neb oedd Aerwennydd Francis.

'Sut ydech chi, Aerwennydd?' ebe Robert Pugh.

'Yn weddol, Pugh, ac ystyried 'mod i'n fy lladd fy hun â gwaith,' meddai Aerwennydd yn ddiffrwyth. Ni chymerodd Robert Pugh sylw o'r celwydd. Ar adeg arall byddai wedi pryfocio'n greulon. Heddiw, yr oedd busnes yn bwysicach.

'Mi liciwn i gael gair â chi ar eich pen eich hun,' meddai, ac edrych yn awgrymog i gyfeiriad y corrach yn y gwyll y tu ôl i'r cownter arall. Gwthiodd Aerwennydd ei wefusau mawr allan, cystal â dweud nad oedd perygl i'w was oedrannus adrodd dim allan o'r siop. Ond wedi ailfeddwl, cododd esgyrn ei sgwyddau ac amneidio tua'r drws y tu ôl iddo. Dilynodd Robert Pugh ef i mewn i'r stafell fach fyglyd a wnâi'r tro fel swyddfa.

Pan gaeodd Robert Pugh y drws ar ei ôl, boliodd cwmwl ar gwmwl o fwg allan o'r grât fach bygddu yn y gornel, a diferodd yr huddygl yn ddiderfyn ar bob dodrefnyn a dalen o bapur yn y lle.

'Mae eisie cau'r drws yn dyner, Pugh,' meddai Aerwennydd rhwng dau bwl blin o beswch. 'Mae'r ystafell 'ma, fel y gwelwch chi, braidd yn dueddol i fygu. A chas beth gen i ydi mwg.' Yna, fe'i helpodd ei hun o'r paced sigarennau ar ei ddesg.

Teimlodd Robert Pugh nad anaddas fyddai ychwanegu at swm y mwg, a thynnodd ei bibell a'i faco o'i boced a dechrau llenwi. Wrth chwythu llinyn o fwg sigarét o'i wefusau pyrsiog, edrychodd Aerwennydd yn drwynsur ar y siag yn mynd i'r bibell. Ond nid oedd Robert Pugh yn ddigon sensitif i sylwi.

'Wel, Aerwennydd,' meddai, 'yr ydw i wedi dod yma i wneud busnes â chi.'

'Wel,' meddai'r siopwr, ac arwydd o fywyd yn dod am y tro cyntaf i'w ddau lygad brown, 'mi fydda'i'n falch iawn o gael dyn mor gefnog yn gwsmer—'

'Y . . . na, nid busnes felly, Aerwennydd.' Yr oedd Robert Pugh yn ochelgar bob amser rhag rhoi modfedd i neb a oedd â rhywbeth i'w werthu. 'Busnes—y—ychydig yn wahanol.'

'Wel?' ebe'r siopwr, a'r arwydd bywyd wedi mynd o'i lygaid a'u gadael yn farw drachefn.

Cymerodd Robert Pugh hamdden i danio'i bibell, a chymysgodd y mwg siag â'r huddygl a oedd yn dal i ogordroi yn y myllni. Gan nad oedd, wedi'r cwbwl, yn ennill cwsmer, cymerodd y siopwr hyfdra i besychu rhagor. Tynnodd gŵr y Trawscoed ei bibell o'i geg a'i dal hyd braich oddi wrtho. Yr oedd y peth tebycaf posibl i fwytawr tân dwyreiniol, ei lygaid yn ddau lygedyn o dân, a mwg yn troelli'n araf o'i geg agored.

'Mae etholiad y Cyngor Sir i fod yn y Llan 'ma eleni, on'd ydi o, Aerwennydd?'

Nodiodd Aerwennydd yn gysglyd, heb feddu syniad yn y byd beth oedd diddordeb y llwyth cnawd gyferbyn mewn etholiad.

'Yr ydech chi'n sefyll fel arfer, Aerwennydd?'

Siglodd Aerwennydd ei ben yn araf.

'Nac ydw.'

Caeodd ceg Robert Pugh ac agorodd ei lygaid.

'Pam, yn enw'r coblyn?'

Aeth Aerwennydd ati i egluro fel petai egluro'n galedwaith i'w ffieiddio.

'Fe wyddoch chi pam, Pugh, cystal â finne. Mi sefais i ddwywaith cyn y rhyfel ac unwaith wedyn. A cholli bob tro. Mae'n amlwg fod yn well gan bobol yr ardal 'ma'r ffarmwr cefnog 'na o Leifior, nad ydi o'n meddwl am ddim ond am bentyrru arian, na siopwr bach cydwybodol o'r Llan sy'n barod i wneud ei ore iddyn nhw heb ei styried ei hun. Na, Pugh. Yr ydw i wedi dysgu un peth trwy brofiad chwerw. Nad oes ar Lanaerwen ddim eisie ymgeisydd Llafur.'

Crebachodd ceg Robert Pugh yn wên anhyfryd. Fe wyddai nad oedd Aerwennydd ddim mwy o ddyn Llafur nag oedd ef.

Yr oedd yn un o'r ymgeiswyr Llafur hynny sy'n Llafur, nid o argyhoeddiad, ond am fod yr aelod y maent yn ei wrthwynebu'n digwydd bod yn Dori neu'n Rhyddfrydwr. A bod siawns, o drechu hwnnw, i gael sedd ar ba gyngor bynnag y mae'u llygad arno, neu hyd yn oed yn y senedd.

'Os addawa'i gefnogaeth y ffermwyr ichi, wnewch chi sefyll?'

Daeth arwydd bywyd unwaith eto i lygaid y dilledydd.

'Cefnogaeth y ffermwyr? Ydech chi'n meddwl mai hurtyn ydw i, Pugh? 'Does neb wedi gwneud mwy yn f'erbyn i bob tro y sefais i na'r ffermwyr. Yr unig rai fu'n driw imi oedd dynion y ffordd a dynion y bysus a'r gweision ffermydd. Mae ffermwyr yn bownd bob amser o lynu wrth un ohonyn nhw'u hunen, mi'u dyffeia'i nhw.'

'Wnân nhw ddim y tro yma, Aerwennydd.'

Tybiodd Aerwennydd Francis, am y tro cynta'n ei fywyd, fod gŵr y Trawscoed yn werth cymryd diddordeb ynddo. Yr oedd ganddo syniadau diddorol, o leiaf. Fe'i gwnaeth Robert Pugh ei hun yn fwy cysurus ar ei gadair galed. Yr oedd hoen y frwydyr a oedd ar ddod yn dechrau cynhesu'i du mewn.

'Dyma chi, Francis,' meddai, 'a dyma'r gwir. Mae rhai ohonon ni'i gymdogion wedi ffeindio yn ystod y misoedd diwetha' 'ma beth ydi maint a mesur Vaughan, Lleifior. Ac yr yden ni wedi dod i'r penderfyniad ein bod ni wedi cael ein cyn-rychioli ar hyd y blynyddoedd gan ddyn annheilwng.'

'Tad annwyl,' ebe Aerwennydd yn ddigyffro, 'faint o ferched ffarmwrs y mae mab Vaughan wedi gwneud tro sâl â nhw?'

Ymsythodd Robert Pugh ar ei gadair a'i wefusau'n crynu.

'Aerwennydd!' meddai. 'Mi ddo's i yma gan feddwl siarad â dyn. Mae'n amlwg 'mod i'n siarad â phincws. Os ydech chi am gellwair â'ch cyfle—'

''Dydw i'n cellwair dim,' ebe'r siopwr yn farwaidd fwyn. 'Gofyn cwestiwn wnes i. Mae'n ddrwg gen i os twtsies i ddolur.'

Setlodd Robert Pugh yn ôl ar ei gadair, yn flin wrtho'i hun am fod mor fyrbwyll. Wedi'r cwbwl, yr oedd y dilledydd yn ddyn i gyfrif ag ef, ac yr oedd yn werth gorffen y gwaith y daethai i'w wneud.

'Mae'n olreit,' meddai'n swrth. Aeth Aerwennydd rhagddo.

'Mi alla'i ddeall, Pugh, pam yr ydech *chi* am gael ymadael â Vaughan. 'Dydi o'n sicir ddim yn gynrychiolydd teilwng i chi bellach. Ond sut y galla'i fod yn siŵr fod y ffermwyr eraill—?'

'Gadewch chi hynny i mi,' ebe Robert Pugh. 'Mae gen i gymaint o bwyse ymhlith ffermwyr yr ardal 'ma â Vaughan, ac mi alla'u taflu nhw o'i blaid o neu yn ei erbyn fel y mynna'i.'

'Mae hynny'n iawn,' meddai Aerwennydd, yn astudio'i goesau meinion yn hamddenol. 'Ond mae 'na beth arall, sy lawn cyn bwysiced â chefnogaeth. A hwnnw ydi arian. Yr ydw i wedi colli symie mawr o arian ar y tair lecsiwn ddiwetha' sefais i. Ac, a bod yn onest, alla'i ddim fforddio sefyll lecsiwn eto.'

'Aerwennydd,' meddai Robert Pugh, yn gwyro 'mlaen yn frwd. 'Os sefwch chi, mi ro'i ddecpunt at eich coste chi fy hun. Ac mi ga' i'r ffermwyr eraill bob un i dalu'i siâr. Mi ofala'i na fyddwch chi ddim yn eich colled o ddime.'

'H'mm.'

Yr oedd cael arian o ŵr y Trawscoed yn fuddugoliaeth mor annisgwyl nes bod y siopwr yn ei chael yn anodd peidio â gwenu. Bu'n fud am ennyd, fel petai'n methu'n glir â phenderfynu. Yna, cododd ar ei draed.

'O'r gore, Pugh,' meddai, 'mae hi'n fargen. Cewch chi'r gefnogaeth a'r arian, mi sefa' inne'r lecsiwn.'

'A'i hennill hi!' meddai Robert Pugh, a'i lygaid mochyn yn eirias. Ysgydwodd law ar y fargen, a brasgamu'n swnllyd o'r siop, yn ymatal â'i holl ewyllys rhag chwibanu. Aeth i'r car, a'i droi'n ôl ar y groes. Yr oedd ganddo un lle i alw ynddo eto. Yr oedd un arall, yr oedd yn siŵr, a chanddo hen bwyth i'w dalu'n ôl i Edward Vaughan.

Safodd y car gyferbyn â thŷ Wil James. Edrychodd i fyny tua'r tŷ. Yr oedd mwg yn codi o'r simne, a golau tân yn chware ar lenni budron y ffenest. Aeth allan o'r car ac i fyny'r grisiau concrid. Curodd ar y drws.

Agorwyd y drws gan Wil James ei hun.

'Helô, Wil, sut wyt ti?'

Llygadodd Wil ef o'i ben i'w draed, ac o'r diwedd ateb yn sychlyd,

'Symol, 'tae fater am hynny.'

221

'Ga'i ddod i mewn am funud?'

'Ydi'n rhaid ichi?'

'Wel,' ebe Robert Pugh, yn ceisio cadw'r wên ar ei wyneb, 'mi fydd o fantais i ti os do'i.'

Pan glywodd Wil hynny, agorodd y drws led y pen a gollwng Robert Pugh i mewn. Syllodd Robert Pugh yn syn ar y llanast yn y gegin. Ar y bwrdd yr oedd tyrrau o lestri heb eu golchi a chwarter torthau'n llwydo, potiau jam hanner llawn a thuniau cig a ffrwythau gweigion o bob oed. Yr oedd yn methu penderfynu pa un oedd anhawsaf ei oddef, aroglau'r dillad a'r camffor yn siop Aerwennydd ynteu'r aroglau llwydni llethol yn y tŷ hwn.

'Mae'n arw gen i'n bod ni dipyn yn anhrefnus yma,' ebe Wil. ''Dydi'r wraig ddim gartre ar y funud. Ellwch chi ffeindio lle i iste?'

Ddim yn hawdd, meddai Robert Pugh wrtho'i hun. Ond wedi dygn chwilio a symud nifer o ddillad mewn graddau amrywiol o ffresni, llwyddodd i grafu digon o le ar fin cadair i osod ei gorff am ychydig.

'Y wraig heb ddod yn ôl eto?' gofynnodd.

Ysgydwodd Wil James ei ben a thanio Wdbein. Penderfynodd Robert Pugh nad doeth fyddai oedi rhagor ar y pwnc hwnnw.

'Dal ar y dôl, Wil?' gofynnodd ymhen ychydig.

'Ydw,' ebe Wil.

'Fe wnaeth Vaughan Lleifior dro gwael â ti.'

Edrychodd Wil James arno gyda diddordeb. Dyma'r dyn a oedd mor gynnes ym mhlaid Edward Vaughan a'i fab pan fu'n siarad ag ef wrth y drws yma ychydig fisoedd ynghynt. Ond yr oedd amgylchiadau'n newid ein barn am ein cyd-ddynion. Yr oedd yn amlwg ar wefusau ceimion Wil James ei fod yntau wedi clywed y stori am ferch Pugh a Harri Vaughan.

'Fuaset ti'n licio cael gwaith, Wil?' gofynnodd Robert Pugh.

'Yn y Trawscoed?'

'Ie.'

'Wn i ddim.'

Sugnodd Wil ei Wdbein am sbel yn fyfyrgar. O'r diwedd, dywedodd,

'Petai'r dôl dipyn mwy, edrychwn i ddim ar waith am weddill f'oes.'

'Mi ddoi, 'te?' Yr oedd Robert Pugh yn cynhesu.

'Oes gennoch chi waith imi?'

'Wel . . . mae'r bechgyn acw a finne wedi gwneud yn eitha' hyd yn hyn, gyda help dyn neu ddau am ychydig fisoedd weithie. Ond wir, 'rydw i'n mynd i oed, wel'di. Ac mae'r lle acw'n rhy fawr i dri. Fe allwn ni wneud â dyn go dda rŵan.'

Fe wyddai o'r gorau nad oedd Wil James yn 'ddyn go dda'. Ond nid at waith yr oedd arno'i eisiau. Disgwyliodd am yr ateb.

'Olreit,' ebe Wil yn swta.

'Da iawn,' ebe Robert Pugh, gan ei hel ei hun at ei gilydd i godi.

'Ond—y—' mwngialodd Wil, 'mae 'na un peth . . .'

'Unrhyw beth, was,' meddai Robert Pugh, 'os ydi o'n rhesymol.'

'Mae arna'i ofn y bydd raid imi fyw i mewn.'

'Byw i mewn?'

'Ie. 'Dech chi'n gweld, 'rydw i'n gorfod clirio allan o'r tŷ 'ma cyn pen pythefnos. Mae Terence Siôn Mari'n priodi, ac am ei fod o'n gweithio yn Lleifior, mae'r hen Vaughan wedi cael y cownsil i osod y tŷ yma iddo.'

'Hynny ydi, mae Vaughan, mewn ffordd, yn dy droi di allan?'

Yr oedd Robert Pugh yn falch o allu gyrru hoelen arall i arch gŵr Lleifior.

'Mae'n debyg y gellwch chi edrych arni fel'na,' ebe Wil.

Amheuodd Robert Pugh yn fawr a fyddai'i wraig a Lisabeth yn fodlon cymryd gwas i gysgu yn y tŷ. Ac yn yr oes olau hon nid oedd neb yn rhoi gweision i gysgu yn llofft y stabal. Fodd bynnag, fe wnâi ei orau i'w ddarbwyllo. Costied a gostio, yr oedd yn rhaid cael Wil James i'r Trawscoed. Cododd.

'Y telere diweddara', Wil,' meddai, 'a chyflog mis ymlaen. Fe gei storio dy ddodrefn i gyd yn y bildins acw yn y Trawscoed, ac mi dala'i dy rent di yma am y mis diwetha'.'

Edrychodd Wil James arno gyda mwy o addfwynder nag a dybiodd Robert Pugh yn bosibl iddo. Yr oedd yn amlwg fod y tipyn-dros-ben wedi cyffwrdd â'i galon farus.

223

'Diolch yn fawr,' ebe Wil James. Mae'n debyg na chlywodd neb mohono'n diolch ers blynyddoedd am ddim, os clywyd ef erioed.

'Dechre ddydd Llun, Wil,' ebe Robert Pugh, ac aeth allan o'r tŷ i'w gar, wedi gwneud dwy goncwest werth wheil ac yn dechrau arogli rhosynnau ar bren dreiniog bywyd.

II

Cododd Edward Vaughan ei gryman a'i fenig cau. Yr oedd y gwlân ar y gwrych cyll yn dweud bod ei ddefaid wedi ymwthio i'r ffordd, peth na wnaethai defaid Lleifior ers blynyddoedd. Fe wyddai fod crwydro'n naturiol i ddefaid pan oedd eira wedi lladd pob gweiryn ar wyneb y tir, ond yr oedd yn mynnu cysylltu'u crwydro hwy â'r gwendid newydd yn ei ewyllys ef ei hun, ac â'r baich anffodion a ddaethai arno'n ddiweddar fel melltith.

Fodd bynnag, yr oedd wedi cael y defaid yn ôl i'r cae ac wedi cau pob bwlch yn y gwrych a allai fod yn fwlch. Yr oedd yn nosi'n gyflym ac yr oedd arno eisiau'i de. Clywodd gerbyd yn dod i fyny'r ffordd, a safodd rhwng dwy goeden gyll i edrych. Daeth y car i'r golwg heibio i'r tro. Car mawr lliw hufen, ac wrth ei lyw, Robert Pugh y Trawscoed. Fel a weddai i fon-eddwr, beth bynnag a fu, cododd Edward Vaughan ei law. Ond chwyrnellodd Robert Pugh heibio heb gymryd sylw, a mynd fel awel i fyny'r ffordd tua'r Trawscoed.

Ni allai Edward Vaughan beidio â'i holi'i hun, wrth droi tua Lleifior, beth oedd busnes Robert Pugh yn y Llan y pnawn hwnnw. Ond gyrrodd y cwestiwn o'i ben fel peth annheilwng. Yr oedd yn rhydd i bob dyn ei fusnes, a meindied pobun arall ei fusnes ei hun. Eto, ni allai yn ei fyw gael gwared â Robert Pugh. Yr oedd ers dyddiau wedi disgwyl llythyr twrnai yn bygwth yr achos tor-amod. Yr oedd braidd yn od, wedi'r fath fygwth ar air ac mewn ysgrifen, na fyddai rhywbeth wedi digwydd erbyn hyn. Wrth gwrs, os dôi, a phan ddôi, yr oedd yn barod amdano.

Yr oedd ei gyfreithiwr, Walter Gethin, cyn syched ag y gallai cyfreithiwr fod ac yn sychach na llawer. Ac er bod Edward

Vaughan, Lleifior, yn rhan helaeth o'i fusnes, yr oedd cyn syched gydag ef ag ydoedd gydag undyn. Ond o'i nabod ac ymgynghori ag ef ers hanner canrif, fe wyddai Edward Vaughan werth y sychder hwnnw. Po sychaf fyddai Gethin, agosaf fyddai'r achos gerbron at ei galon, a pharotaf yn y byd fyddai i wneud ei orau. Yr oedd Edward Vaughan, y diwrnod hwnnw bythefnos yn ôl yn ei swyddfa daclus, drymaidd yn Henberth, wedi dangos iddo lythyr Mrs. Pugh. Ac yr oedd Walter Gethin, yn ei Gymraeg clapiog, a'i lygaid lledr yn syllu dros ei sbectol, wedi'i gynghori i beidio â gwneud dim am ychydig. Ni ellid gwneud achos cryf iawn dros athrod yn y llythyr, ond mewn llys fe ellid chware ar y ffaith ddarfod i'r llythyr roi sioc i Mrs. Vaughan yn ei gwendid a allasai brofi'n angheuol, a dichon y gellid dadlau bod rhoi'r sioc angheuol honno'n fwriad gan awdur y llythyr, ac y gellid drwy hynny ennill cydymdeimlad y rheithwyr, pe byddai rheithwyr. Ond gan nad oedd yr achos yn achos nodedig o gryf, ebe Walter Gethin, gwell fyddai peidio â'i godi, dim ond fel croes-achos os dôi llythyr twrnai ar ran y Pughiaid yn bygwth achos tor-amod.

Yr oedd Edward Vaughan wedi bodloni, gan ymddiried yn ddiderfyn yn Walter Gethin fel yr oedd ei dad wedi ymddiried yn nhad Walter Gethin o'i flaen. Ond yr oedd disgwyl yr achos tor-amod yn dechrau bwyta'i nerfau. Fe fuasai'n well ganddo'i weld yn dod er mwyn cael pen ar y cyfan. A pheth arall. Ni allai ymgysuro wrth gofio setlo'r mater hwn yn swyddfa Walter Gethin heb gynhyrfu wrth gofio'r gwaith arall a wnaethai yn yr un lle ar yr un bore.

Wedi trafod y llythyr, dywedodd wrth Gethin fod arno eisiau newid ei ewyllys. Daethai'r cyfreithiwr â'r rholyn memrwn o ddrôr mewn cwpwrdd dur dan glo, a'i osod o'i flaen. Heb syflyd amrant, teipiodd y cyfreithiwr ar femrwn newydd y geiriau a oedd yn difreinio Harri, a'u rhoi o flaen Edward Vaughan i'w harwyddo. A'i fysedd yn crynu, arwyddodd yntau. Edrychodd ar ei lawysgrifen. Yr oedd yn llawysgrifen hen ŵr. Clodd Gethin y memrwn newydd yn yr un drôr yn yr un cwpwrdd lle bu'r llall yn gorwedd ar hyd y blynyddoedd. Aethai Edward Vaughan o'r swyddfa fel dyn newydd gyflawni llofruddiaeth.

Ac wrth gerdded heno tua Lleifior, ni allai yn ei fyw ddweud yn ddigon pendant wrth y ddaear wen dan ei draed mai ef oedd yn iawn. A oedd ganddo hawl, mewn gwirionedd, i atal oddi wrth Harri y rhan y buasai cyfraith gwlad yn ei dyfarnu iddo pe na bai ef wedi gwneud ewyllys? Wedi'r cwbwl fe ddaeth cyfoeth ei dad iddo ef, ac nid oedd yn siŵr ei fod wedi gwneud â hwnnw yr hyn y buasai'i dad yn ei ddymuno. Yr oedd yn meddwl ei fod. Yr oedd yn bur sicir ei fod. Yr oedd wedi chwanegu at y deg talent ddeg arall. Ond yr oedd tlodi mab ei lwynau am oes oherwydd mympwy a allai newid o fewn misoedd yn wneud go greulon. Hwyrach y buasai'n well gadael swm o arian iddo o dan amodau. Ond nid oedd hynny wedyn ddim tecach. Nid oedd gan dad hawl i orfodi'i argoeddiadau ar ei fab. 'Doedd yr un llwybyr yn bosibl ond y llwybyr a gymerodd eisoes.

Daeth Edward Vaughan dros y gefnen ac i olwg Lleifior. Codai cyrn yr hen blasty bach rhyngddo a'r awyr, a dwy o'i res ffenestri'n felyn olau. Ond nid i'w groesawu. Yr oedd Lleifior yn wag, wedi bod yn wag ers pythefnos. Yr oedd Greta ynddo, a Karl, ond heb ei gariad ynddo ni fuasai waeth iddo fod yn adfail ddim. Ac yr oedd yntau wedi gallu treulio'i funudau'n ymboeni â'i dreialon dibwys ei hun. A hithau mewn ysbyty, yn anadlu awyr deufyd.

Heno, yr oedd hi i fynd i'r theatr, ac yr oedd Paul yn mynd i weithredu arni. Fe fu Paul ers pythefnos yn ceisio'i chryfhau, ac fe wyddai Edward Vaughan fod y bachgen wedi gwneud a allai. Fe wyddai hefyd fod dau arbenigwr arall wedi'i gynghori i beidio â rhoi'i gyllell arni, ond yr oedd ef wedi anghytuno. Yr oedd ef yn dadlau mai marw a wnâi oni weithredid arni, ac os byddai farw dan y gyllell, na fyddai dim wedi digwydd ond yr anochel, ond y byddai wedi digwydd ychydig oriau'n gynt. Gwell, meddai ef, oedd mentro a cholli na pheidio â mentro o gwbwl, yn enwedig os colli a wnâi p'un bynnag.

Yr oedd Edward Vaughan wedi gofyn i Paul a gâi ddod i'r ysbyty i aros tra parhâi'r llawdriniaeth. Yr oedd Paul wedi gwrthod. Dywedodd wrtho am aros gartref i weithio, a gweithio mor galed ag y gallai. Ond dywedodd wrtho hefyd am fod wrth y teleffon am wyth o'r gloch, a bod â'r car yn barod wrth y drws rhag ofn y byddai galw amdano i Lerpwl. A dyna'r cyfan y gallai'i wneud. Fe fyddai'r tair awr nesaf y peth agosaf i uffern y gallai fynd drwyddo ar y ddaear hon. Er cynddrwg oedd digyflogi gwas ar gam a'i boeni gan hynny, a chweryla â chymydog a disgwyl ymgyfreithio, a hyd yn oed ddifreinio'i fab â'i law ei hun, ac yr oedd y cwbwl gyda'i gilydd wedi crymu rhagor ar ei war yn ystod yr wythnosau diwethaf, yr oedd tair awr o ddisgwyl clywed bob eiliad am angau'r ferch a chwardd-odd ac a wylodd gydag ef drwy chwarter canrif yn mynd i wneud cawodydd Ebrill o'r lleill i gyd.

Cododd ei ben bonheddig a syllu i'r sêr a oedd yn dechrau brodio'r glas uwchben, pob un yn araf rewi i'w lle yn y nos ddidostur. Yr oedd yn anodd, wrth edrych arnynt, credu bod Neb y tu ôl iddynt a chanddo ddiddordeb mewn unrhyw ddioddef heno ar y ddaear lawr. Ar y funud affwysol hon, cododd arswyd yn Edward Vaughan, arswyd meddwl ei fod ar hyd y blynyddoedd fel blaenor ym Methel wedi addoli, ac wedi cymell eraill i addoli, Rhywbeth nad oedd yn ddim ond Enw, dim ond Haniaeth, yr honnid bod ganddo allu i gynorthwyo'i addolwyr yn eu hingoedd, ond na allai wedi'r cyfan wneud dim, am nad oedd ei hunan ond Dim. Daeth diymadferthedd plentyn yn ddisymwth ar Edward Vaughan, a'i deimlo'i hun yn noeth o dan yr entrych mawr, ei urddas a'i hynafiaeth a'i gyfoeth yn ddim ond siffrwd mawreddog yn hebrwng dyn i fin yr affwys ac yn ei adael yno, heb fedru'i gynorthwyo ddim. Yn sydyn, gwnaeth beth nas gwnaethai erioed o'r blaen. Disgyn-nodd ar ei liniau yn yr eira caled, a gollwng ei feddyliau trwblus i ba Glust hollglywed bynnag a allai fod yn gwrando, ac yno, dan yr awyr, ymbil am fywyd Margaret â holl rym ei ddagrau.

III

Cerddodd Karl yn wyllt o'r tŷ. Yr oedd ei wyneb fel y galchen, a'i gorff yn crynu gan gynnwrf. Ac yr oedd y tangnefedd wedi mynd o'i lygaid. Wedi cael y buarth dechreuodd redeg, ac ni safodd nes cyrraedd yr onnen ar waelod y cae dan y tŷ. Gwrandawodd ar y nos. Yn y tawelwch clywodd y nant bell yn preblach wrth fynd, yn ei gyhuddo wrth fynd, yn gwawdio, yna'n ei gyhuddo drachefn. Tynnodd ei ddwylo oddi am yr onnen a rhedeg draw at y nant. Syllodd i lawr i'r bwrlwm tywyll a gwyro tuag ato. Pe gallasai dŵr olchi pechod, fe fyddai wedi gorwedd ynddo a gadael iddo'i olchi bob giewyn, neu ynteu'i fferru i farwolaeth.

Cododd drachefn. Nid oedd neb yn gwybod am ei bechod, na Greta, na'i thad, na neb arall byw ar y ddaear. Ymgysurodd am funud, a gollwng ei anadl yn rhydd. Ond daliodd ei anadl drachefn. Yr oedd Ef yn gwybod. Ef a'i carodd cyn ei fod, a marw drosto, a disgwyl cymaint oddi wrtho. Yr oedd wedi'i siomi Ef; wedi llochesu meddwl llofrudd yn ei wyddfod Ef. Tynnodd ei law dros ei lygaid a melltithio'i galedwch. Yr oedd wedi mynd y tu hwnt i ddagrau.

Cododd ei lygaid eto a syllu i'r sêr. Yr oedd Ef yn gweld popeth. Os felly, yr oedd Ef nid yn unig wedi gweld ei bechod, yr oedd wedi gweld y rheswm am ei bechod hefyd. Yr oedd Ef yn gwybod ei fod yn caru Greta. O Dduw, yr oedd yn ei charu! Hyd ddrysu bron. Ac yn y gegin, wrth edrych arni'n hwylio te, fe ddaeth y sicrwydd arteithiol na allai mo'i chael hi byth os llwyddai Paul Rushmere heno. Os cyflwynai'r meddyg ei mam iddi'n fyw, fe'i cymerai hi'n wobr. Er nad oedd gan Greta lygedyn o gariad tuag ato, fe'i rhoddai'i hun iddo am ei bod hi'n ddyledus. Fe'i gorfodai'i thad hi i'w rhoi'i hun iddo.

Ac mewn moment o wewyr, yn ddall, yn gwbwl ddall gan gariad, yr oedd Karl wedi dymuno i Paul fethu. Wedi dyheu am i Margaret Vaughan farw dan y gyllell, er mwyn i'w theulu gasáu Paul a dweud ei fod yn llofrudd a pheidio â gwneud dim ag ef mwy. Er mwyn i Greta fod yn rhydd ac yn ddiddyled, yn rhydd iddo ef, Karl, ei chymryd am byth ac am byth.

Pan ddaeth y sobri a'r sadio, aeth y gwaed yn oer yng ngwythiennau Karl. Yr oedd wedi'i ddal ei hun yn dymuno marwolaeth i un o foneddigesau'r ddaear. Yr oedd wedi meddwl llofruddiaeth. Yr oedd felly'n llofrudd. Dihangodd. Dihangodd am ei fywyd o'r gegin ac o'r tŷ lle gallod feddwl y fath feddwl. Yr oedd yn annheilwng o Greta. A phe dôi'i mam yn ôl yn fyw ni allai byth edrych arni eto, a phe dôi'n ôl yn farw ni allai edrych ar ei harch.

Safodd uwchben y nant, yn filain wrthi am na fyddai'n ddigon dwfn ac yn ddigon llydan i foddi ynddi. Ac yna, fe wybu'i fod wedi meddwl llofruddiaeth drachefn. Nid oedd dymuno'i farw'i hun ddim llai pechod na dymuno marw arall.

Ar fin y geulan yr oedd yr eira'n wynnach ac yn fwy trwchus. Disgynnodd Karl ar ei liniau ynddo, a'i liniau'n torri drwy'r crystyn gwyn dan grensian. Yna, plygodd ei ben a phlethu'i ddwylo ac ymladdodd am faddeuant. Bu yno am oes cyn i'r graig dorri oddi mewn iddo. Ac o'r diwedd, fe ddaeth y dagrau. Bwriodd ei ddwylo a'i wyneb i'r eira a'u dal yno nes oeddent yn llosgi, a'i gorff cydnerth yn beichio ar ei hyd gan storm o edifeirwch. Pan arafodd y storm, yr oedd y pechod wedi'i rwygo ohono, gan adael dim ond briw ar ei ôl.

Pan gododd oddi ar ei liniau edrychodd i'r eira. Yno yr oedd ffurf dyn lle bu'n gorwedd, yn dywyll yn yr eira. Hwnnw oedd Karl y llofrudd, Karl yr ansicir, y carwr hunanol, dall. Yr oedd yn gadael y Karl hwnnw'n awr, yn ddu ar y ddaear, ac yn cerdded oddi wrtho. Fe ddiflannai'r Karl hwnnw pan ddiflannai'r eira. Fe wyddai'r Karl ar ei draed bellach beth yr oedd yn rhaid iddo'i wneud.

Nid oedd ond prin wedi gadael y lle pan welodd ffurf dywyll dyn yn dod tuag ato. Adnabu ef. Yr oedd Edward Vaughan hefyd wedi bod yn hir yn rhywle, ac yr oedd ei draed yn llusgo'n lluddedig dros yr eira caled.

'Karl?'

'Mr. Vaughan.'

'Dowch imi'ch braich, 'y machgen i. 'Rydw i wedi blino.'

Estynnodd Karl ei fraich iddo, ac aeth y ddau tua'r tŷ yn dawedog, y naill yn cadw'i gyfrinach oddi wrth y llall heb freuddwydio bod y ddwy mor debyg. Wedi mynd i'r neuadd safodd y ddau a syllu ar Greta. Yr oedd hi'n eistedd wrth y teleffon, yn benderfynol na symudai hi ddim oddi wrtho, a'i hwyneb yn hagr gan ddisgwyl, ni wyddai am beth.

20

I

Y noson yr oedd ei fam i fynd dan y gyllell yr oedd Harri yng nghinio'r Gymdeithas Sosialaidd. Ac yno yn erbyn ei ewyllys. Yr oedd wedi egluro i Gwylan na allai oddef bod mewn tyrfa tra oedd ei fam yn yr argyfwng, ac na wnâi ond tarfu ar ei hwyl hithau a hwyl pawb arall. Ond yr oedd Gwylan wedi erfyn arno. Yr oedd hi am iddo ddod heno am reswm arbennig iawn, ac ni fyddai'n edifar ganddo byth. Fe dybiodd Harri mai ceisio tynnu'i feddwl ef oddi ar ei bryder oedd ei hamcan hi, ac am ei bod hi wedi gosod ei bryd felly ar ei gysuro, nid oedd am fod yn anniolchgar iddi a'i siomi. Aeth gyda hi i'r cinio, heb wybod bod ganddi amcan arall.

Ond nid poeni am ei fam yn unig oedd yn peri bod ei ysbryd mor drwblus. Diau fod hynny wedi sbarduno'r syrffed, ond arall oedd y syrffed ei hun. Drwy gydol y pythefnos diwethaf, er y dydd y gwelodd fandaliaeth y myfyrwyr yn Stafell yr Undeb, yr oedd bywyd coleg wedi mynd yn fwy ac yn fwy afreal. Yr oedd y clyfrwch a'r slicrwydd o'i gwmpas wedi hen fynd yn fwrn. Fe fu'n eistedd am oriau yn yr Undeb, a'i waith yn disgwyl yn y llyfrgell, eistedd am oriau'n syllu ar yr wynebau heulog anghyfrifol ac yn gwrando ar y lleisiau diddim, doeth. Y Saeson cringoch yn chware bridj ar y byrddau bach ac yn llenwi'r lle â'u hanghytuno mingam; y Cymry hylif yn troi pob gair yn fwys a phob cysegredigrwydd yn jôc; y gwleidyddion difrif a'u papurau a'u cylchgronau diderfyn yn dadlau ac yn gwerthu ac yn gwthio; y llenorion yn tragywydd ddod i mewn ag ôl gwynt ar eu gwallt, newydd sgrifennu stori neu soned na fyddai byth yn enwog am ddim ond ei chwrsedd; y merched mingoch brwd wedi'u gollwng o gaethiwed ysgol, yn datgan yn ddiddiwedd fod popeth naill ai'n 'wych' neu'n ''sgubol' neu'n 'anfarwol'. A'r cwbwl yn baldorddi heb gywilydd am 'Y Werin', nad oeddent yn deall mwy arni na physgod ar fynydd.

A thu ôl i'r academeiddiwch gwyntog ugeinoed yr oedd yr academeiddiwch arall. Academeiddiwch goslefol, gofalus darlithwyr ac athrawon, yn llwyddo gyda chywreinder rhes-ymegol i fod yn syber heb fod yn sobr, ac yn ystyried hynny'n geinach camp na thraddodi darlith wrandawadwy neu sgrif-ennu llyfr.

Treuliodd Harri'i foreau yn syllu ar hyn. Nes o'r diwedd nad oedd yn clywed geiriau yn gymaint â lleisiau; lleisiau hirion, seimlyd, fel lindys wedi cefnu ar y byd gwyrdd y magwyd hwy arno a throi i ymborthi ar ei gilydd; nac ystumiau yn gymaint â dwylo gwynion, meddal, fel dalennau diderfyn o bapur sidan, a cheibiau a chrymanau'n torri drwyddynt heb dynnu gwaed ohonynt.

'Bachan, smo ti wedi cysgu 'to?' daethai llais Gwdig o'r gwely arall neithiwr.

Deffrodd Harri'n chwys diferol.

'Cysgu? Oeddwn.'

'Wel, diwedd, 'rwyt ti'n clebran yn ofnadw yn dy gwsg.'

A throdd Gwdig i gysgu drachefn. Ond nid Harri. Gorwedd-odd ef am oriau'n trosi ac yn troi, yn chwysu er bod patrymau barrug ar y ffenest yn torri'r lleuad yn fil o ddarnau. Gorwedd-odd am oriau ar gyrion cwsg, ac yn sydyn deffro a'i gael ei hun ar lawr y llofft, wedi gweld mewn hunllef Twm Ellis yn ymlid ei dad dros gaeau Lleifior gyda chryman, yn ei ddal, ac yn ei hollti â'r cryman, a chorff ei dad yn chwalu'n gawod o arian papur.

Cododd, a gwisgo amdano. Aeth i lawr y grisiau'n ddistaw, ac wedi gwisgo'i gôt fawr a'i sgarff, mynd allan i'r golau lleuad oer. Cerddodd yn gyflym nes dod i olwg Menai, ac oni bai'i fod yn gwybod mai dŵr hallt oedd ynddi, fe fuasai'n tyngu'i bod wedi rhewi drosti. Ni allai ddal ei feddwl yn llonydd am funud. Meddyliodd un funud am ladrata car a gyrru i Lerpwl i fod yn ymyl ei fam; meddwl y funud nesaf am ei daflu'i hun oddi ar Bont y Borth i ddŵr Menai; meddwl wedyn am daflu'i waith ymchwil a mynd i weithio fel labrwr yn rhywle, am y câi ddianc rhag ei gyhuddo o fod yn feddal a di-fudd.

Yn sydyn, fel petai anaesthetydd wedi gwthio nodwydd iddo, aeth i fesur o barlys, yno, ar lan Menai, a'r meddwl hwnnw wedi'i rewi'n ddisyflyd yn ei ymennydd. Mynd yn labrwr . . . Pam gynllwyn, trwy wythnosau'r straen a'r ymbalfalu, na fyddai'r peth wedi'i daro'n gynt? Dyna'r ateb i'r dryswch i gyd. Ni allai dyn fod yn gomiwnydd academaidd; yr oedd y peth yn baradocs. Ni allai dyn gredu yn y werin heb ymdoddi iddi. Ei gwadu a'i bradychu oedd syllu arni a'i thrafod hi o'r tu allan. Synhwyrodd fod golau o'i gwmpas ar wahân i olau'r lleuad. Trodd ei ben tua'r mynyddoedd. Yr oedd y wawr yn torri, fel sglein ar ddur llwyd. Yr oedd hi'n wawr oer, ddienaid, greulon. Ond y wawr oedd hi. Trodd Harri'n ôl a cherdded yn bendant tua'i lety. Yr oedd ei ddyfodol cyn sythed â hoelen o'i flaen, fel belt-gludo'n cario'i fywyd yn ddi-feth tua swm cynnyrch dwylo'r ddynoliaeth.

Pan gyrhaeddodd ei lety at frecwast, fodd bynnag, fe roes Gwdig y brêc yn o drwm ar ei fwriad.

''Rwy'n gwybod beth sy'n bod arnat ti,' meddai. ''Rwyt ti'n gweithio'n rhy galed. Mae'r peth wedi mynd ar dy nerfe di. Mynd yn labrwr, wir! Chlywais i erioed shwd ddwli. Aros di nes byddi di'n Harri Vaughan, M.A., ac yn ddarlithydd yn y coleg 'ma dy hunan, fe fydd lliw gwahanol ar bethe.'

'Ond 'does arna'i ddim eisie bod yn Harri Vaughan, M.A.! Eisie dianc oddi wrth y ddrychiolaeth honno sy arna'i.'

'Gad dy nonsens,' ebe Gwdig, yn ffugio llymder er lles ei gyfaill. 'Clyw 'ma. Pe clywse dy fam druan yn y 'sbyty 'na yn Lloeger am hyn, fe fydde'n ddigon am ei bywyd annwyl hi. Os wyt ti'n mo'yn rhoi gwaith ecstra i dy fennydd, cer i'r llofft ac ar dy linie a gweddïa am iddi gael dod drwy'r operesion heno'n llwyddiannus, ac wed'ny cer i dy wely i gysgu beth gollest ti neithiwr.'

Oedd, yr oedd Gwdig wedi pylu sglein y weledigaeth. Ac wedi tynnu migyrnau'i feddwl oddi ar honno, fe ddychwelodd meddwl Harri am weddill y dydd at ei fam. Er na allai weddïo drosti fel yr anogodd Gwdig, fe ddymunodd ac fe ddyheodd, ac os gall dymuno a dyheu wella anwylyd, fe ddylai Harri fod wedi cyflawni'r orchest.

Ond yn y cinio sosialaidd fe ddychwelodd y syrffed academaidd. Eisteddai Harri yn ymyl Gwylan, yn ceisio gwrando arni'n sgwrsio. Yr oedd hi heno'n ffigur taclus, trawiadol, wedi'i gwisgo'n syml mewn siwt ddu a choler wen. Yr oedd hi'n tynnu llygad amryw. Er y baich ar ei feddwl fe sylwodd Harri ar hynny, ac fe sylwodd ar beth arall. Yr oedd hi'n nerfus. Yr oedd yn siŵr ei bod hi'n nerfus, o achos yr oedd hi'n siarad mwy nag arfer, ac yr oedd ei llygaid duon yn rhy ddisglair ac yn rhy aflonydd. Yr oedd Harri'n priodoli hynny i'w phryder am lwyddiant y cinio. Hi oedd wedi trefnu'r cinio, o leiaf y bwyd, ac yr oedd y trefniadau'n feistraidd. Yr oedd y fwydlen yn dda heb fod yn foethus; yr oedd yn ginio y buasai gweithiwr yn ei fwyta fel dyn rhydd dan sofiet lewyrchus.

Fe'i cafodd Harri'i hun yn ei hedmygu fel y buasai dyn yn edmygu'i arwr gwleidyddol, neu eneth ysgol seren ffilm. Trwy'r misoedd diwethaf, hi oedd wedi'i feithrin a'i aeddfedu i'r meddwl gwerin grymus a oedd ganddo'n awr. Yr oedd hi wedi bod yn fflangell ac yn eli, yn storm ac yn graig. Dechreu- odd Harri wenu wrth glywed ei ddrychfeddyliau mor farddonol. Ond ciliodd y wên. Yr oeddent yn wir. Fe fu hi iddo yr holl bethau hyn. A mwy. A chyda'i feddwl mor aflonydd wrth y bwrdd, ac mor chwannog i wibio at wely yn Lerpwl, yr oedd ei chael hi yn ei ymyl yn gadernid. Ac yr oedd yn siŵr y byddai hi, pan ddywedai wrthi ar ôl y cinio, yn cymeradwyo'i fwriad newydd ef i fynd yn labrwr, er na fyddai yrhawg, efallai, yn ddim mwy na bwriad. Fe fyddai hi'n falch ohono, yn falch fod ei chen iadaeth gomiwnyddol i ddwyn ffrwyth mor solet. Fe fyddai'r deyrnged iddi y byddai'n ei thrysori ar hyd ei hoes.

Yr oedd y bwyta drosodd. Yr oedd Harri wedi gadael hanner ei fwyd ar ei blât, ond gwenodd Gwylan arno, cystal â dweud ei bod hi'n deall. Ac wedi'r bwyta, daeth yr anerchiadau. Dyfal- odd Harri sut yr oedd yn mynd i'w goddef. Er y byddai'n credu pob gair ohonynt ac yn gwerthfawrogi angerdd pob siaradwr yn ei gro, fe wyddai y byddent yn dân ar ei nerfau heno.

Cododd Bill Kent oddi wrth ei fwrdd i gyflwyno'r gŵr gwadd, ac wedi ychydig eiriau trwsiadus, eistedd drachefn. Trefnydd comiwnyddol o Lundain oedd y gŵr gwadd, gŵr byr, caled, a'i lais cyn galeted â'i olwg. Am dri chwarter awr union, trafododd dechneg streic ac etholiad ac ennill aelodau, a chyda geiriau a oedd yn llosgi ond eto heb wres, condemniodd slont gyfalafol y llywodraeth Lafur, ac apelio am ymdrech i gydio dwylo â phobol Rwsia, ac am fwy o ymdrech fyth. Yr oedd yn amlwg ei fod yn ddyn wedi arfer torri amser â chyllell, oherwydd ar ben tri chwarter awr i'r eiliad eisteddodd i lawr, yng nghanol cawod o gymeradwyaeth cyn galeted â'i araith.

Cododd Bill Kent drachefn, ac wedi ychydig eiriau clodus am yr anerchiad cofiadwy a'r her anwrthod yr oeddent newydd ei derbyn, dywedodd y cynigid diolchiadau gan Mr. Ianto Rees ac yr eilid hwy gan Mr. Francis Oroko. Ond cyn iddynt hwy siarad yr oedd gan Miss Gwylan Thomas air i'w ddweud. Nid oedd ganddo ef syniad beth oedd y gair hwnnw, ond gan ei fod yn dod o enau Miss Thomas, merch yr oeddent oll yn ei hedmygu mor fawr, yr oedd yn siŵr y byddai'n werth ei wrando.

Yr oedd y gymeradwyaeth i Gwylan yn hwy ac yn wresocach nag i'r gŵr gwadd. Fe wyddai Harri'i bod hi'n boblogaidd, ond ni wyddai ei bod mor boblogaidd â hyn. Ond yr oedd hi'n oedi. Edrychodd arni. Yr oedd hi'n dal i eistedd ac yr oedd ei gwefusau'n crynu, ac ar ei harleisiau yr oedd mwclis bychain o chwys. Yr oedd hyn yn beth mor newydd ynddi nes dechreuodd Harri chwysu hefyd.

'Up! Up! Speech!' gwaeddai'r myfyrwyr, gan ddal i guro dwylo a thraed.

A chan wasgu'i gwefusau'n dynn a chau'i dyrnau, fe gododd Gwylan.

'Dear Friends . . .' dechreuodd, ac yr oedd cryndod yn ei llais.

'Comrades! Comrades!' gwaeddai'r myfyrwyr, yn ei cher-yddu'n gellweirus.

'Dear Friends,' meddai Gwylan drachefn, yn fwy crynedig eto ond yn fwy pendant. A'r tro hwn yr oedd y neuadd yn ddistaw. 'You will probably never forgive me for what I am going to say tonight.' Aeth y distawrwydd yn ddwysach. 'Since I came to Bangor, I have led you to believe that I was an ardent worker for the people, and for the cause of Socialism. And so I have been . . . till now. But what I have to tell you tonight, with bitter regret, is . . . is that . . .' Yr oedd fel petai'r muriau

a'r nenfwd yn dal eu hanadl. Yr oedd rhywbeth yn ei chadw
rhag gorffen. Wedi saib fel oes, gydag ymdrech fawr, bwriodd
y geiriau'n gyflym ohoni ac oddi wrthi: 'I am renouncing
Communism and all that it stands for. All I can say is . . . how
sorry I am. That's all . . . there is to say . . .'

Yr oedd y neuadd fel y bedd. Trodd Gwylan yn sydyn at
Harri a dweud,

'Dowch, Harri.'

A cherddodd yn gyflym rhwng y byrddau gwynion, a'r rhesi
ciniawyr yn syllu'n syfrdan ar ei hôl. Cerddodd i ben y neuadd
a thrwy'r drysau dwbwl, a Harri'n ei dilyn. Wrth gau'r drysau
clywodd Harri'r sibrwd berwedig yn torri drwy'r neuadd fel
ton.

'Be' gynllwyn, Gwylan—?'

'Tewch, Harri,' meddai hi, yn rhedeg yn ysgafn o'i flaen
lawr y grisiau cerrig. 'Dim rŵan. Ewch i nôl eich côt. Mi
eglura'i ichi pan awn ni allan. Mi'ch cwarfydda'i chi ymhen
deng munud wrth y porth.'

II

Pan gyfarfu Harri â hi ymhen y deng munud yr oedd rhywbeth
wedi digwydd ynddi. Craffodd am sbel i weld beth ydoedd. Yr
oedd mwy o finlliw ar ei gwefusau, beth bynnag. Llawer mwy
nag yr oedd hi'n arfer ei roi. Yng ngwyll y porth, tybiodd hefyd
ei bod wedi rhoi rhywbeth ar ei gruddiau i'w tywyllu. Ac yr
oedd wedi llacio'i gwallt am ei phen; fe fyddai'n arfer ei
rwymo'n bur dynn, ond yn awr yr oedd yn disgyn yn fodrwyau
dros goler ei chôt. A chodai persawr yn gryf oddi arno, persawr
atgofus llythyrau'r haf. Teimlodd Harri ddychryn bach yn ei
gerdded. Yr oedd hi'n wahanol, yn rhy wahanol i'r ferch dwt,
ddiwastraff, a gerddodd o'i flaen allan o'r neuadd ginio. Yr
oedd hi wedi cadw hynny o dlysni a oedd ganddi. Yr oedd o
bosibl yn dlysach fel yr oedd hi'n awr, wrth rai safonau. Ond
nid am dlysni y byddai Harri'n edrych yn Gwylan. O'i
chymharu â hi ei hun, yr oedd hi'n edrych . . . ymron yn . . .
gomon.

'Pam 'rydach chi'n edrach arna'i, Harri?'

Nid hwnna oedd ei llais hi chwaith. Nid oedd y dinc feistrolgar ynddo, a oedd yn hawlio ufudd-dod gan ddynion a chanddo yntau. Yr oedd y llais a glywsai'n awr yn debycach i rwnian geneth ysgol allan yn caru am y tro cyntaf.

'Dim byd,' ebe Harri, a throi oddi wrthi'n dyfalu.

'Dowch,' meddai hi, 'fe awn ni i Goed Menai, a 'dydach chi ddim i ddweud yr un gair am beth ddigwyddodd heno nes cyrhaeddwn ni.'

A lediodd hi'r ffordd trwy Fangor Uchaf, gan wneud sylwadau bach dibwys ar bethau wrth basio, yn gwbwl groes i'w harfer hi. Suddodd Harri i'r peth tebycaf i bwdu y bu ynddo gyda hi erioed. Sylwodd hi ar hynny a dweud,

'Harri! 'Rydach chi'n ddistaw. O, mi wn i. Poeni'r ydach chi. Poeni am lawer, lawer o betha'. Na hidiwch. Mi wnawn ni ichi anghofio.'

Gwrthryfelodd Harri ynddo'i hun yn erbyn y cysur hwnnw hefyd. Nid oedd arno eisiau anghofio, yn enwedig anghofio'i fam yn ei pherygl. Yr oedd wedi naw o'r gloch. Ymesgusododd a mynd i'r bwth teleffon ar fin y ffordd. Dywedodd y nyrs yn y pen arall nad oedd y llawdriniaeth drosodd. Ni allai roi dim newydd. Aeth Harri'n ôl at Gwylan. Prin yr holodd hi am ei fam. Bron nad oedd hi'n ddig wrth y bwth teleffon am fynd ag ef oddi wrthi.

Pan aethant at y lwcowt uwch afon Menai, rhedodd Gwylan o'i flaen ac i fyny'r grisiau a sefyll ar sylfaen goncrid y rheiliau. Yng ngolau'r lamp agosaf gwelodd Harri hi'n taflu'i phen a'r gwynt yn cyhwfan ei gwallt. Yna gwelodd hi'n agor ei chôt a siaced ei siwt ac yn gadael i'r gwynt anwesu'i blows wen.

'O Harri, Harri, Harri!' gwaeddodd. 'Mae'n braf, braf cael y cwbwl drosodd!'

Yr eneth ysgol eto, meddai Harri wrtho'i hun. Beth yn y byd oedd wedi dod drosti? Fe fyddai ymddwyn fel hyn yn ddigon naturiol mewn merch arall, ond yr oedd mor gwbwl annaturiol ynddi hi. P'un oedd y Gwylan iawn, y Gwylan yr oedd ef yn gyfarwydd â hi, ynteu hon? Gobeithiodd Harri nad hon.

'Dowch, Harri, yr ydan ni bron yno rŵan.' Ac wedi cydio yn ei law, dechreuodd hi redeg i lawr y ffordd tua'r adwy a arweiniai i'r coed, a'i dynnu yntau i redeg gyda hi. Mae hyn yn gwbwl wirion, meddai Harri wrtho'i hun. 'Dydw i ddim yn teimlo fel rhedeg, a ph'un bynnag, mae'n beth mor ddiurddas, ac mor anghyson mewn dau sy wedi treulio cymaint o amser gyda'i gilydd yn sôn am ddioddef ac anghyfiawnder a'r gwastraff ar amser gwerthfawr sy yn y byd. Tynnodd Gwylan ef ar ei hôl drwy'r adwy ac i fyny'r llwybyr rhwng y coed, a phan ddaethant at y fainc gyntaf eisteddodd hi arni a'i dynnu ef i eistedd yn ei hymyl. Taflodd ei gwallt o'i llygaid, a throdd y llygaid cyfarwydd ato. Ond er na allai mo'u gweld yn iawn gan dywylled y fan, fe wyddai Harri nad oedd y llymder cyfarwydd ynddynt.

'Wel rŵan, Harri,' meddai hi, 'fe wyddoch bellach pam yr oeddwn i am ichi ddŵad i'r cinio heno.'

Dyfalodd Harri am funud.

'Er mwyn imi'ch clywed chi'n dweud beth ddwed'soch chi?'

'Ia.'

Felly, meddai Harri wrtho'i hun. Ac nid er mwyn tynnu'i feddwl ef oddi ar ei ofidiau. Os nad dyna'i ffordd hi—

'A rŵan,' ebe hi eto, 'mae arnoch chi isio gwybod pam y dwedis i beth ddwedis i.'

'Oes, coelio.'

'Wyddoch chi ddim?'

'Na wn i, ar wyneb daear—'

'Mi wyddoch yn iawn, Harri. Peidiwch â 'mhryfocio i—'

'Y lodes, sut y galla'i wybod? Ydech ↸i'n credu y galla'i ddarllen meddwl?'

Yr oedd sŵn brifo braidd yn llais Gwylan.

''Roeddwn i'n credu, Harri, y gall'sach chi ddarllen 'y meddwl i, a 'mod inna'n gallu darllen eich meddwl chitha'n weddol.'

'O? Wel, rhag ofn na fedrwn ni ddim wedi'r cwbwl, pam y dwed'soch chi beth ddwed'soch chi?'

'Am 'y mod i wedi gwneud cam â chi, Harri.'

Trawodd hynny'n od ar glustiau Harri.

'Cam â fi? Wnaethoch chi erioed gam â fi, Gwylan. 'Rydech chi wedi gwneud dyn ohono'i, os dyna—'

237

'Nage. 'Roeddwn i'n ofni y dwedech chi hynna. Mae'n dangos mor bell y mae'r cancar wedi cerdded—'

'Cancar? Yn enw'r daioni, y lodes, peidiwch â'm chwitho i—'

'Gwrandwch, Harri. Mi fûm i'n gomiwnydd am fwy na thair blynedd. Popeth yn iawn. Mi ellais i siarad am chwyldro a rhyfel cartra a merthyrdod ac aberthu mor rhigil â neb. Ond aberthais i ddim erioed fy hun. 'Dydi 'nghredo i wedi costio dim imi—'

'Beth am aberthu'r ysgoloriaeth honno i Brifysgol Llundain?'

'Sut y gwyddech chi am honno?'

'Na hidiwch sut y gwn i. Beth ydi'r ateb?'

'Diogi. Syrffed ar astudio. Ond 'roedd o'n swnio'n grand pan ddwedais i 'mod i wedi'i gwrthod hi am ei bod hi'n groes i f'egwyddorion i.'

'Mae hyn yn gryn sioc i mi, Gwylan. Ond beth am nacáu caru a phriodi i chi'ch hun?'

'Fe ddown ni at hwnna eto. Dweud yr oeddwn i nad aberthais i ddim erioed. Ond dyma chi'n dŵad i mewn i 'mywyd i, ac yn gwrando arna'i ac yn llyncu 'ngeiriau i ac yn gweithredu arnyn nhw. Yn aberthu! Finna' heb aberthu dim erioed yn gwneud i chi aberthu popeth oedd gynnoch chi—eich cariad a'ch cyfoeth—'

'Ond dyna oedd yn *iawn*, Gwylan—'

''Rhoswch funud. Wedi imi glywed beth wnaethoch chi, sut brofiad ydach chi'n meddwl fu'r pythefnos dwytha' 'ma i mi? Hwyrach na choeliwch chi ddim, Harri, ond mi fuo'n uffern. Bod dyn o'ch gallu a'ch safle chi wedi gallu gwneud peth er 'y mwyn i, nad ydw i'n werth dim dwy-a-dima', peth—'

'Gwylan, peidiwch â—'

'Mi fynna'i orffen, Harri. O'r gora', meddwn i. Wna'i ddim rhagor o lanast hefo'r gomiwnyddiaeth 'ma. Mae arna'i ddyled i'r hogyn am wneud cymaint er 'y mwyn i. Ac 'rydw i am ei thalu hi. 'Roedd y cinio heno'n gyfle rhagorol. Nid dweud wrth Bill Kent ac un neu ddau arall yn ddistaw, slei, ond dweud wrth y cwbwl hefo'i gilydd, lle gallen nhw fy saethu i os mynnen nhw. Torri'n lân oddi wrth y cwbwl ag un hollt. Ddwedais i ddim wrthoch chi cynt. 'Roeddwn i am iddo ddod yn plesant syrpreis ichi. Mi wyddwn i, Harri druan, nad ydach chi ddim yn gomiwnydd, na fuoch chi ddim am funud—'

'Ond Gwylan, yr ydw i *yn* gomiwnydd—'

''Rydach chi wedi trio bod, i'm plesio i.'

'Wel, wna'i ddim gwadu nad dyna oedd o i ddechre. Ond mi ddo's, o dipyn i beth, i weld mai dyna oedd yn iawn. A dyna sydd yn iawn, mi ddyffeia' i'r un cyfalafwr i ddadlau!'

'Harri! 'Dydach chi ddim yn credu. Meddwl yr ydach chi—'

Cododd Harri ar ei draed. Yr oedd ei waed yn twymo.

'Dyma chi, Gwylan. 'Dydw i ddim mewn hwyl i neb gellwair â fi heno. Hyd yn oed chi, y bu gen i gymaint o barch ichi. 'Rydw i wedi dod trwy boene meddwl mawr i'r lle'r ydw i'n sefyll rŵan. Mae gen i gredo o'r diwedd, wedi blynyddoedd o ymbalfalu, ac i chi'r ydw i i ddiolch amdani. Os ydech chi'n dewis gwamalu rŵan a throi'n ôl yn eich llwybre, ddo' i ddim gyda chi. Yr ydw i'n glynu wrth Marx, gwnewch chi fel y mynnoch chi.'

Cododd hithau ar ei thraed a rhoi'i llaw ar ei fraich.

'Harri,' meddai, ac yr oedd panig yn ei llais, 'peidiwch, 'rydw i'n erfyn arnoch chi. Mistêc ofnadwy ydi o, ac arna' i mae'r bai. Fwriadwyd erioed monoch chi i fod yn gomiwnydd. Boneddwr ydach chi, a boneddwr mae'n rhaid ichi fod. Fedrwch chi byth gymysgu â'r teip sy'n gomiwnyddion. Gwrandwch arna'i, 'rydw i'n eu nabod nhw. Fe'ch difethan chi. Trowch yn ôl, Harri, i'r bywyd yr ydach chi'n perthyn iddo.'

Syllodd Harri arni drwy'r gwyll, yn methu'n arswydus â'i chysylltu hi â'r hyn oedd hi ddoe, ac echdoe, a chwe mis yn ôl.

'Fedrwn i ddim, Gwylan, petai arna'i eisie. Mae'n rhy hwyr. 'Rydw i wedi llosgi 'nghychod. Wedi fforffedio f'etifeddiaeth.'

'Ond fe'i cewch hi'n ôl, fe wyddoch yn iawn. Fydd eich tad ddim yn galed. 'Rwy'n siŵr na chymerodd o mo bum mil ar hugain o bunna' oddi arnoch chi heb boeni'i enaid.'

'Ond 'does gen i ddim hawl arnyn nhw. Nid fi pia' nhw, fe ddwed'soch eich hun. Maen nhw'n siâr cryn ugain o ddynion.'

'O, mi wn i 'mod i wedi dweud hynny unwaith. Ond fe ddwed'soch chi beth arall, a chi oedd yn iawn. Nad ydi cyfoeth ddim yn ddrwg os oes gan ei berchennog galon dda. Mae gynnoch chi galon dda, Harri.'

'Oes gen i?' Cododd Harri'i sgwyddau. 'P'un bynnag, pa les fyddan nhw imi wedi'u cael nhw? Mae'r weledigaeth sosialaidd yn cerdded dros y byd, ac fe ddaw'r sofiet, a'u cymryd nhw oddi arna'i, a 'nghosbi am eu bod nhw gen i erioed.'

'Peidiwch â thaflu 'ngeiriau i'n ôl i 'ngwyneb i!' Yr oedd Gwylan yn codi'i llais. ''Rydw i'n hŷn heno, ac yn gallach, ac yn gallu edrach ar betha' heb i propaganda lurgunio 'meddwl i. Chaiff Prydain yr un sofiet am gan mlynedd arall, os caiff hi byth. Mi gewch chi heddwch i fwynhau'ch arian, ac fe ellwch chi'u mwynhau nhw'n dda, a rhoi mwynhad i eraill hefyd.'

'I . . . bwy, er enghraifft?'

'Wel . . . i'ch gwraig, os priodwch chi.'

'Ond alla'i ddim priodi. Mi ro's i'r gore i 'nghariad, am i chi ofyn imi. Chymer hi mono'i'n ôl. 'Does gen i neb. 'Does gen i ddim golwg am neb.'

'Mi'ch prioda' i chi, Harri, os gofynnwch chi imi.'

Petai mellten wedi'i phlannu'i hun i'r ddaear wrth ei draed, ni allai Harri fod wedi hurtio mwy. Wrth gwrs, fe ddylai fod wedi'i weld yn dod ers meitin. Ond yr oedd yn dal dan ryw gymaint o'i hen gyfaredd hi. Nid oedd hyd yn oed y gwadu ar ei chredo wedi llwyr ddinistrio i Harri onestrwydd diwyro'r hen Wylan a adnabu ers chwe mis. Yr oedd yn sicir fod ganddi ryw reswm dyngarol, dihunan dros newid ei meddwl. Ond yn awr . . . Dywedodd yn sychlyd, gan droi oddi wrthi,

'Petaech chi ugain mlynedd yn hŷn, fe fyddech wedi meddwl am ffordd gyfrwysach na honna.'

'Ond Harri,' meddai hi, gan gydio'n dynn yn ei freichiau, ''rydw i o ddifri. Mi wna' i'ch priodi chi.'

''Dydw i'n ame dim,' ebe Harri. ''Rydech chi wedi clirio'r ffordd i chi'ch hun yn gampus. Y trwbwl ydi, na alla' i ddim meddwl amdanoch chi fel merch i'w phriodi.'

'Pam?'

'Wel . . . yn un peth, 'dydw i erioed wedi'ch cusanu chi.'

'Cusanwch fi rŵan.'

''Does arna'i ddim eisie'ch cusanu chi.'

'Ond . . . 'roedd arnoch chi isio unwaith . . . y noson honno ar y pier—'

240

'Nid chi ydi'r unig un sy'n gallu newid, Gwylan.'

''Rydach chi'n methu,' ebe Gwylan, ac yr oedd ei llais yn isel ac yn ddiarth. 'Fe all dyn newid ei syniada'. Fedar o ddim newid ei gorff.'

'Peidiwch chi â bod—' dechreuodd Harri. Ond yr oedd ei wefusau wedi'u cloi gan ei gwefusau hi. Yr oedd hi wedi'i thaflu'i hun amdano ac yn pwyso'i mynwes yn ei erbyn, ac yr oedd ei bysedd yn brysur ym môn ei wallt. Ceisiodd ef ei gwthio oddi wrtho ac ymryddhau. Ond yn ofer. Yr oedd hi'n gafael fel llewes. Yn araf, tynnodd ef i lawr ar y fainc. Yno wedyn, ceisiodd Harri'i dynnu'i hun yn rhydd, ond yn yr ymrafael syrthiodd y ddau dros y fainc i'r ddaear y tu cefn. Tynnodd hi ef arni a chloi'i choesau a'i breichiau amdano fel octopws am bysgodyn. Ymladdodd Harri am ei anadl a'i hunanfeddiant. Munud yn hwy ac fe fyddai'n ildio, ac nid oedd am ildio i'r ferch a falodd y ddelw a oedd ganddo ef ohoni. Ag un ymdrech orffwyll fe'i rhwygodd ei hun oddi arni a chodi ar ei draed, yn tagu am anadl.

'Felly,' meddai, pan gafodd ddigon o'i wynt ato. 'Chafodd y gomiwnyddes fach ddiwair mo'i dyn wedi'r cwbwl, trwy deg na thrwy drais. Mae'n ddrwg gen i am eich camgymeriad chi. Eich edmygu chi wnes i, nid eich caru chi. A phan nad oes dim ar ôl i'w edmygu, 'does . . . wel, dim ar ôl. Jest . . . dim.'

Yr oedd hi'n cyrcydu yn y gwyll serog, a'i gwallt yn ei llygaid, fel anifail blewog ofnus yn swatio rhag chwiban nesaf y chwip. Yr oedd pob cerdyn wedi'i chware; pob brigyn cynhaliol wedi'i dorri. Erioed ni wnaethai merch fwy o ffŵl ohoni'i hun.

'Harri,' meddai'n floesg o'r diwedd, 'faddeuwch chi byth i chi'ch hun am 'y ngadael i yma yn y barrug i fferru. Choda'i byth o'r fan yma os na ddowch chi i 'nghodi i . . . Harri . . .'

Fe fyddai Harri wedi ildio i'w mewian a mynd i'w chodi. Ond fe fethodd â diodde'r gwahaniaeth rhwng yr arwres finiog, uwchfoesol y byddai deirawr yn ôl wedi rhoi'i fywyd drosti, a'r peth annynol a wingai o'i flaen yn y prysgwydd y tu cefn i'r fainc. Trodd yn sydyn ar ei sawdl a brasgamu oddi wrthi drwy'r coed. Llefodd hi ar ei ôl, ac fe wyddai ar ei sŵn ei bod wedi codi ohoni'i hunan.

'Harri! Harri-i-i . . . !'

Atebwyd y waedd gan dylluan rywle yng nghrombil y coed. Cydiodd arswyd dileferydd yn Harri a dechreuodd redeg. Rhedodd fel ewig, ac nid oedd rhedeg yn beth diurddas erbyn hyn. Clywodd am ysbaid sŵn ei thraed hi yn y pellter o'i ôl, yn rhedeg ac yn baglu ar y llwybyr anwastad, a'i llais yn dal i alw'i enw rhwng sgrech a sobian. Ond rhedodd mor gyflym nes colli'r sŵn ym mhlygion y tywyllwch.

Ni pheidiodd â rhedeg nes cyrraedd ei lofft yn ei lety. Bolltiodd y drws a'i daflu'i hun ar ei wely i ennill ei wynt. Yn awr ac yn y man codai'i ben, gan feddwl ei fod yn clywed ei thraed hi'n dod i fyny'r grisiau ar ei ôl. Disgwyliai am ei chnoc ar y drws, a phan na ddôi, a phopeth yn dawel fel cynt, suddai'n ôl ar y gwely a'i nerfau'n deilchion. Yr oedd yn dyheu am glywed Gwdig yn dod i'r tŷ er mwyn iddo gael cwmni. Yr oedd yn bur siŵr erbyn hyn nad oedd neb ym Mangor yn ei ddeall ond Gwdig. Yfory, fe fyddai'n gadael Bangor. Fe wyddai hynny erbyn hyn. Yn gadael llyfrau. Yn gadael slicrwydd a chlyfrwch. Ac yn gadael Gwdig. Hynny fyddai waethaf. Ond yr oedd yn rhaid iddo fynd. A chydio mewn caib a rhaw, a gweithio mewn gwirionedd am y tro cyntaf yn ei fywyd.

Cofiodd yn sydyn nad oedd wedi teleffonio drachefn i holi hynt ei fam. Ni feiddiai fynd allan o'r tŷ i'r bwth rhag iddo gwrdd â Gwylan. Yr oedd yn well ganddo aros tan y bore heb wybod y gwaethaf na syllu byth eto i'r ddau lygad du a ddrylliodd ei ffydd yn yr hyn sydd gig a gwaed. Gwylan—a'i fam. Deupen y rhyw deg. Efa—a Mair Fadonna. Ond a oedd gwahaniaeth mewn difrif rhwng merch a merch? Onid yn unrhyw y crewyd pob un ohonynt, i dwyllo ac i dyllu calonnau, i esgor ar wrywod yn sbort i'w gilydd, a'i fam ei hun yn eu plith? Hwyrach mai fel Gwylan y bu hithau yn ei hieuenctid, yn gosod ei rhwyd fel cwningwr yn y nos, i ddal y dyn a oedd ddallaf i'w chythreuldeb arbennig hi. Neu fel Lisabeth, yn feddw ar foethau a steil ac ar bomp bychan Powys. Lisabeth a Gwylan. Lisabeth a Gwylan oeddent i gyd, neu amrywiadau ar y ddwy, yn gefnog ddiddiwylliant neu'n ddiwylliedig dlawd. Byth ni chyffyrddai eto â chroen gwyn benyw. Fe gâi'r hil ddarfod am a gyfrannai ac a faliai ef.

Cododd oddi ar ei wely i ddechrau pacio'i bethau. Yr oedd

242

wedi casglu cymaint drwy dair blynedd a hanner yn yr un llety. Fe fyddai wrthi drwy'r nos. Pentyrrodd y llyfrau a'r dillad a'r taclau ar lawr y llofft.

Ymhen hir a hwyr, clywodd Gwdig yn dod i'r tŷ. Dadfolltiodd y drws i'w ollwng i mewn i glywed y newydd.

21

I

Y funud y daeth y newydd drwy'r teleffon fod y llawdriniaeth
ar Margaret Vaughan yn llwyddiant, aeth Karl ar ei union i'w
lofft. Y peth cyntaf a wnaeth oedd mynd ar ei liniau wrth ei
wely i ddiolch am ei harbed, ac i ddiolch am y llwybyr a oedd
bellach yn glir. Yna, aeth ati i gasglu'i ychydig bethau ynghyd.

Neithiwr y bu hynny. Bore heddiw, yr oedd yn bwrw eirlaw'n
ddi-baid, a chan nad oedd ar dywydd felly ddim i'w wneud yn
Lleifior, gofynnodd am ganiatâd i fynd i'r pentref. Prynodd
hanner dwsin o bapurau newydd ac amserlen trên a daeth i
fyny'n ôl, ac ar ôl cinio, mynd i'w lofft drachefn. Am ran
helaeth o'r pnawn bu'n edrych drwy'r colofnau swyddi
gweigion yn y papurau. Penderfynodd na chymerai le arall yng
Nghymru. Yr oedd pridd Cymru, yn enwedig yr iaith Gymraeg,
yn rhy glwm bellach am ei ddolur ef. Trawodd ei lygad ar
baragraff yn hysbysu bod ar ffarm laeth yn Suffolk angen dyn
ifanc gyda phrofiad o ffarmio ac yn arbennig o weithio gyda
gwartheg llaeth, ac nad oedd arno ofn gwaith caled. Fe fyddent
yn gwerthfawrogi tystebau. Sgrifennodd ar unwaith, a mynd i
chwilio am Edward Vaughan i ofyn am dysteb. Daeth o hyd
iddo yn yr offis.

'Yn gadael!'

Eisteddodd Edward Vaughan yn araf yn ei gadair y tu ôl i'w
ddesg. Dyma ergyd arall.

'Ond Karl, 'y machgen i, pam? Ydech chi ddim yn hapus
yma?'

''Rwyf wedi bod yn hapusach yma nag y bûm yn unman er
cyn y rhyfel.'

'Ond—garech chi gael mwy o gyflog?'

''Rwyf eisoes yn cael mwy na'm haeddiant.'

'Nonsens, Karl. Ddwedais i erioed wrthoch chi o'r blaen.
Fydda'i byth yn canmol dynion yn eu hwynebe. Ond chi ydi'r

gweithiwr gore fu gen i yn Lleifior erioed. Ped aech chi i ffwrdd, fe fydde'n rhaid imi gael dau i lenwi'ch lle chi. Yn hytrach na'ch colli chi mi ddyblwn i'ch cyflog chi—'

'Wnewch chi ddim o hynny, Mr. Vaughan. Mae'n rhaid imi fynd. Os ydych yn credu'r pethau caredig ddwed'soch chi, mi garwn ichi'u sgrifennu ar fy nhysteb, os gwelwch yn dda.'

''Dydw i ddim yn eich deall chi, Karl.' Dododd Edward Vaughan ei benelinoedd ar y ddesg a gwyro 'mlaen. 'Nid gwas ydech chi yn Lleifior. Yr ydw i'n edrych arnoch chi fel mab. Fel mae pethe wedi troi allan, yn gymaint o fab, o leia', ag ydi Henri. Ellwch chi ddim edrych arna' i fel tad, a dweud wrtha'i pam y daethoch chi i'r penderfyniad yma?'

Edrychodd Karl ar ei draed.

'Mae'n beth na allaf i mo'i ddweud.'

'Dowch, dowch. Faddeua'i byth i mi fy hun os gadawa'i ichi fynd tra bo yn 'y ngallu i i'ch rhwystro chi.' Yr oedd yn cofio'n rhy eglur am Wil James yn eistedd lle'r eisteddai Karl. 'Beth ydi o, Karl? Dywedwch.'

Cododd Karl ei ben.

''Rwy'n caru Greta.'

'Yn . . . ?'

Amheuodd Edward Vaughan nad oedd wedi clywed yn iawn. Ond yr oedd y geiriau'n ddigon clir.

'Ydi hi'n eich . . . yn teimlo'r un fath tuag atoch chi?'

'Mae arnaf ofn ei bod.'

'Mi wela'.'

Astudiodd Edward Vaughan ei ddesg am ennyd, yn ceisio rhoi darnau'i feddwl yn ôl wrth ei gilydd. Yna, yr oedd yn ddyn busnes drachefn.

'Yn wyneb hynny, Karl, yr ydech chi'n gwneud y peth gore. Mi . . . mi wna'i destimonial ichi mewn pryd i'r post. Pa bryd y byddwch chi'n mynd?'

'Cyn gynted ag y daw ateb o Suffolk, os bydd yn ffafriol.'

Nodiodd Edward Vaughan. Cododd Karl a symud tua'r drws.

'Y . . . Karl.'

'Mr. Vaughan?'

'Ffeindiwch pa fancie sy'n y lle y byddwch chi'n mynd, a dewiswch eich banc. Mi ro'i fil o bunne ynddo, fel gwerthfawrogiad o'ch gwaith chi, ichi gael cychwyn iawn.'

Ar wyneb Karl yr oedd y peth agosaf i wg a welsai Edward Vaughan arno erioed.

'Os ydych am imi'ch cofio fel cyfaill caredig, Mr. Vaughan, wnewch chi ddim o'r fath. 'Does dim eisiau ichi dalu imi am fynd.'

Ac aeth Karl allan, gan ei adael yn ddryslyd yn ei gadair. Yr oedd wedi cyffwrdd â man tyner yn y balchder puraf a adnabu. Drwy'r drws yr oedd yn dal i syllu arno, fe aethai un o'r eneidiau glanaf y bu'n fraint iddo'i gyfarfod drwy gydol ei oes, ac yr oedd wedi cwrdd â rhai miloedd. Ni welodd neb wedi'i felysu'n debyg gan ei brofedigaethau, ac yn ymyl profedigaethau Karl yr oedd ei brofedigaethau ef ei hun, er eu chwerwed, yn foethus o fân. Mae'n debyg fod yr hen gred yn wir, wedi'r cyfan, fod pob un yn cael dioddef hynny y gall ei ddal. Fe fyddai Lleifior yn wag heb Karl. Ac fe fyddai'r gwaith yn fynydd. Wil James wedi mynd. Karl wedi mynd. Ifan Roberts erbyn hyn bron yn gwbwl ddiwerth. Ddeugain mlynedd yn ôl fe fyddai Terence hefyd wedi cael mynd. Yr adeg honno, nid oedd gwas a ddygodd ferch i drwbwl yn cael aros yn Lleifior. Ond heddiw, yr oedd yn rhaid i ddyn gau'i lygaid ar liaws o bechodau, a chyflawni amryw ei hunan, i allu byw. Ac fe wyddai Edward Vaughan, ac yntau'n eistedd yn swp blinedig yn ei gadair, pe cawsai gynnig un gipolwg ar ei enaid ei hun heddiw, na chymerai mo'r byd â derbyn y cynnig.

Clywodd gynnwrf sydyn yn y neuadd. Yr oedd lleisiau yno, yn uchel, ai mewn ffrae ai mewn croeso, ni wyddai. Adnabu un o'r lleisiau. Yr oedd Henri wedi dod adref. Nid oedd wedi anfon gair i ddweud ei fod yn dod. Yr oedd yn beth diarth iddo ddod fel hyn ar ganol tymor, heb fod achos. Petai wedi dod ddoe, a hwythau'n ofni'r gwaethaf am ei fam, fe ellid deall. Gwir nad oedd ei fam allan o berygl eto, ond yr oedd y newydd yn ddigon da.

Agorodd y drws a daeth Harri i mewn.

'Helô, 'Nhad.'

'Wel, Henri?'

Yr oedd Edward Vaughan yn ei chael hi'n anodd edrych yn syth i'w wyneb.

'Newydd da am Mam.'

'Newydd da iawn.'

Yr oedd gên Harri'n gadarn, fel dyn wedi dod o hyd i'w bersonoliaeth.

'Clywed eich bod chi'n gyrru Karl oddi yma.'

''Does neb yn ei yrru odd'yma. Mynd ohono'i hun mae'r bachgen.'

''Does dim rhaid iddo fynd.'

'Mae'n well iddo fynd, gan fod . . .'

'Gan ei fod o'n caru Greta?'

'Ie.'

'Fe all ei phriodi hi.'

'Paid â siarad yn ynfyd, Henri. Mae'r peth yn amhosibl—'

'Ydi o ddim yn ddigon da iddi?'

'Wel . . . ydi, petai pethe'n gyfartal—'

'Fel beth?'

'Wel, 'does ganddo ddim teulu, na chefndir, na modd—'

'Mae hynny'n gondemniad arno, debyg.'

'Dim o dy gomiwnyddiaeth di, Henri. Mae'n rhaid i mi edrych ar ôl fy safle fy hun, a safle Greta, p'un a wyt ti'n cytuno ai peidio. Ac mae'n ddrwg gen i ddweud nad ydi dy farn di ddim yn cyfri yma bellach. 'Rwyt ti wedi fforffedio dy hawl i drafod materion Lleifior. P'un bynnag, mae Karl yn . . . yn estron.'

'Dim mwy o estron na Paul Rushmere.'

'O?' Cododd Edward Vaughan ei aeliau. 'Rwyt ti wedi mynd yn genedlaetholwr Cymreig, wedi'r cwbwl.'

''Dydw i ddim mymryn o genedlaetholwr. Ond mae'r peth yn amlwg, dybiwn i. Ein diffiniad arferol ni o Gymro, p'un a ydi o'n iawn ai peidio, ydi dyn sy'n siarad Cymraeg. Yn ôl y diffiniad hwnnw mae Karl yn Gymro da. Ar rai ystyron, yn Gymro gwell na chi a fi. Faint o Gymraeg feder Paul Rushmere?'

'Fynna'i ddim o'r dadle 'ma, Henri!' Yr oedd Edward Vaughan ar ei draed ac yr oedd ei wyneb yn writgoch. 'Yn enwedig dy glywed di'n tynnu'r dyn achubodd fywyd dy fam i

247

lawr i'th lefel dy hun. Mae'n dyled ni fel teulu'n ddifesur i Paul, ac fe wyddost ti hynny cystal â minne.'

'Ydech chi'n siŵr mai i Paul y mae'ch dyled chi?' Yr oedd Harri'n dechrau'i fwynhau'i hun erbyn hyn mewn ffordd gythreulig.

'Beth wyt ti'n feddwl wrth hynna?' ebe'i dad.

'Ydech chi'n siŵr mai cyllell Paul achubodd fywyd Mam, ac nid gweddïe Karl?'

'Ers pa bryd yr wyt ti wedi cael crefydd?'

''Does gen i ddim crefydd fy hun. Ond wna'i ddim gwadu nad oes grym yng nghrefydd pobol eraill, yn enwedig crefydd ambell un.'

Yr oedd Edward Vaughan yn flin wrtho'i hun am ddal i ddadlau, ond ni allai yn ei fyw beidio. Nid oedd Harri erioed o'r blaen wedi cael y gair olaf.

'Fedri di ddim profi,' meddai, 'fod gweddi'n achub bywyd, ond fe ellir profi bod operesion yn llwyddiant.'

'Ffeithie *versus* ffydd,' ebe Harri. 'Cyflwr ymneilltuaeth Cymru yn yr ugeinfed ganrif—'

'Dyna ddigon ar hynna,' meddai Edward Vaughan. 'Pam y dost ti adre?'

''Rydw i wedi gorffen yn y coleg.'

Cydiodd Edward Vaughan yng nghefn ei gadair i'w sadio'i hun.

'Gorffen yn y coleg! Wedi dy droi allan yr wyt ti?'

'Rhag eich c'wilydd chi'n meddwl y fath beth,' ebe Harri'n ffug-gyhuddol. 'Wedi gorffen ohonof fy hun yr ydw i. Wedi blino ar ddysgu. Alaru. Cael cyfog.'

Wel, meddai Edward Vaughan wrtho'i hun, mae'n debyg fod modd i lanc gael syrffed ar addysg.

'Beth wyt ti'n bwriadu'i wneud?' gofynnodd. Wedi'r cyfan, fe allai Henri'n dod adref fod yn rhagluniaethol ac yntau yn colli'i ddynion bob yn un ac un. 'Mae 'na ddigon o waith iti yn Lleifior.'

Ffugiodd Harri syndod.

'O? Yn siŵr, chymerech chi'r un comiwnydd anffyddol ar eich ffarm.'

'Paid â chellwair. 'Rydw i'n fodlon dygymod â'r pethe yna os gweithi di. Mi gei dy gyflog fel pob un, ac fe ŵyr pawb fod cyflog Lleifior yn uwch na chyflog yr un ffarm arall o fewn ugain milltir.'

'Nid ydwyf mwy deilwng i'm galw'n fab i ti. Gwna fi fel un o'th weision cyflog, e? Dim diolch. Wedi fforffedio fy rhan o gyfalaf Lleifior, 'dydw i'n siŵr ddim yn mynd i helpu i chwanegu ato. 'Rwy'n mynd i weithio ar y ffordd.'

Yr oedd y saib yn drydanol.

'Wyt ti wedi 'madael â dy synhwyre, Henri?'

'Newydd ddod iddyn nhw. 'Rydw i'n mynd i weld y fforman heno.'

'Ond . . . beth wyt ti'n feddwl ddywed pobol yr ardal 'ma pan welan nhw fab Lleifior, o bawb, yn gweithio ar y ffordd efo criw o labrwrs?'

'Fe gân ddweud beth fynnon nhw. Yr hyn sy'n iawn sy'n iawn, ac 'rydw i am ei wneud o. Mae'n hen bryd rhoi urddas ar lafur, a'r unig ffordd i'w roi ydi i fechgyn fel fi, sy wedi cael addysg, fynd i wneud gwaith y mae pobol wedi arfer edrych i lawr eu trwyne arno.'

'Cer yn ddigon pell o Ddyffryn Aerwen i'w wneud o.'

'I arbed eich enw da chi? I'r gwrthwyneb. Mae'ch enw a'ch safle chi'n rhan o'r feddyginiaeth. Nid fel rhywun-rywun y bydda'i'n labro ar y ffordd, ond fel mab Lleifior "o bawb", yn syth o'r coleg. Mae'n bwysig imi'i wneud o yn yr ardal yma, lle mae pawb yn fy nabod i. P'un bynnag, mae 'na le gwag yn y gang yn barod imi.'

Yr oedd Edward Vaughan yn sefyll wrth y ffenest yn edrych allan. Dyma'i blant, hyd yn oed, ar eu heitha'n helpu'r dynged oedd yn ei dorri. Yr oedd dwy ffordd yn agored iddo'u gweithredu, a dim ond dwy. Un oedd rhoi'r ffrwyn ar eu gwar a gadael iddynt wneud a fynnent, a pharatoi am ei fedd o gywilydd gerbron ei gydnabod. Y llall oedd dal y ffrwyn yn dynn, er eu lles hwy ac er mwyn ei enw da yntau, ac os torrai'r bit eu gweflau, gadael iddi dorri nes gwelent reswm. Dewisodd Edward Vaughan yr olaf. Trodd at Harri.

'O'r gore,' meddai. 'Ti sy'n dewis. Ond y funud y byddi di'n gwneud cytundeb â'r fforman, mae dy bethe di i gyd yn symud o'r tŷ 'ma. Mi fyddan ar ganol y buarth, iti fynd â nhw lle mynnot ti. Ddoi di ddim ar gyfyl y tŷ yma. Fyddi di ddim yn fab i mi.'

'Digon teg,' ebe Harri. 'Ond mae 'na un peth gen i i'w wneud cyn mynd. Os nad ydech chi'n f'ystyried i'n fab i chi, 'rydw i'n dal i f'ystyried fy hun yn frawd i Greta. A thra bydd gen i geiniog ar f'elw a synnwyr yn 'y mhen, mi wna'i f'eitha' i'w helpu hi i briodi'r dyn y mae hi'n ei garu, a neb ond hwnnw, hyd yn oed petai raid imi'i helpu hi i ddianc efo fo.'

Yr oedd gwefusau Edward Vaughan yn leision gan gynddaredd.

'Cer allan o'r ystafell 'ma,' meddai'n isel. 'Wyt ti'n 'y nghlywed i, cer allan!'

A symudodd Harri allan, gyda llai o urddas nag y buasai'n ddymunol ganddo, a chaeodd y drws ar ei ôl.

II

Am y tro cyntaf erioed ni ofynnodd Robert Pugh i Edward Vaughan anfon dyn i helpu gyda'r dyrnu yn y Trawscoed. Fel rheol, fe fyddai Edward Vaughan yn anfon, nid un, ond dau, ac weithiau fe fyddai'n dod ei hunan, er mwyn y sgwrs. Gyda gwaith dau ddiwrnod o ddyrnu yn y Trawscoed yr oedd Robert Pugh wedi'i chael hi'n anodd cael digon o ddynion heb fynd ar ofyn Lleifior, ac wedi gorfod mynd ymhellach i chwilio nag yr aethai erioed o'r blaen, yn enwedig gan fod llai o weision ar y ffermydd i gyd bellach nag a fyddai ddeng mlynedd yn ôl. Rhwng y tractorau yn eu gyrru o'r ffermydd a'r cyflogau uwch yn eu denu i'r ffatrïoedd, fe ellid cyfri'r gweision ym mhen uchaf Dyffryn Aerwen bellach ar fysedd dwy law.

Yr oedd Robert Pugh wedi gofyn i'r ffermwyr ddod eu hunain yr ail ddiwrnod. Yr un oedd y sgwrs wrth ofyn i bob un:

'Fe ellwch chi anfon y gwas y diwrnod cynta'. Ond dowch draw eich hun yr ail ddiwrnod, er mwyn inni gael sgwrs.'

'Wel . . . wir . . . wn i ddim fedra'i'n hawdd. Mi wneiff y gwas acw'r tro—'

'Wel, a dweud y gwir wrthoch chi, mae gen i nifer o fustych tewion y liciwn i ichi'u gweld nhw, a rhoi'ch barn arnyn nhw.'

'Wel . . . wn i ddim . . .'

''Dydw i ddim yn meddwl bod 'na fustych i'w cyffwrdd nhw yn y dyffryn 'ma i gyd. Dweud yn onest wrthoch chi, 'roeddwn i'n edrych ar eich bustych chi y dydd o'r blaen, a . . . diawc i, 'doeddwn i ddim yn eu gweld nhw cystal â'r rhai acw.'

'Y? Tybed? Wel . . . wir . . . mi ddo' i, i gael golwg arnyn nhw . . .'

Yr oedd yr her yn gweithio bob tro. Ac onid oedd gan y ffarmwr arall fustych, fe wnâi defaid neu fuchod llaeth y tro yn burion. Effaith y canfasio hynod hwn oedd fod cryn ddwsin o ffermwyr, neu'u meibion, ar wahân i ddau was neu dri, o gylch y byrddau yng nghegin y Trawscoed ar yr ail ddiwrnod dyrnu.

Eisteddodd y pymthengwr yn swnllyd wrth y ddau fwrdd mawr, a'r dysgleidiau tatws a moron a phys yn hwylio dan gymylau o stêm o ddirgel-leoedd y stof i'r byrddau. Aethant ati fel milwyr ar eu cythlwng, i gyfeiliant cyllyll a ffyrc, ac am rai munudau nid oedd gair drwy'r lle tra oedd y bwytawyr yn torri'u gwanc. Ond yn y man, cododd John Ifans, Castell Aram ei ben, a gweld Lisabeth yn sefyll wrth y stof ac yn edrych ar draws y stafell drwy'r ffenest. Yr oedd ei hwyneb yn ddigon llwyd a golwg 'waeth gen i farw' yn ei llygaid. Nid oedd John Ifans yn ddyn busneslyd. Er y gallai dynnu coes gyda'r gorau, yr oedd yn un o ddynion callaf a hoffusaf yr ardal. Ond fe wyddai'n iawn pam yr oedd wyneb Lisabeth yn llwyd. Ac er na fuasai'n cyfeirio at y peth wrth lawer un, fe wyddai y buasai Robert Pugh yn caru iddo wneud, yn enwedig yng ngŵydd cymdogion.

''Dydi Lisabeth fach ddim yn edrych yn dda,' meddai.

Trodd Lisabeth i ffwrdd yn sydyn. Yr oedd hi'n flin wrth John Ifans am grybwyll y peth. Ond ymestynnodd ei thad nes llenwi pen y bwrdd. Yr oedd y pwnc wedi'i agor, ac yr oedd ef yn barod amdano.

'Nac ydi, John Ifans,' meddai, ''dydi hi ddim wedi bod yn dda ers pum wythnos bellach.'

''Rhoswch chi,' ebe Davies, Hafod Encid, dyn bach a oedd yn

fusneslyd, ac yn well ganddo sgandal na dim ar y ddaear, 'nid tua'r adeg yna y gwnaeth mab Lleifior dro sâl â hi?'

'Y . . . ie,' meddai Robert Pugh yn ddwys, 'dyna'r adeg y dechreuodd hi fynd ar i wared. 'Roedd hi'n lodes nobl cyn hynny—on'd oeddet ti, 'mach i?' Ond yr oedd Lisabeth wedi diflannu i'r pantri.

'Synnu na fuasech chi wedi codi brîtsh o' promis, Pugh,' ebe Hughes, Lluest y Wennol, gŵr a'i eiriau'n llawer byrrach na'i gorff.

'Wel,' ebe Robert Pugh yn oddefgar, 'mi fuase llawer un wedi gwneud, a'i ferch wedi diodde' cymaint â Lisabeth ni. Ond dda gen i mo'r hen ymgyfreithio 'ma rhwng cymdogion. Mae'n dangos dynion yn fychan iawn.'

"Rydech chi'n hollol iawn, Pugh,' ebe John Ifans. 'Yn hollol iawn. 'Roeddech chi'n fawrfrydig er hynny.'

'Oeddech wir, Pugh, oeddech wir . . .' cododd corws o leisiau o'r ddau fwrdd.

'Ond hwyrach nad oes dim llawer o Gymraeg rhyngoch chi a gŵr Lleifior ers hynny?' meddai Davies, Hafod Encid, yn gwybod yn iawn nad oedd, a barnu wrth absenoldeb dynion Lleifior wrth y byrddau.

'O'm rhan i,' meddai Robert Pugh, 'fe fydde popeth fel arfer, beth bynnag fu rhwng y plant, yntê. Ond yn rhyfedd iawn, 'rydw i wedi pasio Vaughan droeon ar y ffordd ers hynny, a dweud "Bore Da" neu "Nos Da"—beth bynnag oedd yr awr o'r dydd. Troi'i ben i ffwrdd y mae o bob tro. Fel petawn i'n faw.'

'Rhyfedd iawn,' ebe John Ifans, 'Vaughan, Lleifior, o bawb.'

'Ond dyna fo,' ebe Robert Pugh, 'os ydi o'n dewis ei chymryd hi fel'na, rhyngto fo a'i gydwybod am hynny. 'Roeddwn i'n credu bob amser fod Vaughan yn un o oreuon y ddaear. Ond stori wahanol iawn sy gen Wil James 'ma, wedi bod yn gweithio yno.'

Trodd y ffermwyr wrth fwrdd Robert Pugh i edrych dros eu hysgwydd ar Wil James wrth y bwrdd arall. Er nad oedd gan yr un ohonynt syniad uchel iawn am Wil James fel na gweithiwr nac arall, yr oeddent yn glustiau i gyd i glywed beth oedd ganddo i'w ddweud. Pan oedd y lleill yn edrych i ffwrdd,

252

gollyngodd Robert Pugh winc laes ar Wil James, yn arwydd iddo ddechrau ar ei stwff.

'Mi adawes i'r lle,' dechreuodd Wil James yn gwynfannus. 'Allwn i ddim diodde'r cythrel.'

'O? O?' ebe'r ffermwyr i gyd, gan roi'u cyllyll a'u ffyrc i lawr am sbel i wrando. Yr oedd hon yn un o funudau aur bywyd Wil James. Ni chafodd erioed gynulleidfa mor niferus nac ychwaith mor ddeallus. Aeth rhagddo'n hamddenol i wneud rhubanau o gymeriad ei gyn-feistr.

'Fûm i ddim yno flwyddyn. Ond dyna'r flwyddyn waetha' aeth dros 'y mhen i erioed. Yn un peth mi fu bron imi lwgu. 'Doedd dim digon o fwyd ar blât dyn i fwydo cyw deuddydd. 'Roedd o'n grwgnach talu cyflog i ddyn na weles i'r un cybydd tebyg erioed. Mi fûm i heb 'y nhâl ofyrteim cynhaea' am fisoedd.'

Yr oedd y bwyta wedi hen beidio erbyn hyn. Twymodd Wil James i'w bregeth.

'Ond 'taech chi'n gweld y sylw'r oedd o'n ei roi i'r Jyrman 'na. O duwc annwyl, 'roedd hwnnw fel brenin yno. Rhyw greadur fu'n paffio yn erbyn ein bechgyn ni am flynyddoedd. Mi ddwedodd hwnnw wrtha' i 'i hun ei fod o wedi saethu dros bum cant o blydi British, ac y saethe fo bumcant arall cae o hanner tshians. Ond hwnnw oedd y dyn gen Vaughan.'

Yr oedd rhai o'r ffermwyr yn mwmial yn fygythiol erbyn hyn.

'Ond y peth digiodd fi,' ebe Wil James, 'oedd y pethe'r oedd o'n eu dweud am ffermwyr Dyffryn Aerwen. Fedrech chi, Tomos Davies, ddim ffarmio, caech chi'r tir a'r stoc ore'n y byd, a hin berffeth rownd y flwyddyn. 'Roeddech chi, Robert Hughes, yn llwgu'ch cryduried. 'Roeddech chi, John Ifans, yn ormod o ddyn i'ch sgidie. Chithe, Hugh Williams, yn yfed fel pysgodyn. A chithe, Richard Jones, wedi gwneud mwy o droeon sâl nag y gallech chi'u cyfri'ch hun. Ac am y pethe ddwedodd o am Robert Pugh 'ma—liciwn i mo'u hadrodd nhw wrth fwrdd cinio.'

Gwthiodd John Ifans lawes ei gôt i'w geg rhag chwerthin yn uchel. Yr oedd yr olwg ar wynebau'r ffermwyr a enwyd, wrth glywed dinoethi'u gwendidau mor wir o flaen eu cymdogion, bron yn annioddefol o ddigri'. A digon posibl fod llawer o wir yn yr hyn a ddywedwyd amdano ef ei hun. Fe garai ef wybod, er hynny, pa faint o Edward Vaughan oedd yn y cyhuddiadau, a pha faint o Wil James. Fe fu Wil James yn gweithio iddo ef yng Nghastell Aram am rai blynyddoedd, ac yr oedd wedi dysgu'r adeg honno fod tipyn o lastig yn ei osodiadau. Ond er y ffyrnig-rwydd ar eu hwynebau, fe wyddai John Ifans nad âi'r ffermwyr eraill ddim at Edward Vaughan ei hun i'w gyhuddo. Nid dynion gwrol oedd ffermwyr Dyffryn Aerwen.

'A meddwl bod dyn fel'na wedi'n cynrychioli ni ar hyd y blynyddoedd ar y Cyngor Sir!' meddai Davies, Hafod Encid, yn wenfflam.

'Mae o'n sefyll lecsiwn eleni, on'd ydi o?' meddai Robert Pugh yn ddiniwed.

'Fotia' i ddim iddo,' meddai Hughes, Lluest y Wennol yn swrth.

'Na finne,' meddai Hugh Williams, y Cefn Uchaf.

'Na finne,' meddai Richard Jones y Garnedd.

'Ac mi feddylia' inne ddwywaith, gwnaf, deirgwaith, cyn gwneud,' meddai Lewis Bevan, y Cefn Isaf, ychydig yn llai pendant am na ddinoethwyd mo'i wendid arbennig ef.

'Os ydech chi am gadw ar delere da â'ch cymdogion, Bifan, wnewch chi ddim ar un cyfri,' gwichiodd Davies arno.

Swatiodd Bevan, a swatiodd y ddau neu dri arall na ddinoethwyd mo'u gwendidau hwythau, pob un ohonynt yn mynd i feddwl yn ddifrifol yn ystod y dyddiau nesaf am beidio â phleidleisio i Edward Vaughan. John Ifans oedd yr unig un na ddywedodd ddim.

Â'r cinio drosodd, gwyliodd Robert Pugh y ffermwyr yn treiglo'n droetrwm o'r gegin. Dyna gryn ddeg o ffermwyr na phleidleisient i Vaughan pan ddôi mis Mai, ynghyd â'u teulu-oedd, a'u hanner wedi digio digon i fynd i'r drafferth i bleidleisio i Aerwennydd. Dyna gryn bymtheg ar hugain o bleidleisiau'n llai i ŵr Lleifior ar un ergyd. Diolch i Wil James. Fe âi pymtheg ar hugain yn o bell i droi'r fantol. Ac wrth gwrs, fe fyddai'r rhain yn siŵr o siarad yn y pentref, a chyda'u cyfeillion ym mhen isa'r dyffryn. Dechreuodd plygion bol Robert Pugh ysgwyd, a suddodd ar gadair â'i ben yn ei ddwylo, yn chwerthin yn harti ond yn ddihiwmor yn ei wddw, a'i wraig a Lisabeth yn syllu arno'n syn.

III

'Llymed o ddŵr, Marged,' ebe John Morris yn floesg o'r gwely.

Estynnodd Marged ddiod iddo, a gollwng i'r gwydryn un o'r tabledi'r oedd Dr. Owen wedi'u gadael iddi roi i'w thad pan fyddai'n methu cysgu. Wedi tynnu'r gwydryn oddi wrth ei wefusau gwynion, rhoddodd ei llaw'n dyner ar ei dalcen. Fe wyddai fod hynny nid yn unig yn oeri'i wres am ychydig eiliadau, ond yn ei gysuro.

'Marged . . .'

Yr oedd y sibrwd yn boenus i'w wrando.

''Rydw i yma, 'Nhad.'

''Rwyt ti'n eneth dda . . . yn debyg, debyg i dy fam . . .'

'Peidiwch â chynhyrfu'ch hun, 'Nhad. Triwch gysgu.'

''Roedd dy fam . . . dy fam . . . yn lodes landeg iawn . . . un o lodesi glana'r ardal 'ma . . . ac . . . a 'roeddwn i'n meddwl y . . . y cawswn i'i chwmpeini hi . . . nes buaswn i'n riteirio . . . Nid felly, Marged . . . nid felly'r oedd hi i fod . . .'

'Triwch gysgu, 'Nhad bach.' Yr oedd lwmp yng ngwddw Marged. Yr oedd hithau'n cofio'i mam yn rhy dda.

'Petase . . . tase rhywbeth yn digwydd . . . i mi—'

'Wneiff dim ddigwydd, 'Nhad—mi fendiwch—'

'Tase rhywbeth yn . . . digwydd . . . mi liciwn i feddwl . . . bod gen ti rywun . . . i edrych ar d'ôl . . .'

'Mae rhywun yn siŵr o wneud, 'Nhad.'

'Da'r lodes. 'Roeddwn i'n gobeithio bod gen ti rywun . . .'

Brathodd Marged ei gwefus. 'Doedd ganddi neb. Dim golwg, dim gobaith am neb. Ond beth arall ddywedai hi? Yr oeddech yn gorfod dweud cymaint o anwiredd wrth gleifion.

'. . . bod gen ti rywun . . . i . . . i . . .'

A syrthiodd ei thad am ychydig eto i gwsg anesmwyth. Cododd Marged a cherddodd yn ddistaw at y ffenest. Allan, yr oedd plu eira mawr yn disgyn ac eisoes wedi gwynnu'r caeau

255

ac wyneb y ffordd a thoau'r tai. Edrychai'r darn pentref a welai o'r ffenest fel cerdyn Nadolig. Yr orig honno pan yw eira'n dlws, cyn iddo gloi pob man a mynd yn feistr. Clywodd wiced yr ardd yn agor. Yr oedd rhywun yn dod at y tŷ, dyn tal, pennoeth, mewn côt fawr dywyll, a'i wallt yn wyn gan eira, ac ôl ei draed yn ddwy res o farciau duon yn yr eira tenau o'r wiced at y drws. 'Doedd dim modd ei nabod o'r lle safai hi. Clywodd ef yn curo'n ysgafn ar y drws. Fe wyddai, pwy bynnag ydoedd, fod salwch yn y tŷ.

Aeth Marged yn ysgafn drwy'r llofft ac i lawr y grisiau. Pan agorodd y drws, rhoes ei llaw'n sydyn ar ei gwefusau. O'i blaen safai Harri Vaughan, Lleifior.

'O . . . Mr. Vaughan—'

'Pnawn da, Miss Morris. Ga'i ddod i mewn am funud?'

'O cewch . . . cewch, siŵr . . . dowch drwodd i'r rŵm ffrynt.'

'Na, ddo'i ddim i'r stafell ffrynt, os esgusodwch chi fi. 'Rwy'n gweld bod gennoch chi garped ac fe fydd yr eira ar 'y nillad i'n dechre diferu yn y munud. Mi . . . mi ddo'i i'r gegin os ca'i.'

Meddyliodd Marged mai peth anweddus i'r eithaf oedd mynd ag un o Vaughaniaid Lleifior i'r gegin, o bobman. Yn wir, fe fyddai'n anrhydedd cael gwlychu'r carped gorau â diferion oddi ar ddillad un ohonynt hwy. Ond os dymunai un ohonynt fynd i'r gegin, wel . . .

'Ffordd yma 'te, Mr. Vaughan.'

Ac aeth o'i flaen i'r gegin. Safodd hi wrth y bwrdd â'i dwylo 'mhleth, yn rhy gymysglyd i ddweud dim. Safodd yntau wrth y drws, yn dechrau mwynhau'i chymysgwch. Yn y man, dywedodd,

'Ga'i eistedd, Miss Morris?'

'O cewch . . . mae'n arw gen i . . . eisteddwch yma . . .' Aeth Marged yn fwy cymysglyd fyth. 'Gymerwch chi gwpaned o de . . . ?'

'Dim diolch,' ebe Harri, yn eistedd, ac yn ceisio cuddio'r wên oedd yn mynnu chware â'i wefusau. ''Does fawr er pan gefais i. Sut mae'ch tad?'

''Dydi o ddim yn dda,' ebe Marged.

'O . . . mae'n ddrwg gen i glywed. Wel, i ddweud pam y dos i yma. Yr ydw i wedi gorffen yn y coleg, ac 'rydw i wedi penderfynu cymryd rhyw waith.'

'O ie,' ebe Marged, heb fod yn siŵr faint o ddiddordeb yr oedd yn weddus arni'i ddangos.

'Ac mi ddos yma i egluro ichi, rhag ofn ichi feddwl 'mod i'n ceisio mynd â lle'ch tad mewn modd yn y byd—'

'Lle 'Nhad?'

'Ie . . . 'dech chi'n gweld . . . yr ydw i wedi bod efo Jac Bennett y fforman neithiwr, ac wedi cael gwaith ar y ffordd.'

Petai dail bresych yn tyfu o glustiau Harri, ni allasai Marged edrych arno'n fwy anghredadun.

'Gweithio ar y *ffordd*? Chi, Mr. Vaughan?'

'Pam? Ydi gweithio ar y ffordd yn bechod yn erbyn yr Ysbryd Glân?'

'O nac'di—ond ydi, i chi . . .' Yr oedd Marged yn dyfalu'n gyflym beth oedd natur y pechod arbennig a enwodd Harri, rhag ofn iddi ddweud rhywbeth cwbl anffodus.

'Pam i mi?' ebe Harri'n ddidostur. 'Mae gen i ddwy law, fel y gwelwch chi, a dau droed, fel pawb arall, ceg, dwy glust, dau lygad—hynny ydi, i bob golwg, yr ydw i'n ddyn meidrol, normal, naturiol—'

'Ond gŵr bonheddig . . .'

'Diolch, Miss Morris, am y compliment. 'Rwy'n gobeithio y parha'i i fod yn hynny, yn yr ystyr ore, nid yr ystyr arferol.'

Daethai arswyd amlwg i lygaid Marged wrth y llifeiriant rhesymeg ddysgedig nad oedd ganddi mo'r gobaith gwannaf i'w ddilyn, chwaethach ei ddeall, a phenderfynodd Harri roi'r gorau i'r cellwair annheg.

'Dyna'r cwbwl y dos i yma i'w ddweud. 'Mod i am gymryd lle'ch tad ar y ffordd nes bydd o'n ddigon da i weithio'i hunan. 'Roeddwn i'n meddwl mai teg oedd dod yma i ddweud, rhag ofn ichi glywed gan rywun arall, a meddwl 'mod i'n cymryd mantais ar waeledd eich tad i fynd â'i le.'

'Ie siŵr, Mr. Vaughan . . . Diolch yn fawr,' ebe Marged, yn ofalus rhag ceisio dadlau dim rhagor. Yr oedd yn saffach mynd yr un ffordd â'r dyn ifanc rhyfedd, rhag iddo ddechrau bytheirio arni eto.

Cododd Harri, a rhoi'i law y tu mewn i'w gôt a thynnu'i waled allan.

'Cyn imi fynd, Miss Morris, mi garwn ichi gymryd hwn. Hanner y cyflog ga'i'r wythnos nesa'. Yn fwy cywir, hanner cyflog eich tad.' Ac estynnodd iddi dri phapur punt.

'O na, chymera'i monyn nhw,' ebe Marged. 'Wna'i ddim cyffwrdd â nhw—'dydi o ddim yn iawn—'

'Mae'n hollol iawn,' ebe Harri, gan daro'r papurau ar y bwrdd. ''Does gen i mo'u hangen nhw. Mae'n well iddyn nhw fod lle gallan nhw fod o ryw ddefnydd. Pnawn da, Miss Morris.'

'Pnawn da . . . a . . . a diolch . . .'

Gwyliodd Marged ef yn mynd drwy'r wiced i'r ffordd a'i chalon yn curo'n gwbwl afresymol. Caeodd y drws yn anfodlon, a dychwelyd yn araf i'r gegin. Cododd y tri phapur punt oddi ar y bwrdd, a'u cusanu, bob yn un ac un.

IV

Brasgamodd Harri drwy'r pentref, yn fwy ymwybodol o'i draed nag y bu erioed o'r blaen. Oni bai am y gwrthban eira ar y ffordd, fe fuasai hoelion ei sgidiau mawr newydd yn canu nes tynnu sylw pawb a ddigwyddai'i basio. Yr oedd yr egni nerf a meddwl y bu'n gwastraffu cymaint arno ers blwyddyn i ofidio a phryderu a phetruso yn awr yn dechrau ymsianelu i bwrpas. Yr oedd y sicrwydd newydd ei fod o'r diwedd yn dda i rywbeth yn araf fwyta'r blinder o'i gyfansoddiad.

Ond pan gyrhaeddodd fuarth Lleifior, safodd yn stond. Nid oedd wedi credu o ddifrif y buasai'i dad yn gweithredu'i fygythiad. Ond yr oedd yn rhaid iddo gredu'i lygaid. Yr oedd ei dad a Terence yn dod allan o'r tŷ a chwpwrdd llawn o lyfrau rhyngddynt. Adnabu Harri'r cwpwrdd fel un o'i gypyrddau ef. Rhoesant ef i lawr yn yr eira gyda sypyn o bethau eraill Harri a mynd yn ôl i'r tŷ i gyrchu rhagor. Ni wyddai Harri beth i'w wneud, pa un ai colli'i dymer yn ulw dân ynteu chwerthin. Yr oedd y peth mor gwbwl blentynnaidd ar un olwg, ac eto, ar olwg arall, mor hyll. Yr oedd ei dad wedi clywed eisoes, o rywle, ei fod ef wedi cytuno â Jac Bennett.

Pan ddaeth ei dad a Terence o'r tŷ drachefn, yn cario'r gist yr arferai'i fam gadw'i ddillad ynddi, cerddodd Harri atynt. Yr oedd Terence yn cadw'i ben i lawr, fel dyn mewn cywilydd. Yr oedd ei dad yn cymryd arno beidio â'i weld.

'Esgusodwch fi, syr,' ebe Harri. Edrychodd ei dad arno am y tro cyntaf, nid i'w wyneb, ond tua'i goler. 'Tybed a fyddai'n ormod gofyn am ganiatâd i ddefnyddio'r teleffon?'

'I beth?'

'Yn hytrach na gadael y pethe yma i'w claddu dan eira, lle bydde perygl i chi, syr, faglu ynddyn nhw heb eu gweld a thorri'ch coes—anffawd fydde'n peri'r gofid mwya' i mi— hwyrach y bydde'n llawn cystal imi geisio lorri i'w mofyn nhw i le cymharol ddiogel, o leia'.'

''Does dim ond eisie iti roi'r gore i'r ffwlbri 'ma, ac fe â Terence a finne â'r cwbwl yn ôl i'r tŷ ar unwaith.'

'Mae gen i ofn fod pethe wedi cerdded yn rhy bell i hynny. 'Rwy'n teimlo rywsut mai ffordd y teleffon ydi'r unig ffordd allan bellach.'

Trodd ei dad ar ei sawdl heb air a mynd i'r tŷ. Dilynodd Harri ef a theleffonio at Rogers y Glo. Addawodd Rogers ddod i fyny ymhen yr awr. Ac yntau'n rhoi'r derbynnydd yn ei le, fe welodd Harri fod Karl yn dod i lawr y grisiau yn cario'i fag. Gwasgodd ei wefusau. Daeth Karl yn araf ato a rhoi'i fag ar lawr. Cyfarfu llygaid y ddau.

''Rydech chi'n benderfynol o fynd, Karl?'

'Yn benderfynol, Harri.'

'Er gwybod nad oes dim rhaid ichi?'

'Mae yn rhaid.'

''Rydech chi'n ffŵl, Karl.'

Moesgrymodd Karl yn gynnil, heb ateb. Trodd Harri'n gyflym oddi wrtho. Fe wyddai fod dagrau'n ymwthio i'w lygaid, ac ni fynnai er dim i Karl eu gweld.

'Gadewch imi ddiolch ichi, Harri, o ddyfnder fy nghalon,' ebe Karl.

Trodd Harri ato drachefn.

'Am beth?' gwaeddodd. 'Y bachgen gwirion, am beth? 'Dydw i wedi gallu gwneud dim, na dweud dim, y gellwch chi ddiolch amdano. Os oes gan rywun hawl i fyw yn Lleifior, a'i ffarmio hi, mae gennoch *chi*. Ac eto, 'rydech chi'n mynd, ac yn mynd â phob diddanwch efo chi. Mi fuaswn i'n fodlon rhoi 'mywyd, Karl, i chi a Greta gael y bywyd na all o byth berthyn i neb ond chi'ch dau.'

'Am hynny'r wyf yn diolch ichi, Harri,' ebe Karl. 'Am eich ewyllys.'

Crymodd Harri'i ben a chnoi'i wefusau.

'Sgrifennwch ata'i, Karl,' meddai, heb godi'i ben.

'Mi wnaf,' meddai Karl. 'Yn fuan.'

'Sut yr ewch chi at y trên?'

'Mae'ch tad, yn garedig, yn mynd â mi yn y car i Henberth.'

'Yn garedig!' ebe Harri'n isel.

'Mae'ch tad yn garedig, Harri,' ebe Karl. 'Mae'n dymuno, â'i holl galon, am fod yn garedig. Amgylchiadau sydd weithiau'n ein gorfodi i fod yn greulon.'

Agorodd drws y gegin, ac yn y drws safai Greta. Yr oedd ei hwyneb yn wyn fel lliain. Edrychodd Karl arni, a'i lygaid yn ei rhybuddio, yn ei herio, i ymgynnal. Methu a wnaeth Greta. Fel petai corwynt o'r tu ôl iddi, yn ei chwythu'n ddireolaeth tuag ato, rhuthrodd ar Karl a thaflu'i breichiau am ei wddw a bwrw'i phen ar ei ysgwydd.

'Karl, Karl, Karl!'

Dechreuodd Karl anwesu'i gwallt, yn fwy fel tad nag fel cariad. I Harri, yr oedd yn annirnad sut y gallai anghofio'i ofid ei hun yn ei gofid hi, pan oedd y ddau ofid yn un. Am y tro cyntaf erioed, gofidiodd Harri na fuasai Karl yn Siarl. Fe fyddai Cymro wedi gadael i'w galon ei arwain, nid ei ben. Dim ond Almaenwr ystyfnig fuasai'n gadael i egwyddor ei ddryllio fel hyn.

'Yr ydw i'n barod, Karl.'

Yr oedd Edward Vaughan yn sefyll yn y drws, a'i gôt fawr amdano. Allan, ar y dreif, yr oedd y car, a'i beiriant yn troi, yn barod i fynd. Gwthiodd Karl Greta'n dyner oddi wrtho, ac estyn ei law i Harri. Gafaelodd Harri ynddi, ond nid oedd nerth yn ei fysedd. Yna, estynnodd Karl ei law i Greta. Cododd Greta'i llaw tuag ati, ond cyn ei chyffwrdd, trodd a rhedeg i'r gegin, a'r drws yn cau â chlep ar ei hôl. Brysiodd Karl allan at y car.

Safodd Harri'n hir, yn edrych ar y drws yr aethai Karl drwyddo. Nid oedd dim i'w glywed yn y neuadd ond tipian trwm y cloc mawr, a Greta'n beichio wylo yn y gegin.

22

I

Wrth lusgo'i draed tua Brynyfed ar ddiwedd ei wythnos gyntaf ar y ffordd, yr oedd Harri'n siŵr na allai wynebu wythnos arall arni. Yr oedd wedi arfer credu nad oedd neb yn cael amser ysgafnach na dynion ffordd, ac mai'r gorchwyl caletaf a osodid iddynt oedd pwyso ar raw. Ond fe welodd yn wahanol yr wythnos gyntaf honno. Yr oedd ei gymalau bnawn Sadwrn fel petaent wedi'u llwytho â phlwm, ac yr oedd wedi blino gormod bron i ddylyfu gên.

Y gwaith cyntaf a gafodd y gang ddydd Llun oedd torri eira. Yr oedd wedi bwrw eira'n gyson dros y Sul, a phan beidiodd â bwrw fe ddechreuodd chwythu, nes bod ffyrdd bach y wlad wedi'u cau hyd bennau'r gwrychoedd gan luwchfeydd. Daeth gair i Jac Bennett fore Llun fod swch eira Henberth wedi glynu y pnawn cynt ar y ffordd gefn o Lanaerwen drosodd i Gaer-llugan, ac mai gwaith y gang bellach fyddai rhyddhau'r swch a thorri llwybyr un cerbyd ar hyd y ffordd. Fe fyddai dynion Caerllugan yn dechrau torri yn y pen arall ac fe ddylent gyfarfod rywle ar wastad Hafod Encid.

Yr oedd Harri ar groes Llanaerwen cyn wyth. Y cyntaf i gyrraedd ar ei ôl oedd Jac Bennett. Daeth y lleill bob yn un ac un, ac yn olaf o'r cwbwl, Joni Watkin a Thwm Ellis. Edrychodd y ddau hynny ar Harri'n syn.

'Duwc annwyl, Lleifior,' ebe Joni Watkin, gan rwbio sedd ei drywsus melfaréd, 'beth wyt ti'n ei wneud yma?'

'Mae o wedi dod i weithio ar y ffordd,' ebe Jac Bennett.

Crychodd Joni Watkin ei drwyn a gwthiodd Twm Ellis ei gap ddau seis rhy fawr yn ôl ar ei gorun. Yna, dechreuodd y ddau chwerthin nes deffro'r garreg ateb yn wal siop Wilff o'i boreol gwsg. Agorodd y ffenest uwchben y siop a gwthiodd Wilff ei ben allan dan ei gap nos pinc i weld beth oedd yr helynt. Pan drodd y dynion eu pennau i edrych arno, diflannodd yn sydyn a chaeodd y ffenest drachefn.

'Ac mi gofiest beth ddwedes i wrthot ti, do?' ebe Joni Watkin, yn troi'n ôl at Harri. 'Duwc annwyl, 'doedd dim eisie iti 'nghymryd i o ddifri, boi bach. Mi laddi dy hun. Gwell iti fynd yn ôl i'r coledj cyn iti ddyfeirio.'

'Dyna ddigon rŵan, lads,' ebe Jac Bennett, yn mwynhau'r pryfocio cystal â neb, ond yn cofio cystal â hynny mai ef oedd y fforman. ''Does 'na'r un lorri i fynd â ni heddiw. Rhaid inni'i cherdded hi cyn belled â thŷ Loti Jones.'

A chychwynnodd y cerdded. Wedi cyrraedd bwthyn Loti Jones, a'r eira at hanner ei ffenestri isaf, eisteddodd y dynion ar eu sodlau i gymryd cwpanaid o de bob un o'i thermos. Ac yna, cydio yn eu rhawiau a dechrau rhofio.

O hynny hyd y gwpanaid un ar ddeg, fe fu'r bore i Harri fel diwrnod. Pa un a oedd y dynion yn rhofio'n galetach er mwyn ceisio'i flino ef ai peidio, ni wyddai, ond yr oeddent yn rhofio'n galed. Droeon, fe ddisgynnodd rhawiaid rhywun am ei ben a'i sgwyddau ef, a'r dynion yn chwerthin. Fe geisiodd yntau chwerthin gyda hwy a mwynhau'i anghysur ei hun cystal â hwythau, ond yr oedd yn mynd yn anos, anos bob tro. Ac wedi cael cyfeirio ato droeon fel 'Vaughan', 'còg Lleifior' a'r 'stiwdent', fe ddechreuodd Joni Watkin ei alw 'Y B.A.'. Adeg y gwpanaid un ar ddeg, aeth yn gystadleuaeth rhwng y dynion ddyfalu am ba beth y safai'r ddwy lythyren anrhydeddus. Penderfynodd Twm Ellis mai am 'Blydi Aristocrat'. A hwnnw a lynodd.

Drwy'r bore a'r pnawn, yn y seibiannau mynych ac yn enwedig ar yr awr ginio, yr oedd Harri'n siŵr fod y dynion yn ceisio'i brofi ym mhob dull a modd. Rai oriau cyn diwedd y dydd yr oedd wedi cael hen ddigon ar eu siarad. Yr oedd eu sgwrs yn llawn o weithgarwch geudy a thrywsusau merched ac anlladrwydd buarth, wedi'u cyplu ag ansoddeiriau cydnaws. Ac eisteddent ar eu sodlau mewn barn ar weinidogion a blaenoriaid eglwysi Llanaerwen, ac yn drwm ar bob un yr oedd yn fywoliaeth iddo ymwneud ag unrhyw erfyn ond caib a rhaw. Hon, meddai Harri wrtho'i hun, yw'r Werin, y ddeallus a'r anfarwol Werin y glafoeriai'r sosialwyr llyfr uwch ei

263

rhinweddau ar gadeiriau'r coleg. Da iawn fyddai i'r meddalaf
o'r rheini dreulio diwrnod yn torri eira yn ei chwmni ar y
ffordd gefn o Lanaerwen i Gaerllugan.

Dau yn unig a'i cadwodd rhag taflu'i raw i mewn ar y noson
gyntaf a ffarwelio â'r gang. Jac Bennett y fforman, a gadwodd
chwarae teg iddo unwaith neu ddwy pan drodd y chwarae'n rhy
chwerw. A William Lewis, yr hynaf o'r criw, na chlywodd un
rheg ar ei wefus na'i glywed yn chwerthin unwaith am ben
stori faswedd. Digwyddodd Harri a William Lewis fod o'r
neilltu ar yr un adeg yn gwasanaethu'u cyrff, ac meddai
William Lewis wrtho,

"Dydi'ch clustie chi ddim wedi'u tiwnio i'r math yma o
siarad, Harri, mae'n hawdd gweld. Wel, peidiwch â gadael
iddo'ch poeni chi. Mi g'ledwch iddo, fel yr ydw inne wedi
c'ledu. 'Dyw hi ddim wedi bod yn hawdd. Yr ydw i'n cofio
giang ar y ffordd fedre siarad drwy'r dydd am grefydd, na
chlywech chi byth air gennyn nhw na allen nhw'i adrodd
mewn capel. Ond mae'r oes wedi newid, ac mae'r dynion yn
newid. Ac os na ellwch chithe newid efo nhw, rhaid ichi
gau'ch clustie, dyna i gyd.'

Ac oherwydd Jac Bennett a William Lewis, fe aeth Harri
drannoeth, a thrennydd, a thradwy, pob dydd yn gopi ffoto-
graffig o'r dydd o'i flaen, yr un sgwrs, yr un chwerwedd, yr un
profi arno ef. A'r pnawn Sadwrn hwn, wrth gerdded rhwng
ychydig dai Brynyfed tua'r Hand, yr oedd Harri'n amau'n fawr
a âi ef yn ôl atynt fore Llun ai peidio. Yr oedd ei weledigaeth
wedi dechrau braenu, ac yr oedd llyfrgell y coleg a stafell yr
Undeb yn dechrau magu nodweddion nefoedd.

Pan aeth i'r Hand, yr oedd dau lythyr yn disgwyl wrtho. Un
oddi wrth Karl, yn dweud ei fod wedi cyrraedd ei le yn Suffolk
yn ddiogel, ac wedi dechrau ar ei waith. Ffarm laeth fawr, a thri
o ddynion heblaw ef ei hun yn gweithio arni. Yr oedd yn credu
y byddai'n fodlon ar ei le. Byr oedd y llythyr; fe ddarllenodd
Harri fwy rhwng y llinellau nag oedd ynddynt. Yr oedd y
llythyr arall oddi wrth Gwylan. Llythyr maith, gostyngedig,
edifeiriol, yn ceisio dadansoddi'r cyflwr meddwl anghyfrifol a
barodd iddi wneud cymaint ffŵl ohoni'i hun noson y cinio
sosialaidd. Nid oedd hi mewn gwirionedd wedi peidio â bod yn

gomiwnydd. Wedi ceisio'i blesio ef yr oedd trwy ddangos ei fod ef yn cyfri mwy iddi nag unrhyw ddogma. Am ei bod hi wedi'i arwain ef cyhyd, hwyrach ar ddisberod, yr oedd am wneud iawn iddo trwy adael iddo ef ei harwain hi, i b'le bynnag a fynnai. Ei gredo ef fyddai'i chredo hi, a'i bobol ef fyddai'i phobol hithau. Yr oedd hi'n gwbwl sicir, pe caent gyfarfod a chael sgwrs hir, yr ailblethid eto'r hen gyfeillgarwch a oedd yn fwy hanfodol bellach iddi hi na bwyd a diod. Erfyniai arno ddod yn ôl i Fangor am sgwrs.

Syllodd Harri'n hir i'r tân ym mharlwr yr Hand, a'r llythyr yn llipa yn ei law. Ceisiodd ail-greu Gwylan iddo'i hun fel yr oedd ef yn arfer ei hedmygu a'i hanner addoli. Ond rhyngddo a'r ail-greu bob tro fe ddôi Gwylan y noson olaf, yn cynllunio'n gyfrwys, yn ymgolli'n nwydus, yn ymgreinio'n faw. Yr oedd yn sicir erbyn hyn, ac ni wnaeth y llythyr twrneiol ond cyfnerthu'r sicrwydd, mai Gwylan y noson olaf oedd yr Wylan wir. Yn araf ac yn fyfyriol, estynnodd y llythyr bob yn ddalen i'r tân. Cyrliodd y fflamau am y dalennau a'u cofleidio ac o'r diwedd eu gollwng drwy farrau'r grât yn bydredd du. Fe wyddai Harri, beth bynnag a wnâi o hynny allan, fod y bennod honno yn ei fywyd wedi'i chau.

Wedi bod yn y baddon a chael cinio, yr oedd yn teimlo beth yn ysgafnach. Gwisgodd ei gôt fawr a daliodd y bws i Lanaerwen, a oedd wedi ailddechrau rhedeg hyd y ffordd lithrig y diwrnod cynt. Disgynnodd cyn cyrraedd Llanaerwen, ac aeth i fyny tua thai cyngor Maes Powys.

Pan gurodd ar y drws, daeth Marged i'w agor ar ei hunion. Yr oedd ei hwyneb bach del yn welw ac yr oedd lludded yn ei llygaid. Fe wyddai Harri, heb ofyn, fod ei thad wedi gwaelu.

'Fe ddaeth Doctor Owen yma y bore 'ma,' ebe Marged, 'ac mae Mr. Williams y gweinidog efo fo rŵan.'

'Mi wela',' meddai Harri, gan eistedd wrth dân y gegin. 'Oes yna . . . oes rhyw obaith?'

Siglodd Marged ei phen yn araf, a chrynodd dau ddeigryn ar ei hamrannau. Daeth awydd sydyn ar Harri i gydio ynddi a thynnu'i phen ar ei ysgwydd a'i chysuro. Yr oedd hi mor ifanc ac mor ddiamddiffyn, ac mor flinedig. Ond fe gynigiodd hynny

265

o gysur a oedd ganddo ef i'w gynnig mewn ffordd fwy ymarferol.

'Dyma . . . dyma hanner cyflog eich tad am yr wythnos nesa',' meddai, gan roi tri phapur punt ar y bwrdd fel y tro o'r blaen. Protestiodd Marged unwaith eto, ond yn ofer. Yr oedd digon o Leifior yn Harri o hyd i ystyried gwrthod pa beth bynnag a roddai ef yn sarhad.

'A hefyd, Miss Morris,' meddai, 'wel, mi wn i nad dyma'r adeg i ofyn, a chithe yng nghanol eich helbul, ond . . . yr ydw i am ofyn cymwynas.'

'Unrhyw beth y galla'i wneud,' sibrydodd Marged, a'i llygaid yn lledu. Un o Vaughaniaid Lleifior yn gofyn cymwynas ganddi hi; beth nesaf?

''Y mhroblem i, Miss Morris, ydi hon.' Syllodd Harri'n galed i'r tân a phlethu'i aeliau er mwyn gwneud ei broblem yn gymaint o broblem ag oedd modd. ''Dech chi'n gweld . . . 'dydi hi ddim yn dda iawn ar y funud rhyngof i a 'nheulu . . .'

'O . . . mae'n ddrwg gen i glywed,' sibrydodd Marged eto, yn tosturio'n gywir wrth y bachgen yn y fath argyfwng, ond yn methu gweld beth y gallai hi'i wneud.

'Ac yr ydw i wedi gorfod lletya ar hyd yr wythnos yma yn yr Hand.'

Edrychodd Harri arni i weld pa argraff yr oedd ei broblem yn ei chael. Yr oedd llygaid Marged wedi lledu eto fwy, a'i gwefusau pinc wedi'u crynhoi fel petai am chwibanu.

'Wel rŵan,' ebe Harri, gan syllu'n ôl i'r tân a chan gofio plethu'i aeliau, 'mae . . . wel, mae'r Hand yn iawn, wrth gwrs, yn ddigon cysurus a phopeth felly. Ond wyddoch chi, 'dydw i ddim yn rhyw gartrefol iawn mewn tafarn—erioed wedi arfer mynychu llefydd felly, ac yn y blaen—ac at hynny, mae'r lle dipyn yn ddrud . . . I dorri'r stori'n fyr, Miss Morris, 'rydw i'n chwilio am lety.' Cododd ei lygaid a'u hoelio arni. 'Fedrwch chi 'nghymryd i yma?'

'O . . .!' Crinodd pob gair cyfaddas yn ymennydd Marged, ac ni allai wneud dim ond sefyll yno, a'i llygaid a'i gwefusau'n grwn. Yr oedd Harri Vaughan, Lleifior, yn lletya mewn tŷ cyngor yn binacl gwrthuni. Chware teg iddi, am hynny'n unig y meddyliodd Marged ar y funud.

'Mi wn i, Miss Morris, fod gennoch chi fwy na llond eich dwylo o waith,' ebe Harri'n frwd, 'ond mi'ch helpa'i chi— 'rwy'n addo—ac mi eistedda'i efo'ch tad bob yn ail noson i chi gael cysgu, ac mi fyddaf wrth law i—wel, i mofyn y doctor neu beth bynnag fydd eisie, ac—fe fydd yr arian yn dipyn bach o help ichi tra . . . tra bydd pethe fel y maen nhw.'

Eisteddodd Marged yn araf ar gadair. Yr oedd yn awr yn dechrau gweld posibiliadau'r sefyllfa. Yr oedd meddwl am gael Harri Vaughan mor agos ati ddydd ar ôl dydd yn fwy nag y gallai'i ddal ar y funud. Nid oedd yn bosibl ei fod ef yn gwybod am ei dyheu adolesent hi amdano ar hyd y blynyddoedd, neu ni fyddai mor fachgennaidd frwd. Ac fe fyddai'i gael mor agos nes gallai glywed ei lais bob nos a bore a chyffwrdd ag ef wrth basio yn y lobi, ac yntau heb yr amgyffred lleiaf am ei dyheu, yn rhy greulon.

'Fedra'i ddim, Mr. Vaughan,' meddai. 'Fedrwn i byth roi'r tendans ichi yr ydech chi wedi arfer ag o—'

'O? Ydech chi'n dweud 'mod i wedi 'nifetha?'

'O, nac ydw!' Brysiodd Marged i geisio trwsio'i blerwch. 'Nid dyna ydw i'n feddwl, ond . . . mae gen i ofn na allwn i mo'ch gwneud chi'n ddigon cyfforddus yma—'

'Clywch, Miss Morris. Tri pheth sy arna'i eisie. Gwely i gysgu ynddo. Tamaid o fwyd plaen deirgwaith y dydd. A 'ngalw i'n Harri.' Cododd Marged ei golygon yn sydyn. 'Am ddim ond y tri chysur yna mi dala'i ddwy bunt a chweugain yr wythnos— rhagor, os byddwch chi'n teimlo nad ydi o ddim yn ddigon. Rŵan—oes gennoch chi rywbeth yn f'erbyn i?'

'O . . . O nac oes, dim—'

'O'r gore.' Cododd Harri. 'Mi ddo'i â 'mhethe yma heno, os ca'i. Yr ydw i wedi storio'r rhan fwyaf ohonyn nhw yn Henberth, fel mai ychydig fydd gen i. Ac os byddwch chi heb gael amser i wneud gwely imi, fe'i gwnaf o fy hun pan ddo'i i mewn. Rŵan, yr ydw i'n mynd i siop Wilff i mofyn sigaréts. Oes 'na rywbeth garech chi'i gael?'

'Na, dim diolch.'

'Rhywbeth i wneud diod o lemon i'ch tad? *Squash*?'

Cofiodd Marged am y noson y gwelodd ef yn siop Wilff o'r blaen. Yr oedd yntau'n cofio hefyd. Chwarddodd y ddau.

'O'r gore 'te,' meddai Marged.

'Mi ddof â *Squash*,' ebe Harri. 'Ac . . . fe'ch gwela'i chi heno, Marged.'

Ac aeth yn chwim drwy'r drws. Safodd Marged yn syllu arno'n mynd. Yr oedd wedi'i galw wrth ei henw bedydd. Ni welodd hi erioed ddim yn yr enw 'Marged' tan y funud hon. Trodd yn ôl i'r gegin, wedi ysgafnhau drwyddi, yn bechadurus o ysgafn, a meddwl am ei thad mor wael yn y llofft uwchben. Ond yr oedd ysgafnder yn help. Fe allai weini'n fwy dyfal ac yn fwy caruaidd ar ei thad yn awr, gyda rhywun yn gwmni yn y tŷ, a chyfle i gysgu bob yn ail noson. O achos fe wyddai y byddai Harri Vaughan—Harri, bellach—cystal â'i air.

II

Dair wythnos yn ddiweddarach fe ddaeth Margaret Vaughan adref o'r ysbyty. Daethant â hi mewn ambiwlans, ond yn arwain yr ambiwlans yr oedd Paul yn y *Gloria*, yn gyrru tua Lleifior fel petai'n mynd adref. Aeth yn ôl drwy goridoriau'i gof i gyfnod pan oedd yn fachgen, wedi rhoi llyfr môr-ladron mawr o'r neilltu ac yn syllu drwy'r ffenest ar y llongau ar afon Mersi, yn ei weld ei hun yn dod adref o'r moroedd yn gapten ar ei long ei hun, a'i howld yn drwm gan drysor. Felly y teimlai ar y funud hon, felly'n union. Yr oedd yn siŵr y byddai croeso'n ei aros yn Lleifior, croeso tebyg i hwnnw a gafodd Crist pan gyflwynodd Lasarus yn ôl i'w chwiorydd yn fyw. Teimlodd law Edward Vaughan yn gwasgu'i law, gwelodd y diolch yn pefrio yn llygaid gleision Greta, a synhwyrodd ei chorff yn dynn yn erbyn ei gorff ei hun.

Yr oedd y *Gloria* fel petai'n gwingo dan ei law a'i droed, eisiau mynd, a mynd, a mynd. Ond yr oedd yn rhaid ei gadw'n ôl. Yr oedd yn rhaid iddo gadw'r ambiwlans yn y drych o'i flaen, ac yr oedd yn rhaid i'r ambiwlans gadw'n rhesymol araf. Ynddo ef yr oedd y trysor.

Pan oedd yn gyrru drwy'r llidiardau gwynion i fyny'r dreif at y tŷ, aeth calon Paul i guro'n gynhyrfus. Yr oedd yn ymyl, ar fîn y foment, fel dyn mewn cwrdd dadorchuddio â'i lygaid ar len yr oedd ymhen eiliad neu ddwy i'w thynnu, i ddadorchuddio darlun a beintiodd rhyw arlunydd mawr ohono er clod arbennig iddo ef. Estynnodd ei ben drwy'r ffenest wrth dynnu'r car at ddrws y tŷ. Nid oedd neb yn y drws. Siom am eiliad, siom chwerw. Yna, agorodd y drws, a daeth Edward Vaughan allan.

Tybiodd Paul ei fod wedi heneiddio, wedi torri. Wedi cael ei briod o berygl, ni fu yn yr ysbyty unwaith. Gan ei bod hi'n gwella'n foddhaol, yr oedd Paul wedi dweud wrtho ar y teleffon nad oedd angen iddo ddod. Yr oedd ef yn edrych ar ôl Mrs. Vaughan yn burion, ac yn treulio oriau bob dydd yn ei chwmni, gan fod ganddi ward iddi'i hun. Gwir, yr oedd Edward Vaughan wedi siarad ag ef droeon ar y gwifrau, ond nid oedd ei lais wedi awgrymu dim o'r olwg a oedd arno y funud hon.

Ysgafnodd Paul ychydig wrth weld gwên yn torri dros yr wyneb hagr, hardd. Daeth Edward Vaughan i lawr y grisiau ato a chymryd ei law yn ei law fawr, galed ei hun. Yr oedd y cryndod a ddisgwyliai yn ei lais.

'I don't know how to thank you, my boy. If you understood Welsh, I would tell you, as one of our poets said, "Ti wyddost beth ddywed fy nghalon".'

'I don't need to know any Welsh to understand your hand-shake, sir,' ebe Paul. 'And now, I'm sure you'll want to see your bride.'

Aethant ill dau at yr ambiwlans lle'r oedd y nyrs a'r gyrrwr yn gosod Margaret Vaughan ar y cludydd. Yr oedd hi wedi dechrau codi yn yr ysbyty, ac wedi dechrau cerdded, ond yr oedd Paul wedi dweud y byddai'n rhaid ei chario i fyny grisiau Lleifior, a'i chadw yn y gwely am ychydig ddyddiau i orffwys. Yr oedd yr olygfa rhyngddi hi ac Edward Vaughan yn dyner i'r eithaf. Gwyrodd ef drosti a gafael yn ei dwy law.

''Nghariad i . . .'
'Edward . . .'
Plygodd ef a'i chusanu ar ei gwefusau. Cusan llanc i'w gariad ddeunaw oed. Dywedodd Paul wrtho'i hun nad oedd yr un lwmp yn ei wddw, ond dweud celwydd wrtho'i hun yr oedd. Trodd Edward a Margaret Vaughan eu llygaid arno, ac meddai hi,

'Dyma'r dyn sy gennoch chi i ddiolch iddo am achub 'y mywyd i.'

Nodiodd Edward Vaughan a dweud, 'Mi wn i.' Ac yr oedd ei lygaid yn llawn.

Teimlodd Paul yn gynnes, braf oddi mewn. Yr oedd rhai ugeiniau wedi diolch iddo fel hyn erioed, ond nid oedd eu diolch wedi golygu dim iddo. Yr oedd y diolch hwn yn bopeth. Am y foment hon yr oedd wedi breuddwydio'i freuddwydion lliw dydd ers wythnosau. Ond yr oedd y foment yn anghyflawn.

'Where is Greta?'

Tybiodd iddo weld cysgod yn croesi wyneb Edward Vaughan. Dychymyg, wrth gwrs. Dywedodd ei thad ei bod yn y tŷ yn rhywle. Ac wedi gweld Margaret Vaughan yn ddiogel ar y cludydd rhwng y gyrrwr a'i gŵr, aeth Paul i'r tŷ i chwilio.

Daeth o hyd i Greta yn y stafell ginio yn paratoi bwyd. Safodd yno am funud yn ei gwylio. Yna, cododd hi'i golygon a'i weld. Yr oedd Greta'n deneuach, ac yn welwach. Yn deneuach ac yn welwach nag ydoedd pan fu hithau yn y 'sbyty ddiwethaf fis yn ôl. Ni chafodd Paul unrhyw anhawster i gael achos am hynny. Pryder am ei mam, wrth reswm. Yr oedd wedi disgwyl, fodd bynnag, iddi ruthro ato cyn gynted â'i weld a thaflu'i breichiau cynnes am ei wddw. Aeth ymlaen ati.

'Gret darling, I've come.'

'Yes . . . how are you, Paul?'

Yr oedd ei llais mor ddi-liw â'i hwyneb. Cymerodd ef hi i'w freichiau a'i chusanu. Ni wrthsafodd hi na'r cofleidio na'r cusanu, ond nid oedd ynddi ddim brwdfrydedd chwaith. Ildio'n oddefol yr oedd, fel corsen i wynt.

'Gret . . . aren't you glad to see me?'

'Of course I am.'

'You make no effort to show it.'

'I'm sorry, Paul.'

'I suppose you're tired.'

'Yes . . . I suppose so.'

Gollyngodd ef hi, a dal y ffrwyn ar y cariad a oedd yn curo ynddo. Fe fuasai'n caru Greta petai wedi'i cherfio mewn mynor. Dywedodd y byddai'n rhaid rhoi tonig iddi. Dywedodd ymhellach ei fod wedi dod â thonig iddi, ond na roddai mohono tan ar ôl swper. Yr oedd braidd yn gryf. Gwenodd yn llydan. Lledodd gwefusau gwelwon Greta ychydig, ond nid gwên mohoni. Gofynnodd Paul onid oedd hi am ddod i weld ei mam.

Gyda'r ochenaid leiaf yn y byd, gadawodd Greta'r bwrdd a dod gydag ef i'r neuadd lle'r oedd ei chludwyr yn cychwyn â Margaret Vaughan i fyny'r grisiau. Safodd y cludwyr wrth ei chlywed yn dod. Aeth Greta a sefyll uwchben ei mam. Neidiodd calon Paul. Yr olwg yn llygaid Greta . . . Yr oedd fel petaent yn felyn am eiliad gan wenwyn. Fe allasai dyn feddwl ei bod yn gas wrth ei mam am ddod yn ôl i Leifior yn fyw. Fe'i pinsiodd Paul ei hun. Yr oedd yn dychmygu gormod heno, gormod o lawer. Yr oedd llygaid Greta'n dyner yn awr, ac yn gloywi gan ddagrau fel y plygodd hithau i gusanu'i mam.

Dilynodd Greta'r orymdaith fechan i fyny'r grisiau, i roi'i mam yn ei gwely. Wedi i'r lleill adael y llofft rhoddodd Greta'r golau am ei bod yn tywyllu, a throi i edrych ar ei mam yn eistedd yn ei gwely ac yn syllu o'i chwmpas ar y muriau a'r dodrefn cyfarwydd, fel petai'n sugno'u hanfod ohonynt. Y peth cyntaf a ddywedodd oedd,

'Greta fach, cer i ddweud wrth Karl y buaswn i'n hoffi'i weld o.'

Trodd Greta oddi wrthi a syllu allan dros y caeau wedi'u gadael yn llwyd ac yn wlybion gan wythnosau o eira.

'Feder Karl ddim dod ar y funud, Mam.'

'Ddim dod? Wrth gwrs y gall o ddod. Fe ddaw i fyny cyn gynted ag y clyw 'mod i wedi dod adre.'

Brathodd Greta'i gwefus, a'i chefn o hyd at ei mam.

'Ddaw Karl ddim ar hyn o bryd, Mam.'

'Beth wyt ti'n feddwl, 'nghariad i? Wyt ti ddim yn trio cuddio rhywbeth, wyt ti? B'le mae Karl?'

Pan allodd Greta siarad, clywodd ei llais yn dynn yn ei gwddw.

''Dydi Karl ddim yma.'

'Ddim yma? Ond b'le mae o wedi mynd? Fuase fo byth yn gadael Lleifior heb ddweud gwdbei wrtha' i. 'Roedden ni'n gymaint o ffrindie.'

'Mae o . . . mae o yn Lloegr,' ebe Greta, 'ar ffarm laeth fawr, mewn lle da—' Craciodd ei llais, a bu'n rhaid iddi dewi. Trodd i ffwrdd eto, rhag i'w mam weld y glaw yn ei llygaid.

''Rydw i'n methu deall,' ebe Margaret Vaughan. 'Beth ddigwyddodd? Ddaru chi ffraeo efo fo, un ohonoch chi?'

'Peidiwch â holi rhagor rŵan, Mam. Fe gewch yr hanes gan 'Nhad, rwy'n siŵr.'

Gwyliodd Greta'i mam yn nrych y wardrob. Yr oedd hi'n siglo'i phen yn araf ac yn ceisio dygymod yn ferthyrol â'r newydd. Estynnodd ei llaw at y bwrdd wrth y gwely a chymryd oddi arno yr astell lyfr a wnaethai Karl iddi pan aeth hi'n wael gyntaf. Rhedodd ei bysedd ar hyd-ddi'n hoffus, fel petai'n ceisio tynnu cyfrinach Karl ohoni.

''Roeddwn i'n meddwl hefyd,' meddai eto ymhen tipyn, 'y buase Harri wedi dod adre o Fangor heno, os oedd o'n gwybod 'mod i'n dod.'

Cymerodd Greta arni dacluso'r tyweli ar yr hors yn y gornel. Y nefoedd fo'n drugarog, yr oeddent wedi cadw llawer oddi wrthi. Ac yr oedd wythnosau o gelwydd eto o'u blaenau nes dôi hi'n ddigon cryf i wybod y gwir.

'Fe ddaw cyn gynted ag y gall o, mi wn,' meddai Greta. Pe gwyddai'i mam fod Harri mor agos ac eto'n cadw draw, fe fyddai'n ddigon i'w gyrru'n ôl i'r bedd y daethai oddi ar ei ymyl.

'Dyna chi rŵan, Mam. Gorffwyswch am dipyn. Mi ddo'i â'ch te chi yn y munud. Rhaid imi fynd i fwydo'r bobol ddaeth â chi. Maen nhw ar frys i fynd, 'rwy'n siŵr.'

Gwenodd ei mam arni fel yr aeth drwy'r drws. Fe wnâi Greta wraig ddigon teilwng i'r bachgen a achubodd ei bywyd hi.

Wedi i bobol yr ambiwlans fynd ac iddynt hwythau orffen eu te, aeth Edward Vaughan allan i odro, a gadael Greta a Paul gyda'i gilydd yn y parlwr mawr.

'Your father never used to have to milk, did he?' ebe Paul, yn sefyll â'i gefn at y tân.

Dywedodd Greta nad oedd, ond fod pethau wedi newid yn Lleifior. Yr oedd Wil James wedi mynd—

'James? Oh, yes, I remember. The yokel type.'

'And Karl has gone.'

272

'The German? And high time he went, too. I didn't care to see him about the place.'

Bu agos i Greta sgrechian. Yr oedd ar fin dweud gair o blaid Karl, ond pa les? Yr oedd yn rhy hwyr i ddweud dim bellach. Ni allai ond drifftio bellach. Aeth Paul am dro ar hyd y parlwr mawr, a'i ddwylo y tu ôl i'w gefn.

'Your father ought not to have to work at his time of life. With his means, he ought to have a dozen men working for him. He can get them, surely.'

Eglurodd Greta nad oedd dynion yn hawdd eu cael. Yr oedd dyn yn dod yr wythnos nesaf, er na wyddai hi pa fath ddyn ydoedd. Yr oedd gwaith i ddau ddyn arall yn Lleifior, ond nid oeddent i'w cael am arian.

Yna, meddai Paul, fe ddylai riteirio. Yr oedd ef eisoes yn dechrau cynllunio'u bywyd fel teulu. Yr oedd yn wrthun fod yn rhaid i Edward Vaughan ei feichio'i hun â lle o faint Lleifior, a chanddo ddigon o fodd i ymddeol ugain gwaith drosodd. Yr hyn yr oedd arno'i angen oedd tŷ cyfleus mewn lle cyfleus. Gyda'i ddylanwad ef, fe allai Paul gael tŷ da iddo yn Lerpwl.

Lerpwl! Yr oedd Greta wedi troi ar y soffa ac yn rhythu arno mewn dychryn.

'Why not?' ebe Paul.

Dywedodd Greta na fuasai'i thad byth yn gadael Dyffryn Aerwen.

'Why not again?'

Fe fuasai'n torri'i galon.

'Break his heart? Good heavens, why should he?'

Ceisiodd Greta egluro bod y fath bethau â chapel a chymdogaeth dda a'r iaith Gymraeg yn golygu llawer i ddyn a oedd wedi'i fagu arnynt.

'Stuff and nonsense! I never heard the like. What a man needs at the end of his day is health and care and comfort. He can dispense with the rest. Welsh language indeed!' Cerddodd Paul yn drwm at y ffenest bellaf. Ac yno dweud, 'I will. I'll get him a house in Liverpool.'

'But why Liverpool?' gofynnodd Greta.

Brasgamodd Paul yn gyflym tuag ati ac eistedd ar fraich y soffa yn ei hymyl.

273

'I'll tell you why, my darling,' meddai. 'It's because Liverpool is going to be our home, yours and mine—'

'But—'

'No, don't say it. And your dear parents will want to be near you.'

O boced ei wasgod tynnodd Paul flwch bach lledr. Agorodd ef â chlic, ac yn y sgwâr bychan o felfed glas fflachiodd un o'r modrwyau harddaf a welsai Greta erioed. Aeth â'i hanadl am rai eiliadau. Ynddi yr oedd un diemwnt wedi'i osod mewn cylch o ddiemwntau llai. Rhaid ei bod wedi costio canpunt, o leiaf. Petai wedi fflachio arni o law rhywun arall, fe fyddai Greta wedi syrthio mewn cymaint cariad â hi ag â'r llaw oedd yn ei dal. Ond fel yr oedd . . .

'This, Greta, is all yours,' meddai Paul, a'i lygaid fel petaent am fwyta'i llygaid hi. 'You will marry me, won't you?'

Beth allai hi'i ddweud? 'Doedd ganddi ddim dewis, dim gobaith, mwyach, i ddewis. Fe wyddai mai hi oedd offrwm diolch ei theulu i'r dyn hwn, ac os gwrthodai'i rhoi'i hun yn offrwm, 'doedd dim yn ei haros, am a wyddai, ond bod yn ddi-briod weddill ei hoes, a hynny dan wg tad a mam. Ar y gorau, ni allai ond priodi rhywun arall nad oedd yn ei garu'n fwy nag yr oedd yn caru Paul. Hwyrach y dôi hi i garu Paul ryw ddydd . . .

'Yes, Paul.'

Cyn gynted ag yr oedd y geiriau o'i genau, llithrodd ef ati oddi ar fraich y soffa, cymryd ei llaw a gwthio'r fodrwy ar ei thrydydd bys. Fflachiodd y diemwntau fel tân yn y golau, a chlywodd Greta wefusau Paul yn gwasgu'i gwefusau hi yn erbyn ei ddannedd, a'i freichiau'n cau amdani am byth. Pan ollyngodd hi, yr oedd yn fyr ei wynt fel petai wedi bod yn rhedeg. Safodd ar ei draed.

'We must tell them, my dear. No, wait a minute. We must have something more definite to tell. When shall it be, Gret? Let's not wait too long. Let's make it a May wedding, shall we? That will only mean three months of waiting. You'll have to meet my parents first, of course. You'll be surprised to hear that my father came to see your mother one day. And d'you know what he said?' Addawodd llygaid Paul ddeunydd chwerthin di-ail. 'That she was the first really decent Welsh-woman he'd ever met, and that if her daughter was anything like her, she'd do.' A chwarddodd yn fachgennaidd.

Ond ni chwarddodd Greta. Yn hytrach, dywedodd yn dawel, 'I shall forgive you this once, Paul. But in future I shall consider all such quips at the expense of my people to be in very bad taste.'

Sobrodd Paul. Yr oedd rhywbeth yn ei llais, rhyw eco o'r Greta annibynnol gynt, yn rhybudd iddo droedio'n ofalus o gylch ei gwreiddiau hi. I dynnu'i meddwl oddi ar y peth, gofynnodd,

'When is Henry coming home?'

Dywedodd Greta'i fod gartref, mor agos gartref ag y meiddiai fod ar hyn o bryd. Yr oedd wedi gadael coleg ac yn gweithio ar y ffordd.

'He's doing—*what!*' Edrychodd Paul fel dyn â bwled yn ei berfedd. 'That brother of yours must be mad. A university graduate working on the road with a lot of navvies. Great Scot! You'll be telling me next that he's a communist.'

'He is.'

'Oh . . . he is.'

Aeth wyneb Paul mor welw mewn eiliad ag y bu'i hwyneb hi ers wythnosau. Darganfu Greta ryw foddhad ciaidd wrth wylio'r gwynt bachgennaidd yn mynd ohono ac yn ei adael yn gwdyn o Dorïaeth Seisnig feddal. Yr oedd perygl iddo, wedi gwybod hyn, dorri'r dyweddïo ymhen deng munud wedi'i gyflawni. Nid bod hynny fawr o wahaniaeth ganddi. Nid oedd fawr o wahaniaeth beth a ddigwyddai bellach. Gofynnodd Paul,

'What does your father think of this . . . this perfectly-timed development?'

'They've broken off all diplomatic relations.'

'I should think so, my word.'

Dywedodd Greta fod Paul yn rhydd i dorri'u dyweddïad os dymunai. Ni fyddai ddim gwahaniaeth gan Harri.

'No . . . no, of course not. Don't be ridiculous, child. You can't help it. No one can. It's just . . . unfortunate, that's all.

However, we'll have to pretend that your brother doesn't exist.'

'You may, if you wish,' ebe Greta. 'It would be asking too much of me.'

Pan ddaeth Edward Vaughan i mewn, safodd Paul ar ei draed a thynnu Greta i sefyll yn ei ymyl. Yr oedd yn gwenu'n llydan. Gofynnodd i Edward Vaughan ddod i fyny'r grisiau. Aeth y tri i fyny ac ar hyd y landing, a churodd Paul yn ysgafn ar ddrws Margaret Vaughan.

'Dowch i mewn.'

Aeth y tri i mewn i'w stafell. Sylwodd Greta fod ei mam yn darllen, a bod ei llyfr ar yr astell a wnaethai Karl, a'i bod yn dal i fyseddu'r astell yn ddiarwybod fel petai'n rhoi rhyw dawelwch iddi. Ond yr oedd Greta bellach y tu hwnt i ofid.

'My dear Mr. and Mrs. Vaughan.' Yr oedd Paul yn gwbwl hunanfeddiannol. 'I have the best news it shall ever be my good fortune to tell. Greta and I, subject to your consent which I know will be forthcoming, are engaged to be married.'

Yn ei llawenydd gwthiodd Margaret Vaughan astell Karl oddi wrthi, a disgynnodd honno gyda chlebar ar lawr y llofft. Estynnodd ei breichiau at Greta.

''Y mhlentyn i!' meddai, a'i llygaid fel sêr. Aeth Greta ati a gadael i'w breichiau'i hanwesu, a rhoi cusan cwta diangerdd ar y talcen sidan.

Cydiodd Edward Vaughan yn llaw estynedig Paul a'i gwasgu.

'I'm proud to give my consent,' meddai, 'and prouder to have a man of your distinction for a son.'

Yna, estynnodd ei freichiau i gofleidio Greta. Ond pan gofleidiodd hi, treiodd y nerth yn araf o'i freichiau, a disgyn-nodd y ddwy at ei ochrau drachefn. Yr oedd corff Greta'n gwbwl lipa, a'i hwyneb yn ddifynegiant fel wyneb delw. Ac fe wyddai'i thad, yn yr eiliad noethlymun honno, na roddai un haf ar hugain arall mo'r rhosynnau'n ôl ar fochau'i lodes ef.

III

Drannoeth dyweddïo Greta, yr oedd ei brawd yn y newyddion. Holl siarad Llanaerwen oedd fod Harri Vaughan, Lleifior, yn un o'r pedwar oedd yn cludo arch John Morris i'r fynwent. Erioed ni chlywsai neb am un o fyddigions yr ardal yn rhoi'i ysgwydd dan arch gweithiwr.

Yr oedd hyd yn oed y Parchedig S. J. Williams yn anfodlon. Ceisiodd ddarbwyllo Harri fod digon o ddynion a fu'n cydlabro â John Morris a fyddai'n fodlon ac yn falch o gael cludo'u hen fêt i'w orffwys. Ond yr oedd Harri fel y graig. Yr oedd ei deulu ef, meddai, wedi gwasgu digon o chwys o gyrff gweithwyr Dyffryn Aerwen erioed. Yr oedd ef am dalu peth iawn drostynt yn awr trwy dalu'r gymwynas olaf i un o'r rhai fu'n chwysu. Ac o flaen ei resymu blaenllym a'i lygaid cyson yr oedd y gweinidog wedi ildio.

Yn y fynwent, fodd bynnag, dan yr hyrddiau eirlaw oer, y teimlodd Harri gorddi'i gomiwnyddiaeth anffyddol ar ei egraf. Er nad oedd John Morris erioed wedi honni bod yn gapelwr, yr oedd tri gweinidog yn ei angladd, ac ar lan y bedd yr oedd S. J. Williams wrthi'i orau glas yn cribinio rhinweddau i'r cnawd diglywed wrth ei draed, rhinweddau nad oedd dim gwraidd iddynt yn hynny o grefydd a fu gan John Morris yn gymaint ag ymhell yn ôl yng nghrefydd ei dadau yn rhywle. Wedi i'r araith hon orffen, gweddïodd Tynoro'n hir ac yn ddolefus, a'i lais yn mynd ac yn dod yn y gwynt. A lediodd gweinidog y Wesleaid 'O Fryniau Caersalem' i'w ganu.

Wedi cyhoeddi'r fendith, safodd y tri gweinidog du o'r neilltu, a daliodd y gynulleidfa niferus ei hanadl. Yr oedd hi'n niferus, er nad yn chwarter mor niferus ag y buasai petai'r arch yn cynnwys un o wŷr cefnog yr ardal. A'r gynulleidfa'n dal ei hanadl felly, cydiodd ei modryb ym mraich Marged a'i thynnu ymlaen i lan y bedd i edrych ar arch ei thad. Am y foment hon y bu'r gynulleidfa'n disgwyl drwy gydol y gwasanaeth. Sut yr oedd y fach yn mynd i'w gymryd? Ceisiodd Marged dynnu'n ôl, ond yr oedd ei modryb yn ei thynnu 'mlaen. Yr oedd honno, er gwaetha'i hances poced a'i llygaid cochion, yn mwynhau'r eiliad hon. Ni ddôi eiliad debyg i'w rhan hi eto nes byddai'n sefyll yn weddw unig ar lan bedd ei gŵr hi ei hun. Gwyliodd y gynulleidfa'r ddwy yn baglu mynd yn araf a than wylo i fyny'r domen bridd ac ar y planc gwlyb ac yn syllu i lawr i'r affwys; trigain pâr o lygaid yn ymborthi'n farus ar eu dagrau, fel petaent yn gwylio syrcas bruddglwyfus. Rhyfeddodd Harri at allu dynion, a gwragedd yn enwedig, i fwynhau dioddefaint eu cydgreaduriaid. Ffieiddiodd sadistiaeth y wlad.

Gwelodd Marged yn troi'n sydyn ac yn llusgo'i modryb i'w chanlyn oddi wrth garchar ei thad. 'Doedd dim lles oedi yno pan nad oedd modd ei ryddhau. Cyn gynted ag y daeth y ddwy i lawr, llifodd y gynulleidfa dywyll o gylch y domen bridd fel haid o forgrug ar fara, i rythu ar blât yr arch, i ddarganfod oedran yr ymadawedig. Trodd Harri'i gefn arnynt.

Yr oedd dwy fodryb i Marged, chwaer i'w thad a chwaer i'w mam, yn ymresymu â hi. Yr oedd chwaer ei thad am iddi fynd i fyw ati hi, chwaer ei mam am iddi fynd ati hithau.

'Fedra'i ddim dod at yr un ohonoch chi,' ebe Marged, 'mae gen i lodjar.'

'Mab Lleifior?' ebe chwaer ei mam. ''Does dim rhaid iti aros er ei fwyn o. Mae ganddo fo ddigon o fodd a digon o le i fynd. Mae'n g'wilydd iddo na fuase'n byw efo'i deulu.'

'Peth arall, Marged,' ebe chwaer ei thad, ''dydi o ddim yn beth neis, ddim yn beth neis o gwbwl, fod gen ti ddyn ifanc yn byw yn y tŷ a thithe'n sengal. Mi fydd pobol yn siŵr o siarad.'

'Fe gân siarad,' ebe Marged, yn twymo. 'Mae Mr. Vaughan yn talu'n anrhydeddus am ei le, ac os oes arno eisie lodjin, nid fi ydi'r un i'w droi o'r drws. Cha'i ddim gwaith ddaw â digon o arian imi allu byw arno am hir, a 'Nhad heb fod yn gweithio ers blwyddyn. Mae tâl Mr. Vaughan yn help mawr imi at fyw.'

'Wel, ti sy'n gwybod,' ebe chwaer ei thad, yn sniffian yn hyglyw. 'Ond paid â dweud na rybuddies i monot ti.'

'A chofia,' ebe chwaer ei mam, 'os bydd pethe'n mynd o chwith a bod arnat ti eisie cartre, fydd drws tŷ ni ddim ar gau.'

Diolchodd Marged i'r ddwy am eu mawr ofal amdani, ac aeth i lawr y llwybyr at Harri. Cerddodd Harri a hithau allan trwy borth y fynwent, a'r gynulleidfa'n syllu ar eu hôl. Yr oedd pobol wedi dechrau siarad eisoes.

23

I

Daeth y gwanwyn i Ddyffryn Aerwen ymron heb ei ddisgwyl. Yr oedd y gaeaf wedi bod mor hir, rhew, eira, gwynt a glaw, mwy o rew, mwy o eira, llifogydd, nes bod y trigolion ar fin anobeithio am weld terfyn arno byth. Gorweddai'r ddaear wedi'i lladd ac yn llwyd, pob aderyn wedi mynd i gadw ond ambell gawod newynog o ddrudwy a brân ar ei sgawt drwy'r coed digroeso, pob creadur, yn wir, wedi diflannu o bob golwg ond creaduriaid dof y ffermydd. Ac ar wahân i riddfan isel y gwynt yn y gelltydd, fe fu'r cwm yn angheuol ddistaw.

Ond un bore tua chanol Ebrill, fe ddeffrodd y dyffryn i weld haul egwan yn melynu'r llechweddau, yr awyr wedi tyneru'n ddisymwth dros nos, a'r brain yn brysur ers cyn dydd yng Nghoed Argain. Wedi mynd allan a dechrau sylwi, yr oedd gronynnau gwyrdd ar y gwrychoedd a gronynnau melyn yn y cloddiau yn bygwth briallu. Nid oedd dim dau nad oedd hi'n wanwyn.

Unwaith y daeth i'r wlad ni chymerodd y gwanwyn mo'i luddias. Er gwaethaf llwydrew nos a rhagor o stormydd gwynt, ymgripiodd y gwyrdd yn grwn dros bob perth a choeden, rhedodd y melyn ar hyd y cloddiau, gwaelododd y glas yn yr afon ac yn Llyn y Dywysen. Erbyn canol Mai yr oedd y perllannau ynghladd dan gymylau pinc a gwyn, a thorfeydd o adar penderfynol gyda thorri pob dydd yn gweiddi digon i ddeffro'r marw.

Ar hwyrnosau Mai, nid oedd lle tecach yng Nghymru na Dyffryn Aerwen. Yr oedd yn gyfoethog dan wyrdd afradlon Gorffennaf, yn dangnefeddus dan fychau ŷd ar bnawn o Fedi, yn dlws wedi'r gawod eira gyntaf. Ond yn y tymhorau hynny yr oedd cyfoethocach a mwy tangnefeddus a thlysach i'w gael yn rhywle arall. Hwyrnos o Fai oedd ei ogoniant ef, tra oedd y gwyrdd yn ifanc ac yn newid o lwyn i lwyn, yr ŵyn fel plu eira aflonydd ar y llechweddau, a'r hwyr yn gryf fel gwin. I'r llygad a allai weld dim o gwbwl yn harddwch digynllun natur, yr oedd hwn yn hardd.

Nid oedd y llygad hwnnw gan Terence. A barnu wrth y sylw'r oedd ef yn ei roi i'r gogoniant o'i gwmpas, fe allasai fod yn cerdded trwy anialwch neu drwy slymiau tref. Iddo ef, yr oedd mynd adref o'i waith yn Lleifior ar hwyrnos o Fai yr un profiad yn union â mynd adref ar hwyrnos o Ionawr. Yr un oedd y llwybyr, ond ei fod yn fwy rhydd i draed nag ydoedd dan eira, yr un oedd coed y camfeydd a tharmac y ffordd, a milltir oedd hyd y daith, boed aeaf, boed haf.

Trodd oddi ar y ffordd a mynd drwy'r wiced ysgafn ac i fyny'r grisiau concrid i'w dŷ. Pan agorodd y drws, daeth bref i'w gyfarfod o'r pram ar yr aelwyd lle'r oedd baban mis oed dan lwyth o sioliau a ffedogau. Ar lein linyn uwchben yr aelwyd hongiai rhes o glytiau'n sychu, ac yr oedd aroglau babandod lond y tŷ. Taflodd Terence ei gôt i gornel ac eistedd wrth y bwrdd lle'r oedd pot jam ac ychydig frechdanau a thebot o de claear.

'Sheila!'

Ymhen hir a hwyr daeth Sheila i lawr. Trodd Terence ati, a bod yn ŵr ac yn dad wedi plannu cymaint o awdurdod yn ei lais ag a ddaliai pedair blwydd ar bymtheg.

'Pincio'r wyt ti'r slwt, a finne'n disgwyl am 'y nhe?'

'Petaswn i ddim yn pincio, ti fuase'r cynta' i ddweud nad oeddwn i ddim ffit i 'ngweld mewn cegin.'

'Cyfra ddeg bob tro cyn f'ateb i'n ôl,' ebe Terence yn chwyrn. 'Mi dalith iti gofio mai fi ydi'r mistar yn y tŷ yma.'

Safodd Sheila ar ganol y llawr â'i dyrnau ar ei chluniau, a rhythu arno.

'Hy!' meddai. Ond cyn iddi ddweud rhagor, brefodd y babi, ac aeth at y pram i wthio dymi i'w geg.

'Mae'r te 'ma'n oer,' meddai Terence ymhen tipyn.

''Does dim dŵr poeth gei di rŵan,' meddai Sheila.

'Ond mae'r tecell 'na'n berw dân.'

'Mae gen i eisie'r dŵr yna i roi bath i Angela.'

'Gobeithio y boddi di hi.'

'Terence!'

280

Trodd Terence ei ben a gweld Sheila'n rhythu arno â llafn ym mhob llygad.

"Rydw i'n ei feddwl o,' ebe Terence. "Doedd arna'i mo'i heisie hi. Mi andwyodd 'y mywyd i.'

'Rhag c'wilydd iti'n siarad fel'na am dy blentyn dy hun!'

'Sut y gwn i mai 'mhlentyn i ydi hi?'

'Terence! Mae pawb yn dweud ei bod hi'r un ffunud â ti.'

'On'd yden nhw'n ffeind? Glywi di mo'r sbeit yn eu hen leisie nhw? Mi fuasen yn dweud ei bod hi'n debyg i mi petai hi'n gyw eliffant. Edrych lle mae hi wedi'n landio ni. Ti'n cadw tŷ cyn dysgu sut i gadw tŷ, a finne'n gorfod dy gadw di a hithe cyn bod yn ddigon hen i 'ngalw'n hun yn ddyn.'

'Arnat ti'r oedd y bai na fuaset ti wedi 'mharchu i'n well,' ebe Sheila'n danbaid.

'Pam na fuaset tithe'n hawlio parch 'te?' ebe Terence. 'A pham gynllwyn na fuaset ti wedi cadw draw ar ôl dechre cadw draw? Mi fuaswn i wedi dod yn ddyn da 'tawn i wedi cael llonydd. 'Roeddwn i wedi rhoi'r ddiod i fyny ac wedi dechre mynd i gapel cyn i hyn ddigwydd.'

"Dydw i ddim yn dy rwystro di fynd i gapel rŵan.'

'Pwy gymer fy sort i mewn capel?'

'Mae hynny'n wir.'

'Damio di a dy "hynny'n wir"!'

Yr oedd Terence ar ei draed a'i gorff yn ysgwyd gan dymer na wyddai'i bod ganddo cyn priodi.

'Paid ti â fy rhegi i, mêt,' ebe Sheila rhwng ei dannedd.

'Mi rega'i pwy fynna'i lle mynna'i pan fynna'i. A chei di na neb arall mo'n rhwystro i. Wyt ti'n clywed? Gwna de poeth imi!'

'Gwna dy de dy hun!'

'Mi ro'i 'nwylo arnat ti os na wnei di.'

'Croeso iti drio.'

'Reit.'

A chychwynnodd Terence tuag ati â'i ddyrnau ynghau. Ond safodd ar hanner y ffordd. Yr oedd rhywun yn curo ar y drws. Er nad edrychodd ef a Sheila ar ei gilydd, yr un arswyd oedd ym meddwl y ddau. Os un o'u rhieni oedd yno, dyma le am drwbwl. Ond os rhywun diarth oedd yno, dyna waeth fyth.

'Doedd dim balchder yn perthyn i'r ddau, ond nid oedd hyd yn oed y cyplau mwyaf difalch yn Nyffryn Aerwen wedi magu wyneb digon caled i gweryla yng nghlyw'r cyhoedd.

Aeth Terence fel ceiliog wedi torri'i grib i agor y drws. Ar y trothwy safai neb amgen na Wil James.

'O, helô, Wil, ti sy 'ma? Ty'd i mewn.'

'Diolch, Terence,' ebe Wil, a daeth i'r gegin. 'Helô, Sheila.' Syllodd Wil o ddiogelwch canol y llawr ar y babi yn y pram. 'A dyna'r babi, ie? Bachgen nobl.'

'Lodes,' meddai Terence rhwng ei ddannedd.

'Lodes nobl iawn,' ebe Wil James, heb gymryd sylw o'r cywiro, a chwilio am le i eistedd. Yr oedd yn amlwg oddi wrth y wên ar ei wyneb ei fod wedi gwrando ar y cweryl o'r tu allan i'r drws, a chafodd Terence hi'n gyfleus i droi'i gefn ato i orffen ei de.

'Meddwl y buaswn i'n taro i mewn i'r hen gartre,' meddai Wil, 'i edrych oedd o wedi newid rhywfaint. Mi ddwedwn i fod yr awyrgylch yn dal rhywbeth yn debyg.'

Talodd Terence sylw dycnach i'r pot jam. Cododd Sheila'r baban o'i gerbyd a mynd ag ef yn sypyn nadlyd i fyny i'r llofft.

'Y bywyd priodasol yn gwneud yn o dda efo ti, Terence?' ebe Wil yn greulon.

'Iawn.'

'Hmm.'

Fe wyddai Terence fod Wil wrth ei fodd. Yr oedd wedi rhybuddio cymaint arno, ac yr oedd datblygiadau diweddar wedi profi mai Wil oedd yn iawn. Disgwyliodd Terence, â'i geg yn sych, am y geiriau melfed, 'Mi ddwedes i wrthot ti, Terence, on'd do?' Ond ni ddaethant. Yr oedd Wil James yn ormod o artist mewn cieidd-dra.

'Mae 'na gyfarfod go dda yn y Llan 'ma heno,' ebe Wil. ''I liciwn iti ddod.'

'O?'

'Oes, nen duwc. Cyfarfod lecsiwn. Aerwennydd y drêpar yn siarad yn erbyn Vaughan Lleifior.'

'Fedra'i ddim mynd i gyfarfod yn erbyn 'y mistar fy hun,' ebe Terence, yn llew.

'Tri pheint o stowt, Terence bach,' ebe Wil James, yn astudio'r nenfwd yn hamddenol, 'ac mi ddoi. Chwe pheint ac mi siaradet yno dy hun. Piti dy fod ti'n rhy ifanc i fotio hefyd.'

Taniodd Wil James Wdbein. Tynnodd Terence grystyn drwy'i ddannedd, a'i dynnu drachefn, a thrachefn, rhag gorfod dweud dim. Toc, rhoes y gorau i'r crystyn a gwthio'r llestri oddi wrtho. Aeth i'r drôr a thynnu allan ei bapurau pêl-droed. Taenodd hwy ar y bwrdd.

'Wyt ti wedi gwneud dy bŵls am yr wsnos yma, Wil?'

'Do, nen duwc.' Fe'i llusgodd Wil James ei hun ar ei draed a gwyro gyda Terence dros y papurau. 'Beth sy gen ti?'

'Arsenal,' ebe Terence.

'Ie.'

'Huddersfield.'

'Na wnân, byth.'

'Cardiff.'

'Olreit—'

Ar y funud honno daeth Sheila i lawr.

'Terence!' gwaeddodd. 'Yr hen bapure ffwtbol 'na eto. Rho nhw yn tân, dyna'u lle nhw. Taflu'n pres prin ni fel hyn bob wythnos!'

Pletiodd Terence ei wefusau. Pam aflwydd na chaeai hi'i cheg? Pe gwyddai mor felys oedd hyn i ddant Wil James . . . Yr oedd Wil yn syllu drwy'r ffenest y syllodd drwyddi ganwaith ar funudau fel hon, a mwynhad nefolaidd ar ei wedd. Rhoddodd Terence y papurau'n ôl yn y drôr a'i chloi.

'Ie,' meddai Sheila, 'clo hi, nen tad, rhag ofn i lygod fynd iddi.'

Methodd Terence â dal.

'Ddisgrifiest ti 'rioed monot dy hun yn well,' meddai.

'Hy!' ebe Sheila eto.

'Wyt ti'n barod, Terence?' gofynnodd Wil yn fwyn.

'Ydw.'

'O?' meddai Sheila. 'Allan i wario rhagor, debyg?'

'Ie,' ebe Terence, â'i war fel y rhosyn. 'I agor fy stumog yn barod am glamp o swper fydd yn gwneud i fyny am y frechdan jam yr ydw i wedi byw arni ers wythnos.'

Safodd Sheila ar ganol y llawr, yn fud. Trawodd Wil James a Terence eu capiau ar ochor eu pennau, ac aethant allan, ill dau, i'r Crown.

II

Nyddodd corff Robert Pugh nes cael ystum esmwythach ar y gadair galed. Yr oedd y cyfarfod yn mynd yn dda. Ni chlywsai erioed mo Aerwennydd yn siarad yn well.

'Ac mi heria'i undyn,' ebe Aerwennydd, gan daro'i ddwrn ar y bwrdd ar y llwyfan, a chudyn o'i wallt llipa'n llithro i lawr dros ei dalcen seimlyd, 'i ddweud nad ydw i wedi gwneud fy ngorau i'r Llan yma bob cyfle gefais i . . .'

Curodd amryw ddwylo yn y cefn. Trodd Robert Pugh i weld pwy oeddent. Ie, bois y bysus, gryn bedwar ohonynt, Huw Siani o'r tai cyngor a oedd yn borter ar stesion Henberth, Joni Watkin a Thwm Ellis, a hanner dwsin o weision ffermydd, Wil James a Terence yn eu plith, yn amlwg wedi cael diferyn dros ben. Trodd yn ôl, a gwên yn creithio'i wyneb coch, i wrando.

'Fynnwn i er dim,' llefodd Aerwennydd, 'daflu anfri ar y dyn fu'n eich cynrychioli chi ar y Cyngor Sir er pan oedd y rhan fwyaf ohonoch chi'n blant.' Chwarddodd amryw. 'Ond nid taflu anfri ar ddyn ydi dweud ei fod o'n hen.'

'Clywch, clywch!' ebe llais Wil James o'r cefn.

'. . . Ond y mae dyn sy'n nesu at oed yr addewid yn naturiol wedi aros yn ei unfan ers o leiaf ddeugain mlynedd. Yr hyn yr ydw i'n ei bwyso arnoch chi, gyfeillion, yw fod arnoch chi angen dyn i'ch cynrychioli sy'n fodlon symud gyda'r oes.'

Cawod o guro dwylo'n awr. Chwiliodd Robert Pugh bennau'r gynulleidfa i weld pwy oedd yn cymeradwyo gynhesaf. Ryw ddwy res o'i flaen yr oedd Davies, Hafod Encid, yn curo'i ddwylo'n gynddeiriog ac yn nodio'n fywiog ar ei gyfnesaf o boptu i argymell arnynt mor gampus oedd Aerwennydd. Draw i'r chwith yr oedd Hughes, Lluest y Wennol, ei ben yn rhowlio'n araf ar ei gorff hir ac yn curo'i ddwylo'n swrth, ond yn amlwg wrth ei fodd. I'r dde wedyn yr oedd Williams y Cefn Uchaf a Jones y Garnedd, y ddau'n gwenu'n llydan ar ei gilydd.

Hoeliodd Robert Pugh ei lygaid ar y llwyfan drachefn. Yr oedd pethau'n mynd yn iawn, yn iawn.

'Fe wyddoch,' ebe Aerwennydd, wedi cymryd dracht o'r gwydriaid dŵr ar y bwrdd, 'fe wyddoch i gyd i ba blaid yr ydw i'n perthyn.'

'Hiar, hiar!' gwaeddodd bois y bysus.

Gwenodd Aerwennydd arnynt i yrru adref y rhan honno o'r gosodiad a fwriadwyd i sicrhau'u teyrngarwch hwy.

'Ond,' meddai, gan rowlio'i lygaid meirwon hyd wynebau'r ffermwyr yn y gynulleidfa, 'nid mater plaid ydi etholiad Cyngor Sir. Fe geisiodd 'y ngwrthwynebydd ar y llwyfan yma neithiwr ei wneud yn hynny. "Rhaid," meddai, "rhaid i Ryddfrydiaeth fyw," gan feddwl, mae'n debyg, rhoi ergyd i mi fel gelyn i Ryddfrydiaeth. Ond gyfeillion, 'dydw i ddim yn elyn i Ryddfrydiaeth. Yr ydw i'n cytuno ag o. Yr ydw innau am i Ryddfrydiaeth fyw . . .!'

Yma, curodd y ffermwyr eu dwylo celyd yn nerthol, a rhai o fasnachwyr a hen ferched y pentref gyda hwy.

' . . . Nid fel plaid,' ebe Aerwennydd, gan syllu'n bryderus tua'r cefn, 'nid fel *plaid*, o angenrheidrwydd, ond fel polisi llydan, eang, radicalaidd, gwerinol, iach!'

Unodd y ddwyblaid yn y neuadd mewn dadwrdd traed a dwylo byddarol, a gollyngodd Aerwennydd anadliad o ryddhad. Crwydrodd llygaid Robert Pugh eto dros y pennau, i'w fodloni'i hun fod pob copa yn y gynulleidfa'n gytûn yn y gymeradwyaeth. Yna, glynodd ei anadl yn ei wddw. Am y tro cyntaf er pan ddaeth i'r neuadd, sylwodd fod un, ar ben pellaf un o'r rhesi yr ochr draw, a allai daflu rhai galwyni o ddŵr oer am ben y gwres oedd erbyn hyn wedi codi'n gampus. Yn eistedd â'i lygaid tywyll ynghlwm wrth wyneb Aerwennydd yr oedd Harri Vaughan. Fe glywsai Robert Pugh ei fod wedi gadael y coleg a'i fod yn labro ar y ffordd, y ffŵl ag ydoedd, ond nid oedd wedi meddwl mwy am y peth. Yr oedd yn amlwg wedi dod yma heno i geisio malu gwrthwynebydd ei dad. Ac fe allai. Pa fats fyddai siopwr hunan-ddiwylliedig yn erbyn gŵr gradd ifanc yn ffres o'r coleg? Daeth i'w feddwl gael rhywun i anfon neges i Harri, yn dweud bod galw amdano y tu allan i'r neuadd, a chael Wil James ac un neu ddau arall yno'n barod i'w roi'n anymwybodol nes byddai'r cyfarfod drosodd. Ond cyfarfu'i lygaid â llygaid Roberts y plismon wrth y drws. Yr oedd yn eitha' cyfeillgar â Roberts, ond ni allai Roberts adael i beth felly basio heb bapur glas. Nodiodd ar Roberts, a nodiodd Roberts yn ôl. Trodd Robert Pugh drachefn i gymryd arno wrando, gan gadw un llygad ar Harri. 'Doedd dim ond gobeithio'r gorau bellach.

Yr oedd Aerwennydd yn tynnu tua'r terfyn.

'Ac felly,' meddai, 'mi wn, gyfeillion annwyl, o'ch nabod chi ar hyd fy oes, a'ch cael chi'n bobol synhwyrgall, resymol, na fyddwch chi ddim yn ôl yfory o roi'ch croes ar gyfer enw'r ieuengaf o'r ddau ymgeisydd, un nad ydi o ddim yn bodloni ar adael pethau fel y maen nhw a gwneud yr un pethau bob blwyddyn yn yr un hen ffordd, ond sy'n benderfynol o ddod â chyfnod newydd i Ddyffryn Aerwen, cyfnod o gysur a llwydd-iant na welwyd mo'i debyg yma erioed o'r blaen. Dyna, 'nghyfeillion i, yr ydw i, mewn llawn hyder ffydd, yn ei gynnig i chi.'

Ac eisteddodd i lawr yn sŵn taran o gymeradwyo. Wedi i'r daran ostegu, cododd Jac Bennett, a ddewiswyd, fel is-gadeirydd cangen leol y Blaid Lafur, i lywyddu'r cyfarfod, a gofyn a oedd gan rywun gwestiwn y carai'i ofyn i'r ymgeisydd. Bu tawelwch llethol am ysbaid, pawb yn troi i edrych ar y rhai a fyddai debycaf o godi, ac Aerwennydd bob hyn a hyn yn cymryd llwnc o ddŵr o'r gwydryn ac yn sugno sigarét, yn nerfus obeithio na chodai neb i ddifetha'r cyfarfod mwyaf llwyddiannus a gafodd ef erioed.

Yna, fe gododd Harri. Aeth murmur drwy'r gynulleidfa.

'Gwell iti iste i lawr, Harri bach,' daeth llais Wil James yn dew o'r cefn.

'Mistar Cadeirydd,' ebe Harri'n glir. 'Ga'i ddweud ar y dechrau fel hyn,' gan anelu'i lygaid yn syth at Wil James, 'nad oes arna'i ofn neb ohonoch chi.' Cynyddodd y murmur, a dechreuodd Wil James glegar yn awchus. Yr oedd wedi rhoi cosfa i Karl yr Almaenwr unwaith, os oedd yn cofio'n iawn. Fe allai heno roi dôs o'r un moddion i'w gyfaill, heb ofni'r un canlyniadau.

'Yr ydw i wedi clywed heno,' meddai Harri, 'un o'r areithiau tanbeitiaf a glywais i erioed. Ac yr ydw i'n cytuno'n helaeth â hi, ar wahân i'r rhannau hynny ohoni oedd yn rhy bersonol i mi allu'u mwynhau. Oherwydd, beth bynnag ydw i'n euog ohono, yr ydw i'n dal i f'ystyried fy hun yn fab i 'Nhad.' Cynhesodd calonnau rhai o'r hen ferched tuag ato. Yr oedd pawb arall yn dawel. 'Y cwestiwn i mi heno, fodd bynnag, ar wahân i bob teyrngarwch personol, ydi hwn: gan ba un o'r ddau ymgeisydd y mae'r polisi iachaf ar gyfer Dyffryn Aerwen heddiw? Yr oeddwn i yma neithiwr yn gwrando ar 'y nhad. Ac yr oeddwn i yma heno'n gwrando ar Mr. Francis. 'Does yr un o'r ddau bolisi'n mynd yn ddigon pell i'm boddio i. Ond pa un o'r ddau sy'n dod agosaf at hynny? Dyma 'nyfarniad i, gyfeillion. Beth bynnag feddyliwch chi ohono'i—'dyw hynny o ddim pwys i mi bellach—yr ydw i wedi dod i'r casgliad mai'r polisi sy debycaf o'n dwyn ni at y byd yr ydw i am ei weld ydi polisi Mr. Aerwennydd Francis. Iddo fo yr ydw i am bleidleisio fory. Ac fe fydd yn siom fawr—fawr iawn—i mi os na rowch chi, bobol Dyffryn Aerwen, Mr. Francis i mewn.'

Mewn distawrwydd trydanol yr eisteddodd Harri. Yr oedd pawb yn rhy bensyfrdan i wybod beth i'w feddwl, chwaethach gwybod beth i'w ddweud wrth y nesaf ato. Yr oedd Wil James wedi hen dawelu, ac yr oedd Robert Pugh yn gwyro 'mlaen dros ei fol, a'i geg yn llydan agored.

Yn sydyn, gwaeddodd Joni Watkin o'r cefn, 'Gwd lad, Harri!'

Trodd Robert Pugh i rythu arno, a phan dorrodd bois y bysus a Huw Siani a'r dynion ffordd i guro dwylo, cipiodd ei het oddi rhwng ei draed ac ymwthio allan rhwng y rhesi cadeiriau i gael awyr iach cyn gynted ag y gallai.

Allan, eisteddodd yn ei gar, yn rhythu o'i flaen fel y rhythodd yn y neuadd. Yr oedd Harri Lleifior wedi'i drechu eto. Yr oedd wedi credu y byddai, trwy faeddu Edward Vaughan, yn maeddu Harri. Ond yr oedd yn ymddangos heno fod Edward Vaughan a'i fab yn ddeubeth ar wahân. Ac eisiau maeddu Harri oedd arno. Harri oedd yr un a roes ruddiau llwydion i Lisabeth. Ond yr oedd wedi gweithio, wedi sisial, wedi breibio, ar hyd y misoedd diwethaf, i gyrraedd yr union amcan yr oedd ar Harri eisiau'i gyrraedd. Yr oedd wedi chware i'w ddwylo fel ffŵl. Y funud hon, fe roesai unrhyw beth am fod yn siŵr y gallai Edward Vaughan ennill, a sathru'i sbrigyn mab i'r llaid lle'r oedd ei le. Ond yr oedd yn rhy hwyr. Yr oedd ei gynllun ef a Wil James wedi llwyddo.

Safodd John Ifans, Castell Aram, wrth ffenest y car am eiliad wrth basio.

'Anffodus braidd heno, Pugh, yntê?' meddai, a mynd yn ei flaen.

Trodd Robert Pugh yr allwedd danio'n ffyrnig, pwniodd y lifer-gêr i'w le, a saethodd y car mawr lliw hufen yn igam-ogam ar draws y groes ac i fyny'r ffordd i'r nos.

III

Edrychodd Marged ar gloc y gegin. Ugain munud i ddeg, a Harri heb ddod i mewn. Beth ar y ddaear mewn cyfarfod politics oedd yn ei gadw mor hwyr? Gobeithio nad oedd wedi'i dynnu i ymrafael ac wedi'i frifo. Fe fyddai'i frifo ef yn ei brifo hi. Gydag ochenaid, trodd drachefn at y llythyr yr oedd yn ei sgrifennu at chwaer ei mam.

'. . . Felly, Modryb,' ysgrifennodd yn araf, mewn ysgrifen dlos ond braidd yn blentynnaidd, 'byddaf yn cloi y drws yma am y tro olaf ac yn dyfod atoch wythnos i heddiw. Rhaid imi roi wythnos o *notice* i Mr. Vaughan. Dyna paham na allaf ddyfod yn gynt.

Cofion annwyl atoch,
Marged.'

Gydag ochenaid arall rhoddodd y llythyr mewn amlen, a'i chau. Edrychodd arno'n gorwedd ar y bwrdd. Yr oedd pob llythyren ynddo wedi bod yn ing iddi, ond 'doedd dim arall i'w wneud. Yr oedd yn rhaid i Harri fynd.

Cododd yn araf a mynd i roi'r tegell eto ar y tân. Yr oedd wedi berwi deirgwaith wrth ddisgwyl. Eisteddodd, a chymryd un o sanau Harri i'w thrwsio. Yr oedd wedi trwsio llawer arnynt yn ystod y pedwar mis diwethaf. Yr oedd ei sgidiau trymion yn eu treulio mor fuan, ac nid oedd ganddo bres i brynu rhagor, meddai ef. Chware teg iddo, yr oedd yn gwerthfawrogi hefyd. Nid pob dyn fuasai'n sylwi pan oedd ei ddillad wedi'u trwsio, heb ichwi ddweud wrtho. Ond yr oedd Harri'n sylwi. Yr oedd yn werth gwneud rhywbeth iddo i gael y wên fach swil honno'n ddiolch.

Fe fyddai bywyd yn wag hebddo. Yr oedd wedi mynd i wrando am ei draed ar y llofft yn y bore pan oedd hi i lawr yn ffrïo brecwast, ac am ei 'Helô 'ma' yn y drws wrth ddod adre'n y pnawn. Yr oedd wedi mynd yn falchach gyda'i choginio a'i chadw tŷ er pan ddaethai ef, o achos fe fyddai'n sylwi pan fyddai'r canwyllbrennau pres wedi'u glanhau ac yn ei llongyfarch pan fyddai'i theisen yn well nag arfer. Ac yr oedd yn ffeind. Yr oedd yn talu tair a chweugain bob wythnos iddi rhag iddi fynd allan i weithio. Yr oedd hynny'n gwneud y tro i dalu'r rhent ac i dalu am fwyd iddynt ill dau. Ond fe fyddai'n rhaid iddi gael dillad rywbryd, ac o b'le y dôi'r pres i dalu am y rheini? Ni allai fynd allan i weithio heb ei frifo, ac fe fyddai'n rhaid iddi fynd allan i weithio. Yn hytrach na'i frifo, yr oedd yn well iddo fynd.

Fe wyddai, er hynny, mai'i gadw a wnâi oni bai am yr hyn a glywodd yn ystod y pnawn. Ni allai'i gadw wedi clywed hynny. Fe fyddai'r peth yn gysgod rhyngddynt bob pryd bwyd, yn difetha pob 'Helô 'ma' a phob 'Nos da', yn troi'r arian a lithrai o'i law ef i'w llaw hi bob pnawn Sadwrn yn arian drwg. Hynny, yn fwy na dim, a wnaeth iddi sgrifennu'r llythyr at ei modryb. Ond fe fyddai bywyd yn wag. Fe wyddai nad siroldeb Harri, a'i feddylgarwch, a'i garedigrwydd, a gollai hi'n bennaf. Ond Harri'i hun. Nid yn unig yr oedd ef wedi mynd i olygu gormod iddi. Yr oedd wedi dysgu cymaint oddi wrtho, wedi cael cip, rywfodd, ar gyfrinach Lleifior. Dillad gweithiwr oedd am Harri, ac yr oeddent erbyn hyn yn ei ffitio cystal â neb. Gwaith gweithiwr oedd ganddo, ac yr oedd wedi clywed ym Maes Powys droeon nad oedd gwell gweithiwr ar y ffordd. Ond er gwaetha'r dillad ac er gwaetha'r gwaith, yr oedd rhywbeth ynddo o hyd, y rhywbeth ychwanegol, nad oedd modd ei feithrin mewn un diwrnod, nac mewn un genhedlaeth. Yr unig air a oedd gan Marged amdano oedd 'gŵr bonheddig'.

Yr oedd y tegell yn berwi am y pedwerydd tro, a chydag un ochenaid eto, cododd Marged i'w dynnu. Ond ar hynny, clywodd y drws yn agor a Harri'n dod i mewn. Safodd yno, a winc yn ei lygad.

'Helô, Miss Morris.'

'Harri, b'le buoch chi mor hir? 'Rydw i wedi bod yn poeni rhag ofn ichi fynd i drwbwl efo'r hen bolitics 'na.'

'Fuoch chi'n poeni amdana'i, wir?'

'Siŵr iawn 'mod i'n poeni.'

''Dydi gwragedd tŷ lodjin ddim yn arfer poeni llawer am eu lodjars.'

Fe'i clywodd Marged ei hun yn gwrido, a throdd i dywallt cynnwys y tegell amyneddgar i'r tebot. Aeth Harri drwodd i'r lobi i dynnu'i gôt, a daeth yn ôl. Gwelodd y llythyr ar y bwrdd.

'O, wedi bod yn sgrifennu at eich modryb, mi wela'. Ddaru chi 'nghofio i ati?'

Cymerodd Marged arni beidio â chlywed. Fe wyddai nad oedd gan Harri fawr i'w ddweud wrth ei modrybedd, byth er dydd angladd ei thad pan glywodd hwy'n ceisio'i pherswadio i'w adael ef a mynd atynt i fyw. Yr oedd Marged yn dyfalu hefyd sut i dorri'r newydd atgas. Eisteddodd Harri wrth y bwrdd ac ymosod ar ei swper, ond yr oedd ei lygaid yn cribo'r ystafell.

'Marged.'

'Ie?'

'Diolch ichi am drwsio fy sane i.'

'O . . . 'doedd fawr o waith . . .'

'Fe allech beidio.'

Gwridodd Marged yn ddyfnach. Yna, trodd at Harri'n sydyn. Yr oedd yn rhaid cael y gwaethaf allan, costied a gostio.

'Harri . . .'

'Wel?' meddai ef, heb droi'i ben, a'i geg yn llawn.

''Rydw i'n . . . 'rydw i'n rhoi wythnos o notis ichi.'

Llyncodd Harri dalp o gig heb ei gnoi a dechreuodd besychu'n egnïol. Dychrynodd Marged drwyddi, ac edifarhau ar ei hunion am ddifetha'i swper. Ond yr oedd Harri'n dod ato'i hun yn burion, a throdd yn araf yn ei gadair.

'Wythnos o notis!' Rhythodd arni'n ddiddeall. 'Yr arswyd annwyl, beth ydw i wedi'i wneud rŵan?'

'O, 'dydech chi wedi gwneud dim—' brysiodd Marged.

'Eglurwch, 'te, am eich bywyd.'

'Harri . . .' Yr oedd Marged yn methu gwybod sut i ddweud. 'Harri, mae pobol yn siarad.'

'Wrth gwrs fod pobol yn siarad. Beth arall sy ganddyn nhw i'w wneud? Am beth maen nhw'n siarad?'

'Amdanoch chi a fi.'

'O? Beth sy amdanoch chi a fi?'

'Wel . . .' Eisteddodd Marged, i weld a ddôi'r geiriau'n rhwyddach felly. ''Roeddwn i'n mynd ar draws y groes y pnawn 'ma, ac mi basiais i Mrs. Evans y Saer a Mrs. Jenkins, Aerwen View, ac wedi imi basio, medde Mrs. Jenkins—yn ddigon uchel i mi glywed—"Dyna ichi siampl i ferched ifanc y lle 'ma, Mrs. Evans—Marged fach 'na—hi a mab Lleifior yn byw efo'i gilydd yn y tŷ 'na a'r ddau'n ddibriod." "Ie," medde Mrs. Evans, "mi fydd 'na rywun mewn trwbwl yn y tŷ yna cyn bo hir . . ."'

'Gwarchod pawb,' ebe Harri.

'Alla'i mo'i sefyll o, Harri!' Yr oedd Marged ar ei thraed. 'Mi wn mai dyna maen nhw'n ei ddweud i gyd, mi alla'i 'i weld o yn eu llygaid nhw, 'dydi o ddim yn deg. Alla'i ddim diodde'u clywed nhw'n tynnu'ch cymeriad chi i'r baw, nhw, nad yden nhw ddim ffit i ddal cannwyll ichi!'

Syllodd Harri arni'n hwy nag oedd yn garedig arno, ac yna oddi arni hi at y llythyr ar y bwrdd.

'Ac felly,' meddai, ''rydech chi wedi sgrifennu at eich modryb yn dweud eich bod chi'n mynd ati i fyw wedi'r cwbwl.'

'Ydw.'

'Mi wela'. 'Rydech chi'n berffaith siŵr, Marged?'

'O beth?'

'Eich bod chi am imi fynd.'

'Ydw, Harri.'

'O'r gore. Mi af odd'yma. Ac fe gewch chithe fynd at eich modryb. Ar un amod.'

'Beth?'

'Eich bod chi'n 'y mhriodi i galan gaea' nesa'.'

Aeth y lliw o wyneb Marged, a suddodd yn ôl i'w chadair.

'Harri . . . peidiwch â gwneud sbort ohono'i . . . plîs . . .'

Cododd Harri ar ei draed.

'Sbort!' rhuodd. 'Ai sbort ydi dyn yn cynnig ei galon i fenyw am dragwyddoldeb? Go fflamio chi, ferch, 'dydech chi ddim gwerth eich piclo!'

A dechreuodd Harri fesur hyd y gegin â chamau trymion. Syllodd Marged arno ag arswyd lond ei llygaid.

'Mae pobol yn siarad, yden nhw?' chwythodd Harri. 'O'r gore. Fe rown rywbeth iddyn nhw siarad amdano. Y tacle tafodog uffernanedig.'

Yr oedd Marged yn dechrau crynu erbyn hyn. Yr oedd wedi clywed am dymer Harri Lleifior, ond ni welsai erioed mohoni o'r blaen. Wrth ei phasio ar ei ymdaith fileinig drwy'r gegin, safodd Harri'n sydyn yn ei hymyl. Mentrodd godi'i phen i edrych arno. Yr oedd ei lygaid yn feddal, a chonglau'i wefusau'n crynu fel petai'n cadw gwên yn ôl. Plygodd a chydio yn ei dwylo a'i thynnu ar ei thraed.

'Marged,' meddai, 'prioda fi'r aur.'

A chyn iddi sylweddoli, yr oedd yn ei freichiau ac yr oedd ei wefusau'n boethion ar ei gwefusau hi. Pan gafodd ei gwefusau'n rhydd, meddai,

'Harri . . . wyddoch chi ddim beth ydech chi'n ddweud—'

'Na wn i?'

'Wnawn ni byth mo'r tro i'n gilydd, chi a fi—'

'Pam?'

'Feder un sy wedi'i fagu mewn lle fel Lleifior ac wedi cael yr holl addysg . . . ddim byw efo fy sort i. 'Ryden ni'n perthyn i ddau fyd gwahanol . . . fe allech chi ffeindio'n rhy hwyr, ac wedyn mi fydde—wel—yn rhy hwyr—'

'Fynni di imi dy dagu di?' Yr oedd llais Harri'n arwach na'i lygaid. 'Mi wn i beth ydw i'n ei wneud, Marged. 'Rydw i wedi canlyn merch oedd wedi'i magu'n gyfoethog fel fi. Ac 'rydw i wedi canlyn merch gafodd gymaint o addysg â fi. Syrthio'n fflat wnaeth y ddwy garwriaeth honno. Feder dyn ddim byw efo arian yn unig nac efo addysg yn unig. Mae'n rhaid iddo gael gwraig. Un nad ydi ddim yn rhy isel ganddi drwsio'i sanau o a

292

gwneud y deisen y mae o'n ei hoffi, a phoeni amdano pan fydd o allan yn hwyr y nos. Dyna pam y byddi di'n Marged Vaughan cyn y gweli di Nadolig arall, a sigled tafode Llanaerwen faint a fynnon nhw.'

Fe wyddai Marged nad oedd diben iddi ddadlau mwy. Yr oedd yn rhaid i Harri gael ei ffordd, ac os costiai'r ffordd honno'n ddrud iddo, yr oedd yn rhaid iddi hithau bellach rannu'r gost.

24

I

Yr oedd y pleidleisio drosodd ers tro, a thyrfa fechan yn ysgol Llanaerwen yn disgwyl y cyfrif. Cefnogwyr selocaf y ddau ymgeisydd fyddai'r dyrfa fach hon fel arfer, a dyna oeddent heno. Ond yr oedd yr awyrgylch yn fwy llethol nag arfer. Yr oedd ffermwyr rhan ucha'r Dyffryn yno, ond yn lle tyrru o gwmpas Edward Vaughan fel y gwnaethent ar ddiwedd pob etholiad o'r blaen, yr oeddent yn sefyll yn dwr gyda'i gilydd wrth y drws, yn cadw mor bell oddi wrtho ag y gallent. Yr oeddent wedi talu'r pwyth iddo heddiw, ond wedi'i dalu yr oedd rhyw anesmwythyd arnynt. Ni fynnai'r un ohonynt dros ei grogi i Edward Vaughan wybod ei fod wedi pleidleisio'n ei erbyn am y tro cyntaf erioed, ond yr oedd pob un yn anghyff-orddus o siŵr fod Edward Vaughan yn gallu darllen ei feddwl.

'Maen nhw'n dweud fod y fotio wedi bod yn drwm,' meddai Davies, Hafod Encid, yn taflu cipolwg mynych ar Edward Vaughan pan oedd yn siŵr nad oedd Edward Vaughan yn edrych arno ef.

'Mi glywes,' ebe Hughes, Lluest y Wennol.

'Yn drwm iawn, maen nhw'n dweud,' meddai Davies eto, yn tynnu'i lygaid yn sydyn oddi ar Edward Vaughan am fod Edward Vaughan yn troi'i ben tuag ato ef.

'Prun eith i mewn, tybed?' meddai Lewis Bevan y Cefn Isaf am y deuddegfed tro, er mwyn dweud rhywbeth.

'Mi fydd yn o dynn, gewch chi weld,' ebe Hugh Williams y Cefn Uchaf.

'Bydd,' meddai'r lleill i gyd ar unwaith.

'Mae Castell Aram wedi fotio iddo, mae'n amlwg,' meddai Davies.

Yr oedd John Ifans, Castell Aram, yn sgwrsio ag Edward Vaughan dan un o'r ffenestri.

'Rhyfedd iawn,' ebe Hugh Williams, 'a Vaughan wedi dweud ei fod o'n rhy fawr i'w sgidie.'

'Os dwedodd o hefyd,' meddai Hughes, Lluest y Wennol.

'Ydech chi'n ame, Hughes?' gofynnodd Lewis Bevan yn anesmwyth.

'Ydw,' meddai Hughes. ''Does gennon ni ddim ond gair Wil James ddiwrnod dyrnu yn y Trawscoed fod Vaughan wedi dweud y pethe 'na amdanon ni i gyd. A 'does gen i ddim cownt o Wil James. Fu gen i erioed. Ond dyna fo. Mae'n rhy hwyr rŵan.'

Syllodd y lleill yn syn ar Hughes, a phosibilrwydd cynllwyn yn dechrau gwawrio arnynt am y tro cyntaf.

'Gyda llaw,' ebe Davies ymhen tipyn, 'welodd rhywun ohonoch chi Pugh y Trawscoed yn fotio yma heddiw?'

Na, 'doedd yr un ohonynt wedi'i weld. Lledodd Davies ei goesau a gwthio'i fodiau i bocedi'i wasgod a chrebachu'i wyneb i geisio cronni'r ddoethineb a oedd newydd ffrydio yn ei ben.

'Ydi o ddim yn ymddangos yn od i chi,' meddai, 'a dweud y lleia'? Taflwch eich meddylie'n ôl, gyfeillion. Ar aelwyd Pugh y diwrnod dyrnu hwnnw y daru ni benderfynu sut i fotio heddiw i gyd. 'Roedd o'n edrych yn rhyfedd i mi y diwrnod hwnnw gymaint o ffarmwrs oedd yno, yn lle'n bod ni i gyd wedi anfon ein gweision. Ddaru o'ch gwadd chi yno i weld rhyw ddefaid ecstra-spesial oedd ganddo?'

'Do, mi ddaru sôn am ddefed wrtha' i,' meddai Hugh Williams.

'Bustych ddwedodd o wrtha' i,' meddai Hughes, Lluest y Wennol.

'Gwartheg llaeth wrtha' inne,' meddai Jones y Garnedd.

'Diar mi,' meddai Davies, a llygedyn o rywbeth cryfach na hiwmor yn ei lygaid, 'fe fuon ni'n ddwl, gyfeillion. 'Roedd Pugh â'i fys yn daclus ar wendid pob un ohonon ni. Un hirben oedd o erioed. Ac wedi'n cael ni a'n teuluoedd i ddod i lawr bob cam i fotio fel hyn, 'dydi o ddim yn dangos ei wyneb.'

'Mae eisie'i gwneud hi'n boeth iddo,' meddai Hughes, heb fynegiant ar ei wyneb. Ac meddai Davies yn araf,

'Yr ydech chi'n iawn, Hughes. Yn uffernol o boeth.'

Ni ddywedodd y lleill air. Yr oeddent wrthi â holl egni'u hymennydd yn dyfalu a oedd Wil James wedi dyfynnu Edward Vaughan ai peidio y diwrnod hwnnw yn y Trawscoed, ac onid oedd, pa ffordd y gallent guddio oddi wrth Edward Vaughan eu bod wedi'i fradychu heddiw, a gwneud iawn iddo heb eu darostwng eu hunain i gyffesu wrtho. Edrychodd pob un yn llechwraidd ar ei gilydd, pob un yn angerddol obeithio na fradychai'r lleill mo'i frad ef, ac eto'n barod i fradychu'r lleill os oedd gobaith trwy hynny i achub ei ben ei hun. Yr oedd ffermwyr Dyffryn Aerwen yn prysur sylweddoli na allent ymddiried yn ei gilydd ddim pellach na'u gweld. Ond yr oedd pob un yn gobeithio, er gwaetha'i bleidleisiau ef a'i deulu, fod digon yn y Dyffryn y diwrnod hwnnw wedi pleidleisio i Edward Vaughan i'w roi yn ddiogel i mewn.

Yr oedd Edward Vaughan wedi gadael John Ifans ac wedi croesi'r stafell i siarad ag Aerwennydd. Yr oedd hynny'n arfer ganddo yn ystod y cyfrif bob amser. Yr oedd rhai'n dweud mai polisi ydoedd. Eraill yn dweud mai sifalri gŵr bonheddig. Eraill eto mai mawrfrydedd hawdd gŵr sicir o'i fuddugoliaeth.

Aerwennydd oedd y nerfusaf o'r ddau. Yr oedd wedi smocio'n ddiderfyn drwy'r dydd. Yr oedd buddugoliaeth y tro hwn yn nes ato nag y bu erioed o'r blaen, os oedd y pethau y bu Robert Pugh yn eu dweud yn wir. Ac eto, fe fyddai colli o ddim ond un bleidlais yn gymaint o golli â cholli o gant.

'Mi garwn i ddweud, Aerwennydd,' meddai Edward Vaughan, 'fel y dwedais i y tri thro o'r blaen, a'i feddwl o gymaint ag untro; beth bynnag a ddigwydd, na theimla' i ddim gwahanol tuag atoch chi.'

'Mi alla' inne ddweud yr un fath,' ebe Aerwennydd. Ond wrth ei ddweud, yr oedd yn meddwl: hawdd y gelli di fod mor hunanfeddiannol, Vaughan. 'Rwyt ti'n meddwl yr enilli di'n hawdd y tro yma fel y troeon o'r blaen. A hwyrach y gwnei di. Mae papur pumpunt tipyn mwy'i ddylanwad na phapur chweugain. Ond fe elli dy baratoi dy hun am sioc. Fe synni gymaint yn llai fydd dy bleidleisiau di y tro yma—os ydi'r sgemar Pugh yna'n dweud y gwir. Nid oedd Aerwennydd wedi gweld Pugh na'i deulu yn y bwth drwy'r dydd, ac yr oedd hynny wedi'i anesmwytho drwyddo.

'Mae'r pôl wedi bod yn drwm,' ebe Aerwennydd.

'Clod, hwyrach, i'r cyfarfod campus gawsoch chi neithiwr,' meddai Edward Vaughan.

Am Harri y meddyliodd y ddau, ond ni chrybwyllwyd mo'i enw. Yr oedd gormod o gwrteisi hyd yn oed yn Aerwennydd i roi dolur i dad. Fe wyddai, er hynny, fod cefnogaeth Harri Vaughan neithiwr yn siŵr o fod wedi chwyddo'i bleidlais ef.

Ar hynny, daeth Harri i mewn. Symudodd y ffermwyr o'r drws i wneud llwybyr iddo; symud, a barnu wrth eu golwg, fel y bydd nifer o fuchod yn symud oddi ar lwybyr ci sy'n rhy fychan i'w ofni ond eto'n ormod o gi i'w ddiystyru. Edrychent arno fel llanc annaturiol a werthodd ei dad ei hun, ac edrych arno'n llymach er mwyn cael ymadael â pheth o euogrwydd yr un brad o'u calonnau hwy eu hunain. Daeth Harri ymlaen yn araf nes sefyll o fewn chwe cham i'w dad, a chyfarfu'u llygaid. Trodd Harri'i gefn a chymryd arno chwilio am rywun ymhlith y tyrrau pobl o'i gwmpas. Ond yr oedd y tyrrau pobl i gyd yn edrych arno ef, a'u siarad wedi peidio.

Er mwyn gweld beth a ddigwyddai, gadawodd Aerwennydd Edward Vaughan a mynd at un o'r tyrrau pobl i sgwrsio. Gwelodd Edward Vaughan beth oedd wedi digwydd. Yr oedd Harri ac yntau'n sefyll, bob un ar ei ben ei hun, nid nepell oddi wrth ei gilydd, ar ganol y llawr, a phawb arall yn eu gwylio mewn distawrwydd i weld a siaradent â'i gilydd ai peidio. Yr oedd y sefyllfa'n eithriadol ac yn boenus. Ond gan na chymerodd ef erioed mo'i goncro gan sefyllfa, aeth yn ei flaen at Harri.

'Wel, Henri,' meddai, 'sut wyt ti?'

'Yn bur dda, 'Nhad, sut ydech chi?'

'Cystal, o ran fy iechyd, ag y bûm i ers blynyddoedd. Teimlo weithie, wrth gwrs, 'mod i'n mynd yn hŷn.'

'Mae hynny, am wn i,' meddai Harri, gan danio sigarét, 'yn brofiad cyffredin i bawb. 'Rydech chi'n edrych yn eitha' da.'

'A thithe, os ca'i ddweud. 'Rwyt ti wedi grymuso yn dy gorff, ac yn llawnach yn dy wyneb. Bywyd yn yr awyr agored yn dygymod â ti, mae'n amlwg.'

Erbyn hyn, a'u chwilfrydedd wedi'i siomi, yr oedd y tyrrau pobol yn troi drachefn i sgwrsio â'i gilydd. 'Doedd dim deunydd drama yma wedi'r cwbwl. Yr oedd Edward Vaughan yn deall dynion yn ddigon da. Wedi cael eu cefnau, meddai wrth Harri, â'i lais yn is,

'Mi glywais iti siarad neithiwr.'

'Allwn i ddim disgwyl ichi fadde peth felly,' ebe Harri.

'I'r gwrthwyneb. 'Doedd gen i ddim hawl i ddisgwyl iti wneud yn amgenach. 'Dydw i ddim wedi dy gyfri di'n fab i mi er pan adewaist ti Leifior, fel nad oedd arnat ti ddim teyrngarwch i mi fel tad.'

''Rydech chi wedi 'nghamddeall i, syr,' meddai Harri. 'Nid dial arnoch chi'r oeddwn i, mewn modd yn y byd. Ond os cofiwch chi, mae comiwnyddiaeth wedi cael cryn ddylanwad arna'i yn ystod y misoedd diwetha' 'ma, ac o bwyso dwy raglen mewn gwaed oer, 'roedd yn naturiol i mi roi 'nghefnogaeth a'm pleidlais i Lafur yn hytrach nag i Ryddfrydwr.'

'Ac 'rwyt tithe wedi 'nghamddeall inne,' ebe Edward Vaughan. ''Doeddwn i ddim yn credu am funud mai dial yr oeddet ti. 'Rwy'n credu bod yna ormod o Vaughaniaid Lleifïor ynot ti o hyd i hynny. Dim ond Vaughan yn Nyffryn Aerwen fuase'n ddigon gwrol i godi ar ei draed i ddweud i bwy'r oedd ei bleidlais o'n mynd.'

Ceisiodd Harri ddarllen wyneb Edward Vaughan. 'Doedd arno ddim cysgod coegni. Rhaid ei fod yn credu'r hyn a ddywedodd. Ond yr oedd yn wyneb hen ŵr. Plygodd Harri'i ben o flaen yr aeddfedrwydd penwyn.

'Mi glywaist, mae'n debyg, fod Greta wedi priodi?'

Cododd Harri'i ben eto.

'Chlywais i'r un gair.'

'Mae'n amlwg nad wyt ti byth yn darllen papur newydd nac yn gwrando ar siarad pobol,' ebe Edward Vaughan.

'Nac ydw,' ebe Harri. 'Ond feddyliais i erioed y priodai Greta heb anfon gwahoddiad i'w brawd.'

'Hwyrach na fu Greta ddim yn feistres ar ei bywyd ei hun ers rhai misoedd. Yr oedd hi am dy wahodd di. Fi a'i cynghorodd hi i beidio.'

Nodiodd Harri'n araf.

'Mi wela',' meddai. 'Hwyrach mai camgymeriad, er hynny, oedd penderfynu cymaint dros Greta.'

'Hwyrach,' ebe Edward Vaughan. Ac er lleied ydoedd, fe glywodd Harri'r cryndod yn ei lais. Yn sydyn, dywedodd Harri,

''Rydw inne'n priodi hefyd.'

Syllodd Edward Vaughan arno.

'Pwy?'

'Merch y tŷ lle'r ydw i'n lletya.'

'Gorfod priodi'r wyt ti?'

'Fuase hynny'n debyg o ddigwydd i un o Vaughaniaid Lleifior?'

'Ddim os ydi hi'n ferch o'r un dosbarth â Vaughaniaid Lleifior.'

Gwelodd Harri fod ei dad yn dal i roi pawb mewn dosbarth, ac yntau wedi peidio. Nid oedd yr amau ar ei gymeriad ef yn ei frifo, ond yr oedd y llach ar Marged yn llosgi. Ond cofiodd nad oedd ei dad yn adnabod Marged, mwy nag oedd yntau hyd bedwar mis yn ôl. Dywedodd yn gwta,

''Dydw i ddim yn priodi tan galan gaea'. Tynnwch eich casgliade'ch hun.'

Gostyngodd Edward Vaughan ei olygon.

'Ti sy'n gwybod,' meddai. ''Rwyt ti'n rhydd bellach i wneud beth fynnot ti.' Yna ychwanegodd, 'Mae dy fam yn holi amdanat ti. Mi anfonodd neges iti, os gwelwn i di. Addewais i ddim y rhown i'r neges. Ond cystal iti'i chlywed hi. Fe ddywedodd, beth bynnag am dy dad, ei bod hi'n dal yn fam iti.' Brathodd Harri'i wefus. Trodd Edward Vaughan a cherdded i ffwrdd.

Yr oedd y cyfrifwyr yn dod o'r ystafell nesaf. Daeth ust sydyn ar y tyrrau pobol. Trodd pawb ei wyneb tua desg y sgŵl. Safodd Owen Breese i gyhoeddi'r ffigurau:

'Edward Llewelyn Vaughan   ..   652
James Aerwennydd Francis   ..   663.'

Gollyngodd bois y bysus a Huw Siani fonllef gynddeiriog. Am funud gyfan buont yn taflu'u capiau i'r awyr ac yn dawnsio yn nwylo'i gilydd, nes iddynt sylweddoli mai hwy yn unig yn y stafell oedd yn dangos unrhyw frwdfrydedd. Yr oedd pawb arall, sut bynnag y bu iddynt bleidleisio, yn gwbwl fud. Yr oedd pennod wedi cau yn hanes Dyffryn Aerwen, a pha beth bynnag oedd gwendidau honno, yr oeddent yn gyfarwydd â hi. Ond am y bennod oedd yn agor, ni wyddent ddim.

Cerddodd Edward Vaughan ar ei union at Aerwennydd a gwasgu'i law yn gynnes.

'Pob rhwyddineb, 'machgen i,' meddai. Ac yr oedd pawb yn gwbwl siŵr ei fod yn ddidwyll.

Gofynnwyd i'r ddau ymgeisydd ddweud gair. Dywedodd Aerwennydd, ag un llaw yn ei boced a'r llall yn dal sigarét yn llipa, ei fod yn falch o'r anrhydedd, ac yn ddiolchgar iddynt am eu hymddiried ynddo, a'i bod wedi bod yn frwydyr lân a chyfeillgar, a bod yn ddrwg ganddo fod gwrthwynebydd mor ddewr ac mor uchel ei barch â Mr. Vaughan wedi colli er ei fod yn falch ei fod ef ei hun wedi ennill, ac y gwnâi'i orau. Wedi iddo dewi, aeth Edward Vaughan yn araf at ddesg y sgŵl a sefyll yno.

'Annwyl gyfeillion,' meddai, a'i lais mor gryf ag erioed ond yn crynu'r ychydig lleiaf. 'Yr ydw i'n llongyfarch Mr. Aerwennydd Francis o waelod fy nghalon. Mi wn i nad mater plaid yw etholiad Cyngor Sir, ond mi wn hefyd fod pleidiau'n cyfrif ynddo, er ein gwaethaf ni i gyd. Heno, y mae Dyffryn Aerwen yn anfon aelod Llafur i'r Cyngor Sir am y tro cyntaf erioed. Ac er mai Rhyddfrydwr ydw i, 'dydw i ddim yn Rhyddfrydwr dall. Y mae Rhyddfrydwr wedi cynrychioli Dyffryn Aerwen am y tro olaf. Nid colli dagrau ddylen ni, gyfeillion, ond derbyn yr anochel, a gwneud y gorau ohono, a chefnogi'r hyn sydd dda ynddo. Yr ydw i'n dymuno i Mr. Francis bob llwyddiant yn y cyfrifoldeb mawr yr yden ni wedi'i osod arno heno o'n cynrychioli ni, bobol Dyffryn Aerwen, ar y Cyngor Sir. Pob bendith arno.'

Curodd ychydig eu dwylo. Safodd bois y bysus a Huw Siani â'u pennau i lawr, yn troi'u capiau rhwng eu bysedd. Aeth y ffermwyr allan fel cŵn-lladd-defaid.

Safodd Harri, yn bwriadu llongyfarch Aerwennydd a dweud gair o gydymdeimlad wrth ei dad. Ond pan welodd ei dad yn dod yn araf tua'r drws a'i ben gwyn bonheddig yn dal yn uchel, trodd, a mynd o'r ystafell am ei fywyd.

II

Pan gyrhaeddodd Edward Vaughan adref, yr oedd ei briod yn gweu wrth dân y parlwr mawr. Er na fuasai neb arall yn gallu gweld dim yn wahanol ar ei wyneb, fe welodd hi wahaniaeth yn syth.

'Colli wnaethoch chi, Edward.'

'Colli, Margaret.'

'Colli i damaid o Lafur.'

Eisteddodd ei gŵr gyferbyn â hi.

'Mae'n rhaid inni wynebu ffeithie, 'nghariad i. Nid y byd yr oeddech chi a finne'n ifanc ynddo ydi'r byd yr yden ni'n byw ynddo heddiw. Byd y plant ydi hwn, ac 'rwy'n dechre dod i weld nad oes gennon ni ddim busnes ynddo. Nhw sy'n nabod eu hoes ore, nid ni.'

'Meddwl am Henri'r ydech chi, Edward.'

'Ie, dwedwch? Hwyrach eich bod chi'n iawn. Henri wyllt, demprog, ystyfnig. Hm! 'Rydw i wedi meddwl llawer, pan allwn i feddwl amdano o gwbwl, am beth ddwedodd o yn y stafell yma flwyddyn yn ôl: "Methu peidio â theimlo'r ydw i nad ydi'r pethe fu'n cyfri tan rŵan—enw, safle, cyfoeth—nad yden nhw ddim yn mynd i gyfri llawer byth eto." 'Roedd o'n iawn, Margaret.'

'Mae Henri bob amser yn iawn, Edward.'

Syllodd ei phriod arni'n sydyn.

'Nac ydi,' meddai, ''dydi Henri ddim bob amser yn iawn. Dim ond ar ddamwain, fel pan ddwedodd o hynna. 'Does gan ei debyg o ddim busnes i fod yn iawn.'

Gwenodd Margaret Vaughan wên bruddglwyfus.

'Welsoch chi o heno, Edward?'

'Do.'

'Roesoch chi fy neges i iddo?'

Saib.

'Do.'

'Ofynnodd o amdana'i?'

'Naddo.' Aeth poen dros wyneb Margaret Vaughan. ''Roedd o'n rhy agos at ddagre.' A diflannodd y boen. Aeth Margaret Vaughan ymlaen â'i gweu.

'Mae'r tŷ 'ma'n ddistaw, Edward.'

'Ydi.'

Ac yr oedd y tŷ'n ddistaw. Fe fu'n ddistaw'n hir, nes dywedodd Margaret Vaughan,

'Mae Greta'n cael swper yn y Savoy rŵan, efo Paul.'

Distawrwydd eto.

''Rwy'n siŵr nad ydi hi'n dweud yr un gair wrtho.'

Distawrwydd dwysach. Yr oedd tipian y cloc bach ar y silff-ben-tân fel esgidiau hoelion mawr yn rhedeg drwy'u pennau.

''Roedd hi mor ofnadwy o ddistaw yn ei phriodas ddoe.'

'Margaret!'

Yr oedd Edward Vaughan ar ei draed. Cerddodd yn drwm dros y carped ac edrych drwy'r ffenest agosaf i'r tywyllwch.

'Mae'n ddrwg gen i, Edward. Nid arnoch chi mae'r bai.'

Trodd ei gŵr.

'Wrth gwrs mai arna' i y mae'r bai, os oes bai ar rywun. Hwyrach na chlyw neb mohoni'n chwerthin eto tra bydd hi . . .'

A throdd i syllu eto i'r tywyllwch.

'Mae Henri am briodi hefyd,' meddai.

Gollyngodd Margaret Vaughan ei gweu ar ei glin.

'Henri'n priodi?' meddai. 'Pwy?'

'Merch i'r dyn ffordd 'na fu farw ychydig bach yn ôl.'

'Ydi o wahaniaeth merch i bwy ydi hi, Edward, os ydi Henri'n ei dewis hi?'

''Rydech chi'n siarad yn union yr un fath â Henri rŵan,' ebe Edward Vaughan. ''Does dim lles o ddyn yn priodi allan o'i ddosbarth.'

'Nid y byd yr oeddech chi a finne'n ifanc ynddo ydi'r byd yr yden ni'n byw ynddo heddiw. Ydech chi'n cofio, Edward?'

Edrychodd ei gŵr arni'n hir. Yna, daeth yn araf tuag ati. Safodd o'i blaen a'i thynnu ar ei thraed. Rhoddodd ei freichiau'n dyner amdani.

'Bum mis yn ôl, Margaret,' meddai, 'yr oeddwn i'n meddwl 'mod i'n ffarwelio â chi. Pe bawn i wedi gorfod wynebu heboch chi y cwbwl yr ydw i wedi'i wynebu, mi fuase f'angladd inne wrth y drws erbyn hyn. Ond yr ydech chi gen i, diolch i'r Duw trugarog. A thra byddwch chi gen i, mi fydda' i'n dal i fyw mewn cornel fechan o'r byd oedd yn bod pan oedden ni'n ifanc. Beth bynnag ddigwydd i'r hen Leifior yma, a fydd o ddim gen i'n hir, yr unig beth o bwys ydi'ch bod chi a finne gyda'n gilydd.'

Cusanodd ei briod ef ar ei foch a syllu'n wastad i'w lygaid.

'Wnewch chi addo un peth imi, Edward?'

'Mae'n dibynnu beth.'

'Fe wnaethon ni gamgymeriad yn ymyrryd â Greta. Rhaid inni beidio gwneud yr un camgymeriad efo priodas Henri.'

'Fedrwn ni ddim. Mae o tu hwnt i ddim y gallwn ni'i wneud.'

''Dydw i ddim yn hoffi sŵn hwnna, Edward. Gwnewch addo i mi y gwnewch chi bopeth yn iawn efo Henri.'

'Alla'i ddim addo,' ebe Edward Vaughan. 'Vaughan ydi f'enw i, a Vaughan ydi'i enw ynte. A 'dydi Vaughan byth yn rhoi i mewn.'

III

Trodd Harri'n gignoeth yn ei wely. Yr oed cwsg yn mynd ymhellach bob munud, a'i lygaid yn tyfu'n fwyfwy effro. Goleuodd y lamp drydan wrth ei wely a thanio sigarét.

Wrth orwedd ar ei gefn a gwylio'r mwg glas yn cyrlio'n araf rhyngddo a'r nenfwd, yr oedd yn gweld, mor glir ag y gwelai'r mwg, ei dad yn sefyll yn y stafell yn yr ysgol ac yn siarad wedi'r cyfri. Clywodd eto'r llais cryf â'r arlliw cryndod arno, a'r geiriau diwenwyn, glân. Yr oedd y gŵr a'i cenhedlodd wedi dal siom fel y daliodd lwyddiant, am a wyddai ef, heb wyro. Ac yr oedd ef, y peth a genhedlodd, yn gorwedd yn sypyn chwyslyd mewn gwely, yn amddifad o'i ddewis ei hun.

Beth oedd cadernid ei dad? Ei gyfoeth, hwyrach. Ond yr oedd hwnnw, wedi'i ddal ar bedestal a safodd am drigain mlynedd, wedi pallu heddiw. Ei fonedd, o bosibl. Y peth hwnnw yn y gwaed, wedi'i nerthu a'i fireinio drwy genedlaethau o'i gymysgu â'i gyd-fonedd. Nid oedd yn cyfrif mwyach i rai a phleidlais ganddynt. Ond oni allai gadw pleidlais, fe allai gadw urddas wedi'i cholli. Ei grefydd, yn ddios. Ac yma, cododd Harri'i hun ar ei benelin yn y gwely. Yr oedd ef, trwy ddoethineb y ddialecteg Farcsaidd, wedi bwrw Duw dros erchwyn ei fywyd ac yn syllu ar bedwar mur y byd a'i lawr a'i nenfwd yn closio amdano i'w wasgu, heb ddim i'w hatal ond ei waedd ei hun nad oedd Neb i'w chlywed. Yr oedd yn fuddugwr, wedi profi'i weledigaeth werin ac wedi'i chael hi'n llwyddo. Ond yr oedd y llwyddiant ei hun yn cau amdano, am ei fod yn llwyddiant yr oedd erddo wedi aberthu anwyldebau bywyd: y deall sy rhwng tad a phlentyn, yr angerdd sydd yn ffwdanu digyffro mam, y diddosrwydd sy mewn cartref.

Ond yr oedd ei dad yn drech na'r gwasgu sy yn y byd am iddo gadw'r ffenestri'n agored rhwng ei fod a'r Uwchfod. Er mai'i linach a'i ffermydd a'i ben busnes a'i gwnaeth yr hyn ydoedd yng ngolwg dynion, yr oedd yn amlwg ei fod yn fwy na hwy i gyd. Yr oedd yn sefyll heno, uwchlaw siom a surni a chynllunio a chynllwynio a phopeth sydd yn mynd ac yn dod ac yn darfod. Am ei fod law-yn-llaw â'r Pŵer a wad y Marcsydd ac a fradycha'r Cristion, ond a fydd pan dderfydd y ddau.

Nid oedd Harri'n deall dim ar y Pŵer. Nid oedd wedi gwneud dim ag ef ers blynyddoedd ond ei wadu. Nac wedi torri gair ag ef, yn siŵr. Hyd yn oed petai gwedd̈io'n help yn awr, nid oedd ganddo mo'r syniad lleiaf sut i ddechrau. Ni fyddai modd ymysgwyd o'r meddwl mai siarad ag ef ei hun y byddai, neu ag Estyniad ohono'i hun ar ei lun a'i ddelw. Dyna, meddai'r Marcsydd, ydoedd Duw. Ond os dyna'n unig ydoedd, yr oedd yn drymp dihafal heno i Edward Vaughan.

Fe wyddai Harri'n awr mai cam â'i dad oedd hwtio'i grefydd fel y gwnaethai yn ei offis yn Lleifior cyn i Karl ymadael, ac amau'i realiti. Dichon nad oedd ei dad mor gyson ddefosiynol ag ydoedd Karl, ond yr oedd ei afael ar yr hanfodion yn ddigon tyn iddo beidio â'u gollwng dan hyrddiau siom a'i demtio a cholli parch. Nid oedd ffrwythau'i grefydd yn llu, ond yr oedd ei gwraidd yn gadarn.

Ac yn awr, beth? Wedi cychwyn ar y bererindod werin unig,

nid oedd troi'n ôl. Cyhyd ag y parhâi'i dad yn gyfalafwr ac uchelwr, ac yntau Harri'n llafurwr, nid oedd man cyfarfod. Yr oedd ei fod ef wedi helpu i daflu'i dad o'i orsedd yn Nyffryn Aerwen yn ing. Ond yr oedd ingoedd ym mhob chwyldro.

Er troi a throsi, gorff a meddwl, ni welai Harri lwybyr clir ond hwnnw yr oedd ei draed eisoes arno. Ryw ddydd yn y dyfodol, hwyrach y byddai gweledigaeth amgen. Ond nid heno. Diffoddodd ei sigarét a diffodd y lamp a cheisiodd ddiffodd ei hiraeth am Leifior.

25

I

Er pan benderfynodd werthu Lleifior, fe ddechreuodd pobol ddweud wrth ei gilydd fod Edward Vaughan yn 'torri'. Yr oedd wedi heneiddio'n gyflym yn ystod y flwyddyn a aeth heibio, ond yr oedd wedi llwyddo i gadw hynny oddi wrth bawb ond y rhai a'i hadwaenai'n rhy dda. Nid oedd modd ei gadw mwy oddi wrth y cyhoedd. Yr oedd yn naturiol i ddyn ar fin gadael cartre'i hynafiaid edrych yn hŷn nag y dylai.

Yr oedd newydd fod yn swyddfa Coleman & Snaith yn trefnu'n derfynol ar gyfer y gwerthu, a rywsut, yr oedd Henberth yn llawer mwy swnllyd nag y bu erioed o'r blaen, er ei bod yn ddiwrnod marchnad. Yr oedd yr haul yn danbeitiach a'r palmentydd yn fwy tueddol i symud dan draed, a'r bobol yn fwy prysur ac yn llai cwrtais nag y buont. Fe'i daliodd Edward Vaughan ei hun fwy nag unwaith yn synfyfyrio ac wedi sefyll yng nghanol y llifeiriant pobol, synfyfyrio nes rhoddai rhywun law ar ei ysgwydd a dweud, 'Helô, Mr. Vaughan!' Deffro'n sydyn a chynnal pwt o sgwrs, yna, heb yn wybod, sefyll a synfyfyrio drachefn.

Yr oedd dau can mlynedd yn amser hir. Cyhyd â hynny y bu Vaughaniaid yn Lleifior. Ac o'r pumed o Fehefin ni fyddai Vaughaniaid yn Lleifior mwy. Yr oedd meddwl mai ef fyddai'r un i dorri'r olyniaeth fel rhywun yn rhoi llafn ynddo. Yr oedd yn gollwng ei dad i lawr, a'i daid, yn gollwng i lawr y Vaughan hwnnw a brynodd Leifior ddau can mlynedd yn ôl. Ond nid oedd dim amdani ond gwerthu. Dau ddyn yn eu hoed a'u hamser oedd ganddo ar y lle. Yr oedd angen dau arall, ond nid oedd dau arall i'w cael petai'n dyblu'r cyflog. Fyddai'r lle o ddim defnydd i Greta a Paul, dim ond baich. Ac yr oedd Harri wedi'i ddatod ei hun oddi wrtho. Nid syniad i lonni calon oedd gadael Dyffryn Aerwen a mynd â Margaret i Lerpwl i fyw. Ond 'doedd dim arall amdani. Yr oedd yn rhaid i Leifior fynd.

'Pnawn da, Mr. Vaughan.'

Trodd Edward Vaughan, a syllu i wyneb Jac Bennett. Fe fyddai'n siarad â llawer yn Henberth, ond dyma'r tro cyntaf erioed iddo siarad â Jac Bennett. Er eu bod ill dau o Lanaerwen, yr oeddent mor ddiarth i'w gilydd â dau o ddwy sir. Ond am ryw reswm, yr oedd Bennett wedi sefyll heddiw am sgwrs.

'Mae'n gynnes, Mr. Vaughan.'

'Yn gynnes iawn, Bennett. Yn gynnes iawn.'

'Clywed eich bod chi'n gadael yr ardal, Mr. Vaughan.'

'Diar mi. Mor fuan y mae straeon yn cerdded.'

'Mi fydd 'na fwlch ar eich ôl chi acw.'

'Diolch, Bennett. Diolch yn fawr.'

Yr oedd hynyna'n beth od i Bennett ei ddweud, o achos fel is-gadeirydd y gangen Lafur yn Llanaerwen yr oedd bob amser wedi gwrthwynebu'i ymgeisiaeth ef am y Cyngor Sir nerth deg ewin. Yr oedd rhywbeth hynod wedi newid ei agwedd. Cofiodd Edward Vaughan am y sylw a wnaed ym Mhwyllgor y Ffyrdd ychydig cyn yr etholiad.

'Cyn imi adael y Cyngor Sir, Bennett, mi glywais i ganmol mawr i'ch giang chi am eich gwaith rhagorol ar y ffyrdd.'

'Fe wyddoch pwy sy'n gyfrifol?' meddai Bennett.

'Chi fel fforman, dybiwn i.'

'Nage, wir. Y dyn yr ydech chi wedi'i roi inni.'

'Y fi? 'Dydw i ddim yn eich deall chi, Bennett.'

'Er pan ddaeth eich mab chi aton ni, mae awyrgylch y giang wedi newid yn hollol. Weles i 'rioed ddynion yn newid cymaint. Mi gafodd ei gnocio o gwmpas yn o sownd ganddyn nhw am yr wythnos neu ddwy gynta', ond heddiw, petai Harri'n dweud wrthyn nhw am orwedd ar lwybyr y stêmrolar, 'rwy'n credu y gwnaen nhw. Cyn iddo ddod, fe fydden yn sgwrsio am—wel, na, 'dydi o ddim ffit i'w adrodd wrth ddyn fel chi. Ond rŵan, maen nhw'n sgwrsio am bolitics ac am lyfre ac am—wel, am grefydd. 'Dyden ni ddim yn ddynion duwiol, cofiwch. Ond erbyn hyn fe allech gyfri'r rhegfeydd glywch chi mewn diwrnod ar fysedd un llaw. Y gwir ydi fod y dynion yn rhy brysur i regi. Ac maen nhw wedi mynd yn browd o'u gwaith. Yn browd eu bod nhw'n ddynion ffordd! Mae'n swnio'n od, mi wn. Ac amser cinio ddoe, mi gawson ddarlith gen Harri—darlith, cofiwch—ar basiffistiaeth. Mi fuom yn ei thrafod hi drwy'r pnawn, a 'dydi'r drafodaeth ddim ar ben eto. Wel, dyna fo. Mae acw newid. Diolch i Harri.'

Plygodd Edward Vaughan ei ben a thynnu'i oriawr o boced ei wasgod. Rhwbiodd ei hwyneb â'i fys am nad oedd yn ei gweld yn glir.

'Diolch, Bennett,' meddai'n gryglyd. 'Pnawn da.'

Trodd ei gefn ar y fforman, gan adael hwnnw'n syllu'n ddryslyd ar ei ôl, ac aeth yn ffwdanus tua Swyddfa Walter Gethin.

'Helô, Mr. Vaughan.'

Trodd Edward Vaughan.

'O, helô, Terence, chi sy 'ma? Ydi'r lorri ddim wedi dod eto?'

''Rydw i'n ei disgwyl hi bob munud.'

'Ie, dyna chi. Ewch gyda hi pan ddaw hi, dim ond gollwng y defaid ohoni i'r cae wrth y ffordd. Mi ddo' i adre cyn gynted ag y medra' i.'

Gwyliodd Terence ef yn mynd ac yn troi i mewn i swyddfa'r cyfreithiwr. Yr oedd yn resyn ganddo dros Edward Vaughan. Yr oedd yn gwbwl amlwg ei fod yn torri'i galon ond yn rhy wrol i waedu.

Syllodd yn galed i lawr y stryd. Heibio i ddrws swyddfa Gethin yr oedd un yn dod y buasai wedi dianc o'i olwg pe medrai. Ond yr oedd yn rhy hwyr. Yr oedd wedi'i weld. Safodd nes daeth Wil James ato. Yr oedd yn amlwg fod Wil James wedi yfed.

''Lo, Terence.'

'Smai, Wil.'

'Wyt tithe wedi cael y sac hefyd?'

'Sac? Naddo. Pam? Wyt ti?'

'Ydw.' Anadlodd Wil yn drwm, a'i ên yn swrth ar ei frest. 'Y mochyn, Pugh. 'Y nhynnu i i'r Trawscoed, a wedyn 'y ngyrru i odd'yno.'

'Pam, Wil?'

Gollyngodd Wil chwerthiniad cwta.

'Mae gento fo ferch.'

'Lisabeth?'

'Mm-ie. Lisabeth. Merch handi gyn-ddeiriog . . .'

308

'Wel?'

'Mi ro's i 'nwylo arni un noson ar y ffordd i 'ngwely. Mi sgrechiodd y bitsh, ac mi ddoth Pugh yno.'

'Ac 'rwyt ti ar y clwt.'

''Rydw i ar y clwt. Hm!' A rhoes Wil un tro crwn ar ei sodlau ac wynebu Terence drachefn.

'Ti'n gwbod lle sy tu cefn iti, Terri?'

'Y *Green Lion*.'

'Reit. Tyrd i mewn am ddrinc.'

'Na ddo' i.'

'Y?'

Syllodd Wil arno drwy'i lygaid hanner cau.

'Blwmin dirwestwr?'

'Blwmin dirwestwr,' ebe Terence.

'Sut hynny?'

'Jest—wedi penderfynu. Dyna'r cwbwl.'

'Pam?'

'Wel . . . os ydi'n rhaid iti wybod. Mae Harri Vaughan wedi gofyn imi fynd yn bartnar efo fo.'

'Ar-r-amod d'fod ti'n rhoi gore i'r biar, e?'

'Ie.'

'Mi wyddwn. Mi synni glywed. Mi ofynnodd i minne hefyd.'

Lledodd llygaid Terence.

'Sioc, e?' Siglodd Wil ar ei draed. 'Mae'n wir. Ar-r-amod 'mod inne'n rhoi gore i'r joli biar. Ac mi fase fo'n mynd i siarad â Sali a thrio'i pherswadio hi i ddod yn ôl ata'i.' Agorodd Wil ei lygaid yn sydyn. 'Mi ofynnodd i mi, Terence! I hen syrffed fel fi!'

Gwelodd Terence fod gwefusau Wil James yn crynu'n ddireol, ac ymhen eiliad neu ddau powliodd dau ddeigryn mawr i lawr ei ruddiau cochlas. Sychodd ei wyneb yn arw â'i lawes ac yna dweud,

'Os oes 'na nefoedd, mi eith Harri Vaughan iddi. Ond mi fydd raid iddo fynd hebddo' i. Mae Wil James wedi'i werthu i'r Cythrel.'

A chan siglo'n beryglus, aeth heibio i Terence ac i mewn trwy ddrws y *Green Lion*. Fe'i cafodd Terence ei hun yn sefyll mewn cysgod mawr. Cododd ei ben a gweld bod y lorri anifeiliaid wedi sefyll rhyngddo a'r haul ac yn disgwyl amdano. Ymysgydwodd, a dringo i gefn y lorri at y defaid.

II

Nid oedd gan Harri lyfr ar ei lin yn y trên y tro hwn. Nid am ei fod wedi rhoi'r gorau i lyfrau. Yr oedd am ddarllen mwy nag erioed wedi iddo ymsefydlu. Ond heno yr oedd ei feddwl yn rhy lawn i ddarllen. Taranodd y trên fel y clywodd ef yn taranu ganwaith trwy ddyffrynnoedd coediog Powys. Ac fel y bu flwyddyn yn ôl pan ddaeth adref o Fangor i Leifior, yr oedd y dail yn dew ar y coed, Mynydd Cribwch mewn amlen las o gaddug, ac afon Aidd yn goch ac yn llonydd dan y machlud. Ond nid yr un dŵr oedd ynddi heno ag oedd ynddi y llynedd, nid yr un caddug oedd am Fynydd Cribwch, nid yr un dail oedd ar y coed. Yn nheyrnas natur fel yn nheyrnasoedd dyn, yr oedd cenhedlaeth yn diorseddu cenhedlaeth, hen wyrdd yn ildio'r cangau i wyrdd newydd fel hen syniadau'n ildio ardal i syniadau ffres.

Fe fu ym Mangor eto. Aros noson yn y llety gyda Gwdig, a gwrando ar ei chwerthin a'i breblach a'i ddiferion doethineb.

'Bachan, smo ti'n dod yn fyfyriwr yn ôl?'

'Nac ydw, Gwdig. Mae'r byd aflonydd wedi cael gafael yno'i. Mae'r frwydyr ar gerdded.'

'Eitha' reit. Ac erbyn hyn, mae whant arno'i ddod i'r frwydyr gyda ti.'

'Wyt ti o ddifri, Gwdig?'

'Ydw i.'

Buont ar eu traed yn cynllunio hyd yr oriau mân, ac wedi mynd i'r gwely ni chysgodd Harri am hir. Yr oedd y dyfodol yn rhy danbaid.

Pan aeth draw i'r coleg yn y bore, aeth i weld yr Athro Powell.

'Vaughan! Beth ddaeth â chi yma? 'Roeddwn i'n meddwl eich bod chi wedi digio wrthon ni am byth.'

''Rydw i wedi hanner madde ichi.'

'Mae'n dda iawn gen i glywed. Eisteddwch. Beth alla'i 'i wneud ichi?'

'Mi garwn i ddal i weithio ar fy ymchwil.'

'Campus. 'Rydych chi am ddod yn ôl.'

'Nac ydw. Gweithio gartre.'

'Popeth yn iawn. Fe gewch bob help y galla' i 'i roi.'

'Ond . . . mae gen i eisie newid y pwnc.'

'O? Beth sy gynnoch chi mewn golwg?'

'Dylanwad Marcsiaeth ar ardaloedd gwledig Cymru.'

Gosododd yr Athro'i sbectol ar ei drwyn a rhythu drwyddi ar Harri.

'Ydych chi o ddifri, Vaughan?'

'Fûm i erioed fwy o ddifri.'

'Diar mi. Pwnc braidd yn . . . ffantastig, gawn ni ddweud? Oes gynnoch chi rywbeth i weithio arno?'

'Llawer iawn.'

'Felly'n wir. O wel, gwnewch ryw grynodeb o'ch maes a'ch ffynonellau ac anfonwch o i mi, wnewch chi? Ac os gellwch chi f'argyhoeddi fod gynnoch chi ddigon o ddata i weithio arnyn nhw, fe gewch fynd rhagoch. Bore da, Vaughan. A . . . phob rhwyddineb.'

A gwasgodd yr Athro'i law yn dynn.

Wedi dod o'r ystafell, y rhai cyntaf a welodd Harri oedd Bill Kent a Gwylan, yn cerdded fraich ym mraich ar hyd y coridor tuag ato. Er nad oedd Gwylan wedi cael modfedd yn ei feddwl ers misoedd, fe'i cafodd ei hun yn cythryblu ychydig wrth ei gweld, a'i gweld ym mraich Kent. Gwridodd Gwylan wrth ei weld yntau, a phan oedd Harri ar fin mynd heibio iddynt heb ddim ond eu cyfarch, meddai hi wrth Kent,

'Excuse me a moment, Bill, would you? I'll join you in a few minutes.'

Yr oedd y Sais melyn yn bur anfodlon wrth ei olwg. Ond magodd beth ffydd a bodloni ac aeth yn ei flaen ac i lawr y grisiau o'r golwg.

'Wel, Harri?'

'Wel, Gwylan?'

Edrychodd Gwylan i lawr am eiliad, ac yna ar wyneb Harri drachefn.

'Harri . . . 'doedd y ffaith fod Bill a finna' fraich ym mraich jest rŵan yn golygu dim.'

'Nac oedd? 'Roeddwn i'n gobeithio'i fod o.'

'O, mae Bill yn selog, wrth gwrs. Ond . . . 'dydw i ddim. Fu dim ond un dyn yn 'y mywyd i erioed.'

Fe'i cafodd Harri hi'n haws osgoi'r ddau lygad du.

'Peidiwch â siarad fel'na, Gwylan.'

'Mae'n wir,' meddai hi, ymron yn taro'i throed yn y llawr gan mor bendant ydoedd. 'Oes dim modd, Harri, dim modd o gwbwl, i chi a finna'—?'

'Nac oes, Gwylan. 'Rwy'n priodi cyn bo hir.'

'Priodi . . .?' Yr oedd llais Gwylan yn llais bychan bach. 'Pwy?' meddai hi, pan gafodd ei gwynt ati.

'Merch o Lanaerwen acw.'

'Yr un gyfoethog?'

'Nage. Un arall. Un dlawd.'

'Beth ydi'i gwaith hi?'

'Cadw tŷ i'w thad yr oedd hi, dyn ffordd. Fe fu'i thad farw ddiwedd y gaea'.'

'Merch dyn ffordd . . .? Ac 'rydach chi a hitha'n mynd i fyw ar eich arian chi?'

''Does gen i ddim arian. 'Rydw i wedi'u fforffedio nhw, os ydech chi'n cofio. A rŵan, dyn ffordd ydw inne hefyd—diolch i chi.'

'Ond Harri, 'doedd dim isio ichi fynd i'r eithafion yna. Mi wn i mai fi wnaeth sosialydd ohonoch chi, ond fe allwn ni frwydro dros y gweithwyr heb fynd yn weithwyr ein hunain. Yr ydw i'n credu yn y proletariat, Harri.'

'Ydech, Gwylan, mi wn. Ond Marged *ydi'r* proletariat. Mae 'na fyd o wahaniaeth. A chan 'y mod inne erbyn hyn yn un o'r proletariat, 'ryden ni'n gweddu i'n gilydd yn dda.'

Wedi saib, dywedodd Gwylan,

''Rydach chi'n gwneud camgymeriad, Harri.'

'Hwyrach 'y mod i. Amser a ddengys. Ond mae arna'i eisie diolch i chi, Gwylan, am ddangos y ffordd imi at y gaib a'r rhaw, ac at Marged. 'Rwy'n siŵr y bydd Kent a chithe'n hapus iawn. Da boch chi.'

A cherddodd yn gyflym oddi wrthi ar hyd y coridor. Tybiodd

glywed sŵn dagrau, ond nid edrychodd yn ôl. Yr oedd creu-
londeb y cyfiawn wedi cydio ynddo yntau erbyn hyn.

Meddwl am y pethau hyn oedd yn ei gadw rhag darllen. Yr
oedd rhythm bywyd yn rhythm y trên ar y rheiliau. Draw, yn y
goedwig ar y dde, gwelodd goeden fawr wedi'i chwympo gan
ryw storm neu'i gilydd yn ystod y gaeaf, ac yn gorwedd yn farw
ymhlith y coed byw o'i deutu. Ond nid yn gwbwl farw chwaith.
Yr oedd dwy neu dair o'i changhennau'n ymestyn tua'r awyr,
yn leision gan ddail. A rhwng y dail yr oedd clwstwr o adar yn
cael rhyw ddiddanwch. Yr oedd y storm, wrth gwympo'r
goeden, wedi methu tynnu'i gwraidd yn gyfan o'r tir.

III

Dridiau cyn yr arwerthiant aeth Edward Vaughan i fyny i
droed y Ffridd i ymestyn ei goesau a chael awyr iach. Dyna, o
leiaf, a ddywedodd wrth ei briod. Ond fe wyddai hi ei fod wedi
mynd i droed y Ffridd y noson cynt a'r noson cyn honno, ac
mai peth newydd ynddo oedd hwn. Fel arfer, wedi gorffen
gwaith y dydd, fe fyddai'n tynnu'i sgidiau ac yn cymryd llyfr ac
yn suddo i'w hoff gadair wrth y tân. Onid oedd hi'n gynhaeaf,
wrth gwrs. Ac nid oedd hi'n gynhaeaf eto. Yr oedd ef wedi
dweud mai rhywun arall fyddai'n lladd y gwair eleni.

Wedi cael camfa'r Ffridd, eisteddodd Edward Vaughan arni.
Yn araf ac yn lluddedig trodd ei ben a llusgo'i lygaid hyd ei dir.
Ei hoff, hoff dir. Tridiau arall yn berchennog Lleifior. Deu-
ddydd arall, diwrnod arall, a'r arwerthiant. Wedyn, fe fyddai
rhywun diarth yn byw yn Lleifior, a phobol yr ardal yn sôn am
Mr. Thearle, Lleifior, neu Mr. Blenkinsop, Lleifior. Ac Ifan
Roberts yn cyffwrdd ei gap ac yn dweud, 'Good afternoon, Mr.
Thearle,' neu—

Ond yr oedd yn anghofio. Gan ei fod yn gwerthu Tyddyn
Argain i Robert Pugh y Trawscoed fe fyddai'n rhaid i Ifan
Roberts a'i wraig symud oddi yno. Gwilym y mab, meddai
Robert Pugh, yn priodi ac am ffarmio'r Tyddyn.

Yr oedd Robert Pugh wedi melysu drwyddo pan gynigiwyd y
Tyddyn iddo. A rhyw olwg swil arno hefyd. Yr oedd sôn fod

rhai o ffermwyr y Dyffryn wedi'i dweud hi'n o hallt wrtho un dydd Mercher tua Henberth. 'Ar eich cownt chi, Edward Vaughan,' meddai John Ifans, Castell Aram pa ddydd. Ond 'doedd gan Edward Vaughan bellach ddim diddordeb ym mhethau'r Dyffryn. Dim digon o ddiddordeb hyd yn oed i holi pam yr oedd ef yn wrthrych ffrae. Yr oedd Robert Pugh wedi dechrau ymddwyn unwaith eto fel y dylai cymydog. Ac yr oedd hynny'n ddigon. Er na wnâi hynny, chwaith, fawr o wahaniaeth bellach.

Lleifior . . . Mewn hanner awr aeth Edward Vaughan drwy'i blentyndod a'i lencyndod a thrwy droeon ei fywyd i gyd fel plentyn wedi ymgolli mewn stori. Pob cae a welai o'r Ffridd, pob coeden a nant a llidiart, yr oedd i bob un ohonynt ei gornel yn y pasiant, pob un yn siarad ag ef o'r lle y safai ac yn ei geryddu'n garuaidd am eu gadael. Chwibanodd cylfinir uwch y gefnen y tu ôl iddo. Fe fyddai'n felys cawellu'r gylfinir a chornchwiglen neu ddwy a mwyalchen a bronfraith, a mynd â'r cwbwl gydag ef i Lerpwl, a thaenu sgwâr o bridd Lleifior ar waelod cawell pob un. Ond fe fyddai pob un farw o dorcalon cyn pen mis. Nid byw fyddai byw mewn dinas i'r un o adar Lleifior.

Ti ydi'r olaf, Edward. Yr olaf un o Vaughaniaid Lleifior. Y cyfoethocaf, bid siŵr, a'r enwocaf, a'r olaf. Yn torri'r edau a ddirwynodd drwy wynt a glaw ac elw a chyni a gorthrwm a dioddef gorthrwm, am ddau can mlynedd. O hil a fu byw cyhyd yn Lleifior nes bod lliw Lleifior ar eu gruddiau a mawnddŵr Lleifior yn eu gwaed. Cyhyd nes bod y gwair yn y weirglodd yn nabod sŵn eu traed a'r rhosynnau o flaen y tŷ yn eu deall yn siarad. Cyhyd nes bod melyn yr haul ar Leifior yn felynach nag ar unman o'i gwmpas. Cyhyd . . .

Clywodd Edward Vaughan sŵn troed y tu ôl iddo. Trodd ei ben, a syllu. A syllu. Ddecllath oddi wrtho, yn ddau gysgodlun rhyngddo a'r gorllewin fflamgoch, safai Harri, a merch y gwyddai'i fod wedi'i gweld yn rhywle, ond nad oedd ganddo syniad ymh'le. Safodd yn ffwdanus ar ei draed, a daeth y ddau gysgodlun ato. Rhaid bod Harri'n medru darllen ei feddwl, o achos y peth cyntaf a ddywedodd oedd,

'Dod i gael golwg olaf ar yr hen le cyn mynd, 'Nhad?'

314

Methodd Edward Vaughan ag ateb. Trodd Harri at y ferch yn ei ymyl a dweud,

'Dyma 'Nhad.'

Ac wrth ei dad,

'Dyma Marged.'

Edrychodd Edward Vaughan arni am ysbaid heb ddweud dim, a'r hen eryredd yn ôl yn ei lygaid. Yna, estynnodd ei law iddi a dweud,

'Sut ydech chi, 'ngeneth i?'

Symudodd y tri at y gamfa ac edrych i lawr ar Leifior yn gorwedd yn gynnes yng nghôl ei dri chan cyfer. Buont yno am sbel heb neb yn torri gair, nes i Harri ddweud o'r diwedd,

'Ac 'rydech chi'n gwerthu Lleifior.'

Dim ateb. Gofynnodd Harri wedyn,

'Pwy pryn o?'

'Naill ai'r Comisiwn Coedwigo,' meddai Edward Vaughan, 'neu un o ddau ddyn busnes, Blenkinsop neu Thearle.'

Myfyriodd Harri am dipyn, yna dweud,

'Charwn i ddim gweld Sais yn byw yn Lleifior.'

'Ond beth arall wna'i ag o?' gofynnodd ei dad.

'Ei rentu o i mi,' ebe Harri'n syml.

Syllodd Edward Vaughan yn hir ar y llanc. Er na sylwodd ar hynny o'r blaen, yr oedd yn drawiadol y funud hon. Yr oedd stamp Vaughaniaid Lleifior ar Harri. Ei dalcen a'i drwyn a'i ên, ei ffordd o ddal ei ben, y tân yn mudlosgi yn ei lygaid.

'Wyt ti o ddifri, Harri?'

'Erioed fwy.'

''Does gen ti ddim dynion.'

'Oes. Chwech.'

'A bwrw fod gen ti gynifer, a 'dydw i ddim yn credu hynny, elli di byth dalu iddyn nhw.'

Gwenodd Harri.

'Nhw fydd yn talu am gael gweithio, 'Nhad.' Wrth weld ael ei dad yn crychu, ychwanegodd, 'Dowch imi egluro. Ryw dro, fe ddwedodd rhywun wrtha'i, "Ffarm gydweithredol fydd Lleifior dan y Sofiet Brydeinig." Fe boenodd hynny lawer arna' i. Erbyn hyn, 'dydi o ddim tamaid o wahaniaeth gen i am y sofiet. Fe fydd cystal gen i heb honno bellach. Ond mae'r ffarm gydweithredol yn 'y ngoglais i o hyd. Mae gen i chwech o ddynion yn barod i gydweithredu.'

'A phwy,' gofynnodd ei dad, 'ydi'r dynion gwallgo' yma?'

'Gwdig, a Terence, ac Ifan Roberts; llanc newydd orffen cwrs amaethyddol yn Aberystwyth yn oruchwyliwr, a finne. A hwyrach, os galla'i 'i berswadio—Karl.'

'Chwech o feistradoedd,' ebe'i dad. 'Wyt ti'n meddwl y gweithith hi?'

'Ydech chi'n fodlon imi drio?' ebe Harri. 'Os bydd y cynllun yn fethiant, flwyddyn i rŵan, 'rydw i'n addo i chi y newidia'i fy sistem, a newid 'y ngwleidyddiaeth. Flwyddyn i heno, os metha' i, mi dro' i'n gyfalafwr. Ac fe gaiff Lleifior fod yn ffarm un mistar, a'r mistar hwnnw y Tori glasaf welodd Dyffryn Aerwen erioed.'

Gwenodd Edward Vaughan, a dweud,

'Dowch, Marged, ichi gyfarfod 'y ngwraig.'

Fe gyfarfu Harri a'i fam yn neuadd Lleifior fel dau gariad yn cyfarfod wedi rhyfel hir. Dim ond llythyrau fu rhyngddynt er pan aeth Harri o Leifior, a'r rheini'n brin fel aur. Pan ymwahanodd y ddau, yr oedd llapedi siaced Harri'n llaith. Aeth Margaret Vaughan i'r gegin i baratoi swper, ac aeth Harri drwy'r drws derw i'r parlwr mawr. Yno yr oedd ei dad, yn sgwrsio â Marged fel petai'r ddau'n hen gyfeillion. Erbyn meddwl, yr *oedd* rhywbeth yn Marged yn debyg i Greta. Yr oedd Edward Vaughan yn dweud,

'Welwch chi'r codiad tir acw, Marged, ym mhen pella' Coed Argain? Dyna lle'r ydw i'n mynd i godi tŷ i Mrs. Vaughan a finne.'

Pan drodd a gweld Harri yno'n gwrando, pesychodd yn swta, a chydio ym mhenelin Marged.

'Dowch, Marged,' meddai, 'ichi gael gweld drwy'r tŷ.'

A thynnodd hi i'w ganlyn allan o'r parlwr mawr, lle gallai sgwrsio â hi o glyw meinglust Harri. Symudodd Harri'n araf drwy'r ystafell, a syllu drwy'r ffenestri tal ar y tir melyn yn gorffwys dan y machlud. Agorodd un o'r ffenestri, a thrwyddi llithrodd aroglau gwyddfid yn gymysg â sawr rhosynnau. Cyn hir fe fyddai aroglau gwair hefyd. Gwair wedi'i dorri ganddo ef a'i gydweithredwyr. Croesodd y carped tua'r lle tân. Yno, ar y silff-ben-tân, rhwng y ci bach tsieni a'r cloc, yr oedd llun Greta. Cymerodd Harri ef yn ei ddwylo a syllu i'r llygaid a dynnwyd pan oedd chwerthin ynddynt, ac ar y wên a ddaliwyd ar y gwefusau llawn. Ni allai holl foeth ei pharlwr yn Rodney Street heno roi'r wên a'r chwerthin yn ôl. Gobeithio, Greta fach, dy fod ti'n rhesymol fodlon. Cusanodd Harri'i hwyneb drwy wydr y ffrâm, a rhoi'r llun yn ôl yn dyner ar y silff rhwng y cloc a'r ci bach tsieni.

Yn araf, trodd ei lygaid tua'r machlud. Yr oedd pelydryn o'r machlud hwnnw'n treiddio drwy'r ffenest heibio i'w arlais ef ac yn ymdaflu ar y mur uwch y silff-ben-tân, fel petai'n bwrw'i ogoniant olaf ar rywbeth na fynnai mo'i ollwng. Trodd Harri ei ben. Yng nghalon y pelydryn o'r machlud, yn falch ac yn ddigymrodedd ar y mur, safai arfbais y Vaughaniaid.